가장 멀리 있는 나

윤후명 소설집

가장 멀리 있는 나

펴낸날 / 2001년 7월 12일

지은이 / 윤후명
펴낸이 / 채호기
펴낸곳 / (주)문학과지성사
등록번호 / 제10-918호(1993. 12. 16)

서울 마포구 서교동 363-12호 무원빌딩(121-838)
편집 / 338)7224~5 FAX 323)4180
영업 / 338)7222~3 FAX 338)7221
홈페이지 / www.moonji.com

ISBN 89-320-1262-8

값 8,000원

* 잘못된 책은 바꾸어드립니다.
* 지은이와 협의하여 인지를 생략합니다.

가장 멀리 있는 나

윤후명 소설

문학과지성사 2001

가장 멀리 있는 나

차례

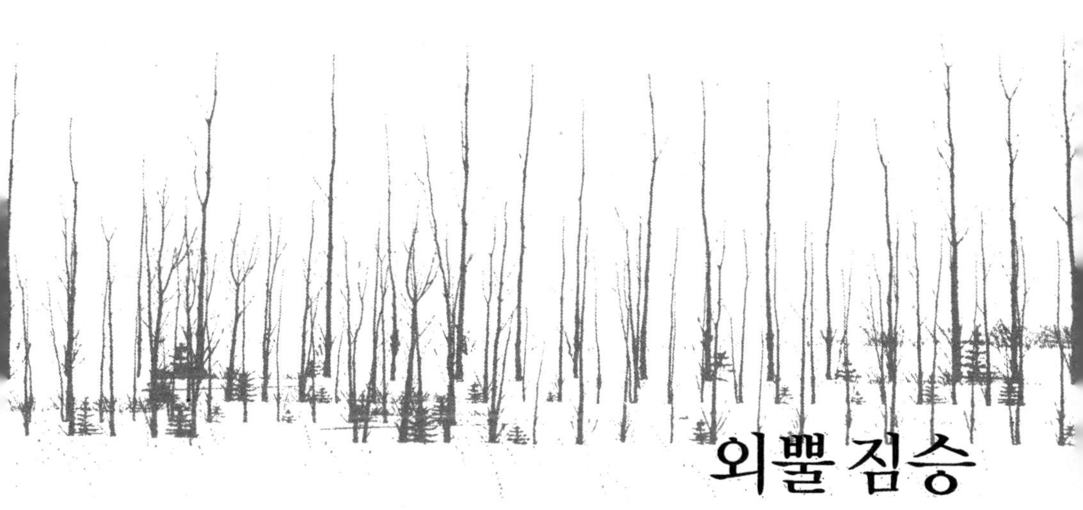

외뿔 짐승

1

사랑하던 남자는 저 세상으로 떠났는데 여전히 그 뒤를 따르는 여자가 있다…… 나는 그녀의 전화를 받고 왠지 마음이 섬뜩했다.

"이젠 저도 마지막이에요."

그녀는 나지막이 말했다. 그 목소리에서는 『사자(死者)의 서(書)』의 마지막 페이지를 넘기는 듯한 느낌마저 전해져왔다. 『사자의 서』란 티베트에서 죽은 사람을 위한 기도의 글이 씌어져 있는 책이라고 알고 있었는데, 왜 그 책이 떠올랐는지는 알 수 없었다.

"그 친구와 연관되는 덴 한 군데밖에 없어요. 그것도……"

나는 그녀를 만나자마자 빠져나갈 궁리부터 했다. 그러면서 그녀가 용문산에서 나를 불러냈을 때부터 '그것도……' 하고 망설였음을 알았다. 나는 그녀가 원하는 게 무엇인지조차 모호하기 짝이 없었다. 그런 순간 나는 퍼뜩 한 그루의 나무를 기억 속에서 되살려냈던 것이다. 그렇지, 나무가 있었어, 나무가.

용문산에서 한 그루의 나무라면 단박에 저 유명한 은행나무를 떠올리는 게 당연할 테지만, 지금 내게는 결코 아니다. 용문산의 은행나무는 그 앞의 안내문에 적혀 있듯이 '세계에서 제일 큰 유실수'로서의 위용을 자랑하는 나무다. 흔히 옛날 신라 시대에 의상 스님이 짚고 다니던 지팡이를 꽂아놓은 게 뿌리를 내려 자라났다고들 하는데, 어떤 사람은 의상 스님이 아니라 마의태자라고 말하기도 한다. 신라가 망하자 추종자들을 거느린 마의태자가 정처 없이 길을 떠나 금강산으로 들어가기 전에 월악산을 거치고 용문산에 이르렀을 때 꽂아놓은 지팡이라는 것이다. 어릴 적에 그 이야기를 듣고는 어른들은 거짓말도 잘한다고 여겼었다. 군밤에서 싹이 난다는 말과 무엇이 다를까 싶었던 것이다. 그러나 오랜 뒤 어느 날 봄에 들로 나가 우연히 나뭇가지를 주워 들고 다니다가 역시 우연히 아무 데나 꽂아놓은 게 며칠 지나 싹이 파릇파릇 돋은 걸 보고, 삶이란 것에는 얕잡아보아서는 안 될 무엇이 있구나 깨달았었다.

"아무 데나 괜찮아요. 그 사람이 단지 스쳐간 곳이라도요. 티끌 같은 뭐라도요. 예전에 같이 왔었다는 거길 가기만 하면 되니까요."

역 앞의 작은 광장에서 나를 기다리던 그녀는 내가 머뭇거리자 또렷이 말했다. 생전에 그가 무슨 말 끝에 나와 함께 용문산에 갔었다는 얘기를 그녀에게 했다는 게 화근이었다.

"그 친구하고 여기 한 번 온 건 사실인데, 무슨 별다른 얘기가 있질 않으니……"

나는 다시 꼬리를 뺄 수밖에 없었다. 사실 오래 전 학생 때 그와 어울려 하룻밤 캠핑을 하겠다고 산에 오르기는 했어도 어디를 어떻게 밟았는지조차 도무지 감을 잡기 힘들었다. 녀석, 별걸 다 기억해가지고는…… 나는 혀를 찼다. 그러나 그는 이젠 녀석이라고 직접 불러볼 수도 없는 저 세상 사람이었다. 그럼에도 불구하고 그녀는 그의 발자취를 따라가보겠다고 나를 불러세운 것이었다. 티끌 같은 뭐라도…… 나는 그녀의 말에 기가 질리는 느낌이었다. 뭔가 악착같이 달라붙는 성격의 소유자에게 느끼게 되는 벽이랄까, 저항감마저 일었다.

열차를 타러 부랴부랴 청량리역에 나와서, 평일인데도 입석표밖에 없다는 걸 알고 낭패다 했을 때, 그 벽은 이미 내 앞에 다가선 것이었다. 하지만 알고 보니 입석표만 해도 다행이었다. 청량리에서 오전 10시 열차를 타기가 만만치 않아진 것은 그리 오래된 일이 아니었다. 방학 때야 학생들이 시도 때도 없이 중앙선 열차를 타고 어디론가 떠나니 그러려니 하겠지만, 이젠 방학이고 뭐고 아랑곳없었다. 학생들뿐만 아니라 웬만한 중늙은이들까지 꾸역꾸역 몰려드는 판국이었다. 정동진이라는 곳이 원흉이었다. 동해안에 자리잡은 그 별 볼일 없는 바닷가 마을이 텔레비전에 방영된 「모래시계」라는 드라마의 배경이 된 뒤로 '떴다'는 것이었다. 그래서 그 바닷가에서 아침 해돋이를 보는 게 유행이 되어 도나캐나 그저들 우우 몰려간다는 것이었다. 텔레비전 드라마를 보지 않는 나로서는 도무지 모를 일이었다.

그녀와의 약속만 아니라면 다음 열차를 타도 상관없는 노릇이었다. 11시 열차 안동행, 12시 열차 철암행. 이들 열차는 정동진이고 어디고 애초에 바닷가하고는 거리가 먼 내륙이 종착역이었다.

느닷없이 그녀로부터 용문에 와 있는데 한번 뵈었으면 한다는 전화를 받고 열차 사정은 깜박한 채 다짜고짜 시간 약속을 하고 만 것이 잘못이었다. 그녀 때문이라고 일방적으로 몰아붙여서는 안 된다. 나는 나대로, 마침 그 언저리 어디에 마련하려고 보아둔 땅이 계약 단계에 있어서 복덕방에 들러야 했던 터라, 이때다 싶었던 것이다. 하기야 입석이라고 해도 불과 한 시간이면 도착하는 거리였다.

열차가 양수리 철교를 지나면서 나는 승강구 쪽으로 나와 담배를 피워물었다. 그 다리 위에서 북쪽으로 바라보이는 풍경은 언제 보아도 내게는 예사롭지가 않았다. 갑자기 넓어진 강폭을 그득 흐르는 강물을 양쪽의 첩첩한 산이 그야말로 병풍처럼 둘러 웅대한 느낌으로 다가온다. 깊은 산협(山峽) 사이에 드넓은 세계가 있다. 그리고 저 멀리, 경기도 일대에서는 가장 높은 용문산이 우뚝 솟아 있다. 천산(天山)과 같다. 용문산을 중앙아시아의 천산에 견주어보는 눈은 땅을 보러 다니기 시작하며 얻은 것이었다. 해발 1,157미터밖에 안 된다는 산을 4천미터도 넘는 산에 견준다는 게 주제넘는 짓거리인지 모르는 바 아니지만, 내 눈은 어김없이 그렇게 보았다. 봄이 올 무렵 처음 그쪽으로 갔는데, 마치 이 보라는 듯 산봉우리에 흰눈이 눈부시게 덮여 있어서였을 것이다. 몽롱한 검은빛을 띤 산의 아랫도리와 대비되어 그 산봉우리는 하늘 높이 떠 있는 것만 같았다. 이제 어느덧 무르익은 봄빛에 그런 풍경은 멀리 가고 없더라도 나는 눈 덮인 그 산봉우리가 눈에 어른거리기만 했다.

하지만 그녀와의 만남에서 천산이 갖는 의미는 없었다. 다만 현실적으로 살펴보자면, 내가 어쭙잖게 어디 농사라도 지으며 살 만한 곳이 없는지 살펴보고 다닌 곳이 그곳이라서 그녀의 등장이 더욱 뜻밖의 일로 받아들여진다는 면은 있었다. 전혀 우연일 것이었다.

그곳에 땅을 마련하려고 한다 해서 요즈음 흔히 들먹여지는 귀농이라는 것에 도매금으로 끼워넣지는 말아주기 바란다. 귀농이라는 낱말 자체가 내게는 어울리지 않았다. 그 낱말은 농촌을 떠났던 사람이 다시 돌아감으로써 비로소 성립된다는 것, 다시 말해서 먼저 떠났었다는 사실이 앞서야만 되는 것이었다. 나는 애초에 농촌 출신이 아니었다. 하지만 어찌 된 셈인지 매스컴에서는 그저 농촌으로 가서 농사를 짓고 산다는 단순한 뜻으로 '귀농'을 들먹이고들 있었다. 이른바 먹고 살기조차 고달파진 시대의 허겁지겁한 현상일 터였다.

그러나 어쨌든 나는 어디 농사라도 지으며 살 만한 곳을 이미 점찍어놓고 있는 상태였다. 거기에는 물론 이제까지의 생활을 청산하겠다는 뜻이 더 강했다 하더라도 나는 오래 전부터 농사꾼으로서의 삶을 꿈꾼 것은 사실이었다. 농사란 천하의 큰 근본이니 어쩌니 하는 옛말하고도 먼 얘기로, 그저 나는 식물이 철 따라 싹 트고 꽃 피고 열매 맺는 것 자체에 남다른 의미와 희열을 간직하고 있었다. 왜 그런가는 아마도 우장춘이나 현신규 같은 식물학자에게 물어봐야 할 듯도 싶다. 흔히 농사일은 해보지 않은 사람은 못 한다고 말해지고, 나도 그렇다는 것을 믿는다. 도시에서 아옹다옹 살기에 진력이 날 때마다 쉽게 내뱉는 말, 시골에 가서 농사나 짓겠다? '농사나'의 '나'에는 참으로 얼마나 깊은 함정이 있는 것일까. 가령 밥벌이 일이 어렵다고 엣다 모르겠다 다 팽개치고 대신 시'나' 짓겠다는 발상은 가능한 것일까. 여러 가지 의미에서 이 시대에 시처럼 피눈물 나는 예술은 없을진대, 게다가 '나'라니!

그럼에도 불구하고 나 역시 농사'라도'라고 말하고 있다. 『귀농에 성공하는 법』이라는 책에는 나 같은 엉거주춤한 도시인의 태도를 버려야만 성공할 수 있다고 씌어 있었다. 평범한 진리였다. 하지만, 말했다시피 나는 나대로 꿈이 있었다. 그것이 도피며 은신이라고 비난받을 여지는 스스로 인정하지만 말이다.

"용문산은 뱀이 유명하다고도 그가 말했어요."

그녀는 용문에 와 있다는 말 끝에 덧붙였었다. 그 친구가 웬 뱀? 나는 열차에 올라타고부터 그녀의 말이 귓바퀴에 맴돌았다. 아닌 게 아니라 예전 직장 동료는 군대 생활을 마치자 까닭 없이 임파선 폐결핵에 걸렸었는데 용문산에서 뱀을 몇십 마리인가 고아먹고 감쪽같이 나았다고 했었다. 용문산 뱀탕을 먹기 위해 사람들이 그렇게들 많이 꼬여든다는 것이었다. 여름에 뱀탕을 시킨 뒤 계곡에 가서 물놀이를 하면서 화투장을 두드리는 게 신선놀음이 아니고 무어겠느냐고 그는 껄껄 웃었다. 아낙네들도 많지. 그리고 밤에 남편들 괴롭히는 거지. 껄껄껄껄껄.

그 친구가 용문산의 뱀이 유명하다고 말한 것이 실제 뱀만을 말한 것인지 뱀탕까지 말한 것인지, 혹은 나아가서 그 뱀탕을 먹었다고까지 말한 것인지는 분명하지 않았다. 나는 다만 그가 용문산에 대해 무엇인가 말했고, 또 그 말에 따라 그녀가 용문산을 찾아갔다는 사실만 받아들이면 되는 것이었다. 그녀가 그의 생전의 흔적을 좇아 벌써 1년 넘도록 헤매다니는 것을 나는 잘 알고 있었다. 김해의 은하사나 허왕후릉, 모은암은 물론 지리산의 칠불사까지는 쉽게 짚을 수 있는 행로였다. 모두가 옛 가야국 김수로왕의 왕비 허씨와 연관되는 유적들이었다. 생전의 그는 허왕비에 대해 남다른 관심을 보였었다. 왜 그랬는지는 나로서는 알 수 없는 일이었다. 더군다나 학교 때 우리 역사 연구를 한답시고 모여서 술깨나 축내며 눈에 핏발을 세웠던 문제들, 이를테면 일본의 제국주의니 민중의 역할이니 하는 이슈는 어느새 뒷전으로 밀쳐두고 별쭝맞세 가야국이니 김수로왕이니 왕비니 하는 케케묵은 이야기를 꿰어차고 다니는 꼴을 보면 한심스럽기도 했다. 어디 먹고 살 일자리라도 없을까 하고 내가 경기도 안산의 시화공단 주변을 얼쩡거리며 살았던 무렵에도 그는 여전했었다. 내가 '우리'니 '역사'니 하는 것들에 넌덜머리를 낸다는 사실부터가 그에게는 오히려 자극제가 된다는 식이었다.

"왕비가 말야, 인도에서 왔다는 게 아직도 수수께끼래. 건 과연 예삿일은 아냐. 너도 인도 가봤지? 그 뜨거운 땅 말야."

내가 사는 꼴을 보고 싶다고 안산까지 온 그는 신비 체험에 들어가려는 신비주의자처럼 눈의 초점을 흐렸었다. 인도라…… 나는 오래전에 유럽으로 가던 길에 불과 며칠 동안 그 땅을 밟았던 때를 회상했다. 도무지 종잡을 수 없는 땅이라는 느낌만이 강하게 남아 있었다. 한 가지, 어디론가 가던 길에 벌판에 커다란 소의 주검이 뒹굴고 있는데 그걸 뜯어먹는 들개들 옆에 독수리들이 기웃거리며 틈을 노리고 있는 광경을 보았던 것만은 웬일인지 선명하게 되살아났다. 독수리들은 큰 망토를 펄럭이며 기회를 노리고 있었다. 여름이기도 했으려니와 정말 그곳은 뜨거운 땅이었다. 그뿐이었다.

그러나 예전에 용문산에 올랐을 때는 그나 나나 모두 아직은 '우리'니 '역사'니 하는 것들에 발을 들여놓기 전이었음은 분명했다. 우리가 그런 방면으로 무엇인가 찾으려고 왔었다거나 대화를 나누었다는 기억이 도통 없는 것이었다. 일행도 우리 둘 말고 두세 명이 더 있었던 것 같은데 누군지 어렴풋했고, 어디로 해서 어디로 향했는지는 더더욱 깜깜이었다. 난감한 노릇이었다. 그렇지만 그녀에게 무엇인가 제시하지 않으면 안 된다. 이미 우리는 용문산까지 가는 버스를 타고 있었다.

그러나 한 그루의 나무가 떠올랐다고 해도 기억은 거기서 가물가물했다. 그러다가 그 나무가 비교적 선명하게 떠오른 것은 종점에 거의 다 와서였다. 그래, 그 나무는…… 그 나무는 그냥 나무가 아니라 불타오르는 나무였어. 활활 불타오르는 나무의 모습이 내게 거대한 화인(火印)처럼 다가왔다.

하지만 그녀에게 그 나무에 대해 무엇이라고 설명해야 할지 알 수 없었다. 그 나무가 활활 불타오르는 모습으로 내게 다가왔다는 것은 어디까지나 나한테만 해당된다는 생각이었다. 그녀에게는 아무런 객관성도 없는 일이었다. 그녀가 굳이 그렇게 달라붙지만 않았어도 그 나무의 존재는 모습을 드러내지 않았을 것이다. 그만큼 설득력이 없는 나무였다. 생각하기에 따라서는 아무것도 아닌 나무였다.

"그러고 보니, 나무가 있군요. 한 그루 나무."

나는 그녀에게 말하면서, 그녀의 눈빛이 반짝 반응하는 걸 보았다.

"무슨 나무가요?"

"그건 아무 특징도 없어서 말하기가 매우…… 아주…… 어려워요."

나는 말을 잇기가 어려웠다.

"왜요?"

"보통 평범한 나문 데다가…… 사실 이제 와서 꼭 이 나무다 하고 짚을 수 있을지도 의문이고요."

내가 그냥 한 그루의 흔한 나무일 뿐임을 말했음에도 불구하고 그녀는 내게 매달리는 눈치였다. 낭패였다. 공연히 들먹였구나. 어쩌지 못해 생각해낸 게 겨우 나무 한 그루였고, 답답한 나머지 불쑥 입 밖으로 튀어나온 것에 지나지 않았다. 내가 살아온 방식에는 그런 약점이 있었다. 상대방의 처지를 생각해서 책임도 못 질 대안을 쓸데없이 제시한다. 그러고는 혼자서 끙끙 앓는다. 이걸 흔세 말해 분위기를 탄나고 하는 수도 있는 모양이지만, 나로서는 천만의 말씀이다.

"뭐든 그걸로 충분해요. 어디 있나요?"

그녀는 이마에 흐른 머리카락을 쓸어올렸다. 긴 머리카락이었다.

"산으로 가야 할 테니 점심부터 하기로 하죠."

당장 찾아 나서겠다는 그녀의 태도에 나는 은근히 저항하지 않을 수 없었다. 하긴 시계는 벌써 12시 가까이를 가리키고 있었다. 나는 즐비하게 늘어선 식당들 앞에 놓인 노천 식탁에 가서 앉았다. 손목시계를 들여다보는 둥 마는 둥 하던 그녀도 하는 수 없는지 맞은편에 오도카니 자리잡고 앉았다. 음식을 시키고 나오기를 기다리는 동안 우리는 거의 말이 없었다. 내가, 침묵의 어색함을 깨려고, 여기 어디 와서 농사나 지을 마음에 몇 번 드나들었다고 말한 것 정도였다. 더덕불고기는 더덕과 소고기를 버무려 양념해서 쿠킹 호일에 구운 음식이었다.

"그 나무가 중요치 않다는 건 아시죠?"

먹기 시작하자는 말처럼 나는 말했다.

"알아요. 염려하지 마세요."

그녀는 상추와 취와 치커리를 손으로 집어들며 말했다.

"또 한 가지, 문제는 그 나무가 있던 델 과연 찾을 수 있겠느냐는 겁니다. 찾더라도 그 나무가 있느냐는 것도 의문이고."

"괜찮아요. 그가 이 세상에 없다는 것 자체도 내겐 문제가 아닌 걸 모르세요?"

어딘가 날카로운 말투라고 느껴졌다. 말을 마친 그녀는 나를 빤히 바라보았다. 그의 죽음을 담보로 한 눈빛이라는 생각이 들었다. 죽자 살자 사랑하는 사람의 죽음을 겪어보지 못한 나로서는 받아내기 힘든 눈빛이었다. 나는 무엇인가 꼭 말해야 할 게 있는데 그게 뭘까 하고 억울한 느낌으로 그 눈빛을 피할 수밖에 없었다.

"그리고 말했다시피 이젠 마지막이에요."

그녀의 눈빛이 내 눈꺼풀 위에 닿는다고 생각되었다. '마지막'을 굳이 앞세우는 뜻은 무엇일까. 이제는 그만두겠다고 강조하는 말일 테지만, 나는 사랑에 집착하는 마음을 읽고 있었다. 그러면 그럴수록 나는 막막해졌다. 사랑하는 사람은 스스로 목숨을 끊어 죽고, 그 흔적을 밟는 여자가 있다…… 그런데 나는 겨우 이름 모를 나무 한 그루를 허공에 띄워놓고 있다…… 사랑하는 사람의 죽음을 겪어보지 못한 애송이가 섣부른 짓을 하고 있다…… 갑자기 나무가 하얀 뼈다귀로 허공에 떠 있다……

지나가는 말처럼 미리 밝혔듯이 그 나무는 불에 탔으며, 더군다나 우리의 잘못으로 그리 된 것이었다. 활활 불타는 나무란 조금치도 과장이 아니며, 무슨 상징은 더더구나 아니다. 우리가 불태워버린 나무를 그녀에게 제시한 내가 잘못이었다. 살아 있는 온전한 나무 한 그루가 그렇게 훌랑 불타는 광경을 나는 그전이든 그후든 본 적이 없었다. 그날 산 밑에 이른 우리는 그 유명한 은행나무와 함께 용문사를 둘러본 다음에, 누구의 뜻에 의해서인지 용문산과 그 옆 중원산 사이의 골짜기를 흘러내리는 골짜기 물을 따라 올라가 캠핑을 하기로 했었다. 웬만한 앞뒤 이야기는 잊었어도, 골짜기의 이름이 조개골임은 나중까지 기억되었다. 누군가 그 이름이 여자의 사타구니에 견주어 붙여졌으리라 말했었다. 조개골에도 다시 윗조개골과 아랫조개골이 있었다.

그날의 산행이 어디서부터 꼬였을까. 우리가 조개골을 더듬어 오를 무렵에 날은 어느덧 어둑어둑해지고 있었다. 낮의 따갑던 햇살이 사라지고 산그늘이 서늘하다 싶기가 바쁘게 으슬으슬 한기가 몰려왔다. 그 골짜기의 냇돌들은 제법 큼직큼직했다. 우리는 얼마쯤 올라 큰 냇돌 옆 적당한 곳에 자리잡고 텐트를 치는 쪽과 저녁을 짓는 쪽으로 두셋

씩 갈려 캠핑에 들어갔다. 텐트가 세워지고, 밥과 꽁치 통조림 찌개가 끓었다. 밥냄새와 찌개 냄새에 배가 몹시 고파왔다. 그러나 모두들 바쁜 마당에 무슨 까닭인지 나만은 맡을 일이 없었다. '무슨 까닭인지' 하는 말은 틀렸다. 나는 그런 판이 벌어지면 언제나 그 모양이었다. 무엇이든 앞장서서 일을 해치우는 데는 무르춤하며 빠지고 만다. 나는 그런 내 태도가 늘 싫었다. 뒷걸음치는 게 싫으면서도 달려들지 못한다는 그 점에서라면 '무슨 까닭인지'는 틀린 말이 아니다. 그래서 단체 생활은 내게 위안보다는 공포인 것이다.

캠핑이 제자리를 잡고 시간이 흐름과 더불어 나는 내 태도에 거의 끔찍한 절망감을 품게 되었던 것으로 보인다. 이야기의 자세한 흐름은 알 수 없으나, 그 친구와 나 사이에 뭔가 장난처럼 오가던 말 끝에 언성이 높아졌고, 내 입에서 그만 꽁치찌개를 엎어버리겠다는 말이 나오고야 말았다. 꽁치찌개는 우리의 희망이었다. 희망은 성취되지 않을 때 허망을 증폭시킨다. 그래서 우스갯말로 '혹시'가 '역시'를 벗삼듯이, 희망은 허망을 벗삼는다. 어떤 부부가 싸움 끝에 아내의 입에서 죽겠다는 말이 나왔고, 그 말을 받은 남편이 죽을 용기나 있느냐고 비아냥거리는 걸 못 참은 아내가 그만 실제로 죽어버린 사건이 있었다. 엎어봐, 엎어봐, 어디 엎어봐. 이쯤 되면 결과는 뻔한 셈이다. 나는 우리의 희망인 꽁치찌개를 기세 좋게 반짝 엎어버리고 말았다. 죽을 테면 죽어보라고 이죽거리는 입 앞에서 죽기까지라도 할 심사처럼 뒤틀려 있었다고, 이제 와서 나는 변명하고 사과한다. 그리하여 바글바글 다 끓어 우리를 기다리던 꽁치찌개는 하필이면 맛도 보이지 못한 채, 꽁치찌개 중에서 내가 유일하게 비극적이라고 기억하는 슬픈 꽁치찌개가 되고 말았던 것이다.

이야기는 여기서 끝나지 않고 마침내 나무로 옮아간다. 그러고 나서 밥을 어떻게 넘겼는지는 모른다. 어둠이 깔리고 있었다. 일행 중 아무도 캠핑의 즐거움을 누릴 사람은 없어져버렸다. 그럴 즈음 냇가에 삭정이며 검불을 모아 모닥불을 놓은 것이 그 친구였다. 추위도 추위려니와 침울한 분위기는 환한 불을 필요로 하기도 했다. 가만히 웅크리고 있을 수 없게 된 나는 그의 옆으로 가서 나뭇가지를 주워다 모닥불에 얹어놓고는 했다. 잘못을 뉘우치는 행동이었을 터였다. 그렇지만 일은 더 엉뚱하게 번졌다. 그러던 어느 순간, 높아진 불길이 느닷없이 옆의 나무 잎사귀들로 옮겨 붙었던 것이다. 상당히 큰 나무였다. 어어, 하고 나는 놀랐다. 옮겨 붙은 불길은 무서운 기세로 번졌다.

그러나 면밀히 살펴보면 어떤 틈새가 있다. 어어, 하고 놀라던 내 마음이 그 틈새를 비집고 획 선회하면서, 나는 온 나무가 다 활활 불타오르기를 염원했던 것이다. 그가 윗도리까지 벗어 휘두르려는 것을 나는 뒤에서 붙잡았다. 그때까지만 해도 얼마든지 잡을 수 있는 불이었다. 타게 놔둬. 나는 소리쳤다. 악마의 마음이었던가. 악마의 마음이 불어넣어진 나무는 어떻게 손쓸 겨를도 없이 삽시간에 불길에 휩싸였다. 무슨 나무인지는 몰라도 생나무에 그렇게 손쉽게 불길이 댕긴다는 사실은 믿기 어려운 것이었다. 불타오르는 나무는 조개골을 온통 환하게 비추는 듯싶었다.

"조개골 조개가 다 익겠다. 히히히, 그치?"

누군가 꽁치찌개의 비극도 잊고 히죽거렸다. 하지만 나는 조금도 웃을 마음이 아니었다. 우리는 누구나 불을 보는 체험 안에서는 배화교도가 되지 않을 수 없다는 생각이 고개를 들었다고, 나는 감히 말한다.

불이 다 타버리자 사위는 칠흑 같은 어둠뿐이었다. 그 밤을 어떻게 보냈는지는 도통 모르겠지만, 그로부터 그와 내가 얼마 동안 말 한마디 하지 않고 지낸 것만은 기억에서 지워지지 않는다. 그렇다면, 꽁치찌개니 불태운 나무니 뭐니 하는 것들이 과연 그 일로서만 내 뇌리에 새겨져 있는 것일까. 여기서 나는 한 가닥 부끄러운 실마리를 풀어놓아야 한다. 그러지 않고는 그것은 한낱 꽁치와 나무에 지나지 않는다. 비록 생명을 '한낱'이라고 한다고 비난받을지라도 말이다. 단칼로 말해서, 거기에 한 여자가 있었다. 내가 사귀던 여자였다. 그런데 용문산으로 캠핑을 가기 얼마 전, 나는 그 여자가 나를 떠나 그와 밤을 보냈음을 알았던 것이다. 불행은, 내가 그 사실을 아는 것을 그가 모르고 있다는 데 있었다. 꽁치찌개를 뒤엎고 드디어 나무를 불태운 것은 그런 맥락에서의 내 열등 의식의 결과였다. 바로 이 비열함 때문에 나는 활활 불타오르는 한 그루의 나무를 기억하지 않으면 안 된다.

따라서 그녀를 데리고 그 나무의 기억을 더듬어간다는 발상 자체가 어쭙잖은 짓이었다. 그 나무는 내게는 그런대로 의미가 있었다. 그러나 그에게는 단순한 모닥불이었다. 그러므로 그녀에게도 마찬가지였다. 용문사의 거대한 은행나무라면 또 모른다. 아프리카의 바오밥나무, 미국의 유칼리나무, 인도의 용수(榕樹), 하다못해 일본의 삼나무라도 좋을 것이다. 그런데 나무 이름도 모르며, 게다가 그때 불타서 죽어버렸기 십상인 나무였다.

"그러고 보니 그 친구하고 우리 셋이서 진도에 갔던 게 생각나는군요."

조개골의 입구에서 발을 멈추고 나는 그녀에게 말했다. 그와 내가 그녀까지 동반하고 여행을 했다는 사실이 새삼스러웠다. 생활에 적응하지 못하고 이리저리 떠돌던 그가 마침내 그녀와 함께 살기로 작정한 무렵이었다. 결혼을 작정한 게 아니라 '살기로' 작정했다는 표현을 나는 쓴다.

"아아, 그랬었죠."

그녀가 엷게 미소를 띠었다. 그녀의 미소를 처음 본다는 착각이 들었다. 그 미소는, 진도에 가서 어느 마을에선가 씻김굿을 보았을 때, 그녀가 눈물을 훔치던 모습을 떠올리게 했다. 그리고 그곳에도 공교롭게 '나무'가 있었음을 깨달았다. 긴 무명 천 위에 상여가 저승길을 가는 장면에서 몇 번이고 몇 번이고 "나무야, 나무, 나무, 나무, 나무, 나무야" 하고, 천도(薦度)하는 무당의 소리는 아닌 게 아니라 귀기(鬼氣)를 띠고 구성지게 흘렀다. 곡소리는 높아가고, 저승 가는 데도 노잣돈이 필요하다고 돈들을 놓으라며 '나무'는 길게길게 이어졌다. 나무야, 나무, 나무, 나무, 나무, 나무야…… 나무야, 나무, 나무, 나무, 나무, 나무야…… 그 '나무'가 불교에서 말하는 '나무〔南無〕'임을 안 것은 훨씬 나중이었다. 나무아미타불이라면 아미타불에 귀의한다는 뜻이라고 했으니까 '나무'는 무엇엔가 귀의한다는 뜻이었다.

한 그루 불타버린 나무의 불똥이 엉뚱한 나무〔南無〕로 번져 진도까지 넘겨다보게 된 나는 혼란스러웠다. 이 낱말 뜻을 두고 나 나름으로는 뭘 느껴서 제법 패러디한답시고 '불타는 불타(佛陀)의 나무' 라든가 '나무〔南無〕 나무' 등의 제목으로 시를 썼던 적도 있었음을 여기에 곁들여 적어놓는다. 퇴물 시인의, 별 소득이 없는 시들이었다.

"바위가 많은 산은 뱀이 많다죠, 아마."

나는 골짜기의 돌들을 가리켰다. 그가 용문산의 뱀에 대해 아무 뜻이 없이 말한 건지 아니면 뜻이 있이 말한 건지 그것도 궁금했다. 그러나 그녀는 뱀은 입에 올리지도 않았다. 그 대신 그녀는 사월인데도 벌써 덥다며, 위에 걸쳤던 재킷을 벗어 팔뚝에 걸치고 담배를 피워물었다. 풋담배가 아님이 분명하건만, 그녀가 담배를 입에 문 모습은 처음이었다. 어쩌다 골초인 내가 남이 담배 피우는 모습을 바라보는 쪽이 되었단 말인가, 나는 내가 무척 객관화되어 있다는 느낌에 내 자신이 생소했다. 그리고 골짜기의 어디를 어떻게 더듬어 갈지 더더욱 막막해졌다.

나무는 무슨 나무, 골짜기뿐만 아니라 산 전체가 전혀 오리무중이었다. 봄 땅 냄새에 새싹 움트는 소리가 들려오는 듯 계절은 확연히 바뀌어 있었다. 하지만 한 그루의 나무는커녕 내가 여기 온 적이나 있었던가 싶었다. 꼬였어도 단단히 꼬인 것이었다.

"이리 올라가는 게 맞아요."

나는 나 자신을 부추겼다. 등산로도 낯설기만 했다. 이왕 내친걸음이니 어디라도 찾아가야 한다. 우리는 걸음을 옮겨놓았다. '그 사람이 단지 스쳐가기만 한 곳'이라는 편한 조건을 그녀 쪽에서 먼저 던져놓고 있었다. 그러니까 아무 부담이 없는 산행임에 틀림없었다. 나무 따위야 없어도 그만이었다. 그렇다 하더라도 나 자신 그 나무를 한번 확인하고 싶은 마음이 언제부터인가 점점 고개를 들고 있었다. 그와 나와 한 여자가 만든 이야기도 한때의 에피소드였다. 그와의 떨떠름한 관계를 털어놓으며 울던 그 여자는 곧 누군가와 결혼해서 미국인가 캐나다로 떠났다.

그런데 '티끌'이 나를 붙잡았다.

이제야 밝히지만, 나는 처음부터 티끌이라는 말이 걸렸었다. 그가 스쳐간 곳이라면 티끌 같은 뭐라도 괜찮다고 그녀는 말했었다. 그 말 때문에 '티끌'을 정말 티끌처럼 불어버릴 수 없었다. 티끌을 검불이나

먼지 같은 말로 바꿔도 마찬가지였다. 얼마 전에 한 강연회에 가서 들은 말이 귀에 맴돌고 있었던 것이다. 연사는, 신라 시대 의상 스님의 게(偈)에 있다는 말로 강연을 시작했다. 하나의 티끌도 온 세계를 품고 있다(一微塵中含十方)는 말이었다. 연사는 이 말과 윌리엄 블레이크의 시에서 "하나의 모래알에서도 우주를 본다"는 구절과 대비하여 강연을 이끌어가고 있었다. 매우 평범한 강연이라고, 나는 로비에 나와 담배를 피우며 시간을 때웠다. 그 강연을 주관한 모임의 사람들과 만날 약속이 있어서였다. 일미진중함시방이라. 티끌, 모래알, 세계, 우주, 좋은 말이군.

티끌이라는 말을 되새기자 무심코 흘려버렸던 강연 내용이 되살아났다. 건성으로 흘렸던 말이 다시 미늘처럼 나를 꿰고 있는 까닭을 알 수 없었다. 그녀가 말한 티끌은 그만큼 예사롭지 않게 들렸다. 그가 세상을 떠난 지도 1년이 거의 넘었건만, 그 티끌 같은 흔적일지라도 놓치지 않고 붙좇는 여자가 내 앞에 있었다.

"그가 왜 정사를 제의하지 않았는지 알 수 없어요."

그녀가 풀숲에 버려져 있는 나뭇가지를 주워들며 말했다.

"정사?"

"그래요. 정사, 정을 나누며 나란히 죽는 거 말예요."

그녀가 나뭇가지를 주워드는 걸 본 나는, 나도 장난삼아 나뭇가지를 지팡이처럼 들고 가서 땅에 꽂아놓았으면 하는 생각이 들었다. 그런 마당에 그녀의 말은 야릇하기보다 메마른 느낌으로 들려왔다. 그 말을 할 때의 음색은, 파릇파릇 새순이 돋아나는 계절에도 지난해의 마른 가랑잎을 그대로 달고 있는 나무가 내는 소리 같기도 했다. 정을 나누며 나란히 죽는 거 말예요. 바스락바스락바스락바스락……

"그 점에서 그 사람은 저를 배반한 거예요."

나는 그가 자살을 했다는 사실을 새롭게 깨닫는 듯했다. 그는 목을 매달지도 않고, 동맥을 끊지도 않고, 열차에 부딪히지도 않고, 수면제를 먹지도 않고, 바다에 몸을 던져 죽었다. 정사라는 말을 듣자, 얼떨떨한 동시에 나 자신의 경우에 비춰 비린 웃음이 머금어졌다. 나야말로 여자에게 정사를 제의한 적이 있었더랬다. 여관방에 들어가 허겁지겁 일을 치르고 난 다음 나는, 우리 이대로 같이 죽어버리면 어떨까 하고 말했었다. 엄밀히 말해 제의랄 것도 없었다. 일을 치르고 나서 담배를 피워물고 멀뚱히 누워 있으려니, 그제야 혼자 욕심만 차렸다는 생각에 미안했고, 그래서 부담감을 조금이나마 덜겠다고 불쑥 내민 말이 그 말이었다. 앞에서도 말했듯이 전혀 책임 못 질 말이었다. 내 친구와 밤을 지냈다고 눈물을 짰던 바로 그 여자는 하는 수 없다는 듯, 결혼할 사람이 생겼으며 미국인가 캐나다로 가서 살 계획이라고 밝혔던 것이다. 그날 그 여자와 여관에 들어가서 나는 우스꽝스럽게도 성사를 제의했었다. 그러면서도 그 여자와 나란히 누워 숨이 끊어진 채 발견된다는 건 참을 수 없는 일이라고 생각하고 있었다. 더군다나 알몸이라면, 알몸으로 캐나다까지 좇아가는 것보다 끔찍한 일일 것이었다.

그리고 배반의 문제……는, 좀 복잡한 양상을 띤다. 인생살이의 단맛, 쓴맛을 꽤나 맛보아왔다고 자부하는 나로서는 그것이 인생 전체로 보아서는 상당히 긍정적인 맛이라고 여길 수밖에 없다. 즉, 모든 배반이란, 그렇다고 해서, 인생 자체를 배반하는 것은 아니라고 나는 말한다.

그 나무가 있던 곳은 어림짐작조차 되지 않았다. 물가에 텐트를 칠 만한 공간이 어디쯤이었을까. 내가 두리번거리는 걸 본 그녀가 걸음을 멈추고 가방에서 담배를 꺼냈다.

"여기 어디였나요?"

그녀가 라이터를 켜며 나를 바라보았다.

"아니……"

나는 고개를 저었다.

"여기 어디서 농사를 지으실 거라고요?"

"농사라고 하긴 뭐하지만."

"그 사람도 농사를 지으며 살고 싶어했는데. 여기 무슨 연고가 있나요?"

"없어요. 다만……"

그때 홀연 천산이 머리를 스쳤다. 땅을 보러 오가다가 바라보았던 눈 덮인 산이 이제까지와는 또 다른 천산으로 바뀌고, 그 아래 오아시스 마을에서 청포도를 가꾸며 사는 사람들의 모습이 눈에 어른거렸다. 살아오면서 나는 늘, 아무도 모르는 머나먼 땅에 홀로 떨어져 외롭게 사는 내 모습을 그려보곤 했었다. 외로움만큼 나를 나답게 하는 것은 없다고 나는 믿었다. 외로움이야말로 삶이 증류되어 맺힌 가장 순수한 이슬이었다. 내 삶의 원류가 거기 있었다. 그 동안 내 삶으론 전쟁도 지나갔고, 혁명도 지나갔고, 크고 작은 여러 파탄도 지나갔다. 죽음에 이르리라던 사랑도 지나갔다. 내 안에서 들끓던 정신과 육체의 갈등도, 영웅과 민중의 갈등도 회고의 책갈피 속에 끼워놓은 단풍잎처럼 얇게, 고이 잠들었다. 그리하여 남은 것이 관념뿐이라면, 그 모든 사태는 내 순수의 이슬들을 휩쓸어 격랑을 이루어 흘러간 것이었다. 한 방울, 한 방울의 이슬이 격랑을 이루도록 모질게도 살아온 인생 앞에 스스로 조금은 공손할진저!

그렇다 하더라도 이제까지와는 또 다른 천산은 어떤 천산이란 말인가. 여기서 내가 인도의 북쪽 설산(雪山)이나 그 어름 어딘가에 있다는 수미산(須彌山)을 겹쳐 떠올렸음을 나는 굳이 부정하지 않는다. 내가 '다만……' 하고 말을 잇지 못한 것은 그녀에게 그와 같은 엄청난 산 얘기는 지나치다고 여긴 때문이었다. 사랑하는 남자의 흔적을 좇아 강산을 헤매다니는 여자에게 천산이며 설산이며 수미산은 웬 뜬구름 잡는 얘기일 것인가. 자기가 불행하다고 여기는 사람에게는 아옹다옹 살아가는 생활의 모습이나 미래에 대한 자자분한 설계 따위가 마냥 부럽고 고깝게만 보여, 인내심을 괴롭힌다.

잠시 대화는 끊어지고 우리는 말없이 담배를 마저 피웠다. 땅바닥에 담배 꽁초를 비벼 끈 그녀는 걸음을 옮기며 뭘 기를 것인가 물음을 던졌다. 귀농을 택하는 사람들이 가장 신경을 써야 하는 게 작물의 선택이라는 것이었다. 신문에서 보았는데, 직장을 잃은 사람들이 귀농 설명회에 참가했다가 사기꾼들이 선전하는 특수 작물에 속아 퇴직금을 몽땅 날리는 일도 흔하다고 그녀는 그녀답지 않게 생활적으로 덧붙였다. 나도 신문에서 읽은 내용이었다. 하지만 말했다시피 '귀농'과는 아예 인연이 없는 나였다. 또 직장을 잃어서 새로운 살길을 찾는다는 식의 농사도 아니었다. 거듭 말하건대, 그것은 오래 전부터의 꿈이요, 식물에 대한 내 경건한 귀의의 발로였다. 어려운 현실을 타개하겠다는 것은 둘째치고 그것은 믿음인 것이다. 바야흐로 나무〔南無〕인 것이다. 이 마음 상태를 설명하는 데는 얼마쯤 어려움이 따른다. 왜냐하면, 내 나름대로의 삶이 거기 있고, 삶이란 보호받아야 하기 때문이다.

"어디가 어딘지, 이거 어디."

나는 대답 대신 사방을 둘러보았다. 나무를 찾는다는 건 글러버린 일인 듯싶었다. 캠핑 장소고 뭐고가 오리무중이었다.

"걱정 안 해도 돼요. 그 사람이 여기 왔었다는 것만으로도 충분하니까요."

오히려 내가 위로를 받는 형편이었다. 그렇다면 그녀의 목적은 이미 이루어졌다고 해도 좋았다. 그러나 용문산은 그렇다 치고 더 나아가 앞으로 그녀가 정말 그러고 다니지 않겠는지 안타깝고 답답한 마음이었다. 더 이상 그런다면 미친 사람 소리 듣기 알맞은 일이 아닐 수 없었다.

나는 내가 왜 그녀의 질문에 대답을 어물쩍 미루고 있는지 알고 있었다. '어물쩍'이 아니었다. 그녀가 내가 점찍어놓은 땅에 대해 묻거나 퇴직금을 몽땅 날린 사람에 대해 들려주거나 하는 것이 그녀에게는 아무런 흥미도 없는 일일 것이었다. 시시콜콜한 생활에 대한 복안은 그녀를 고깝게 할 것이 틀림없었다. 더군다나 내가 꿈꾸는 농사는 정확하게 말해 원예였다. 언제부터인지 갑자기 시장에 나오기 시작한 야생화가 내 첫 목표였다. 그걸 위해 나는 양재동과 종로 5가 꽃시장은 물론 여러 식물원들을 뻔질나게 들락거렸고 이창복 박사와 김태정 박사의 책을 비롯하여 식물 도감 종류를 거의 몇 번씩 읽어냈던 것이다. 얼레지, 처녀치마, 바람꽃, 연령초, 개불알꽃, 돌단풍, 앵초, 하늘매발톱, 바위취, 비비추, 꿩의다리, 진범, 노루오줌, 톱풀, 용담, 속새, 박새, 미나리아재비, 노루귀, 조개나물……

"그 친구 있었으면 여기 어디서 같이 농사지으며 살자고 했을 텐데."

말해놓고 나서 나는 아차 싶었다. 그녀에게는 조금도 위안이 되지 않을 말이었다. 그러나 그녀는 밝은 얼굴로 그거 좋은 일이에요 하듯이 고개를 끄덕였다.

"그 사람은 아마 옛 역사 책에 나오는 꽃 같은 것만 기르는 꽃농사를 했을 거예요. 왜, 선덕여왕의 모란꽃, 암소 끌고 가는 노인의 철쭉꽃, 또 석남꽃……"

그녀는 말을 멈추었다. 나는 그녀가 말을 멈춘 까닭을 알고 있었다. 석남꽃에 관한 옛이야기를 내가 모를 리 없었다. 결혼을 앞두고 그만 애석하게 죽어버린 남자가 꿈에 석남꽃을 머리에 꽂고 나타나서, 이상한 예감으로 관 뚜껑을 열어보니 다시 살아났다는 설화였다. 그래서 남녀의 사랑이 기어이 이루어졌다는 것이었다. 가슴 저리게 아름다운 설화였다. 머리에 꽃을 꽂고 그가 다시 살아오기를 기다린다? 설마 그럴 리야 없을 것이었다. 그것은 어디까지나 설화에 지나지 않았다. 아니, 그녀의 꿈 속에 그가 설령 그러고 나타난다 해도, 바다에서 싸늘하게 식어 건져져서 재가 되어 흩뿌려진 그에게는 열어볼 관 뚜껑조차 없었다. 그러나 나는 그녀의 얼굴빛에 석남꽃 빛깔이 어린다는 상상을 하지 않을 수 없었다. 석남꽃을 본 적도 없으면서 이렇게 말하는 것에 용서를 바라면서 말이다.

꽃농사는 어느 틈에 그녀가 앞질러 말하고야 말았다. 꽃을 가꾸는 농사와 쌀, 보리, 콩 등을 가꾸는 농사 사이에서 나는 갈등을 느끼곤 했었다. 먹고 살기에도 허덕이는 세상살이에 꽃의 사치가 어떻게 비집고 들 틈이나 있는 것일까, 하는 물음이 거기 있었다. 언젠가 소련이 망하고 러시아로 갓 다시 환원되었을 무렵, 그 궁핍과 혼란 가운데서도 시장에 꽃 파는 양동이가 줄지어 있던 광경이 웬일인지 망막에 어른거렸다. 달러와의 환율 때문에 돈 가치가 곤두박질쳐서 웬만한 사람들의 한 달 봉급이 홑 10달러밖에 안 되는 마당에 1달러에 두세 송이의 장미라…… 모스크바와 상트페테르부르크를 오가는 열차 '붉은 화살'에서 장미꽃으로 마음을 전하는 사람들을 보는 것은 어쩌면 괴로운 노릇이기도 했다. 이런 갈등 때문에, 작은 마당에나마 내가 심는 꽃들은 용의주도하게 구황(救荒) 식물이 주종을 이루고 있었다. 이를테면 나리와 백합이 그런 것들이었다. 뚱딴지도 거기에 속했다. 갑자기 세상이 뒤숭숭해져서 사람들이 라면이다 뭐다 사 쟁일 때도, 나는 참나리의 비늘줄기를 쪄서 왕고들빼기나 곰취 잎사귀에 싸 먹으며 며칠은 견디리라 했었다. 산마늘과 무릇과 씀바귀를 캐리라 했었다. 아니다. 마지막에는 애기똥풀이나 천남성이나 앉은부채 따위 독초를 씹으며 빠르게 목숨을 끊으리라 했었다.

나무는 찾을 길이 없었다. 우리는 벌써 골짜기의 물줄기가 끊어져 어디론가 스미고 있는 곳까지 올라와 있었다. 그녀도 나무에 대한 미련은 버린 듯싶었다. 아니, 애초에 그녀는 그 나무를 본 것과 다름없는 마음 자세였으므로 달리 이러쿵저러쿵할 무엇이 없었다. 나는 뒤돌아서서 우리가 올라온 길을 굽어보았다. 그러자 갑자기 현기증처럼 다가오는 풍경 앞에 머리가 어질거렸다. 나는 하마터면 '아!' 하고 소리칠 뻔했다. 그것은 올라오는 동안 전혀 예상치도 못했던 광경이었다. 나는 펼쳐진 광경이 사실인가 싶어 손으로 눈을 비볐다. 그래도 그 광경은 더욱 또렷해만 질 뿐이었다.

처음에 나는 그것이 마치 무수한 뱀들처럼 보였다. 용문산의 그 많다는 뱀들이, 몸은 누렇고 대가리는 초록색인 무슨 뱀들이 떼지어 꿈틀거리며 솟아오르는 것만 같았다. 그러나 그것은 온통 초록으로 불타오르는 나무들의 행진이었다. 행진이 아니라 비산(飛散)이었다. 그것을 평범하게 초록빛 새싹들이 움트는 것쯤으로 폄하해서는 안 된다. 그 새싹들은 초록의 불꽃이었다. 내 눈이 순간적으로 어떻게 되었다고 해도 어쩔 수 없는 노릇이다. 그 불꽃들은 활활 불타오르며 마치 이 세상에는 없는 어떤 우주적인 비밀 의식을 치르는 것만 같았다. 불타오르면서도 살아 있는 나무들은 높고 높은 천산 위 하늘을 날아 우주를 향해 생명의 빛을 뿜어대고 있었다. 천산 위 하늘, 설산 위 하늘, 수미산 위 하늘을 날아 그 나무들은 거대한 지팡이로 꽂혀 새로운 생명을 노래하는 듯했다.

"이제 그 사람을 향한 순례는 끝났어요."

그녀의 말을 나는 떨리는 마음으로 듣고 있었다. 그 '순례'는 그가 '단지 스쳐가기만 한 곳'까지 이어졌다. 그러나 그것은 단순한 순례가 아니라, 이를테면 오래 전에 불타버린 나무를 되살리는 비밀 의식이었다. 그렇게 말하는 그녀에게서 예전의 그 인도의 왕녀의 모습을 본다고 나는 생각했다. 이 모든 것이 착각이든 환상이든 조금도 문제될 게 없다는 판단이었다. 문제는, 그녀가 간직하고 있는 사랑이었다. 그 사랑이 나로 하여금 도리 없이 환각, 환청을 불러일으킨다 해도, 나는 달게 받으리라고 이미 각오하고 있었던 성싶었다. 남의 사랑에 내가 이토록 허물어질 줄은 꿈에도 생각 못 한 노릇이었다. 불타서 죽은 나무가 사랑의 지팡이가 되었다가 하늘에 꽂혀 움튼 결과였다. 그녀가 하늘에 꽂은 사랑의 지팡이였다.

나는 그녀를 마주 볼 용기가 나지 않았다. 그녀의 주술에 의해 나 자신조차 불타오를 것만 같았다. 나는 나도 모르게 '나무야, 나무, 나무, 나무, 나무, 나무야……'를 계속 입 속으로 읊조리며 온몸을 죄고만 있었다.

나무야, 나무, 나무, 나무, 나무, 나무야……

2

쏟아지는 비는 멎을 기세가 아니었다. 그러나 나는 방구석에서 탈출하지 않을 수가 없었다. 지난 며칠 동안은 하루 종일 냇물에 누워 있는 느낌이었다. 집 앞을 흐르는 도랑에 흙물이 콸콸 넘쳐 넘실거리며 물길 옆 둔덕을 오르내려 어디까지가 물길인지조차 구분이 없어질 때면, 물과 몇 미터 상관으로 낮은 문턱에 의지하고 있는 그 방은 그야말로 물 위의 방이었다. 그러니까, 그 물 위의 방에 누워 있다는 생각이 다시 냇물에 누워 있다는 느낌으로 옮아오는 것이었다. 게다가 굵어진 빗줄기가 죽죽 내리붓고 있는 데는, 그냥 누워 있다기보다 물속을 허우적거린다고까지 해도 좋을 지경이었다. 그때 나는 영락없는 양서류(兩棲類)였다.

아무리 장마라지만 줄기차게 쏟아지는 비는 유례가 없다시피 했다. 어느 지방에서는 '기상 관측 이래 가장 많은 강우량'을 기록했다는 보도도 있었다. 중국에서도 양쯔 강의 제방이 무너질 위기라고들 떠들고 있었다. 예전에는 들어보지도 못한 엘니뇨라는 것의 영향이라고 했는데, 엘니뇨의 뜻이 아기 예수라니 알다가도 모를 일이었다.

나는 며칠째 빗소리에 고막이 얼얼해져 있었다. 문제는, 그 얼얼함을 어떻게 할 도리가 없다는 데 있었다. 하늘과 땅 어느 한곳 물 퍼붓는 소리 안 들리는 구석이 없이 우르르우르르거렸다. 그러니 나는 그야말로 '방콕'에 간다는 신세로 주로 자리에 드러누워, 우주는 넓으나 거칠기 그지없다고 뜬금없이 중얼거리곤 할 수밖에 없었다. 그곳에 들어갈 때 시장에서 산 간단한 이부자리도 눅질 대로 눅져, 단 한 번만이라도 햇볕에 보송보송 마른 순면 냄새를 맡아보았으면 한이 없을 지경이었다. 그러나 하늘이 언제 비를 멈춰줄지 막막하기만 했다. 그러니 언제까지 기다리고만 있을 수는 없었다. 나는 어떤 비닐하우스를 찾아 나서지 않으면 안 되었다.

비닐하우스라고 짚어 말하지만, 나는 언젠가 들어서만 알 뿐이었다. 장마가 들기 바로 전날이었다. 이웃에서 농사를 짓는 사내가 말하는 걸 나는 방 안에 앉아 내다보며 듣기만 했었다. 방 한 칸 없이 비닐하우스 속에서 살며 고생고생했는데…… 이젠 다 걷어치울 수밖에요…… 사내가 말하고 있는 옆에서 그의 아내는 큰 눈만 먼 산을 바라 껌벅이고 있었다. 모자의 차양으로 그림자진 얼굴은 쨍쨍 내리쬐는 폭양을 간신히 피하고는 있었으나, 그 눈만은 바위 밑 도롱뇽의 그것처럼 짧게짧게 빛났다. 유난히 큰 눈에 숨은 도롱뇽 눈이라…… 나는 순간 긴장했다.

내게 아직까지 여자의 눈빛에 긴장할 여유가 남았던가. 나는 도무지 어이가 없어 그만 벌렁 뒤로 누워버렸다. 세상에 지친 나머지 이 용문산 골짜기로 숨어든 내가 아니던가. 몇십 년 동안 나는 세상을 어지간히 헤매다녔었다. 철이 들기 전에는 이 반도의 아래쪽 여러 지방을 옮겨다니며 살아야 했고, 그뒤 나이 들어서는 이 일 저 일로 바다 건너 여러 나라들까지 늦바람처럼 드나들어야 했다. 어린 시절은 몸, 나이 든 시절은 마음, 늘 영양 결핍의 나날들이었다. 마음이 가난한 자는 복이 있나니? 이게 무슨 뜻일까. 자나깨나 무언가 갈구하며 목말라하는 마음이 가난한 것인가, 아니면 아무것도 부족한 게 없다고 나태하게 되는 마음이 가난한 것인가. 나는 알 수 없었다. 불행한 인간으로서 살겠느냐, 행복한 돼지로서 살겠느냐는 물음은 젊은 철학도의 해석만큼 그리 단순하게 대답할 것이 아니었다.

내가 맨 처음 밟은 외국 땅 인도네시아의 수마트라는 그 무렵 해외 건설 붐을 타고 우리 근로자들이 정유 공장을 짓고 있는 곳이었다. 커다란 방아깨비같이 몸통을 오르락내리락하는 채유기(採油機)와 별이라는 뜻의 빈탕 맥주와 매미만한 바퀴벌레와 웅담 값이 형편없는 말레이반달곰과 밤하늘 머리 위에 뜨는 남십자성과 도저히 피우기 힘든 풀담배와 어머니에게 맡긴 어린 딸의 사진 등등이 그 시절 나를 지켜준 것들이었다.

그리고 10여 년, 여러 나라를 거쳐 가장 최근에 밟은 외국 땅 중국의 연변은 다들 알다시피 북한 동포들이 굶주려 압록강을 몰래몰래 건너오는 곳이었다. 나는 내 원적지로 되어 있는 함경북도 북청군 신북청면 초리에서 오는 기별을 기다리며 백하(白河)의 어두운 밤거리를 어슬렁거리고 있었다. 그 두번째 중국행에서 나는 아가씨라는 뜻의 소저(少姐)는 내가 알고 있던 대로 샤오졔라고 발음하지 않고 쇼졔라고 발음한다는 것, 중국의 우리 동포들이 중국인이라는 사실에 은근히 자부심을 느끼고 있다는 것, 백하라는 지명은 1도백하에서 8도백하까지 있다는 것, 「유랑가(流浪歌)」라는 노래가 유행하고 있다는 것, 열차 역

같은 곳인데도 남자 화장실과 마찬가지로 여자 화장실도 아예 문짝이 떨어져나가 훤히 들여다보이게 되어 있다는 것, 조선족의 말로는 도시락을 '곽밥'이라고 한다는 것 등등을 새로 알았다. 백하의 변두리 밤거리는 하늘 높이 뻗은 미인송들이 오히려 외롭고, 멀리 역 광장의 거리 노래 점포에서 조선족들이 불러젖히는 서울 노래가 바람결에 메아리처럼 들려와 더욱 스산하기만 했다. 며칠이 지나도 온다던 기별은 오지 않고, 나는 하는 수 없이 공연히 자꾸만 뒤를 돌아보며 통화(通化)로 떠나는 밤열차의 딱딱한 침대차 칸에 올랐다.

기별을 가져온다던 사람에게 무슨 일이 일어난 것일까. 심란한 마음으로 화장실 옆에 나와 값비싼 운남(雲南) 담배 한 대를 피워물었을 때, 그 동안 귀에 익은 노랫소리가 들려왔다. 문득 나는 종이와 볼펜을 꺼내, 역시 골초인 듯 흡연 장소를 드나드는 중국인에게 써 보였다. '이 노래의 이름(此歌之名)?' 그러자 그가 곰곰 생각한 끝에 적어준 것이 「유랑가」였다. 퀴퀴한 냄새의 만주 밤열차는 여가수의 애잔한 노랫소리를 흘리며 옛 고구려 땅을 달리고 있었다. 조선족 여승무원에게 물어 더듬더듬 알아본 가사는 대충 이러했다.

천지를 헤매는 사람에게는 집이 없습니다.
천애지각(天涯地角) 헤매도 외로움뿐입니다.
아아, 그리움에 사무쳐 불러보는 어머니,
어머니, 봄 여름 가을 겨울 세월은 변해도
외로움과 그리움으로 늘 헤매기만 할 뿐입니다.
……

긴 노래여서, 여승무원도 머리를 갸웃거리며 대충 뜻을 옮기면 그렇다는 것을 내가 다시 꿰어 맞춘 가사이므로 곧이곧대로 위와 똑같지는 않다는 점은 양해해야 할 것이다. '외로움' 이니 '그리움' 이니 하는 것도 진부한 내 낱말일지 모른다. 그러나 나는 외로움과 그리움, 그것이 오래 전부터의 내 화두였다는 사실에 가슴이 시렸다. 그리고 나야말로 「유랑가」의 주인공이라고 자처하고 싶었다. 막막한 만주 땅을 아무런 기별 없는 사람을 뒤에 두고 간이역마다 멎었다 가는 단선 철도를 밤새 철거덕거리며 달려보라. 통로에 놓인 보온병에서 식어가는 온수 한 잔 따라놓고 '곽밥' 을 열어 목구멍으로 한 젓가락 한 젓가락 넘길 때 목메게 떠오르는 그 얼굴을 바라보라. 아득한 어둠 속 어룽거리는 인불과 같이 객창(客窓)에 흐릿이 어리는 모습이 자기 자신임을 겨우겨우 읽어보라. 그 외로움과 그리움의 천애지각에 어찌할까 몰라 마음 쓰라려보라!

그리고 중국 동방항공 여객기를 타고 서울로 돌아온 나는 여러 날 몸져누웠다. 몸살에 마음의 열병이 더친 것이었다. 그러면서, 그것으로서 내 지금까지의 모든 헤맴은 막을 내려야 한다고 나는 생각했다. 그렇게 되지 못한다면, 나는 살았으되 죽은 목숨이었다. 나는 우선 서울을 떠나지 않으면 안 되었다. 어떡하든 땅에 뿌리를 박고 농투성이로서 굳세게 살지 않으면 안 되었다. 그것만이 지난 내 삶을 스스로 용서하고 구제받는 길이었다. 지난 세월에도, 우리들 가운데 아무도 민중 아닌 사람 없고 민족 아닌 사람 없는데 괜스레 그런 걸 들먹이는 거대 담론에 염증이 나서 농투성이의 길을 모색하지 않은 것은 아니었다. 그러나 그때 나는 아직 외로움과 그리움이라는 추상(抽象)에 족쇄가 채워져 있었다. 중국 여행이 나로 하여금 깨닫게 한 것은 그 추상을 물리치지 않으면 안 된다는 것이었다. 나는 몸져누워 있는 동안 내내 그것에 시달렸다. 이른바 본심미묘(本心微妙)의 정신은 거기에 있지 않을 것이었다. 무조건 대륙을 무대로 한다고 큰 이야기가 된다면 가장 큰 이야기는 우주를 무대로 하는 이야기일 수밖에 없었다. 따라서, 우주에 관해서 아는 게 없는 나는 차라리 '모래알 하나에서 우주를 보는' 눈을 갖고자 한 어떤 시인 쪽을 택할 것이었다.

열병에서 간신히 깨어난 나는 어느덧 세상일에는 거의 흥미를 잃은 나를 발견했다. 간단히 표현하여, 미주알고주알이라든가 기연가미연가라든가 콩켸팥켸라든가 시난고난 따위의 신산한 우리말들이 도대체 무얼 알맞추 나타내려고 생겨났나 했더니, 바로 우리네 세상살이의 실상을 좀더 핍진하게 보여주려는 것이었다. 인생은 그런 시시콜콜한 것이었다! 태어나서 늙고 병들고 죽는 게 인생이었다!

삶이 이토록 경쟁으로써만 보장된다는 데 진절머리가 났다는 게 옳은 말일 것이다. 누가 나를 향해 패배자라고 손가락질해도 좋았다. 나는 서울 것들을 몽땅 청산하고 보따리를 쌌다. 마음먹기까지가 어려운 일이라는 말은 진리였다. 한낱 농투성이가 되리라. 농투성이가 되어, 밭을 갈면서 참선의 경지에 빠진다는 세계에 깃들이리라. 도롱이 쓰고 빗속에 묻혀 흐린 세상을 비껴가리라.

그러나 모든 것에는 절차가 있었다. 알아본 결과, 농지를 사는 데는 나름대로 제약이 있었다. 우선 현지에 살면서 농사를 지을 사람임이 확실한가 증명해야만 한다는 것이었다. 그러려면 보름 동안 언제든지 불시에 관청에서 조사하러 나오기를 기다리고 있어야 된다는 것이었다. 그때 증명이 되지 않으면 안 된다는 게 법이었다. 도시에 살면서 농지를 사들여 투기하는 행위를 막기 위한 것이라고 했다. 서울 생활을 채 정리하기도 전에 나는 그 마을에 방을 얻어 보름 동안을 묶여 지내지 않으면 안 되었다. 내 고고한 뜻을 증명해 내보일 길이 달리 없기도 했다. 나는 삽, 호미, 괭이 등 농기구를 사들고 장화, 밀짚모자까지 갖추어, 매미가 목 넘어가게 쨍쨍 우는 한여름의 골짜기 마을로 걸어 들어갔다. 그리하여 보름 동안 정해진 시간과 공간 속에 나의 모든 것은 갇힌 셈이 되고 말았다. 매우 이상한 시간과 공간이라는 생각이 들었다.

군청의 담당 공무원이 언제 모습을 나타낼지는 알 수 없는 일이었다. 그렇게 함으로써 진짜 농사꾼인지 아닌지를 가릴 수 있다는 데야 할 말이 없었다. 유예라든가 유폐, 또 유배라는 낱말이 떠올랐다. 문제는 언제 그가 올지 모른다는 데 있었다. 말하자면 언제 올지 모르는 사람을 기다리는 게 내 일이었다.

그런 마당에 그 이튿날부터 비가 쏟아지기 시작한 것은 다행스러운 일이라고 말해야 한다. 일기 예보를 무시하고 쏟아지기 시작한 비였다. 처음 동쪽의 작은 창문이 얕게 흔들려 지진인가 하고 밖을 내다보니 그리 멀지 않은 구릉들 위로 비가 뽀얗게 몰려오는 게 보였다. 눈 깜짝할 사이에 방 앞에 바싹 다가와 쏟아지는 그것은 낚시터 하나쯤을 하늘에 엎어놓은 듯한 맹렬한 비였다. 한여름 날의 소나기같이 쇠락한 게 어디 있으랴, 나는 모처럼 서늘한 눈매로 도랑 저쪽의 커다란 백양나무 잎사귀들이 비에 씻기며 나부끼는 풍경을 바라보았다. 그리고 오래 전 언젠가도 역시 그곳에 그러고 있었다는 착각에 휩싸였다. 비에 젖어 팔랑이는 나뭇잎 한장 한장마다 그 무렵의 잊혀진 기억이 왜 떠오르지 않느냐며 말하고 있는 것 같았다. 그때 나뭇잎 사이로 노란 비닐 비옷을 뒤집어쓴 여자가 걸어오고 있는 것도 마치 예전의 일이 아닌가 하고 나는 내 눈을 의심했다.

그 여자가 누구인지 짐작하지 못한 것은 노란 비옷 탓임에 틀림없었다. 장화를 살 때 시장 가게에도 똑같은 비옷이 걸려 있었다. 농사를 짓는 시골 아낙에게는 어쩐지 어울리지 않는다는 생각이 들었다. 사실 진보라의 고무 장화도 그렇기는 했다. 그러고 보니 그 여자도 바로 그 고무 장화를 신고 있었다. 마을에 땅을 보러 드나들 때 나는 어떤 한 부부가 작은 언덕 바로 너머 개를 키우며 비닐하우스 농사를 짓고 있다는 말을 들었었다. 그 남편 되는 사람은 몇 번인가 먼발치에서 본 적도 있었다. 외진 골짜기였으므로 마을의 네 가구 사람들 말고는 그 부부밖에 그곳을 오갈 사람은 달리 없었다. 게다가 나는 이미 그 여자의 눈 속에서 도롱뇽의 눈빛을 보지 않았던가. 그런데도 나는 비옷 여자가 그 부부의 아내라는 사실을 감지할 수 없었다. 비옷 탓이 아니었다. 말했다시피 나는 과거의 어느 장면 속에 놓여 있는 것이었다. 비의 나라, 나무 잎사귀들의 나라에 노란 비옷을 입은 여자가 지나간다……

"큰일났네. 비가 더 쏟아지면."

여자의 목소리가 들려왔다. 주인 아주머니와 이야기를 나누고 있는 모양인데, 주인 여자의 목소리는 웬일인지 들려오지 않았다. 나는 꼼짝하지 않고 그 자리에 앉아 있었다. 이토록 비가 쏟아지는 가운데 찾아온 것으로 보아 뭔가 급한 일인 듯했다.

그 부부가 그 외진 골짜기에 개를 키우러 들어온 것은 뒤쪽 어딘가 산 밑에 자리잡고 있는 굿당과의 약속을 믿고서라고 했다. 남편이 몰고 다니는 용달차로 굿당에서 필요로 하는 제수들을 실어다 주고 그 대가로 남은 음식을 개먹이로 받는다는 게 그것이었다. 워낙 알려진 굿당이라 늘 음식이 넘쳐난다는 말에 솔깃해서였다고 했다. 주인 여자는 내가 그곳에 들어와 농사를 지으며 살 계획이라고 말하자 의외로 자상하게 일러주었다. 그녀는 그녀의 자상한 설명의 반만큼이라도 내게도 나에 대한 설명을 기대하는 것 같았다. 특히 나의 가족 사항에 대해서는 노골적으로 궁금함을 나타냈다.

하지만 나는 아무것도 설명하고 싶지 않았다. 나는 내가 살아오는 동안 알던 모든 사람들을 떠나 혼자 살고 싶었다.

흔히 말하듯이 다 관두고 농사나 짓겠다는 것처럼 단순한 뜻이 아니었다. 나는 결단코 혼자이고 싶었다. 하지만 그것이 아내에게 배반이 되는지 아닌지는 나로서도 오랫동안 궁구해보아야 할 문제였다. 단지 스스럼없이 말할 수 있는 것은, 세상을 등지겠다는 꿈은 어제오늘 다독여온 게 아니라는 점이었다.

오래 전부터 나는 몇 번인가 '모든 사람들'을 떠날 계획을 세웠었다. 한 번은 그 계획이 깊은 산 속의 절을 찾아가는 행동으로 어쭙잖게 나타난 적도 있었다. 이렇게 아무렇지도 않은 듯 말하곤 있지만, 그때 내가 거의 반미치광이 상태에 있었다는 말도 곁들여놓지 않으면 안 된다. 그러나 그것이 내 길이 아니라는 걸 아는 데는 그리 오랜 시간이 걸리지 않았다. 산속에서 나는 내 가슴 속에 그리움이라는 이름으로 남아 있는 세상살이에의 집착에 문득문득 놀라 소스라치곤 했었다. 그래가지고선 될 일도 안 될 일이었다.

산속에서의 생활은 짧으나마 내게 그리움의 정체를 오히려 또렷이 새겨놓고야 말았다. 그로부터 내가 살아온 역정은, 그러니까, 그 그리움의 정체를 찾아 헤맨 것에 지나지 않았다. 촉광도 낮은 사무실 책상에 납작 엎드려 쓰잘 데 없는 서류를 뒤적이던 시간들, 낯설고 물선 먼 나라에서 밤을 새워 원고를 작성하여 DHL로 달려가던 시간들, 영어의 '하우 머치?' 러시아어의 '스콜카 스토이트?' 중국어의 '뛰샤오첸?' 일본어의 '이쿠라데스카?'를 말하던 시간들, 모두 그리움이라는 단 하나의 낱말에 귀속되었다. 삶이란 별게 아니었다. 그리움의 정체를 밝히는 것이었다. 남녀의 교접도 그것이었다.

다시 세월이 지나, 세상을 등지겠다고 해서 내가 그리움이라는 괴물을 퇴치했다고는 여겨지지 않았다. 내가 여전히 그 노예임을 나는 알고 있었다. 그런 만큼, 땅을 보러 다니면서 중요하게 여긴 것은 과연 얼마만큼 세상을 등질 수 있느냐는 것이었다. 내 이웃이 될 주인 여자밖에 내가 상대할 사람이 가까이 없다는 사실이 그 땅을 택하는 데는 큰 뒷받침이 되어주었다. 나온 김에 그 부부에 대한 주인 여자의 말을 더 옮기면, 굿당에서 예상했던 것만큼 개먹이가 나오지 않고, 게다가 엎친 데 덮친 격으로 중국에서 수입 개고기가 쏟아져 들어오는 바람에 머지않아 그곳을 뜨겠다고 한다는 것이었다. 고깃값이 똥값이 됐다니까. 인건비는 말도 말고 본전도 못 건졌다니까. 하기야 뭐든지 중국에서 들어왔다 하면 가격이 곤두박질치는 게 정해진 이치였다. 전쟁이 일어났을 때, 사람의 생명마저도 아랑곳없이 무작정 무더기무더기로 압록강을 건너 물밀듯이 밀고 내려보내는 작전을 했던 나라였다. 비닐하우스에서, 와사비, 생선회 찍어 먹는 거 그거 만드는 풀을 심었는데, 그것두 중국 것 땜에 글렀대.

이런저런 말 끝에, 그녀는 아직 농사꾼이 채 되지 않은 내게 농약병을 내밀며, 씌어 있는 대로 물에 좀 타달라고 부탁하기까지 했다. 그것을 나는 환영 인사로 받아들였다. 남편이 일찍 세상을 떠나고 아들딸들은 다 도시로 나간 뒤, 그녀는 혼자서 옥수수와 감자 따위를 심어 시장에 내다 팔며 그 골짜기의 집을 지키고 있었다. 그녀에게는 시련이겠지만, 그것도 내 마음에 들었다. 번다하지 않을수록 좋은 것이었다. 훨씬 나중에, 그녀가 한글을 읽지 못한다는 사실을 알고 그것도 내 복이라 싶었다.

커다란 백양나무 조금 뒤로 같은 백양나무의 새끼인가 했던 나무는 자세히 살펴보니 자작나무였다. 백양나무는 줄기의 껍질이 전체가 하얗지 않고 군데군데 거무튀튀한 빛과 섞여 있으며, 무엇보다도 잎사귀가 달랐다. 백양나무 잎사귀는 뒤집힐 때마다 은빛의 뒷면이 희끗희끗 드러나는 반면 자작나무는 앞뒤가 그냥 초록일 뿐이었다. 백양나무는 내가 다닌 학교의 상징의 하나로 여겨지던 나무였고, 자작나무는 아내와 처음 여행을 했을 때 우리가 잠잔 방의 창밖에서 우리를 밤새 지키고 있던 나무였다. 주인 여자는 백양나무가 너무 커서 자기네 집의 장독대에 그늘을 지우는 게 불만인 모양이었다. 그녀가 내게 한 첫 부탁은 이사를 오면 그 나무를 좀 잘라달라는 것이었다. 그러면 온종일 장독이 햇볕을 따끈따끈 받아 장이 더 맛있게 익을 테니 갖다 먹으라고 그녀는 말했다. 내게는 장보다도 나무가 더 중요하다고 말하고 싶었다. 백양나무와 함께 자작나무가 내가 농사를 지을 땅의 경계를 나타내며 서 있다는 사실에서 삶의 어쩔 수 없는 굴레를 느끼며 숙연해지는 내 마음이 나는 좋았다. 나는 아무 말도 하지 않았다.

내가 세상을 하직하는 날도 저 나무들은 살아 있어서 내 영혼이 육체를 빠져나가 자유를 얻는 모습을 바라볼 것이다. 이런 생각에 나는 나무를 다시 쳐다보았다.

마지막으로 학교 강의를 끝내고 백양나무가 다 잘려나간 '백양로'를 걸어나오면서 이제 다시는 강의실 따위는 기웃거리지 않겠다고 다짐했었다. 세상을 헤매다닌 것이 그러했듯이 누구를 가르친다는 것도 다 부질없는 짓거리에 지나지 않았다. 달리 살아가지 않으면 안 된다. 한번 들어가면 나오지 못한다는 수도원 이야기도 떠올랐다. 달마의 토굴 이야기도 떠올랐다. 백양나무는 밑동이 약한 까닭에 큰 바람에는 잘 견디지 못해 은행나무로 바꿨다는 게 학교측의 설명이었다. 그러나 백양나무에 대한 추억이 있는 사람에게는 그 설명은 공허한 것이었다. 나는 백양나무 아래서 시를 썼고, 연애를 했다. 자살한 친구와 우정을 나누기도 했다. 그 나무를 내 곁에 두게 됨으로써 나는 비로소 윤회라는 것마저도 아득하게나마 생각할 수 있겠다는 미더움마저 얻고 있었다. 달리 살아가지 않으면 안 된다.

"무슨 일이라도 생겼답니까?"

개집 여자가 노란 비옷을 입고 왔다 간 다음에 나는 주인 여자에게 물었다.

"흙이 무너져서 누구 도와줄 사람이 없느냐는 거지. 그럴 사람이 없지. 그저 집마다 골골하는 늙은이들뿐인데."

주인 여자의 대답에 나는 개집 여자가 나를 바라보고 왔었음을 알았다. 내가 세를 들어 살고 있다는 소문은 확실히 이웃까지 알려져 있는 모양이었다. 당연한 일이긴 했다. 그런데 내가 아예 없는 듯 얼굴조차 내비치지 않자 여자는 그냥 돌아가고 만 것이었다.

수하미인도(樹下美人圖)라는 게 머리를 스쳤다. 나무가 있고 그 아래 아름다운 여자가 있는, 예로부터 전해지는 그림의 한 형식이었다. 그 여자의 얼굴이 제대로 내 눈에 들어오지도 않았고 단순히 노란 비옷만 망막에 어른거릴 뿐인데, 순간적으로 그 여자가 백양나무, 아니 자작나무 아래 서 있는 모습이 허공에 어렸다. 어느 것인지 명확하지 않은 나무는 이 경우 하얀 자작나무로 한다. 포도나무 아래 있는 여자,

석류나무 아래 있는 여자, 매화나무 아래 있는 여자…… 이처럼 예로부터 전해져오는 여러 그림 가운데 하나의 그림이 머리에 그려졌다. 자작나무 아래 있는 여자…… 무슨 변고일까, 알 수 없는 일이었다.

내게 수하미인도를 가르쳐준 것은 아내였다. 저 그림 형식은 고대 페르시아에서부터 인도와 중국으로 건너와서 우리나라를 거쳐 일본까지 갔대. 역시 고대의 무역로인 그 비단길을 지나왔다는 것이었다. 아내의 말을 들으면서 나는 어디선가 주워들은 대로, 인도 여자의 요염, 중국 여자의 교태, 일본 여자의 간드러짐 같은 표현들을 가져와본다. 한국 여자는?

한국 여자처럼 어려운 존재는 없으리라 싶었다. 식민지 통치를 겪은 나라에서 전쟁과 혁명의 딸로서 오랜 독재와 불평등의 나날을 남자들을 일으켜세우며 견뎌내야 했던 여자들이 아니던가 말이다. 더군다나 위의 표현들은 남자 쪽에서 여자를 단지 성적으로 볼 때 던져보는 말들에 지나지 않는 것들이다.

비는 쉽게 멈출 것 같지 않았다. 머릿속의 수하미인도를 둘둘 말아놓고 나는 우산을 펴 들었다. 일본에서 들여온 '와사비'는 고추냉이의 뿌리를 갈아 만든 것이었다. 산책을 겸해서 고추냉이밭을 한번 보고 싶었다. 나는 물이 불은 도랑 위에 위태롭게 걸려 있는 통나무 다리를 건너 그 여자가 사라진 언덕 쪽으로 발걸음을 향했다.

까치수염꽃이 삐죽삐죽 많이 돋아 희게 핀 언덕이었다. 장화를 신었으나 빗줄기에 바지는 무릎 위까지 젖어들었다. 소나무들 사이로 자작나무도 몇 그루씩 눈에 띄었다. 시베리아에서 자작나무 껍질이 여러 가지 공예품의 소재로 요긴하게 쓰이는 걸 보았었다. 작은 장난감도 만들고 상자도 만들고 그 위에 그림도 그렸다. 그리고 그곳에서는 자작나무가 하늘과 땅을 이어주는 신령스런 나무가 되어 제사를 지낼 때 받들기도 한다고 설명되고 있었다. 그 나무에 기도하면 뜻이 하늘에 전해진다는 믿음의 나무였다. 어느 해던가. 대관령 산신(山神)을 강릉 시내로 모셔 내려오는 행사를 보러 갔었다. 사람들이 줄을 지어 대관령 산신각에 올라가 제사를 지내고 그 신령스러움이 그대로 깃든 나뭇가지를 꺾어 내려오는 것이었다. 그 나뭇가지가 산신의 역할을 했다. 간단히 말해, 그 산신을 시내의 여신과 만나게 하는 축제가 강릉 단오제였다. 대관령의 산신 나무는 물푸레나무였다.

산신 나무를 보러 다닐 무렵만 해도 내게는 많은 꿈이 있었다. 그러니까 굳이 그런 행사를 좇아다니기도 했을 것이다. 돈과 출세와 명예가 여전히 내 어깨를 짓누르고 있었다. 그 허울을 벗어던지기란 결코 쉬운 일이 아니었다. 세상을 등지고 서울을 떠나 이름 없는 작은 언덕 아래서 자작나무를 바라보는 사람이 바로 나라는 사실에 나는 온몸이 떨리기까지 했다.

노란 비옷이 언덕길을 서성이고 있었다. 그 모습도 자작나무 아래 있는 모습이다, 하는 순간, 나를 발견한 그녀가 행동을 멈추고 나를 뚫어져라 바라보았다. 아마도 내가 마을에 온 것은 알았을지 몰라도 그렇게 맞닥뜨리기는 처음일 텐데 이미 오래 전부터 알고 있다는 눈빛이었다. 내 존재를 알 뿐만 아니라 내가 올 것까지 알고 있었다는 눈빛이라는 생각이 들었다. 경계하지 않으면 안 된다. 나는 웬일인지 도사려졌다. 비옷으로 부풀려져서 그렇지 가냘픈 몸매였다. 그 여자는 오도카니 서서 내가 더 다가오기를 기다리고 있었다. 이때 일종의 전율 같은 게 내 몸을 뱀처럼 스쳐 지나가는 걸 나는 분명히 느꼈다.

"다 휩쓸려가도 이젠 그만이에요. 어차피 여길 뜰 거니까."

그 여자는 가볍게 한숨지었다. 한숨에는 나무 잎사귀 마르는 소리가 묻어 있었다. 도와줄 사람을 찾던 여자가 아니었다.

"남편은 어디 갔나요?"

"개 팔러 갔어요. 비가 오면 사람들은 개를 덜 먹죠. 오늘은 못 올 거예요. 어쩜 내일도."

나는 괜한 물음을 던졌다 싶었다. 여자의 표정은 비에 젖어서인지 슬프게 촉촉해 보였으나, 목소리는 매몰차게 들렸다. 나는 더 이상 이을 말이 떠오르지 않았다. 그런 마당에 고추냉이를 보겠다느니 어쩌느니 한다는 건 삶에 대한 모독이 아닐 수 없었다.

"애완견을 하면 어때요? 고기 말고."

나는 조심스럽게 말했다. 여자의 눈에 야릇한 웃음이 감돌았다.

"그런 거보다…… 책에 나오는 무슨 짐승들을 길렀으면 좋았겠죠."

"책에 나오는 무슨 동물이라뇨?"

나는 여자의 말을 알아들을 수가 없었다. 듣기에 따라서는 퍽 자조적으로 들릴 말이었다. 가슴이 답답해지면서 아득해졌다. 꿈꾸는 듯한 말투에 나는 어느 먼 나라에 와 있는 느낌이었다. 동북아시아와 중앙아시아의 낯설고 외딴 오지 마을에서 한 핏줄을 나눈 여자를 만나 길을 물으며, 안쓰러워한 쪽은 오히려 내가 아니던가. 고향을 떠나 온갖 시련을 겪고서도 다소곳이 운명에 순종하며 굳세게 살아가는 우리네 여자들이 거기 있었다. 마당에 옥수수 자루를 쌓아 말리며, 고사리를 캐다 삶으며, 무를 썰고 호박을 오리며, 옹기종기 모여 호롱불같이 살고 있었다.

"동물원에도 없지만 책에는 있는 동물들이 있어요. 상상 속의 동물이죠. 전 책을 영화보다 더 좋아해요. 평생을 책만 읽으며 살겠다 했죠. 맥이란 동물을 아세요?"

말하고 나서 그 여자는 문득 생각에 잠긴 표정이 되었다. 나는 그 여자가 조금도 과장해서 말하고 있지 않다고 믿었다. 그러자 들릴락 말락 하게 "맥, 기린, 가루라" 하고 꼽아보듯 하는 말이 들려왔다. 그 여자는 내가 만난 어떤 여자들보다도 세상에서 멀리 떨어져 살고 있는 여자라고 여겨졌다. 내가 그 동물들을 모를 리 없었다. 책에만 있는, 상상 속의 동물들이 맞았다. 맥은 꿈을 먹고 산다더니 그 여자야말로 맥 같은 여자임에 틀림없었다. 여자란 근본적으로 허황한 존재라고 오래 전에 이미 단정했었지만, 하필이면 거기서 전형적인 여자를 만나게 될 줄은 정말 뜻밖이었다. 이런 경우를 위해 꿈에도 몰랐다든가 외나무다리에서 만났다든가 하는 표현이 살아 있었다.

"일각수(一角獸)도 있지요. 유니콘, 외뿔 짐승."

나는 알은체하고 기어코 거들고 말았다. 아니, 거드는 정도가 아니라 순간적으로 반발하고 있었다는 게 옳을 것이다. 나는 책이라면 질린 사람이니, 새삼스럽게 맥 같은 헛된 걸 들먹거려서 맥빠지게 하지 말라는 대꾸가 입 속을 맴돌았다. 한 발 더 나아가, 나는 책 읽는 사람을 경멸한다고까지 쏘아주고 싶은 심정이었다.

세상을 등지는 데는 이른바 마음 비우기가 선행되어야 했다. 그러나 외뿔 짐승 앞에서, 그렇지 못한 내 마음은 여지없이 마각을 드러내고 있었다. 빌어먹을 상상 속의 짐승이니 뭐니 하는 터무니없는 게 나를 자극한 결과였다. 그런 등속의 것에 촉발되어 쓸데없이 머리를 굴리다간 마음이 비워지기는커녕 세상 그리움에 멍이 들고야 말 것이었다. 나는 허겁지겁 담배를 꺼내 피워물었다.

"저도 한 대 주세요. 유니콘은 행운을 가져다 준다지요? 그런데

개가 행운을 가져다 주리라 했으니. 이런 걸 개뿔 같은 얘기라고 하나요?"

나는 말문이 막혔다. 뾰족했던 마음도 그만 무력해졌다. 더 이상 대화를 이어가고 싶지 않은 나는 담배를 건네며 고개를 숙이고만 있었다. 그 여자는 담배를 받아 긴 손가락에 끼우고 내가 내미는 라이터 불을 기다렸다. 그때 언뜻 보니 그 여자의 뺨으로는 눈물이 흘러내리고 있었다. 그것은 누가 뭐래도 빗물이 아니었다. 그제야 나는 우리가 언덕길에서 처음 마주쳤던 그 자리에 붙박인 듯 마냥 서서 이야기를 나누고 있었음을 알았다. 그리 멀지 않은 곳에서 아직 팔려가지 않은 개가 그르렁거리는 소리가 들려왔다. 비는 그치지 않고 내리고 있었다.

고추냉이는 구경도 못 하고 내 방으로 돌아온 나는 다시 빗속에 갇혔다. 정황으로 보아 고추냉이는 제대로 자라고 있을 것 같지도 않았다. 그러나 고추냉이가 문제가 아니었다. 뭐가 뭔지 머리가 어지럽다라는 시간이 지나고 그날 밤부터 나는 심한 몸살 감기에 앓아 누웠다. 비는 다음날도, 그 다음날도 쉬지 않고 내렸다. 그들 부부, 아니 그 여자가 궁금하기도 했으나, 나는 자리를 떨치고 일어날 수가 없었다. 간신히 주인 여자에게 말해 옥수수와 감자 삶은 걸로 끼니를 때우며, 나는 열에 시달렸다. 시간이 갈수록 그것은 단순한 몸살 감기가 아니었다. 그것은 내가 여태껏 살아오던 터전을 버리고 다른 삶을 택하는 허물벗기에서 비롯된 역병 같은 것임을 나는 모르지 않았다. 얼마 동안 정신이 혼미해지는 상태가 계속되기도 했다. 나는 모든 것을 떠남으로써 새로운 삶이 열리기를 진정 바랐다. 그래서 앓고 있는 것이었다. 지난 세월, 부질없이 종종걸음을 치며 먼 곳 가까운 곳 한없이 유랑하고 살아온 역정이 낡은 네거티브 필름처럼 망막을 스쳐 지나갔다. 그런 사이사이에 여자가 흘리던 눈물이 눈에 어릴 때마다 나는 깊이 한숨지었다. 몇 날이 지났는지도 알 길이 없었다.

그런 어느 날, 느지막이 잠에서 깬 나는 간밤에 그 여자가 다녀갔음을 뒤늦게 깨닫고 퍼뜩 자리에서 일어났다. 간밤에 그 여자는 장독대 쪽으로 난 작은 곁문을 열고 들어와서, 거의 혼수 상태에 빠져 있다가 간신히 일어난 내게 느닷없이 책을 빌려달라고 했었다. 누군가가 문을 두드린다고 여긴 순간, 그 여자가 이미 빠끔히 문을 열고 있었다. 내가 가진 책이라곤 단 한 권도 없었다. 그 여자는 방 안을 휘 둘러본 뒤 머리맡에 놓여 있던 담뱃갑에서 담배를 뽑아 물었다. 나는 책이 한 권도 없는 내가 그토록 고마울 수 없었다. 그게 뭔지는 알 수 없어도, 지금 여자에게 필요한 것은 책이 아니라는 생각이 들었다. 그렇다면 상상의 동물? 그것도 아니라고 판단되었다. 그런 따위가 아니라, 이 세상에는 엄연히 있되 영원히 이상적인 그 무엇이 필요했다. 그게 과연 무엇일까. 나는 그 여자가 담배를 비벼 끄고, 내 좁은 이부자리 속으로 기어드는 걸 알면서도 아무 말 없이 그대로 누워 있었다. 열이 다시 들끓으며 나는 혼몽한 의식 속으로 가물가물 빠져들어갔다. 여자가 무슨 말인가 속삭이며 내 몸을 파고든다고 느낀 것도 잠깐이었다. 여자의 목소리가 의식 바깥에서 빗소리처럼 들려왔다.

정말 억척같은 비였다. 간밤에 일어난 일이 도무지 믿어지지를 않았다. 여자가 언제 갔다는 것은 물론 왔었다는 사실도 헛것을 본 것처럼 여겨졌다. 무슨 일이 벌어졌는지는 더욱 까마득했다. 그런 중에도 몸이 어느 만큼 회복되었다고 감지되는 것만은 고마운 노릇이었다.

오전 내내 안절부절못하고 있던 나는 다시금 빗속을 걸어서 언덕길로 향했다. 그 여자를 만나는 게 두렵기조차 했다. 하지만 가만히 앉아서 하염없이 빗줄기만을 바라보고 있을 자신이 없었다. 그러다가, 가라앉을 기미를 보이는 역병이 슬그머니 더치는 날에는 아예 불귀의 객이 되고 말 것만 같았다. 아니었다. 뭐가 어찌 됐든 나는 그 여자를 만나야 했다. 만나서 뭘 어떻게 하겠다는 건 전혀 없었다. 그렇다면?

그렇다면…… 그렇다면, 나 역시 책 속의 어떤 이상을 좇아 세상과 등지기로 했는지 묻고 싶었던 것인지 모른다. 평생을 이리저리 기웃거린 삶은 단순히 먹고 살기 위해서가 아니라 나름대로 이상의 그림자를 좇아다닌 것에 다름아니었다. 그런데 그게 역겨워 숨어든 것이 또한 그 역정의 다른 모습이더란 말인가. 한심스럽기 그지없었다.

그들 부부가 그곳을 떠났으리라는 우려가 없었던 것은 아니었다. 눈을 뜨자마자 나는 그 사실이 가장 마음에 짚였었다. 언덕길을 올라가서, 비닐하우스가 반쯤 흙더미에 휩쓸려 황량하게 남겨진 터전밖에는 아무것도 없는 풍경 앞에 섰을 때, 나는 생각보다 내가 덜 놀라고 있음에 적이 안도했다. 그곳은 말 그대로 폐허였고, 유구(遺構)였다. 그 여자가 책을 빌리러 온 것은 한갓 핑계였다. 그런 점에서 내게 책이 한 권도 없었던 것은 잘된 일이었다. 나는 비바람에 날리는 비닐을 밟으며 몇 걸음 서성거렸다. 그들 부부가 거기 살았던 사실도 거짓말처럼 받아들여졌다.

그때였다. 고추냉이가 도대체 어떻게 생겼을까 하고 살피고 있는 내 눈에 뭔가 몽롱하고 아득한 모습이 어른거렸다. 눈을 비비고 자세히 보아도 그 모습은 그대로인 채였다. 무엇일까. 그들 부부가 버리고 간 무엇일까. 어디선가 「유랑가」의 애잔한 곡조가 들려온다고도 믿어졌다. 환청이라고 해도 상관없었다. 세상살이의 살벌한 경쟁에 밀려 여기까지 온 사람들이 더 이상 갈 곳은 어디에도 없을 것이었다. 나는 그 여자가 책에 파묻혀, 책에 나오는 동물들과 어울려 노니는 그런 삶을 살게 되기를 진심으로 바랐다. 그러나 그것은 결코 이루어질 수 없는 바람이었다. 다시 열병이 더친 듯 머리가 뜨겁게 달아오르는가 싶더니 심한 어지럼증이 몰려왔다. 그러자 눈에 어른거리던 몽롱하고 아득한 그 모습이 비안개 속에서 언뜻언뜻 모습을 드러냈다. 아, 신음 소리와 함께 나는 그 모습을 응시했다.

외뿔 짐승이었다. 남들이 보았다면 온통 빗물에 젖어 있다고 했겠지만, 그것이 눈물임도 나는 알고 있었다. 눈물을 흘리고 있는 외뿔 짐승이었다.

비는 줄창 내리고 있었다.

*

하얼빈의 뜻이 무엇인지는 아무도 모른다. 그 인근의 도시 이름들인 차하르나 치치하얼도 마찬가지다. 만주족의 말인 그 이름들의 뜻을 알자면 만주족에게 물어보아야 하겠지만, 만주족은 거의가 이미 중국에 동화되고 말았다고 했다.

어쨌든 오후 4시에 하얼빈을 출발한 택시는 줄곧 남쪽으로 달리고 있었다. 애초에 그곳 실정을 감안하지 않고 무리한 스케줄을 잡은 데 문제가 있었다. 세계 어디서든 필요하면 택시를 타는 것이 상책이긴 해도, 중국 땅에서 성(省)과 성을 잇는 길을 택시로 달리게 될 줄은 차마 몰랐었다. 그것은 '공리(公里) 6백'의 거리였다.

"공리 6백이오, 6백. 공리란 말 모르시오?"

그 말을 들으며 나는 '공리'가 킬로미터라는 뜻을 알아차렸다. 흑룡강성의 하얼빈에서 길림성의 심양까지 6백 킬로미터라는 것이었다. '크음' 하고 나는 신음 소리를 집어삼켰다. 이럴 때 나도 모르게 스스로에게 해보는 질문이 절로 머릿속을 맴돌았다. 도대체 이건 또 웬 운명의 장난이람? 그리고 곧 뒤를 따르는 말, 그렇다면 달게 받아주마.

운명의 장난이라는 말이 나왔으니 말이지, 이처럼 허망한 말도 따로 없을 것이다. 운명=장난과 같은 등식이 성립되는 걸 누가 호락호락 받아들일 수 있을 것인가. 그러나, 인생살이의 구석구석에 운명=장난의 등식은 갖가지 형태의 보호색을 띠고 숨어 있다. 빌어먹을, 뭔가 잘못되어서 그때부터 에라 모르겠다 하고 중국의 동북 3성을 열차로 여행한다는 계획을 뒤늦게 세운 것부터가 어쭙잖은 일이었다. 일은 연변에서 애초에 뒤틀렸다. 백하(白河)의 어두운 밤거리를 서성거리며 북한에서 올 사람을 초조하게 기다리고 있던 나는 아무런 소득도 없이 돌아설 수밖에 없었다. 그리하여 하얼빈까지의 열차 여행은 시작되었다. "천애지각(天涯地角) 헤매도 외로움뿐"이라는 가사의 「유랑가」가 귓전을 흐를 때 '곽밥'을 뜯어 먹으며 캄캄한 창밖을 바라보았다. 그렇게 심양을 거쳐 밤열차의 3층 침석에 누워 흔들리며 도착한 하얼빈 '역두'는 부유스름한 새벽 이내 속에 무슨 냄새인지 모를 매캐한 냄새를 풍기고 있었다. 옛날 안중근이 일본의 이토 히로부미를 쏘려고 숨어들어왔을 때도 그랬을까. 이런 물음도 잠깐, 나는 새벽부터 부산히 오가는 중국인들 틈에 끼여 서둘러 그곳을 빠져나왔다.

무엇 때문에 동북 3성을 여행하려고 했느냐고 묻는 것은 어리석은 일이다. 그렇지만 나는 중국 말로 '동북'을 '둥베이'라고 발음한다는 걸 이미 오래 전에 알아두고 있었다. 외롭고 그리울 땐 지도를 펴놓고 뭔가 골똘히 그려보는 버릇은 나 혼자만의 괴벽은 아닐 것이다. 지도를 보는 사람은 꿈을 보는 사람이다. 더군다나 연변에서의 볼일은 그야말로 별 볼일 없이 되어버린 뒤였다. 그러니까 다시 「유랑가」를 끌어와서 말하자면 "외로움과 그리움으로 늘 헤매기만 할 뿐"이었던 것이다.

하얼빈에 도착하여 간이 식당에서 만두로 간단히 아침을 때우고 잠깐 동안 쉰 다음 나간 것이 러시아 거리였다. 옛 유럽풍의 로마네스크 건물들 사이로 돌을 촘촘히 박아 포장한 옛길을 걸어가면서 어느 틈에 러시아의 거리를 확실히 느끼고 있었다. 아! 백계(白系) 러시아! 형님, 백계 러시아 여자애들 정말 살결이 투명하게 흽디다. 미국으로 공부하러 간 후배가 러시아 술집에서 보드카를 마셨다며 전화를 걸어왔었다. 그렇게, 옛 황제 편에 섰던 사람들을 일컫는 백계는 하얗고 창백한 인종으로 변이되고 있었다. 그러니 '빨갱이' 들은 당연히 얼굴이 빨개야만 했다. 나도 모르게 가슴이 알싸해지며 나는 그 백계의 거리를 걸어나갔다. 돌집과 돌길은 흘러간 연애를 생각나게 한다. 어느 핸가 무작정 서울을 떠나서 겨울을 보낸 그 러시아의 도시들에서도 그랬었다. 모든 지나간 연애는 새로운 연애의 백병전을 위한 제식(制式) 훈련이었다. 하루도 빠짐없이 눈이 내리는 가운데 나는 삶의 무게를 직접 느끼고 있었다. 러시아에서는 빵도, 수프도, 야채도, 하물며 커피 한 잔도 삶의 무게를 강조한다. 그래서 러시아의 하늘은 무겁다. 러시아의 돌집과 돌길은 더욱 무겁다. 나는 그제야 돌의 속성이 가둠 혹은 감금이라는 사실을 새로이 깨달았다. 그러니까 누구든 돌 앞에서는 제식(制式)이 될 수밖에 없다는 것도.

러시아 거리의 끝에 무슨 기념탑이 서 있는가 했더니, 그 뒤로 문득 송화강이었다. 송화강도 물론 내가 지도에서 보아둔 강이었다. 강물은 흙탕물이 되어, 마치 오랜 옛적에 죽어 파묻혔던 매머드의 몸통을 씻은 빛깔로 내게 다가왔다. 왜 흑룡이 아니라 매머드인지 몰랐다. 그리고 어려서 교과서에서 읽은 「송화강 뱃노래」라는 시의 한 구절이 언뜻 떠올랐다. '에잇! 에잇! 노 저어라. 이 배야 가자.' 국어 교과서의 한 갈피 속에서 방금 살아나온 그 강물을 바라보던 나는 거기 강가에 매여 있는 유람선의 의자에 홀로 올라앉았다. 작은 배에 덮개를 씌우고 양쪽으로 다섯 명씩 앉게 되어 있는 유람선이었다.

이른바 송화강 크루즈였다. 그 시가 나를 그렇게 이끌었는지 모른다. 배가 강 한가운데 삼각주를 돌아가자 작다 싶었던 강은 갑자기 드넓어졌다. 그 강물이 동쪽으로 흘러 여러 냇물을 끌어모아 흑룡강이 되고, 러시아로 들어가 아무르 강이 되는 것이다. 중년의 여자가 모는 작은 유람선은 도도한 물살을 가르며 강을 거슬러 올랐다. 나는 '에잇! 에잇!' 하는 뱃사공의 노 젓는 소리 대신에 엔진 소리를 귓전에 흘리며 캔 맥주를 뜯었다. 어릴 적에 지도에서 보아두었던 흑룡강성 하얼빈의 송화강에 와서 배를 타는 마음은, 그러나 어쩐지 스산한 것이었다. 서쪽의 외몽골과 경계를 이루는 대흥안령에서 발원한 거대한 강에서 나는 어떤 꿈에 젖어 있는가. 나는 내 마음 속에 흐르는, 방랑에 대한 유혹에 몸을 움츠리지 않을 수 없었다. 자기 자신조차 도저히 추스르지 못하는 그리움이 거기에 있었다.

그러나 하얼빈 여행은 그렇게 단 하루 만에 끝났다. 이제는 서울로 돌아가는 것이 일일 뿐이었다. 연변에서 기대했던 일이 헛일이 된 다음 만주 벌판을 열차로 달린다는 것이 목적이었으니, 그때까지는 모든 게 그런대로 어렵사리 진행되고 있었다. 그런데 송화강을 뒤로하고 다시 러시아 거리로 나서면서 일은 갑자기 이상하게 꼬이기 시작하고 있었다. 결론부터 말하면, 그제야 열차표를 건네받기로 되어 있었던 것이 잘못이었다.

백하에서 그랬듯이 그곳에서도 약속한 사람은 나타나지 않았다. 낭패였다. 웬일인지 하얼빈에서 심양까지의 표는 현지에서 수소문해도 충분하다는 계산을 했었다. 알 수 없는 노릇이었다. 살아오면서 늘 뒤통수를 때리는 일은, 괜찮겠지 하고 순간적으로 마음을 놓는 사이에 찾아들곤 했었다. 나라와 나라 사이를 오가는 표도 해결된 마당에 그 두 대도시 사이에 열차고 버스고 못 얻어탈 까닭이 있을까 했었다. 마음을 자기 편한 쪽으로 몰고 간 것에 이미 함정은 마련되고 있었다. 그렇게 빠듯한 여행을 갑작스레 뜻한 것 자체가 어처구니없었다.

우리 음식을 하는 식당이라고 해서, 오지 않는 사람을 언제까지고 죽치고 기다릴 수는 없는 일이었다. 덜컥, 걱정이 앞섰다. 안중근 의사나 「송화강 뱃노래」에 기대어 그곳을 친근한 곳으로 여긴 마음이 있었다면, 그건 그야말로 착각이었다. 그곳은 중국 둥베이의 한 러시아 거리. 이국의 이름 모를 거리에 홀로 남겨져 있을 때 가슴 저 안쪽에서 번져나오는 외로움의 전율을 몸으로 느끼던 그런 감미로움이 아니었다. 나는 당황했다. 중국은 아직도 내게는 무섭고 으스스한 나라였다. 그 나라의 별별 이야기들은 기이하다기보다는 괴이하다고 해야 옳았다. 아름다움도 언어도단의 아름다움까지 가면 그만 엽기적이 되고 만다.

그러자 심양에서 지켜야 할 하나의 약속이 언뜻 가슴에 와 얹혔다. 여행하는 동안 그리 소중하게 여기지 않은 약속이 왜 하필이면 그런 상황에서 불거지는지 모를 일이었다. 그 동안 그 약속은 꼭 지키지 않아도 된다는 정도로 퇴색되어 있는 것이기도 했다. 하얼빈에 이르기

전에 심양을 거치는 동안, 그 하루 동안에 나는 조선족 술집에서 한 여자를 만났었다. 그리고 다시 심양으로 돌아와서 찾아오겠다는 약속을 했었다. 술집 여자와 다시 만나기로 한 약속 따위에 뭐 그렇게 신경을 써, 하고 넘어가면 그만이었다. 그런데 열차표가 삐끗하면서, 그 약속을 못 지키게 될까 봐 나도 모르게 안절부절못하게 되고 말았던 것이다. 열차로 세 시간에 심양까지 간다고 해서 내가 그 약속을 지킬지는 의문이었다. 그런데 내가 지키려고 해도 상황이 그렇지 못하게 된 것에 문제는 있었다. 문득 그것이 꼭 지키지 않으면 안 될 약속으로 다가온 것이었다.

나는 허둥지둥 서둘렀다. 그녀를 만나고, 그리고 새벽에 심양에서 비행기를 타야…… 몇 번이고 조바심을 치는 말에 식당 주인의 얼굴에는 딱한 빛이 지나갔다. 한국 사람들은 어째 다 저 모양이란 말인가 하고. 버스표도 구할 수 없다는 사실을 확인한 식당 주인은 다시 어디론가 전화를 걸어 택시를 불렀다.

그런데 택시를 타고 '공리 6백' 소리를 듣고 나자 내 몸은 비로소 못 견딜 정도로 허물어지기 시작했다. 그 며칠 워낙 피로가 쌓인 탓이었다. '공리 6백'이든 '공리 6천'이든 어쨌든 중국 돈 750위안에 계약이 되어 있었고, 늦어도 그날 자정까지는 닿는다는 계산도 나와 있었다. 자정까지라면, 짧으나마 그녀를 만날 시간은 짜낼 수 있을 것 같았다. 전에도 밤 2시는 되어서야 술집에서 나왔던 것이다.

하얼빈 시가지를 빠져나와 펼쳐지는 풍경을 나는 겨우 실눈을 뜨고 머릿속에 담았다. 어느새 저녁 해는 사위어가는 석탄 불처럼 빛을 잃어 지평선 저쪽에 떨어지며, 잠깐 동안 온 하늘에 살얼음 같은 막을 씌웠다. 세상이 어른어른 비치는가 하더니, 나는 꿈인 듯 생시인 듯 몽롱한 의식에 빠져들었다. 기사가 말하는 공리가 중국의 여배우 공리(鞏利)를 일컫는다는 엉뚱한 생각이 어릿거린 것도 같았다. 결코 그런 조크를 떠올릴 계제가 아니었으나, 중국 영화의 장면들이 차창을 스쳐 지나갔다. 「붉은 수수밭」「홍등」「귀주 이야기」 등등. 그 영화들은 아닌 게 아니라, 공리가 나오는 영화들이었다.

어느 순간이었을까, 왼쪽 차창 위로 둥근 달을 본 것은.

나는 내 눈을 의심했었다. 그것은 내가 이제껏 보았던 달이 아니었다. 나는 정신을 가다듬으며 달을 쳐다보았다. 지평선 위에 떴기 때문이라고밖에는 다른 점을 설명할 수 없겠지만, 달은 어두워가는 사물들 위에 찰랑이는 맑은 물을 담은 대야처럼 떠 있으면서도 한편 낯선 우주 비행체의 모습으로 보이기도 했다.

"저게 달이 맞나요?"

"이렇게 달려도 심양까지 바빠요."

내 말이 잘 안 들렸는지 기사는 상체를 앞으로 당긴 채 쫓기듯 핸들을 움켜쥐고 있었다. 그 모습이 지난 세월 언젠가의 내 모습 같다는 생각을 해본다. 늘 조바심을 치며 어디론가 달려가던 세월이 있었다. 그러다가 그만 인생의 많은 시간을 보내버린 것이다. 돌이켜보면 나는 혼자서 보낸 시간이 너무나 많았다. 중등학생 때부터 나는 늘 혼자 어디론가 쏘다녔다. 아니, 초등학생 때부터, 아니, 태어나면서부터였다고도 여겨진다. 그러면서도 늘 어디론가 떠나야 한다고 조바심을 내고 있었다. 머언먼 이국 땅에서 불온한 책을 읽으며 역시 불온한 연애를 하다가 매독 같은 병에 걸려 얼어 죽는 꿈을 꾸곤 했던 것이다. 깊은 숲 속을 늑대처럼 헤매다가 도시로 돌아와서 따뜻한 굴라쉬 수프에 빵 한 쪽을 찍어 먹는 행복도 빠뜨릴 수 없는 것이긴 했다. 쇼팽이나 드뷔

시를 들으며 고국에 두고 온 옛 여자를 생각한다. 여자는 내 간에 좋다고 돌미나리, 돌나물, 인진쑥, 오이, 메밀, 시금치, 감자, 녹두, 구기자, 오미자, 조개를 식단에 끼워놓는다. 그러는 동안 『벽암록』 같은 이상한 책을 읽는다. 그러다가 어느 날 나는 그저 하루하루를 연명해가는 이 모든 것이 어느 주막집 방을 도배한 묵은 신문지의 기사처럼 낡은 인생임을 깨닫는다. 결단을 내려야 한다!

앞으로 무엇을 하며 남은 인생을 보낼 수 있을까, 급히 알아보아야 한다고 나를 다그쳤다. 어디로든 떠나야 한다. 어디든 그곳에서 아예 붙박이로 있겠다는 뜻은 아니었다. 언젠가는 중앙아시아에 갔다가 그곳의 한글 학교 선생으로 눌러앉는 것도 괜찮겠다고 생각했던 적도 있었다. 한국 식당이다, 중고 자동차 중개업이다, 옷 장사다, 하고 잽싼 한국 사람들이 이미 몰려들고 있을 무렵이었다. 서역 땅 돈황에 갔을 때 낙타몰이를 하면서 관광 가이드로 사는 것을 꿈꾼 것보다 한글 선생은 한결 실현성이 있는 계획이었다. 중앙아시아에서의 한글 선생이라? 그곳에서 북한 사람들이 물러가고 한글 학교는 새로운 선생을 필요로 하고 있었다. 그러나 결국 나는 두 달 동안의 탐색을 견디지 못하고 되돌아왔다. 시장에서 무채나 고사리나물 대신에 말젖을 사다 먹은 날 저녁에 나는 한국으로 돌아가야겠다고 마음먹었던 것이다. 말젖처럼 비린 나날을 억지로 견뎌오는 데만 허비한 나날이었음을 깨달았던 것이다.

그런데 이번에는 중국이었다. 그러다가 아무것도 얻지 못하고 발길은 훌쩍 동북 지방의 열차 여행으로 이어지고 말았다. 연변의 중심 도시인 연길에서 얻어들은 것들 중에 엉뚱하게 잊혀지지 않는 것은 중국 음식에서 진미로 치는 것들, 예컨대 오랑우탄 입술, 코끼리 코, 원숭이

골, 곰 발바닥, 바다 제비집, 상어 지느러미 같은 것들과 함께 오징어가 어깨를 나란히하고 있다는 것이었다. 빌어먹을, 오징어 장수나 해?

"하얼빈에선 오래 살았소?"

"여기서 났어요."

"이렇게 택시를 타고 가는 한국 사람도 있습니까?"

"있어요."

"어떤 사람들인데요?"

"모르오."

기사는 도무지 붙임성이라곤 없었다. 혹시 한국 사람에게 반감을 가진 사람인지도 몰랐다. 같은 민족이라도 한국 사람, 조선 사람, 고려 사람, 남조선 사람, 북조선 사람 등 경우에 따라 달라지는 게 우리 민족이었다. 그 며칠 전 연길에서 밤늦게 구멍가게에 맥주를 사러 갔다가, 구석에 쪼그리고 앉아 술을 마시고 있던 웬 노인으로부터 '한국 놈은 가라!'는 호통을 들은 기억이 되살아났다. 하기야 중국에 가서 이런저런 사기 행각을 벌이는 많은 사람들이 매스컴에 오르내렸다. 한국에 일자리를 마련해주겠다거나 사업을 함께 하겠다거나 해서 돈을 우려내는 것은 기본이었다. 나라 땅을 사고 파는가 하면 멀쩡한 처녀를 사고 팔기까지 했다. 눈 감으면 코를 베어간다는 말은 옛말이 된 지 오래였다. 눈을 빤히 뜨고 있어도 코, 아니, 목까지도 베어가는 세상인 것이다.

택시는 쉬지 않고 달렸다. 만약 달이 없는 밤이었다면…… 하고 나는 위안을 받았다. 헤드라이트를 희번덕거리며 달리는 자동차들 옆으로 펼쳐져 있는 풍경은 암울할 만큼 삭막해서 괴괴할 정도였다. 어둠이 깔리고 있어서가 아니었다. 해가 환한 한낮에도 회갈색으로 뿌연

산야와 역시 뿌옇기만 한 집들은 오랜 옛날의 바랜 풍경이었다. 은허(殷墟)의 어느 하루 거북 등딱지에 옛 문자를 파서 새기던 사람이 그곳에 엎드려 살고 있을 듯도 했다. 그런데 겨울 날 대야를 엎어 꺼낸 투명한 한 덩이 얼음 같은 달이 하늘에 떠 있었다.

생김새부터가 퉁명스러운 기사가 마침내 차를 세운 것은 주유소에서였다. 간혹 집들이 거뭇거뭇 나타난다 싶더니 흐린 백열등이 켜진 작은 공터가 있었다.

"기름을 넣어야 하오. 좀 쉬었다 가기요."

그는 말하고 나서 휭하니 어딘가로 사라졌다. 무슨 음모라도 꾸미는 사람처럼 보였다. 나는 차에서 내려 모퉁이의 창고인 듯싶은 집 옆에서 오줌을 누었다. 오래 참았다는 생각이었지만, 오줌은 별로 나오지를 않았다. 며칠 퍼먹은 술로 갈증이 심한 뒤끝이라 당연했다. 나는 담배를 피워물고, 아무도 얼씬거리지 않는 공터를 몇 바퀴 맴돌았다. 그는 어디로 간 것일까. 중국 책들을 보면, 갑자기 어디론가 몸을 감추는 것이 무슨 무예처럼 나와 있었다. 그가 사라지자 나는 손가락 하나 까딱할 수 없이 무력해지는 걸 느꼈다. 이러다가 무슨 일이라도 생기면…… 초조감이 일었다.

줄담배를 몇 대나 피웠을까. 그는 무엇인가 볼멘소리를 혼자 투덜거리면서 나타나서 내게 작은 비닐 봉지를 내밀었다.

"이게 뭐지요?"

"목도 마를 텐데, 드시오. 기름 넣는 사람이 없어서 큰일이오."

비닐 봉지를 받아들었으나 목이 마른 게 문제가 아니었다. 이러다가 무슨 일이라도…… 하는 막연한 초조감은 생각과는 전혀 다른 모습으로 구체화되고 있었다. 가령 어디선가 마적이나 비적들이 달려와서 나를 그들의 소굴로 끌고 간다거나, 아니면 한술 더 떠서, 사라진 기사가 나를 잡아 만두를 만들 양으로 숨어서 칼을 갈고 있다거나 하는 말도 안 되는 상상력은 그만 거두어야 하는 것이다. 기름이 없으면 끝장이었다. 그는 뭔가 잔뜩 못마땅한 얼굴로 다시 핸들을 잡았다.

무슨 수를 쓰든지 그날 밤 안으로 심양까지 가지 않으면 안 된다. 한국으로 돌아갈 표를 다시 끊을 만큼 돈도 여유가 없었다. 집으로 돌아갈 차비가 없어서 타향 땅, 이국 땅을 헤매는 사람들이 없지 않다는 걸 나는 알고 있었다. 먹을 게 없어서 북한 땅을 빠져나온 어떤 사람들은 잡혀서 끌려갈까 봐 중국에서 가장 외진 땅으로 숨어들기도 하고 러시아, 몽골, 베트남 등지로 정처 없이 떠돈다고도 했다. 내가 그렇게 되지 말라는 법이 없었다.

굶어 죽을 염려만 없고 목숨만 부지할 수 있다면 「유랑가」의 한 가락처럼 정처 없이 헤매는 것도 해볼 만한 삶이라는 생각이 들었다. 낙타몰이꾼이고 한글 선생이고 다 호사였다. 아무도 들어주지 않는, 아무도 들을 수 없는 시 한 줄 우물거리며 도시를 지나고 초원을 지나고 사막을 지나고 산악을 지나고 빙하를 지나고 마침내 이 세상의 가장 끝 마을에 도착해서 낡은 삶 보퉁이 내려놓고 쉴 때…… 모든 것 놓아버린 이 영육 위에 죽음이 향기롭고 아늑하게 찾아들 때…… 외롭고 그리워서 몸부림치던 젊은 시간들이 꽃비 되어 내 주검에 내리며 대지를 촉촉이 적실 때…… 그리하여 무화(無化)조차도 여여(如如)해질 때……

"…… 안 되겠시오."

얼마를 더 가서 그는 덜커덕 차를 세웠다.

"왜요? 기름이 떨어졌어요?"

"아니오. 돈을 더 내야 되오."

그는 단호하게 말했다. 알다가도 모를 일이었다. 그와 나는 식당 주인이 보는 가운데 차비를 결정했었다. 듣기로 750위안이면 보통 근로자의 거의 한 달 급료에 해당하는 금액이었다. 그런데 또 무슨 영문인지 알 수 없었다.

"아까 다 그러기로 했잖아요."

나는 항변했다. 그러나 그는 뜻 모를 말만 중얼거리며 도무지 막무가내였다. 그의 말을 정리해보면, 가다가 중간에서 다른 차와 연결시켜야 하는데 그런 차가 막상 없으며, 자기 차로 줄곧 가게 되면 차비를 곱절로 내지 않으면 안 된다는 것이었다. 중간에 연결을 하든 뭘 하든 나는 심양 서탑거리의 정창호텔까지 가기로 하고 택시를 탄 것이라고 거듭 밝혔다. 하지만 그의 대답은 한마디로 '안 되오' 였다. 더군다나 그 택시로는 심양에 들어갈 수가 없게 되어 있으므로 마지막에는 어떻게든 심양에 들어갈 수 있는 차로 갈아타야만 한다는 것이었다. 우리나라에서도 시와 도의 경계를 따지듯이 무슨 그런 제도가 있는 모양이라고 받아들이기는 하면서도, 어이가 없었다.

꼼짝없이 당할 도리밖에 없었다. 사방을 둘러봐도 희끄무레한 광야의 한가운데, 어디가 어디인지 알 길조차 없는 '공리 6백' 의 길 한가운데였다. 길 옆으로 드넓게 펼쳐져 있는 밭은 그야말로 붉은 수수밭인 듯도 싶었다. 홀로 택시를 탄 이상 나는 그에게 내 모든 것을 맡긴 것과 다름없었다. 목숨까지도? 하는 극악한 물음이 던져져도 하는 수 없이 고개를 끄덕일 수밖에 없는 것이다. 그 순간 달만이 내게는 유일한 위로였다. 그것이 내게는 가장 낯익고 정겨운 얼굴이었다. '달덩이 같은 얼굴' 이라는 말이 떠올랐다.

심양에서 안내자를 따라 찾아갔던 술집의 그 여자 얼굴이 겹쳐 떠올랐다. 그곳 북한 식당 평양관에서 저녁을 먹고 나서 안내자는 조선족 여자들이 있는 술집에 대해 넌지시 말해왔었다. 중국에서는 여자들과 어울려 술을 마시는 술집이 아직 불법인 모양이었다. 그를 앞세워 골목을 돌아 찾아간 변두리의 그 술집은 불빛도 내비치지 않고 음험한 어둠 속에 자리잡고 있었다. 문을 두드리자 안에서 빠끔히 문을 열고 내다보았다. 사람을 확인하는 듯싶었다. 집 안은 은밀한 기운 속에 어딘지 모르게 긴장이 맴돌았다. 이윽고 내 옆에 와서 앉은 여자는 장백에서 왔다고 자기를 소개했다. 장백이라면 백두산 언저리 땅이었다. 그럼에도 불구하고 나는 그녀가 북조선에서 온 여자라는 생각이 들었다. 그녀는 요즘 유행하는 한국 노래도, 춤도 곧잘 흉내내었다. 노래방도 그렇지만, 한국의 위성 방송을 볼 수 있게 되어 한국 것을 그대로 받아들인다는 것이었다. 그러나 술에 취하면 취할수록 나는 그녀가 북조선에서 도망쳐온 여자임에 틀림없다면서 북조선 노래를 불러보라고 눈까지 부라리고 다그쳤다. 그리하여 끝내 얻어들었던 노래가 「아리랑」이었다.

아리랑 아리랑 아라리요,
아리랑 고개를 넘어간다.
저기 저 산이 백두산이라지,
아리랑 고개를 넘어간다.

중간에 몇 구절을 빼먹고 기억하고 있는지도 모른다. 그렇다 하더라도 '저기 저 산이 백두산이라지' 하는 구절만은 또렷이 외고 있는 것이다. 이 「아리랑」이 과연 북한의 「아리랑」 가운데 하나인지 어쩐지도 확인할 길은 없었다. 장백산, 즉 백두산 아래서 왔다니까 그곳의 조선 사람들이 부른 「아리랑」일 수도 있는 노릇이었다. 그러나 그게 무슨 상관이란 말인가. 그날 밤 내가 왜 그렇게 꼬치꼬치 캐면서 무슨 밀정처럼 못되게 굴었는지 도무지 알 수 없어서, 나는 그녀와 헤어지고 나서부터 내내 마음 한구석이 힘겨웠다. 그녀가 어디에서 왔든, 책임지지 못할 바에야 그 따위 '거대 담론'을 들이대서는 안 된다. 그런 가운데서 그녀와 손가락을 걸고 얼마 뒤 꼭 다시 만나자고 약속을 한 것도 도무지 못 견딜 노릇이었다.

"오늘밤 달이 떴나? 달님한테 약속하지. 다음에 만나면 아예 살림을 차리자구."

택시를 불러내 겨드랑이를 부축하며 배웅하러 나온 그녀에게 나는 제법 로맨틱하게 말했다. 한국에서 같으면 '달님' 일랑은 들먹이지 않았을 터였다. 그곳은 역시 '이태백이 놀던 달' 이 있는 중국이었다. 그녀를 북조선 여자로 몰아세우는 한편, 키스를 한다, 젖을 주무른다, 허벅다리 안쪽으로 손을 쑤셔넣는다, 온갖 짓거리를 다 한 데 대한 보상이 돈 백 위안에 고작 그 따위 헛말이었다.

나는 다시 심양으로 가서 그녀를 따뜻하게 안고, 그리고 호주머니를 털어 남은 돈을 다 주는 것으로 잘못을 빌고 싶었다. 그런데 시간은 엄청 늦춰지고, 드디어 돈까지 다 털린 신세였다. 이때 '달덩이 같은 얼굴' 로 그녀는 내게 모습을 나타낸 것이다.

그러나 내게 진정한 마음이 아주 없었던 건 아니었다. 그녀를 데리고 중국의 어디 머나먼 변방으로 숨어들어가서 같이 사는 건 어떨까, 그녀를 옆에 두고 온갖 짓을 하면서도 나는 상상했었다. 호사스러운 상상이라고 매도할 수만은 없었다. 그런 상상은 어쩌면 내게는 상투적이긴 해도 절실한 것이었다. 그녀는 이미 고향을 도망쳐온 여자였다. 따지고 보면 나라고 한들 마침내는 다른 사람이 아니었다. 두 남녀는 구름 아래 멀리 도망쳐서 호호백발이 되도록 숨어살면서 옛 노래의 한 소절로서 남는다…… 그런 뜻에서 나는 이런 시를 기억한다……

백발이 되어서도 돌아올 줄 모르는
구름 아래 도망친 옛 남녀를
주야(晝夜)로 따른다
산길 물길 멀고 기막힌
노래의 편도(便道)
내 따르며 아득히
그들이 널어둔 호화로운 그림자에 젖느니
궤짝 속에 깨어진 노래의
한(恨)의 부스러기를
허공처럼 넣어 등에 지고

물론 이 시에서 '나'는 이미 옛날에 도망친 남녀를 따르는 것으로 되어 있다. 그러나 '나'는 '달덩이 같은 얼굴'의 여자와 함께하면서 어느덧 '옛 남녀'와 같은 운명의 남녀로 겹쳐지는 것이었다.

달은 이제 택시의 덮개 위로 떠올라간 모양이었다. 달의 모습은 보이지 않아도 너른 들은 흰 돌소금이 깔려 있는 듯 희게 고즈넉했다. 그것도 일종의 백야(白夜)였다. 러시아의 늦여름 마지막 백야의 어느 날, 한국으로 보낼 원고를 복사하러 갔는데, 뜻밖에 우리말을 더듬거리는 여자가 자기 복사기로 하면 싸게 해주겠다고 나를 이끌었었다. 알고 보니, 그 복사기는 여자가 심부름을 하는 회사의 것을 슬쩍하는 것이었다. 사할린에서 한국인 아버지와 부랴트인 어머니 사이에서 태어났다는 여자는 나중에 러시아 시인 예세닌의 시를 내게 번역해주기도 해서, 한국에 보내는 내 원고에 도움을 주기도 했다. 여자와의 만남은 식물원에서의 키스를 정점으로 갑자기 내리막이었다. 말이 식물원이지 그곳은 폐원에 가까웠다. 실패로 돌아간 혁명은 그렇게 여실했다. 잎사귀의 구멍들마저 뭉그러진 몬스테라들 밑으로 샤스타 데이지가 풀이 죽은 채 피어 있었다. 굳이 식물원에 가자고 한 것은 내 개인적인 취향 때문이었다. 그때 벌써 여자가 이미 떠날 준비를 하고 있었음을 나는 알지 못했다. 그날 식물원이 아니라 내 숙소로 여자를 모시지 못한 것은 러시아에서 저지른 내 실수 중에서도 큰 것으로 여겨진다. 며칠 뒤 복사를 하러 간 나를 어련히 기다릴 줄 알았던 여자는 어느 곳에서도 발견할 수 없었다. 좀더 치밀하게 연락처를 알아두지 못하는 것이 오래 전부터의 나의 허점이었다. 그런 점에서 나는 내 진실을 너무 과신하는 결점을 지닌 사람임이 또 한 번 증명된 셈이었다.

나중에 겨울이 되어, 시간으로 보아서는 한낮인데도 어느새 흑야(黑夜)가 되어 있는 북쪽 동토를 헤맬 때, 어느 길목의 어두운 카페에서 커피를 시키고 '사하르!' 하고 설탕을 주문하면서 나는 사할린 여자와의 키스를 떠올렸었다. 식물원을 나와서 알렉산드르 3세 기념 교회를 지나고 묘지를 지나 운하를 건너 문학 카페에 이르기까지 우리는 내내 손을 꼭 잡고 걸었다. 그때도 나는 여자와 어느 외진 산골짜기로 둘이 들어가 살림을 차린다는 상상으로 흥분되어 있었음에 틀림없었다. 여자로 하여금 회사 복사기에서 복사를 해주고 푼돈을 챙기는 생활을 하게 해서는 안 된다. 겨울이면 자작나무가 활활 타는 페치카 위에 사모바르를 올려놓고 물을 끓이며 여자와 마주 앉아 머나먼 나라 한국의 시인 백석의 시를 읽을 때…… 토마토와 딸기 병조림을 열어 감자 요리에 곁들이고, 몇 잔째 마셔서 떫은 차를 또 한 잔 우릴 때…… 우리들의 조상들이 살았던 땅을 지도에서 짚으며 램프의 심지를 돋울 때…… 밤새 백설기같이 내려 쌓이는 눈으로 밤은 더욱 깊어가고 내가 쓰는 한 줄의 외로운 한글 시가 잠든 여자의 이마에 따뜻한 손을 얹을 때……

그런데 나는 이제 둥베이의 달빛 속을 달려가고 있는 것이었다. 기사의 행태로 보아 또 무슨 일을 겪을지 걱정이었다. 아무 곳에서나 차를 세우고 요구하기만 하면 나는 있는 건 뭐든지 내놓지 않으면 안 된다. 아무리 같은 민족이라도 소용이 없었다. 아는 놈이 더한다는 말도 있었다. 동북 3성 열차 여행?

"몇 시쯤이면 도착할까요?"

나는 갑갑한 침묵을 깰 겸 물었다.

"가봐야 되오."

그의 대답을 듣는 순간 또 공연히 말을 붙였구나 뉘우쳐졌다. 말했다시피 모든 처분을 그에게 맡겨야 했다. 자칫 잘못 비위를 거스르는 날에는 끔찍한 결과를 맞이할지도 모른다. 설마 만두소를 만들지야 않겠지만, 잠깐 내리게 해놓고는 그냥 내팽개치고 도망칠지도 모른다. 시계는 벌써 자정을 넘어 가리키고 있었다. 남쪽 요령성의 성도 심양을 향해 가는 게 아니라 몽골 쪽 어디로 달려가는 게 아닐까. 그래서 서울에서 한창 팔리는 몽골 맥반석을 캐는 채석장에 팔아넘기려는 건지도 모른다는 잔망스런 생각까지 들었다. 사람은 궁지에 몰리면 별의 별 생각을 다 하게 마련이었다. 우스개가 결코 우스개로 들리지 않게 되는 것이다.

서울은 무덤이었다. 그럼에도 불구하고 내가 왜 이토록 서울로 돌아가는 데 집착하는지 모르겠다는 마음이 일었다. 까닭은 아무 데도 없었다. 다만 일정이 그렇게 잡혀 있다는 것뿐이었고, 그것도 스스로 잡아놓은 일정이었다. 갑자기 서울을 무덤이라고 단언한 데 대해서는 다소 긴 설명이 필요하겠지만, 나로서는 그것도 많이 봐준 표현이라고 해야 할 것이다. 한때 서울 역시 내가 지도를 펴놓고 거리 이름 하나하나를 두루 꿰던 도시였다. 서울로 가서 산다는 것 자체가 꿈이었다. 그러나 중등학교 때 자리잡은 이래 서울은 참으로 모질고 각박한 싸움터가 되어왔을 뿐이었다. 온전한 것보다는 망가진 추억이 더 많은 도시였다. 아니, 추억이야 어찌 됐든 그만이라 치고, 그러면 현재와 미래는? 암담하기 그지없었다. 그저 돈에 휩쓸려 그야말로 정신을 차리지 못하는 꼬락서니에는 구역질이 나다 못해 혼절할 지경이었다. 얄팍해진 이야깃거리만의 도시였다. 불과 얼마 전까지만 해도 그렇게 극성이던 무수한 혁명가들은 다 어디로 갔단 말인가. 그 시대가 다시금 그리워지기까지 하니 알다가도 모를 일이었다.

달빛은 어느새 택시의 덮개 위에서 비껴 내려와 내 오른쪽 어깨에 내리비치고 있었다. 자정이 지나고 1시를 지나고 또 2시를 지나고부터는 시계를 볼 마음조차 일지 않았다. 그녀와의 약속은 끝장이었다. 한국 사람들 약속을 누가 믿어요. 그저 번지르르한 말뿐인걸 누가 몰라요. 달빛 속에서 그녀의 목소리가 들렸다. 게다가 어차피 전 술집 여자니까요. 나는 '달덩이 같은 얼굴'을 보려고 달을 쳐다보았다. 서울에 서였다면 아무런 구속도 없었을 약속이 가슴에 응어리가 되어, 그녀의 얼굴이 자꾸만 눈에 어른거렸다. 그래도 불행 중 다행이라면, 새벽 비행기를 어떻게 탈 수 있으리라는 희망은 있다는 것이었다.

심양 서탑거리의 정창호텔에 도착한 것은 새벽 3시였다. 그로부터 비행기를 타기까지의 과정도 그다지 만만치는 않았으나, 생략해도 좋을 것이다. 중국 북방 항공기를 타고 무덤의 도시 서울에 돌아오는 마음은 허탈하기 그지없었다. 여행치고는 참으로 어처구니없다고나 할 빈 껍데기 '둥베이 여행'이었다. 하는 수 없이 서울의 한 귀퉁이에서 죽으나 사나 하루하루를 버둥거려야만 했었다. 저주받은 인생이라는 생각이 들었다. 여자와 둘이서가 아니더라도, 서울을 떠나 어디 산골짜기로 들어가 한낱 농투성이로 살아가야겠다는 생각이 다시금 가슴에 맺혔다.

돌아온 지 며칠이 지나서였다. 그제야 여행 짐을 정리하던 나는 심양의 그 안내자가 준 명함을 발견하고 심심풀이 삼아 전화를 걸었다. 송수화기만 들면 중국과 통화할 수 있다는 것만도 새삼 감탄스러웠다. 나는 심양에서 다시 연락을 하지 못해서 섭섭했다고만 말했을 뿐 이러쿵저러쿵 구지레한 얘기는 늘어놓지 않았다. 그도 내가 연락하지 않은 것에 대해 뭐 대단한 일이냐고, 오히려 이런 전화까지 해줘서 고맙다고 받았다. 나는 마지막 인사말로 다음에 만나면 더 즐겁고 유익한 시간을 갖자고 말했다. 그는 즐겁게 껄껄껄껄 웃었다. 그러다가 무엇인가 퍼뜩 떠올랐는지 웃음 소리를 죽이고 속삭이듯 말했다.

"그 아이 말입니다. 선생님 옆에 앉았던…… 그뒤에 가보니 북조선으로 끌려갔답니다. 북조선 처녀 맞아요. 선생님, 어찌 그렇게 잘 아셨어요?"

나는 그의 말이 채 끝나기도 전에 전화를 끊었다. 북조선으로 끌려

가서 어떻게 되는지는 신문이며 텔레비전에 여러 차례 보도되었었다. 죽음, 혹은 그에 버금가는 형벌이었다. 어떤 사람은 철사로 코를 꿰어 갔다고 하는 말도 있었다. 빌어먹을. 나는 나도 모르게 신음 소리를 머금었다. 아니, '빌어먹을' 이 아니었다. 씨발, 좆같은. 아니 '씨발, 좆같은' 도 아니었다. 나는 이 세상에 있음직한 가장 험한 욕을 뱉어내려고 안간힘을 다 썼지만 헛일이었다. 목이 꺽꺽 막히더니 욕은 어디론가 다 사라져버리고 순간적으로 온몸의 피가 다 빠져버리는 느낌이었다. 울부짖으려 해도 소용없었다. 꼼짝할 수조차 없었다. 나는 방바닥에 맥놓고 주저앉아 멍하니 허공을 응시했다. 그때 나는 밤새 자동차 바퀴에 납작하게 깔려 죽은 짐승처럼 목숨의 흔적조차 희미한, 한 장의 박막(薄膜)에 지나지 않았다.

택시에서 내릴 때, 서녘 하늘에 마지막 지고 있던 둥베이의 달이 그것이었는가. 마지막 '달덩이 같은 얼굴' 이 그것이었는가. 그래서 나는 그녀와 함께 어디 먼 곳으로 아무도 모르게 꼭꼭 숨어들어가 살기를 꿈꾸었는가. 그래서, 그래서, 나는 그녀와 다시 만나기로 약속했는가. 그래서, 그래서, 그래서, 그래서…… 약속했는가.

이제야말로 서울을 떠날 그때가 되었다고, 내 인생은 내게 말하고 있었다. 하지만 약속을 떠올리자 나 스스로가 그렇게 여겨울 수가 없었다.

3

'살아진다' 라는 말이 있을 수 있다면…… 그것은 '살아간다' 라는 말의 수동형이 되겠다…… 그렇다면 '사라진다' 라는 말은 '살아진다' 라는 말과 어느 정도 연관을 갖는 걸까…… 나는 문득 상상 속으로 빠져들었다가 헤어나기를 거듭한다. 이건 마치 마른하늘에 자맥질을 하고 있는 꼴이군…… 얼마나 기막힌 삶이면 살아진다고 표현되는 삶이란 말인가…… 그렇다면 차라리 사라진다고 말해버리는 게 낫지 않을까……

케이블 티브이의 교통관광방송(TTN)에서 새삼스럽게 수인선 협궤열차에 얽힌 이야기를 찍으러 가겠다고 내게 안내자 겸 해설자로 나와 달라는 교섭이 왔을 때, 퍼뜩 나는 떠올렸다. 그 열차가 이미 1년 전에 운행을 중지하고 '사라진' 열차라는 건 저희도 압니다만, 그러니까 더욱 같이 가주셔야…… 피디(PD)는 '사라진' 을 강조했었다. 물론 나는 그 열차가 지날 적이면 쇠바퀴가 철로를 굴러가는 잘그락 소리마저 들리는 곳에서 꽤 오랫동안 살았었다. 그런 소문을 어찌어찌 들은 피디가 그 언저리 장면을 담는 데 나를 곁들이고 싶어하는 것이었다. 그 열차가 사라지기 전에 나는 그곳을 떠나왔었다. 즉, 나 역시 그곳으로부터 '사라진' 것이었다. 그런데, 그래서 더욱 적격이라고 여기고 있는 모양이었다. 사라진 것을 회상하기 위해 사라진 사람을 초대한다? 나는 왠지 아득하고도 묘한 감정에 휩싸였다.

그 열차가 사라진다는 사실은 예고되어 있었다. 따라서 마지막 운행이 언제 있으리라는 것도 정해져 있었다. 하루에 두 번밖에 오가지 않던 열차였다. 거기에 맞춰 뭐 그리 대단한 일이라고 신문, 방송까지 보도들을 하고 있었으니, 그 보잘것없는 실세에 비해 퇴역식은 자못 거창했다. 아닌 게 아니라 내가 그 마지막 열차를 타보기 위해 집을 나섰던 것도 신문 보도를 보고 나서였던 것이다.

피디와 대충 약속을 하고 전화를 끊은 나는 마지막 열차를 타러 갔던 때를 마치 아득한 먼 옛날을 회상하듯 돌아보았다. 그때 신문들은 "수인선 협궤 열차 역사 속으로"라거나 "추억의 협궤 열차 마지막 경적"이라는 등의 제목을 달고 "1973년 3월 처녀 운행을 한 지 58년 만에 역사 속으로 사라진다"는 상자 기사를 제법 큼직큼직하게 싣고 있었다. '아듀'라는 표현을 쓴 신문도 있었다. 1995년 12월 31일 저녁 8시에 마지막 출발을 함으로써 '아듀'였다.

'아듀'라는 말에 이끌렸는지 나는 그 마지막 열차를 꼭 타야 한다고, 마치 무엇에 쫓기듯 집을 나갔었다. 예전에 출판사에 다닐 무렵 학습 교재를 만들면서 떠날 때의 인사말을 나라별로 예시하는 항목에서 왜 우리나라에는 아듀니 아디오스니 사요나라니 하다못해 굿바이니 하고 쌈빡한 이별의 말이 없을까 아쉬워했던 기억도 떠올랐다. 잘 가, 또 보자고, 안녕히 가십시오?

전철을 타고 서울을 벗어나자 그 열차 가까이 살던 날들에 나를 스쳐간 물상(物象)들이 머리 곳곳에서 되살아났다. 그것들은 갈매기, 까마귀, 아기 돌고래같이 가까운 동물에서부터 공룡, 코끼리새, 그리핀 같이 먼 동물까지 이어지며, 또 엉뚱하게 늦가을의 빨간 나문재 잎이나 퉁퉁마디 줄기 등으로 피어나기도 했다. 그리고 내가 사랑했던 물줄기들과 산 언덕들이 갯벌 쪽으로 나아가는 곳에 사자발쑥과 갈대와 엄나무가 자라는 내 영토가 있었다. 하기야 내가 그곳을 떠난 다음에 바다를 막아 완성한 호수에 폐수가 흘러들어 온통 썩어가고 있다고 신문마다 떠들고 있는 것을 모르는 바 아니었다. 그러나 그 썩은 호수조차 내게는 예전 망둥이와 달랑게가 놀던 살아 있는 갯벌로 보이는 것이었다. 그러므로 나는 사실 그곳에 현실적으로 발을 디뎌서는 안 되는 몸인지도 몰랐다. 아니, 결코 그럴 수도 없는 몸이라고 하는 게 옳았을 것이다. 그곳에 관한 한 나는 현실을 현실 그대로 받아들일 수 없는 사람이었다. 과거의 모습이 현재의 모습을 가리고 있었던 것이다.

괭이갈매기가 끼룩거리며 날고 있는 갯벌 옆에는 이상하게도 까마귀들이 많이 모여들기도 했었다. 그리고 여섯무날 새우를 잡는 그물에 걸려드는 아기 돌고래가 눈을 감고 죽은 채 배에 실려오곤 했었다. 언젠가 한번은 그 열차를 타고 가다가 입구 쪽 조금 넓은 공간에 놓여 있는 무슨 마대 자루 위에 무심코 걸터앉았는데, 엉덩이에 물컹 하고 닿는 느낌에 놀라 일어나지 않을 수 없었다. 그 안에 들어 있었던 것이 바로 아기 돌고래였던 것이다. 불고기를 해먹으면 기가 막히지요, 전골도 좋고요. 그렇게 말하는 사람의 앞에서 누군가는 예전엔 저건 먹지 못하는 걸로 쳤었다고 말하고 있었다.

돌고래를 싣고 가는 그 열차는 어느새 과거와 환상으로 이어져 공룡의 모습으로 변하고, 그 철길 옆으로는 코끼리새가 살고 있는 숲이 깊어지고 있었다. 그리고 새의 머리에 날개 달린 몸통은 짐승인 그리핀이라는 이름이 나타나고 있었다.

그리하여 나는 봉(鳳)이나 황(凰) 같은 상상의 동물 그리핀이 실제 내 앞에 모습을 드러냈음을 어떻게든 설명하지 않으면 안 되는 곤경에 처하게 되었었다. 그래서 나는 그 풍경 속으로 가는 익숙한 길을 더듬어야 했다. 나는 현실적으로 마지막 열차의 전별식을 맞이하고 있는 것이었다.

언젠가 동해안에서의 광경도 떠올랐다.

멀리 바다는 연무에 가렸고 바람이 골안개를 양떼 몰 듯 등성이 너머로 몰고 있었다. 길은, 바다와 산으로 이무기처럼 구불구불 살아나는 길은, 그 센 바람을 맞아 한 마리 용으로 승천하여 무지개를 띄우려는가 보았다. 바다와 산과 하늘이 하나가 되는 길인 것이다.

산모롱이 길 누가 밟아 저리 갔을까.

쑥부쟁이, 여뀌, 망초, 패랭이, 엉겅퀴…… 우거지고, "윤사월 해길다 꾀꼬리 울면/산지기 외딴집 눈먼 처녀"가 그리움에 못 이겨 "문설주에 귀 대고 엿듣고 있다"는 봄길. 나도 그 길에서 까닭 없이 가슴이 저민다. 만난 사람 어김없이 헤어지며(會者定離), 살아 있는 우리 어김없이 죽는다(生者必滅)는 말을 누가 굳이 하고 있는가. 길은 언제나 그리움으로 생명의 만남을 속삭이는데…… 그 만남 가운데 이미 떠남이 깃들어 있다고 누가 굳이 일깨우는가……

"그리움으로 생명의 만남을 속삭이는 길"이라고 해놓고 금방 "만남 가운데 이미 떠남이 깃들어 있다"고 말하면서 나는 그만 멈춘다. 태어남 가운데 죽음이 있다고 나는 말하고 있지 않은가. 아직은 그렇게 말해져서는 안 되었다. 계절은 봄에 대해 말하고 있었지만, 실제로 내가 열차의 마지막을 보기 위해 겨울의 한복판에 서 있기 때문이었을까. 시간적으로 그런 데다가 공간적으로는 아직 고향 땅에 머물고 있지 않은가. 틀려먹었다, 하는 외침이 머릿속을 가득 채웠다. 태어남 가운데 죽음이 있다는 선부른 철학을 그 누가 말하지 못하랴.

이래가지고는 코끼리새가 날고 공룡이 어슬렁거리는 곳으로 가서 그리핀의 모습을 발견하기는 애시당초 글러버린 노릇이었다. 그러기는커녕 단 한 발짝도 떼어놓을 수 없는 지경에 이르고 말 것이다. 절망이 돌개바람처럼 나를 휩쌌다. 뭐? 만남 가운데 이미 떠남이?

이상한 일이었다. 그럼에도 불구하고, 마지막 열차를 보러, 아니 보내러 가는 나는 그 어딘가에 그리핀이 큰 날개를 펴고 날고 있을 듯한 환상을 버릴 수가 없었다. 왜 하필이면 그리핀이라는 괴이쩍은 상징이냐고는 묻지 말기 바란다. 그것이 내 정신의 어떤 결핍에서 탄생한 상징이라고 할지라도 말이다.

그리핀griffin: 독수리 머리와 날개를 가지고 있고, 몸은 사자인 상상 동물. 눕거나 앉아 있는 모습이 많은데, 다른 동물을 덮치고 있는 모습도 있다. 주로 고대 동방 여러 나라나 그리스의 장식 미술에서 즐겨 다룬 제재이다. 신전이나 분묘의 장식 무늬에 사용된 것으로 보아 신성한 괴수임에는 틀림없으나, 거기에 담긴 의미는 분명하지 않다.

내 빛 바랜 낡은 수첩에는 누구의 것인지도 모를 전화번호들과 함께 백과 사전의 한 구절이 베껴져 있었다. 서울로 다시 돌아온 지 벌써 몇 년째, 그런데도 나는 예전 수첩을 아직 그대로 가지고 있었다. 하지만 나는 그것이 그토록 빛 바랜 수첩이라고는 생각하지 않았었다. 이제는 해마다 수첩을 다시 옮겨 적을 만큼 새로운 무엇이 없어서인지도 몰랐다. 고맙게도, 나는 늙은 것이었다!

그러나 어찌 된 노릇인지 알 수 없었다. 그때 수첩을 펴든 나는 비로소 그것이 너무도 낡은 것이라는 사실을 발견하고 놀라지 않을 수가 없었던 것이다. 정말 형편없이 낡고 빛 바랜 수첩이었다. 언젠가 전쟁기념관에 가서 예전 학도병으로 나갔다가 죽은 젊은이의 수첩을 본 적이 있는데 그보다 더하면 더했지 결코 못하지는 않았다. 그 사실이 왜 이제야 눈에 환하게 드러나는가. 나는 당황했다. 그와 함께 내 모습도 확연히 늙게 부각된다고 느껴야만 했다.

그러므로 나는 그 빛 바랜 낡은 수첩 속에서 그 열차를 만나야 한다고밖에는 표현할 수 없다는 생각이 들었다. 그 열차가 바로 그날로 운행을 멈춘다는 사실은 결코 우연이 아니었다. 철도 당국에서 그렇게 정해서가 아니라 이미 내 수첩 속에서 그것은 운행을 중지하고 있었다.

그래서였을까.

어느새 어둠이 짙은 겨울밤에 마지막 열차를 배웅하러 간 나는 그야말로 '배웅'하는 것만으로 발길을 돌리고 말았었다. 마지막 열차를 타리라 했던 생각이 그만 사라져버렸던 것이다. 과거가 현재를 가리고 있는 이상, 빛 바랜 낡은 수첩만이 있는 이상, 내가 가야 할 길은 그것이 아니었다. 나는 열차를 향해 손을 흔들었고, 열차는 어둠 속으로 떠났다. 그 열차 안 흐린 불빛에 예전 헤어진 여자가 문득 모습을 보였다는 것도 수첩 속에 잠들어 있는 사실이었다.

그리고 어느덧 몇 년이라는 세월이 지나 있었다. 그런데 새삼스럽게 그 빈자리로 초대를 받았던 것이다. 물론 나는 적격이 못 된다고, 이젠 서울에도 살지 않고 양평의 산골짜기로 와서 숨어 살고 있다고 몇 번이나 고사를 했지만 피디는 막무가내였다. 결국은 자기가 학교 후배이기도 하다는 말까지 꺼낼 때쯤에는 나도 거절하기에 지쳐 있었다. 그리하여 나는 다시 그 열차의 흔적을 찾아 나설 수밖에 없었던 것이다.

아는 사람은 알겠지만, 영상 매체에서 가장 눈독을 들이는 것은 소위 그림이 되느냐 하는 말로 요약된다고 했다. 학교 후배라는 피디도 당연히 그랬다. 전철역에서 만난 그는 다짜고짜 그림이 될 만한 곳이 어디 있겠느냐고 물었다. 그런 말을 예상하지 못한 건 아니었어도 나는 갑자기 막막해지지 않을 수 없었다. 순간 나는 '그건 다 낡은 수첩 속에 있는데' 하는 대답만이 입 안에 맴돌았다. 그러자 마지막 열차를 배웅하러 갈 때 가지고 있었던 수첩을 아직도 그대로 가지고 있다는 사실에 나는 놀랐다.

작은 열차는 논밭 사이를 달려 도시의 옆구리를 거친다. 군데군데 갈대가 우거진 웅덩이가 스쳐가고 멀리 바닷가 갯벌이 바라보인다. 마치 태양이 소금을 굽듯 땀방울이 맺힌다. 아니, 실제로 땀방울이 맺히는 것은 추억을 위하여 우리들이 굽고 있는 스스로의 삶일 것이다. 이윽고 염전으로 가는 길이 나타나고, 어디선가 갯내에 묻혀 갯풀 꽃향기 같은 향기가 실려온다. 바다 속에서 동물들과 식물들이 내보내는 숨결인지도 몰랐다. 박제가 된 추억을 아시나요? 그러나 그 박제에 생명을 불어넣는 숨결이 있는 것이다. 추억이 되살아나지 않을 때, 삶은 아득한 타인의 것이 되고 만다.

"먼저 어디든 철길 쪽으로 가봅시다."

추억의 한 귀퉁이를 잡고 상념에 젖어 있던 나는 앞장을 섰다. 아닌 게 아니라 그 동안 어떻게 변했는지 나부터가 얼른 보고 싶기도 했다. 그 침목들을 지나 봄길, 가을길을 헤매던 무렵이 아른아른 되살아났다. 봄에는 국거리 소루쟁이를 베며 마치 요도에서 흘러나온 말간 끈적이 분비물 같은 즙액을 손에 묻혔고, 가을에는 논가의 마름 열매를 건지며 "마름 따는 저 처녀들……" 하고 제법 『시경』의 '국풍(國風)'까지 떠올리기도 했던 들녘이 거기 있었다. 그 길 또한 '그리움으로 생명의 만남을 속삭이는' 길이었던 것이다.

나는 촬영 팀의 봉고 차를 안내해 두 번의 유턴을 거치며, 거의 주차장으로 변해 있는 옛 역 앞을 비집고 들어갔다. 입구에서 보기에도 철길까지 차들이 꽉 들어차 있는 형국이었다.

"이런…… 철길이랄 것도 없게 변했군. 그 동안에 이렇게 변하다니."

나는 봉고 차에서 내려 망연한 표정을 지었다. 불과 얼마 전만 해도 엄연히 열차가 다니던 곳이라고 하기엔 너무도 뭉개져 있었다. 아니, 뭉개져 있다는 표현은 어느 부분에서는 전혀 적절치 못하다. 자동차와 사람들이 짓밟지 않은 곳의 레일도 벌써 몇 년인지도 모를 오래 전에 버려졌던 것처럼 마른 검불에 덮여 검붉게 녹슬어 있었다. 민통선 안에 있는 경의선 철도를, 지나가면서 본 적이 있었다. 그곳 어딘가에 '철마는 달리고 싶다'는 안내판이 세워져 있다고 했었다. 전쟁으로 끊겨 오랜 세월 동안 버려진 철길이나 마찬가지로 그리 얼마 지나지 않은 그 동안에 폐허로 변해버리다니, 나는 마지막 배웅을 하던 그 순간마저 배반당한 느낌이었다.

"여긴 안 되겠는데요."

피디가 낭패라는 듯 중얼거렸다. 그 말에 촬영 기사가 허허 헛웃음으로 맞장구를 쳤다. 예전에도 뭐 그리 매끄럽거나 훤한 철길은 되지 못했었다. 그러나 하루에 두 번일망정 어김없이 다니는 열차가 있었기에, 산속의 길 아닌 길도 사람 다닌 흔적을 어떻게든 지니고 있듯이 레일이 쇠바퀴에 닦인 흔적을 볼 수 있었다. 그런데 레일은 바랭이풀 마디들이 말라 엉킨 아래 버려져 그냥 나뒹굴고 있는 것이었다.

"어디 딴 데 또 없을까요?"

그는 아이템 자체를 잘못 택했나 걱정하는 눈치였다.

"글쎄, 사라진 걸 취재한다는 게……"

나는 공연히 부아가 나려 했다. 철도가 폐선이 되고 나서의 모습을 정말 카메라에 담고자 한다면 녹슬고 뭉개진 저것이어야 하지 않겠느냐고 항변하고도 싶은 마음이었다. 그렇지만 나는 '그림'이 되는 것에 생각이 미쳤다. 그것은 아무리 황량해도 나름대로 어떤 구도가 잡혀야 하였다. 내가 봐도 그 철길은 '그림'이 되지 않았다. 더군다나 방송이 교통 관광 전문이니만치 시청자로 하여금 한 번쯤 가봤으면 좋겠다는 유언 효과를 노리는 게 당연한 이치였다.

"이왕 이렇게 됐으니 잠깐 찍어나 보고 가지요."

그의 말에 촬영 기사가 내키지 않는다는 듯 카메라를 돌렸다.

"저쪽 벌판 건너편으로 가면 호수가 있는데, 거기서 열차 소리를 듣는 것도 괜찮았지요. 낚시도 하고 데이트도 하던 덴데."

"호수가요?"

"오래된 저수진데 상당히 크죠."

그 저수지에 바닷물고기인 농어가 있는 것을 나는 알고 있었다. 갈매기도 몇 마리씩 날곤 했었다. 때때로 아마추어 사진 작가들이 무리를 지어 와서 사진을 찍기도 했었다. 나는 어떤 여자와 함께 낚시터 매점 앞의 통나무 탁자를 차지하고 삶은 달걀과 라면을 안주로 술잔을 기울인 적도 있었는데, 그때 노을에 젖은 여자의 실루엣이 내게 속삭이던 말이 내 귀에 왜 그렇게 생생하게 들리는지 의아해하던 기억이 새로웠다. 실루엣의 속삭임이었으므로 분명 현실의 소리는 아니었다. 당신의 영혼은 내겐 너무 무거워요. 그때 나는 엉겁결에 상처받지 않은 영혼이 어디 있겠느냐고, 누군가의 유명한 말을 웅얼거렸을 뿐이었다. 그때 갈매기들도 무겁게 날고 있다고 나는 생각했었다. 그런데도 우리가 함께 살기로 약속한 것은 무엇 때문이었을까.

저수지와 도심 사이로 마치 경계선을 긋듯 열차는 달려가곤 했었다. 봉고 차를 타고, 마로니에 나무를 가로수로 택해 심은 길을 달려가는 동안 나는 어떻게든 예전 모습을 복원해보려 애썼다. 가물치를 잡겠다고 나뭇가지를 꺾어 낚싯줄을 매고 낚싯바늘에 미꾸라지 지느러미를 꿰어 수초 위에 낭창대게 담그던 그 봄물 자리는 어디로 갔을까. 수초 위에 알을 낳아 옆에서 지키는 가물치는 미꾸라지가 알을 먹으러 온 줄 알고 공격한다. 미꾸라지를 덥석 무는 순간, 날카로운 미늘이 몸의 목구멍을 채고 마는 것이다. 미꾸라지보다는 개구리가 낫다는 게 정설이었다. 그러나 가물치고 알이고 미꾸라지고 개구리고 다 땅에 파묻은 채, 애기붓꽃이 앙증스레 피어나던 둔덕 위로 덩치 큰 덤프 트럭들만 바삐 오가며 택지 닦기에 여념이 없었다. 하기야 그곳을 택지로 바꾼다는 계획은 내가 살던 무렵에 이미 세워져 있었다.

달맞이꽃에 박주가리 덩굴이 유난히 많이 우거져 있던 공터는 아직 그대로 남아 있었다. 그곳을 지나고 얼마쯤 달려가 포장 도로를 벗어나 우리는 차에서 내렸다. 그곳 작은 포구는 얼마 전까지만 해도 바닷물이 물길을 타고 드나들어 어시장까지 서던 곳이었으나, 바깥 바다

쪽으로 방조제가 쌓이면서 그저 썩은 하천이 되어버렸음을 나는 들어서 알고 있었다. 언젠가 그 포구에서 고깃배를 타고 가까운 무인도로 가서 소라를 줍고 고사리를 따고 원추리를 캔 적도 있었다.

이제는 손님이 거의 끊겨 문을 닫은 횟집들과 엉뚱하게 남태평양에서 수입한 조개, 고둥 껍데기들을 파는 가게와 낚시도구점을 지났다. 나는 다소 마음이 들떴다. 지금 나를 따라오는 사람들은 뭐 이런 지저분한 구석으로 끌고 가느냐고 할지 모르지만, 내게는 단순히 그런 곳이 아니었다. 앞에서도 말했다시피 나는 과거의 모습을 더듬고 있는 것이었다. 게다가 곧 나타날 아름다운 '그림'을 강조하기 위해서는 상대적으로 추한 장면을 먼저 보여주는 것도 괜찮은 방법일 것이었다. 나는 모퉁이를 돌아 성큼 저수지로 접어들었다.

"여기예요…… 아니, 이런."

나는 발을 떼어놓을 수가 없었다. '여기예요'라는 말은 이제 아름다운 그림이 펼쳐집니다, 하고 짐짓 자랑스럽게 내보이겠다는 뜻이었다. 그러나 '아니, 이런'이라는 전혀 반대의 말이 뒤따를 수밖에 없었던 것이다.

"여깁니까……"

나는 뒤에서 누군가 혼잣말처럼 내뱉는 소리를 들으며, 등이 시린 느낌이었다. 내가 '아니, 이런'이라고 한 말을 그는 들을 필요가 없었을 것이다. 두말할 것도 없이 저수지는 예전의 그 저수지가 아니었다.

그냥 파랗다고 해서는 안 될, 굳이 말하자면 페르시안 블루에 가까운 염료로 가득 차 찰랑이는 것 같다고 했던 그 물은 어디론가 사라져버리고 저수지를 가득 메우고 있는 것은 쓰레기뿐이었다. 허허, 하는 촬영 기사의 혀 차는 소리가 다시 들려왔다. 여깁니까, 하고 말끝을 흐리는 가운데 감출 수 없이 틀렸구나 배어나오던 신음 소리가 귓가를 맴돌았다.

"엄청 변했군요. 보세요. 낚시좌대가 나란히 놓여 있는 여기까지 물이 찼었는데."

나는 낚시터 관리인이라도 되는 양 변명하고 있었다. 나란히 놓여 있는 좌대들도 군데군데 널빤지가 내려앉았거나 기우뚱 기울어 있었다. 저수지 밑바닥이 풀밭이 되었던 걸로 봐서 비가 많이 오는 여름철에도 물은 졸아붙어 있었던 게 분명했다. 멀리 바라보니 구정물을 모아놓은 듯 얼마쯤의 물이 가두어져 있기는 했다. 하지만 농어가 뛰고 갈매기가 훨훨 날아다니는, 저 멋진 페르시안 블루의 세계가 펼쳐져 있었다고는 나부터가 도무지 믿기지 않았다.

"곤란한데……"

피디는 고민하는 빛이 역력했다.

"그렇겠죠?"

나는 어정쩡하게 말했다. 나 역시 낭패한 느낌이었으나, 그러나 순간적으로 좀 전에 철길에서도 그랬던 것처럼 이런 망가진 풍경이야말로 후일담에는 더 걸맞은 게 아닌가 항변하는 마음이 뾰족하게 솟아나고 있었다. 젠장, 이 친구들, 그림 되는 걸 예쁜 걸로만 알고 있으니, 나는 갑자기 리얼리티가 어쩌고 하며 한마디 불쑥 말이 튀어나오려는 것을 간신히 눌러 참았다. 리얼리티란 도대체 무엇일까. 나 자신 아직까지도 명확한 해석을 내리지 못하고 있었다. 여기 하나의 의자가 있습니다. 플라톤과 러셀이 함께 의자를 들고 나오는 데서 그들 철학이 시작되고 있었다. 웬 의자? 그런 근본적인 원리를 끌어와봤자 리얼리티까지 도달하려면 까마득할 뿐이었다.

"어디 역 건물 같은 건 없을까요?"

피디가 다급하게 물어왔다. 내가 살던 무렵에도 역사(驛舍)들은 대부분 철거되었었고, 한둘 남아 있는 것도 말이 역사지 돌보지 않은 지 오래되어 퇴락할 대로 퇴락해 있었다.

"그런 게…… 있긴 있었는데……"

나는 도시 외곽을 벗어나 벌판을 향한 곳에 문짝도 없이 버려져 있는 낡은 역사를 생각해냈다. 근처에 비슷한 형태로 민가들도 남아 있어서, 티브이에서 박경리의 『토지』를 미니 시리즈로 찍을 때 그 세트장으로도 쓰였던 곳이었다. 하지만 그곳 역시 그들이 보기에 '그림'이 되는지는 나로서는 판단할 길이 없었다. 할 수 없이 마른 저수지를 배경으로 또 한 장면을 찍고 우리는 발걸음을 돌렸다. 그러자 그 역사 건물이 아직 그런대로나마 남아 있는지 의문이 솟았다. 가게에 들러 담배를 사면서 그에 대해 묻자 주인은 "그야 그대로 있겠지요" 하고 당연하다는 얼굴로 나를 쳐다보았다.

"그럼, 그리 갑시다."

나는 그들을 이끌고 다시 봉고 차에 올랐다. 왔던 길을 되짚어 가서 도시를 가로질러 가는 길이었다. 늦가을의 도시는 무엇엔가 조바심을 치며 웅크리고 있는 모습이었다. 내게 예전 도로로 가는 길밖에 모른다고 혼잣말을 하자, 일행 중의 누군가가 지도를 펴 들었다. 그 지도는 여전히 철도를 명확한 선으로 그려놓고 있었다. 그곳도 공단이 들어서 있어서 큰 도로가 바둑판처럼 새로 뚫려 있었다. 지도를 들여다보던 에이디(AD)가 바로 가면 되겠군요, 하고 운전 기사에게 말했다. 옛 도로는 기억에서보다 훨씬 초라하게 오른쪽으로 구부러져 예전과는 영판 다른 곳으로 가고 있는 듯이 보였다. 차는 거칠 것 없이 쌩쌩 달려갔다. 공장들이 번듯번듯 들어선 그 공단 자리는 전형적인 시골 마을들이 깃들여 있던 곳이었다. 정다운 언덕들과 시냇물이 내 눈에 선연히 남아 있었다. 그와 함께 번듯번듯한 공장들이 오히려 폐허의 빈집들로 보여져, 나는 허깨비가 눈을 가리지 않나 머리를 흔들어보기까지 했다.

민통선 안의 모습도 폐허의 그것이었다. 전쟁 전에 꽤 많은 사람들이 살았다는 흔적은 여기저기 파괴되어 서 있는 건물들에 남아 있었으나, 왠지 공소한 느낌이었다. 어떤 학교 자리는 아무것도 없이 그저 잡목숲으로 변해 있었다. 그래서였을까, 그 가운데서 특히 눈에 들어와 박히는 것이 있었다. 물가에 싱싱하게 잎사귀를 뽑아 올리고 있는 창포, 밭둑에 샛노랗게 핀 개구리자리와 미나리아재비 같은 풀꽃, 커다란 목련 꽃송이처럼 나뭇가지에 올라앉아 있는 왜가리들이 그것들이었다. 그것들은 그 어느 곳에서보다 빛깔이 선명했다. 그야말로 '생명의 만남'을 운운할 수밖에 없었다. 삶의 흔적이 어딘가에서 안타까운 눈빛을 아직 거두지 못하고 있기 때문에 자연이 대신 절규하고 있는 것만 같았다.

"어, 지도에 이런 길이 없는데."

갑자기 에이디가 차를 세웠다. 지도에 있는 대로 왔는데 다른 길이 된다는 것이었다. 할 수 없이 어느 공장의 경비원에게 역으로 가는 길을 물어 차를 뒤로 돌리는 수밖에 없었다. 결국 옛길로 들어서서 가지 않으면 안 되었던 것이다. 그 길로 들어서자 나는 민통선 안에 다녀와서 만들었던 몇 개의 문장이 머리에 떠올랐다.

미나리아재비나 개구리자리는 양지바르고 습한 땅을 좋아한다.

할미꽃이나 금낭화는 양지바르고 척박한 땅을 좋아한다.
얼레지나 처녀치마는 반응달이고 비옥한 땅을 좋아한다.

그뿐이었다. 그래서 어쨌다는 것일까. '좋아한다' 라는 제목 밑에 만들어진 문장은 그뿐이었다. 그러나 나는 알고 있었다. 공단 길로 접어들고 나서부터 내내 그 문장들은 내 머리를 맴돌고 있었던 것이다. 그뿐이라고 말했지만, 공단이 폐허 같다고 했던 말과 연관시켜 '좋아한다' 의 뜻은 충분히 감지되었으리라 믿는다.

길이 드디어 왼쪽으로 구부러진 곳에서 나는 차를 멈추었다. 내게는 낯익은 곳이었다. 예전에는 철도 건널목이 있던 곳이었다. 역이 있던 곳이었으므로 집들도 여럿 작은 마을을 이루고 있기도 했다. 그 집들을 돌아 나가면 역사가 소금 창고들을 거느리고 서 있었다. 그러니까 그 역은 제2차 세계 대전 때 일본군이 소금을 조달하기 위해 만든 철도라는 사실을 증언하며 염전의 한 가장자리에 자리잡고 있었던 것이다. 그러나 차에서 내리자마자 나는 불길한 예감에 휩싸였다. 어쩌면 저수지에서 그리로 가자고 했을 때부터의 예감이라고 하는 편이 더 옳을지도 모른다. 나는 집 모퉁이를 돌아섰다.

"틀렸어요. 여기도 없어졌어요."

나는 맥빠진 소리로 말했다. 그곳은 폐허도 무엇도 아니었다. 붉은 흙더미들이 높다랗게 쌓이고 돌들이 나뒹구는 공사 현장이었다. 그 옆으로 반쯤 흙에 파묻힌 채 좁다란 철길이 초라하게 빠져나가고 있는 게 눈에 들어왔다. 뒤따라온 촬영 팀들도 그저 한심한 표정들로 말이 없었다. 나는 마치 그 같은 상황을 만든 사람이기나 한 것처럼 민망해하지 않으면 안 되는 나 자신이 싫었다. 이젠 어떻게 하면 좋겠느냐고 모두들 나를 쳐다보았다. 그러나 나는 흙더미 사이로 사라져가는 철길을 바라보며 잠깐 엉뚱한 상념에 잠겨 있었다.

열차가 바닷가를 지나가다가 멈추는 간이역에는 코스모스가 피어 있고, 빨간 유홍초꽃이 덩굴 위에 간당간당 매달려 있었다. 햇빛은 아직 눈부셨다. 시커먼 화자들이 초가을의 눈부신 햇빛 속에도 어딘가 어둠이 실려오고 있다고 알려주려는 것 같았다.

언제였던가. 많은 편지를 주고받았던 여자가 있었다. 그 편지들을 주고받으며 우리는 서툰 사랑에 눈떠가고 있었던 것이다. 하지만 그 주고받음 가운데 우리는 왠지 이뤄질 수 없다는 절망감을 등짐처럼 지고 있었다. 그러므로 편지에는 밝음과 어두움의 감정이 그늘지곤 했다.

편지는 전화보다 훨씬 더 고백적이어서 그 유혹은 더 길고 더 깊다. 편지글의 행간에 깃들어 있는, 아무도 모를 속삭임 소리를 나만이 듣게 될 무렵 사랑은 싹트고, 싹트면 저 저잣거리를 징을 치며 지나가는 굴뚝 청소부가 둘둘 말아 어깨에 짊어진 긴 장대보다도 더 길게 외로운 희열이 가을 볕 사이로 지나가는 것도 보인다.

그러던 어느 날 그녀로부터 만나자는 전갈을 받았고, 우리는 그 시골 간이역에 도착했었다. 역의 반대편으로 철길을 건너가면 갯벌 사이 도랑이 흐르고 용담꽃망울같이 함초롬한 바다로 열리는 길이 있었다. 도마뱀들이 재재바르며 가을 볕에 마지막 해바라기로 찬 몸을 덥혀, 겨울 동안 캄캄하고 차디찬 겨울잠을 맞을 채비를 하고 있는 그 길을 우리는 말없이 걸어갔다. 바다가 더 가까워지면 달랑게들도 눈망울을 뭍으로 반짝이며 슬픔을 견주려는가. 하얀 바닷길에 연두색 풀무치가 날아 그녀의 흰 옷깃을 스쳤다. 그 날개 빛에 바다도 연두색으로 눈을 열고 있었다.

송장메뚜기가 길라잡이 노릇을 하며 날기 얼마쯤, 나무 한 그루가 만장(挽章)처럼 꽂혀 있는 둔덕이 나타났다. 아닌 게 아니라 누구의 무덤도 하나 허물어져가며 사람 발길이라곤 끊긴 갯벌을 지키고 있었다. 그녀가 그 나무 옆을 손으로 가리켰다. 비릿한 갯내음에 풀빛이 어려 마음은 이역(異域)의 것이었다. 그리고 우리는 여전히 아무 말도 없었다. 무거운 예감이 흘렀다. 먼 데서 열차가 잘가락거리며 레일을 밟는 소리가 해조음처럼 들려왔다. 이어서 그녀의 희고 긴 손가락이 내게로 옮겨왔다. 그 손에는 한 장의 편지가 접혀 있었다. 그녀의 편지는 고독한 성채에서 날려보내는 비둘기의 발목에 감겨 있는 것과 같이 늘 내 마음을 안타깝게 하였다. 나는 그 성채에 들어갈 수 없도록 운명지어진 것이라고 그 새 발자국 같은 글씨는 말해주곤 하는 것이었다.

그런데 그 많은 편지들을 거쳐서 그녀가 내게 손수 전하고자 하는 편지는 도대체 무슨 의미를 가진 것일까. 나는 자못 긴장했고, 떨렸다. 나는 묵묵히 종이 쪽지를 펼쳤다.

우린 이제 더 이상 만나선 안 되겠어……

그런 다음, 우리는 그 바닷가를 떠났다. 나는 그날 그 편지를 손에 쥔 채로 저녁 열차를 타고 집으로 돌아왔다. 돌아오는 완행 열차의 차창으로 달빛이 유난히도 창백했다는 기억은 내내 나 자신조차 창백하게만 했다.

우린 이제 더 이상 만나선 안 되겠어…… 우린 우리에게 주어진 각자의 길을 걸어가야 하는 거야…… 늘 행복을 비는 마음 변함없음을 약속하면서……

그 가을에 이별의 편지는 그렇게 직접 전달되었다. 사실 나는 그와 같은 이별을 언제부터인가 이미 예견하고 있었다. 우리에게는 어떠한 돌파구도 없어 보였다. 왜였을까. 그러나 젊은 날엔 그 나름의 절망적인 예단(豫斷)이 또한 흔히 앞길을 가로막고 있는 것이다. 근거가 없을지라도 그것이 인생이다.

우리는 그렇게 헤어졌고, 그로부터 25년이 지난 어느 늦은 가을날, 내게 다시 나타난 그녀는 이제서야 뒤늦게 결혼을 하게 되었다고 말했다. 그리고 25년 만에 내미는 손은 여전히 희고 길었다.

바닷가로 향한 그 길은 희고 길게 아직도 내 마음 속에 열려 있다. 이별을 향한 희디희고 길고긴 여정이다. 이별을 향한 길이기에 나는 아직도 여기 서성거리고 있을 뿐이다. 근거가 어디 있는지 몰라도, 이별이란 우리 인생의 떨쳐버릴 수 없는 그림자이기에……

그 시골 간이역에서처럼 흙더미 속에서 나온 철길은 바닷가를 향하고 있었다. 상념에서 깨어난 나는 이제 무엇이 있든 없든 아무 데나 돌아다니면서 이리저리 찾아볼 수밖에 없다고 결연히 말했다. 안내자로서의 내 임무는 끝났다고 선언한 것이었다. 얼마 안 있어 해가 기울어지기 시작하면 그날 촬영도 끝장이었다. 나는 서둘러야 한다고 말했다. 그리고 이제까지와는 달리 능동적으로 변해 있는 나를 발견했다.

우리는 '그림'을 찾아 바삐 차를 몰았다. 산 언덕의 당집도 거쳤고, 해안의 철조망도 거쳤고, 본디 꽃우물〔花井〕이라고 이름 지어졌으나 어느덧 곤우물로 변한 마을의 우물도 거쳤고, 산등성이의 허물어진 돌성도 거쳤다. 그러다 보니 몇 차례나 철길을 지나게도 되어 그 폐허 위에서도 카메라를 돌렸다. 모두들 일을 완성해야 한다는 마음이 혼연일체되어 우리들의 움직임에는 모종의 비장감마저 감돌고 있었다고 말해도 좋았다. 마른 갈대들이 우거진 수로 옆에서도, 동부와 팥을 멍석에 널어 말리고 있는 농가 앞에서도, 철길과 바다가 함께 내려다보이는 언덕 위에서도, 까마귀가 많은 논밭 앞에서도 나는 카메라 앞에 섰다. 이곳은 마치 상상 속의 새들이 어디선가 날아와 날개 칠 그런 곳 같아 보입니다, 보십시오, 저 까마귀들을…… 마이크를 꽂고 말하는 내게 그 까마귀들이 또한 그리핀으로도 보였다고 해서 아무도 놀라지 않으리라 나는 믿었다.

그리하여 마침내 닿은 곳이 폐(廢)염전이었다. 그곳까지는, 염전 일을 하지 않기 때문에 차가 들어가지도 못한다는 길을 지나야 했다. 아닌 게 아니라 작은 나무 다리가 반쯤 허물어져 있기도 했다. 값싼 수입 천일염에 밀려 염전들이 하나둘 문을 닫은 것은 그리 오래된 일이 아니었다. 그렇게 길이 끊어진 곳에 그나마 제대로 형체를 갖추고 있는 염전이 남아 있다는 게 고마울 따름이었다. 계절이 계절이니만큼 논바닥은 물기 없이 바싹 말라 있었고, 둑이 허물어진 곳도 있었다. 건너편 둔덕으로 어느새 빨갛게 물든 갯풀들이 무리를 지어 늦가을을 보내고 있었다. 그 '그림' 앞에서는 피디의 얼굴에도 비교적 안도감이 엿보였다.

어디가 좋을까 이리저리 살피며 가고 있던 중에 나는 문득 그에게 제안했다. 왜 그랬는지는 나도 모를 노릇이었다. 즉, 내가 소금 굽는 염부처럼 염전 가운데 서서 '오프닝 멘트'를 하자는 것이었다.

"그것 좋군요. 해주신다면야."

그는 흔쾌히 받았다. 내 제안은 단순히 말만 그렇게 하자는 게 아니었다. 나는 가까운 곳에 아직도 머물러 살고 있는 염부의 집으로 가서 고무 장화를 신고, 소금물을 끌고 미는 고무래까지 들겠다고 했던 것이다. 모든 것은 내 제안대로 진행되었다. 비록 복장은 내 입성 그대로였지만 나는 낡은 고무 장화를 신고 고무래를 들고 염전으로 향했다. 말 그대로 '오프닝 멘트'니까 간단히 해도 된다고 피디는 나를 안심시켰다. 멀리 소금 창고가 보이고 수차가 서 있는 곳에서 나는 발걸음을 멈추었다. 이윽고 카메라가 돌아가고 피디가 손짓으로 시작하라는 신호를 보냈다.

나는 입을 열었다. 나는 내가 무슨 말을 하는지도 알 수 없었다.

여기 오래 전부터 길이 있었다. 그 길은 아주 오래 전, 그러니까 공룡들이나 오갔을 그런 무렵부터 '생명의 만남'을 속삭이며 여기까지 이어져온 길이라고 해도 좋다. 그런데 그 길이 이제 끊어지고 있다. 소금을 굽던 사람들도 다 떠나고 이별이라는 말만 남은 풍경 속에 나는 홀로 서 있다. 열차도 이별을 고한 지 어언 1년, 그러나 아득한 곳에서 우리는 다시 기약하지 않으면 안 된다…… 만난 사람 어김없이 헤어지며, 살아 있는 우리 어김없이 죽는다는 말을 누가 굳이 하고 있는가. 길은 언제나 그리움으로 생명의 만남을 속삭이는데…… 그 만남 가운데 이미 떠남이 깃들어 있다고 누가 굳이 일깨우는가…… 길…… 이별……

나는 어느덧 목이 메어 목소리에 마치 소금기가 배어들고 있는 것 같다고 느꼈다. 나는 눈을 감았다.

멀리서 피디인지 에이디인지 "됐어요. 그만 하세요" 하고 외치는 소리가 가물가물 들려오고 있었다.

4

오랜만에 만난 친구의 한마디에 나는 천년 전의 어느 날로 거슬러 올라가는 느낌이었다. 그저 쉬운 말로 '천년' 이라고 했지만, 정확하게 몇 년인지 밝혀서 짚고 있는 것은 물론 아니었다. 그리고 그가 무슨 얘기 끝에 그 말을 꺼냈는지도 지금으로선 아리송하다. 그 동안 무슨 일을 하며 목구멍에 풀칠을 했느냐는 내 물음에, 그는 이일 저일 몹쓸 일에 시달리며 살다가 이제는 아예 시골에 은둔처를 마련해 거의 묻혀 지낸다고 대답하고 있었다.

"은둔이라, 그건 내가 할 말인데."

나는 그의 말을 받아 중얼거리며 그를 휩싸고 돌던 풍문을 머리에 떠올렸다. 누군가의 말에 따르면, 그가 한 여자를 만나 그 여자가 벌인 작은 사업을 돕다가 보증을 잘못 서는 바람에 다 들어먹고 숨어버렸다는 것이 골자였다. 그 과정에서 여자의 역할이 매우 수상쩍었다는 말도 곁들여졌다. 쉽게 말하면, 그를 이용해 먹었다는 것이었다. 그런 말을 듣고 나는, 남자와 여자의 문제는 오직 당사자만이 알 뿐이라고 흘려넘겼었다. 남자와 여자가 만나 어쩌고저쩌고 하다가 깨지는 게 세상일 아니냐고.

어쨌든 그가 어디론가 사라진 것만은 틀림없었다. 돈 문제든 여자 문제든, 도저히 감당할 수 없을 때 사라져버리는 방법은 언제 어디서나 흔한 것이었다. 하기야 나 역시 그런 적이 있었더랬다. 나는 예전 일을 기억해내고 씁쓸하게 웃음을 머금었다. 그 무렵, 사람 몸을 안 보이게 하는 무슨 약이 정말 없을까 하고, 어릴 적에 본 영화 장면을 간절하게 떠올렸던 것까지도 새록새록 되살아났다. 모든 골칫거리로부터 거뜬히 빠져나올 가장 간단한 길은 투명 인간이 되는 것이었다. 그와 내가 같은 부류로 분류되는 것은 여자와 돈을 함께 잃고, 투명 인간도 되지 못하고, 은둔처를 찾아 숨어들었다는 것이었다. 내게는 은둔처라는 낱말은 사치스럽다. 은둔이 아니라 은신, 아니면 도피라고 해야 한다. 그것도 아니다. 모든 것이 환멸이었다. 마지막 믿음이어야 할 사람, 그것마저도 환멸이었다. 그래서 나는 식물을 믿기로 한 것이라고 해도 좋았다.

"나도 산골짜기로 들어갔어. 땅을 파며 지금부터라도 다시……"

나는 말을 잇지 못했다. 은신, 도피로 떨쳐버릴 수 있는 게 아님을 나는 알고 있었다. 자칫 죽음만이 처방전이 될지도 모르는 것이다. 그러니, 자기 모멸이라는 치명적인 독이 퍼진 몸으로는 거기에 생각이 머물 틈도 주지 않고 그저 끝없이 도망쳐 달아나는 수밖에 없는 것이었다. 그 둔주(遁走)는 저주와 같다. 그래서는 안 되는 것이었다. 그러므로 그의 경우나 나의 경우나 여기서 사건의 전말이 이렇게 돼서 저렇게 됐다는 식으로 늘어놓는 것은 어리석은 일이다. 잘못해서 그 가장자리 어디에 아직도 녹슨 채 퍼져 있는 독을 다시 핥아서는 안 된다.

그러므로 인생은 교훈적이다. 우리는 뒤늦게나마 다시 살아야 한다고, 해보자고 결의하기 위해 만난 것 같았다. 그만큼 그날 만남은 뭔가 달랐다.

그런데, 내가 '천년' 운운한 것은 무엇 때문이었을까. 그날 우리는 인사동 일대를 여기저기 헤매고 다녔다. 동충하초 차도 마셨고, 맥주도 마셨다. 그런 어느 시간에 그가 코끼리 가죽으로 만든 북에 대해서 얘기를 꺼냈다. 은둔처를 마련하는 과정에서 보았다는 것이다. 칠갑산의 어느 절엔가 있다는, 코끼리 가죽으로 만든 그 북은 또 보통의 북처럼 둥그렇지 않고 아무렇게나 불규칙하게 생겼다면서, 그는 사람의 귀 모양 같기도 하고 아메바 모양 같기도 한 도형을 식탁 위에 손으로 그려 보여주기도 했다.

"그 북은 신라 시대 거라는데, 무슨 수로 코끼리 가죽으로 만들었냐 말이지."

그는 도무지 모를 일이라고 머리를 갸웃거렸다.

"신라 시대에 코끼리?"

"게다가 그런 모양도 기상천외지. 알 수 없어."

그는 문득 아득한 표정을 지었다. 그가 지금 어디에 숨어 있든 이제는 꽤 안정을 얻었구나 하고 나는 생각했다. 치명적인 독이 퍼진 사람의 자기 환멸의 저주 속에서는, 북을 코끼리 가죽 아니라 코끼리 가족으로 만들었다 해도 눈곱만큼도 호기심을 가질 여유가 없음을 나는 잘 알고 있었다. 북 자체도 북이든 복(鰒)이든 아무래도 상관없는 것이었다. 아니, 자기 생명마저도 생명이든 생병이든 상관없는 것이었다. 이른바 하늘이 무너지고 땅이 꺼진다 해도 상관없는 것이었다. 그럼에도 불구하고 그는 신라 시대의 북을 말하고 있었다. 벌레에게 먹혀 오히려 그 벌레의 생명을 먹고 피어나는 동충하초처럼 그는 절망에 먹혀서도 절망을 양분으로 끈질긴 탐구의 생명을 키워왔던가, 이런 생각까지 한 것은 동충하초 차를 마셨기 때문이라고나 해야겠다.

그날 우리는 많은 얘기를 나누었다. 그는 언제나처럼 내게 얘기를 들려주는 쪽이었고 나는 들어주는 쪽이었다. 북 얘기에서도 드러났듯이 그는 좀 엉뚱한 화제를 즐기는 성격이었다. 예전에 내가 서울 생활에서 밀려나 서해안인 반월 땅으로 갔을 때, 그곳을 방문한 그는 느닷없이 반달족에 대한 얘기를 꺼내기도 했었다. 반월(半月)이 반달이 되고 그것이 서양 역사에 등장하는 반달Vandal이라는 민족으로 옮아간 것이었다. 하기야 그는 언어학에는 남다른 조예가 있었다. 산스크리트어를 공부한다고 번쩍거리기도 한 그였다. 반달족은 서기 5세기쯤 게르만 민족의 대이동 때 그 한 갈래로 두각을 나타내어, 이베리아 반도를 거쳐 아프리카의 카르타고를 수도로 반달 왕국까지 세운 민족이었다. 문제는 이 민족은 그저 파괴를 일삼았다는 데 있지. 그래서 문화 파괴 행위를 반달리즘이라고 하는 거란 말야. 로마의 많은 문화가 파괴된 것도 반달리즘 때문이지. 이쯤 해서 뭐 머리에 짚이는 게 없어? 지금 여기가 이름 그대로 반달 땅이잖아. 경기도 화성군 반월출장소. 아름다운 자연을 다 밀어 뭉개고 온통 아파트촌을 세운 거잖아. 더군다나 이름하여 예술인 아파트? 뭐 떠오르는 게 없냐, 이 말이야.

따라서 반달족은 문화를 남기지 않았다. 말이든 글이든 어느 한 조각 짐작조차 할 수 없었다. 그들이 왜 그렇게 파괴만을 일삼았는지에 대해 뭔가를 규명하려고 해도 비빌 언덕조차 없었다. 20세기에 들어온 어느 날, 학자들이 그 민족의 말을 사용하는 사람 둘을 마침내 지중해 기슭에서 발견했을 때, 그들은 마지막으로 죽어가고 있었다. 안타까운 노릇이었다. 반달의 정체는 역사에 이름만 남기고 알 수 없는 광태를 뒤로한 채 영원히 수수께끼 속으로 자취를 감춘 것이다. 과연 반달족의 최후지. 마지막 두 사람이 쓰고 있던 그 말, 그 말은 어떤 말이었을까. 그리고 지금 우리가 쓰는 이 말은? 그는 포장마차 '광주집'에서 술에 혀가 꼬부라져 뭔가 울분을 토했다. 밤이면 흘러간 로맨스처럼 스멀거리는 안개가 얼굴에 휘감기고, 낮이면 문득 협궤 열차의 레일 밟는 소리가 달가닥달가닥 조랑말 말발굽 소리를 내며 다가들던 그 도시는 이듬해 안산이라는 다른 이름으로 수도권 전철 지도의 끝에 자리 잡았다.

그의 말에 따라 본의 아니게 반달족이 되어버린 나는, 그곳에 사는 동안 실제로 몸과 마음이 알게 모르게 파괴되어갔다. 나는 혼잣몸이 되어 떠돌았다. 알코올에 절여진 내 영육에는 주인 없는 삭정이 새집을 불어가는 삭풍 소리 같은 호흡이 탄식으로 깃들였고, 내 두 눈에는 간신히 빛과 어둠만을 분간하는 단세포의 어두운 흑백 프리즘이 갈아 끼워졌다. 개기 일식의 나날이었다.

그 무렵 마른 검불이 되어 날려간 어느 마을, '황금마차' 간판 아래 여자가 자장가처럼 "한잔하고 가세요, 놀다 가세요" 하고 노래하고 있었다. 그 노랫소리를 들은 나는 오금이 저렸다. 폭풍우 같은 외로움이 몰아닥쳐 온몸을 단숨에 삭북(朔北)으로 날려버리는 듯했다. 도시에서 몸을 팔다가 시골로 밀리고 밀려 섬까지 가고, 그런 다음 마지막으로 기신기신 흘러든다는 마을에서 '황금마차' 여자는 마지막 노래를 부르고 있는 것이라고 여겨졌다. '놀다 가세요' 소리가 '저녁 드세요' 소리로 들려왔다. 나는 주머니를 털어 여자에게 건네고 어디 멀리 가서 살림을 차리자고 제안했다. "여태껏 난 여자를 행복하게 해준 적이

한 번도 없어요. 제발 그래보고 싶어요." 나는 말하고 있었지만, 여자와 함께 갈 데까지 가서 철저히 망가진다는 게 꿈이었다. 하늘이 무너지고 땅이 꺼지는 곳에 가서 함께 천길 나락으로 떨어지는 게 꿈이었다. 그것만이 나를 잠재워줄 사랑이었다. "살림요? 행복요?" 여자는 살랑살랑 웃으며 되묻더니, 멀리 갈 게 뭐 있느냐고 눈을 바늘처럼 가늘게 떴다. 실상 더 이상 멀리 갈 곳은 달리 아무 데도 없었다. 거기가 세상의 끝이었다. 캐시밀론 요 위에 사지를 뻗고 누워 내가 여전히 멀리 가자고 채근하자 여자는 요구르트를 권하며 말했다. "히어 이즈 디 엔드 오브 더 월드." 나는 반달족의 말을 들은 언어학자처럼 벌떡 일어났다. 빨간색과 초록색 네온사인에 비친 여자의 얼굴은 과연 세상 끝 여자의 얼굴임에 틀림없었다. 나는 말없이 바지를 추켜 입고, 그리고 나 혼자라도 어디 멀리 가야겠다고 더듬더듬 말하고 부랴부랴 '황금마차'를 떠났다. 여자는 많이 당한 일이라는 듯 멀뚱멀뚱 보고만 있었다. "또 오세요." 여자의 말이 불길한 주(呪)처럼 등 뒤에 달라붙었다. 버스를 타고 한참을 달리고 나서야 나는 내 손에 요구르트 병이 그대로 들려 있다는 걸 알았다.

그 안에 유산균이 살아 있다는 사실을 믿어야 할까. 몇 년 뒤 나는 요구르트 병과 비슷하게 만들어진 플라스틱 병에 내 정액을 넣고 병원으로 가면서 그때의 일을 퍼뜩 떠올렸다. 의사는 사정을 해서 한 시간 안으로 가져오면 된다고 말하고 있었다. 겨울날이었으므로 나는 정액 병을 소중하게 점퍼 안 겨드랑이께에 넣고 택시를 탔다. 러시아의 어두운 아침처럼 그 아침은 어두웠다. 나는 병원의 밀실에서는 도저히 사정을 할 수가 없었다. 그 일을 하는데도 남자들이 줄을 서서 기다려야만 했다. 러시아의 빵 배급소에서 줄을 서서 기다리던 생각도 났다.

스메타나를 받으러 온 소년이 내 뒤에 있었다. 러시아에서는 요구르트를 스메타나라고 불렀다. 러시아의 빵 배급소라면 그래도 나았다. 일본군들이 조선 처녀를 범하는 왈 위안소 문 앞에 줄을 지어 서 있는 사진도 있었고, 하물며 유대인들이 죽음의 가스실로 들어가며 줄을 지어 서 있는 사진도 있었다. 아도르노, 아우슈비츠를 겪고 난 다음에 세상에 서정시가 있을 수 없다는 걸 그대는 정말 믿었단 말이냐. 서정시의 주제 가운데 중요한 하나가 망각이라는 걸 그대는 정말 몰랐단 말이냐.

줄을 지어 기다렸다가 들어간 조그만 방은 허섭스레기들을 넣어두는 방과 다름없었다. 한쪽으로 일인용 침대가 놓여 있고 벽에는 거울이 붙어 있었다. 그 거울을 바라보거나 무심히 창밖을 내다보며, 플라스틱 병에 정액을 받기 위해 자위 행위를 하는 것이었다. 작은 탁자 위에 놓여 있는 보통의 여성 잡지 한 권이 눈에 띄었다. 빌어먹을, 아우슈비츠의 마지막 날에도 일상은 진행되었단 말인가. 게다가 구석에 쑤셔박혀 있는 지저분한 막대 걸레는 또 뭐람. 문밖에는 언제 나오나 하고 몇이서 시간을 재고 있었다. 나는 결코 사정까지 가지 못하는 자신 때문에 화가 머리끝까지 복받쳤다. 도무지 되지가 않았다. 때가 어느 때라고 너는 서정시를 생각하느냐! 독재에 항거하여 많은 사람들이 피를 흘리던 그때도 서정시의 역할을 잊지 못하고 질질 매더니, 잘코사니, 그 따위 나약한 정신이 여기서 의연하게 정액 한번 뽑아내지 못하는구나! 으웩!

그리하여 갖게 된 아이의 이름은 겨우살이. 겨울 매섭게 추운 하늘에 초록색으로 살아 있는 겨우살이. 어느 겨울날 겨우살이를 팔고 있는 노인을 탑골공원 앞에서 만났다. 약으로 판다는데 어디에 좋으냐고는 묻지 못하고 말았다. 서울에서 겨우살이를 본 건 그게 마지막이었다. 다른 나무의 가지에 뿌리를 박고 기생하는 식물인 겨우살이에게는 그래도 앙증맞은 잎사귀가 있다. 다른 나무의 양분을 빨아먹고 사는 기생 식물들에게는 광합성 작용을 할 잎사귀가 없어도 되지만, 겨우살이에게는 새 생명의 손 같은 잎사귀가 있다. 전쟁이 끝나고 얼마 뒤 경기도 양주군 남면 신산리의 한 직업 군인 셋집 마당에 크게 자란 참나무에도 겨우살이들이 겨울에 푸르렀던 것을 나는 기억하고 있었다. 아이야, 잘 자라 큰 나무가 되렴. 혁명이 나도, 전쟁이 나도 꿋꿋하게 견디는 큰 나무가 되렴. 그러나 아이는 아기집 안에서 할딱거리며 양분만 빨아먹다가 생명을 거두었다. 겨우 한 달도 채 못 살고, 더군다나 세상 빛은 보지도 못한 생명이었다. 앙증맞은 잎사귀손커녕 겨우 몇 모금의 생명즙만 빨아먹고 할딱이다가 세상에는 모습도 드러내지 못하고 사라진, 겨우살이도 못 된 겨우살이였다.

그리하여 나는 내 땅을 마련하여 커다란 나무를 심고 그 가지에 겨우살이가 자라는 꿈을 꾼다. 나 자신이 죽으면 나무 밑에 묻어 거름이 됨으로써 겨우살이의 푸른 피가 되는 꿈을 꾼다. 삶이 죽음이 되는 순간 죽음이 삶이 되는 꿈을 꾼다. 그런즉 겨우살이는 한 그루 비굴한 기생 식물로서만 존재하는 게 아니었다. 그 자신 한 그루의 큰 나무로서, 그 아래로는 만국의 노동자들도 단결하여 망치와 낫을 들고 지나가고, 자본으로 자본을 낳는 일파들도 황금알 거위를 끌고 지나가고, 알량하게 민족을 부르짖는 소영웅들도 지나가고, 너무 폐활량이 크다 보니 지구 덩어리가 다 폐부에 들어 있는 코즈모폴리턴들도 지나가고, 그리고 봉도 깃들이고 황도 깃들이고 매미도 깃들이고 진딧물도 깃들이는 큰 나무로 자라는 것이었다. 겨우살이야, 우리는 그렇게 살아 있는 거란다. 겨우살이들이 나무에 유난히 많던 그 으와조 강가에서 네 아빠와 엄마는 키스를 하며 아이를 갖기로 했었다. 러시아의 긴 겨울을 뒤로하고 많은 사회과학 책들을 넣은 라면 상자 위에 앉아 네 아빠와 엄마는 네 생각을 했더란다. 20세기도 저물어가던 어느 날이었다. 우리들 인생도 마침내 겨우살이라는 걸 왜 우리가 몰랐겠니, 겨우살이야!

그날 인사동에는 축제 끝에 난장이 열리고 있었다. 줄지어 널린 노점에는 우리나라 물건보다 중국, 인도, 러시아, 동남아시아 등지에서 모아온 장신구며 잡동사니들이 쌓여 있었다. 한 군데서 우리나라 놋쇠종을 다짜고짜 산 나는, 만남을 기념한다고, 은둔처의 어느 구석에든지 달아매놓으라고, 그에게 내밀었다. 선물을 잘 할 줄 모르는 내가 왜 그랬는지는 알 수 없는 일이었다.

"코끼리 가죽 북 대신에 쇠가죽 북도 아니고 쇠북이야, 쇠북. 이걸 구하려고 여기까지 왔군."

나는 그토록 목마르게 찾아 헤매던 성배를 찾은 기독교도처럼 말했다. 오랜만에 꽤 취한 탓만은 아니었다. 나는 지난날을 회상하고 있었다.

'황금마차'에서 나온 나는 세상의 끝을 향해 가던 길에 많은 나라들을 지났다. 어떤 나라 사람들은 물 위에 갈대로 집을 짓고 사는데 물고기들의 말을 할 줄 알며 하루도 빠짐없이 물고기들과 섹스하는 게 일이었고, 어떤 나라 사람들은 나무 위에 새둥지 같은 집을 짓고 사는데 아침에 일어나서는 하나같이 뻐꾸기 소리로 울어 기지개를 켜며 밤새 나무 아래로 떨어진 새 새끼들을 주워먹고 살았다. 어떤 나라 사람들은 이웃 나라와 전쟁을 하느냐 마느냐로 하루 종일 회의만 하는 게 일이었는데 역사에 기록된 것만도 벌써 1억 년 열이틀이 지났다고 했고,

어떤 나라 사람들은 오리나무더부살이 밑동에만 오줌을 누며 갓 떨어진 뜨거운 별똥별에 산 멧돼지를 바비큐해 먹고 살았다. 열거하면 한도 끝도 없는 나라들이 있었다. 그러다가 오이도(烏耳島)라는 섬나라에 이른 나는 귀만 있는 까마귀와 함께 생활하며 매일 바다로 나가 그가 자맥질해 잡아주는 갈매기며 사다새며 신천옹이며를 통째 집어삼키고 살았다. 하물며 붕이 되다 만 곤까지 잡아주는 날도 있었다. 그런 날이면 나는, 신전을 어슬렁거리는 사자 옆에서 노래 부르는 마돈나의 「처녀처럼 Like a virgin」 비디오를 틀어놓고 『장자(莊子)』의 '소요유(逍遙遊)' 를 읽다가 잠들었다.

행복한 나날이었다. 내가 알던 모든 여자들이 내가 알던 모든 남자들과 어울려 사인, 코사인, 탄젠트, 집합, 미분, 적분은 물론 더 어려운 수학도 나오는 거대, 미시의 체위로 혼음을 하는 비디오를 보는 것 또한 낙이었다. 황홀한 죽음이 예견되던 행복한 바닷가 나날이었다.

지난날에의 어눌한 회상과 앞날에의 섣부른 예견 따위를 뒤섞어 쇠북종을 딸랑거리며 우리는 '귀천' 과 '울력' 과 '평화 만들기' 와 '시인학교' 와 'www.인사동' 같은 이름의 업소들을 오락가락했다. 나중에는 '우리' 라기보다 아무도 알 수 없는 주체에 의해서 흑염소처럼 끌려다녔다는 표현이 어울릴 것이다.

"자네 예전에 시를 썼던 거, 맞아?"

나는 그의 비위를 건드렸다. 아니, 20대에 시를 쓰다가 그뒤로 안 쓴다고 해서 잘못될 것은 하나도 없었다. 예로부터 있는 말이기도 했다.

"그랬지. 맞아. 허허."

그는 술잔을 턱수염에 갖다 대고 갑자기 시는 웬 시냐고 묻는 시늉을 했다. 그도 그 시절이 그리운 모양이었다. 그 시절 그나 나나 군대

문제로 골머리를 앓으며 도망 다니던 신세에서 동지애를 느끼며 음험하게 함께 뒹굴던 밤들이 있었다. 도피와 위안이 슬픈 함수 관계를 맺었던 시절이었다. 시 얘기가 나오자 그는 우리 시에 운율이 없다는 데 절망하고 시를 팽개쳤다고, 다소 엉뚱한 말을 꺼냈다. 나는 그가 군사 정권에 돌멩이를 던지면서 시에서 멀어졌다고 알고 있었다.

단순히 운율 때문에? 그렇다면 그도 자기 자신의 한계의 벽에 부딪혀 좌절하고 교묘히 바깥으로 눈길을 돌린 많은 의사(擬似) 혁명아 가운데 한 사람이었단 말인가. 개인의 자각 없는 민중은 오합지졸에 불과하다는 레닌의 명제를 좋아한 내가 레닌이 드나들었던 카페를 기웃거렸던 것과 무엇이 다르단 말인가. 그 아침에 에스프레소의 진한 커피 향을 코에 쐬면서, 커피에서 제일 윗길로 치는 것은 다람쥐가 커피 원두를 쪼아먹고 소화를 못 시켜 똥 속에 다시 나온 걸 볶아낸 것이라는 커피 마니아의 얘기만 끈질기게 떠올라 나 자신이 진저리나게 싫었던 경험과, 레닌의 혁명은 어디서 화해한단 말인가. 그렇다. 굳이 갖다 붙이자면, 그것은 전쟁 때 내가 미군의 쓰레기 더미를 뒤져 마침내 손에 넣은 쓰디쓴 레이션 커피 봉지 어디에 그림자처럼 숨어 있을 수 있었다. 프림이나 설탕을 기대하며 뜯었다가 실망하기 일쑤인 그것이었다. 그 정도였다. 하지만 이것은 그리 좋은 비유가 아니다. 술병이 아니라 찻잔에 별이 떨어질 노릇이었다.

그렇게 여기저기 기웃거리며 점점 알코올에 무너져가면서도 쇠북종이 달랑거리는 소리를 들을 때마다 나는 이상하게도 머나먼 코끼리 나라로 관심이 쏠렸다. 구체적으로 아는 것은 아무것도 없었다. 무엇엔가 내가 정신을 팔고 있다 하고 앞자리에 앉은 그를 볼라치면, 그거였군 하고 머리를 치는 게 있었다.

신라 시대에 코끼리 가죽으로 만든 북?

지겨운 일이었다. 화두처럼 지겨운 건 없었다. 더군다나 조계종에서는 총무원장 자리를 놓고 피투성이가 되어 공방전을 펼치고 있는 도중이었다. '피투성이'는 그냥 치레로 하는 말이 아니라 사실 그대로의 말임을 강조하지 않으면 안 된다. 누가 옳고 그르고의 문제가 아니었다. 승도 속도 아니라는 표현은 점잖은 것이었다. 서로 밀고 밀리는 육탄전은 살벌했다. 조계사에 불길이 오르기도 했다. 그래서 코끼리 가죽 북이 더더욱 나를 붙잡고 놓아주지 않는 것인지도 몰랐다.

오늘날에도 보기 드문 코끼리 가죽이 신라 시대에 어떻게 있게 되었을까. 나는 여러 가지 경로를 머릿속에 그리고 있었다. 아주 오래된 선사 시대에는 우리나라에도 코끼리가 있었다고 했다. 코끼리도 보통 코끼리가 아니라 매머드라는 것이었다. 매머드뿐만 아니라 공룡도 있어서 그 흔적이 발견된 적도 있는 것이었다. 그러나 이것은 어디까지나 신라 시대였다. 공룡이 우글거리던 시대에 비하면 요새 얘기에 지나지 않았다.

그러자 어디선가 읽은 책 구절이 되살아났다. 예전 언젠가 중국의 어떤 황제가 우리나라에 코끼리를 선물로 보냈다는 내용이었다. 그게 언제였더라? 그것까지는 기억해낼 재간이 없었다. 어디서 읽었는지도 까마득한 판국에 더 이상 무슨 꼬투리를 잡아낸다는 건 무리였다. 신라 시대에 중국에서 앵무새 한 쌍을 선물로 보냈는데, 그 중 한 마리가 죽자 남은 한 마리가 거울에 비친 모습을 보고 머리를 부딪다가 죽어버렸다는 내용은 비교적 또렷하게 기억되었다. '짝 잃은 새'는 유행가에도 종종 나오듯이 뭐 화두라고 할 것도 없었다. 만약, 짝 잃은 코끼리가 몇며칠 혼자 울부짖으며 긴 코를 바닥에 찧어대다가 죽어버렸다고 했다면, 내 뇌리에 그것은 어떤 훌륭한 조각보다도 더 또렷하게 새겨지고 말았을 것이다. 하지만 내 기억은 코끼리가 선물로 보내졌다는 것일 뿐, 그게 어느 시대였으며 또 나중에 어떻게 되었는지에 대해서는 깜깜했다.

그렇지만 그 코끼리가 어떻게든 죽은 것은 틀림없고 보면, 죽어서 가죽을 남겼을 테니 역시 코끼리 가죽은 있을 수 있었다. 호랑이가 죽어서 남기는 게 가죽인 마당에 코끼리는 두말할 나위가 없을 것이었다. 그리하여 그 귀한 코끼리 가죽으로 북을 만들었을 가능성은 충분했다. 그런 추리 끝에, 북이 있다는 곳으로 가서 직접 보고 싶다는 내 말에 그는 어려운 일이 전혀 아니라고, 그곳은 칠갑산에 있는 절이라고, 칠갑산은 노래에도 나오는 유명한 산이니 언제 한번 같이 찾아가자고, 쉽게 대답했다. 그리고 쇠북종을 딸랑거렸다. 그러자 나는 그만 맥이 쭉 빠지는 걸 느꼈다. 알 수 없는 일이었다. 그리고 쇠북이고 말북이고 간에 갑자기 그 종이 넌덜머리나게 지겨워졌고, 그럼과 함께 그런 나 자신에게 어안이 벙벙해졌다. 왜 그렇게 되었는지 설명하기는 자못 어려운 일이 아닐 수 없다. 온갖 사물에 싫증을 잘 내는 나라는 인간이란 돼먹기를 그리 돼먹었다고 일방적으로 머리를 홰홰 젓는다 해서 될 일도 아니었다. 알 수 없이, 순식간에, 흔한 말마따나 종을 치고 만 것이었다.

바로 그 무렵이었을 것이다. 그가 몸을 기울여 무엇인가 말해왔다. 나는 처음에 그의 말을 알아듣지 못했다. 나는 눈을 치뜨고 다시 말하기를 기다리는 표정을 지었다.

"개가 있던 그 집 말야. 어딘지 모르겠다고."

그가 다시 꺼내는 게 어색한지 수줍게 말했다.

"개?"

되묻는데, 퍼뜩 한 여자의 얼굴이 망막에 어렸다. 그가 묻고 있는 것은 '개' 가 아니라 '개가 있던 집' 이었지만, 결국은 '개' 를 묻고 있는 것이었다. 나는 '개' 와 '개가 있던 집' 을 다 잘 알고 있었다. 그러나 선뜻 나서지를 못하고 짐짓 어리둥절한 표정을 지었다. 잠깐 동안이나마 어떻게 대응할까 나 자신을 추스를 필요가 있었다. 나는 허를 찔려 당황하고 있는 것이었다. '개,' 그녀 M은 죽었다. 애초에 인사동으로 나올 때 이미 그 얘기는 통과 의례처럼 거쳤어야 하는 것이었다. 그럼에도 불구하고 그녀의 존재는 까맣게 잊은 채 나는 그를 끌고만 다녔었다. 그의 태도로 보아 기다리고 기다리던 끝에 마지못해 꺼낸 말이었다. 그도 그녀가 아직까지 인사동 바닥의 카페들을 전전하고 있지는 않으리라고 생각하는 모양이었다. 다만 그는 추억을 되씹는 터일 것이었다. 함께 어울렸던 무렵 우리는 그녀를 두고 공연히 우리끼리 옥신각신했었다.

살다 보니 그것도 중요한 추억거리였다. 남자와 여자가 만나 꼭 여관방을 드나들어야만 추억으로 남는 건 아니었다. 아르바이트를 하러 인사동으로 나온 그녀가 '평화만들기'의 카운터에 앉아 『창작과비평』을 읽고 있는 모습을 발견한 것은 어느 해 겨울 무렵이었다. '섬' 에서도 그랬었다. 한두 잔 정도의 술이 들어간 듯 발그스레 물든 얼굴을 보는 때도 종종 있었다. 그 집들을 거쳐간 아르바이트생들이 어디 한둘이랴만 그녀는 눈에 띄었다. 여자는 눈에 띔으로써 탄생하는 것이었다. 아닌 게 아니라 『창작과비평』은 겨울에 읽어야 제 맛이라는 생각이 이제야 든다. 이를테면 강바람이 시대를 질타하는 울분처럼 씽씽 불어오는 강 둔덕의 가건물 카페, 양심처럼 빨갛게 달아오른 톱밥 난로, 결의의 모닥불에 끼얹는 독주, 이뤄지기에는 처절한 사랑, 쫓겨다니는 님에게서 온 암호 편지, 놈들의 추적, 배신자들의 도마뱀 혓바닥 같이 날렵한 언변. 그리고 저항시.

우리가 그녀와 키스한 것은 거의 같은 시기였다. '우리'라고 쓸 수밖에 없는 데서, 말했다시피 우리는 어쩔 수 없이 옥신각신하게 되는 것이었다. 근무가 끝난 그녀와 어울려 소주를 깐 것도 몇 번 되었다. 물론 우리 둘이 서로를 감시하며 견제함으로써 가능한 자리였다. 이런 장면을 앞에 놓고 내가 '여자란!?' 하고 말하는 것은 그리 현명한 일이 아니다. 그 시대에, 그런 분위기에서 그녀가 우리 두 사람이 아니라 우리들 열두 사람과 키스를 나누었다고 한들 무슨 허물이 되며, 누가 비난의 손가락질을 한단 말인가. 광주에서 수많은 사람들이 죽어간 게 바로 엊그제가 아니었던가.

그녀와 어울렸던 기간은 짧았다. 우리의 인사동 시절 자체가 짧았다. 우리는 전을 걷는 포장마차처럼 서둘러 마지막 청춘을 걷어야 했고, 어쩌면 짐작이 틀리지도 않게 어김없이 그녀는 감옥에서 나온 사람과 결혼하여 들어앉았던 것이다. 뒤늦게 그녀의 결혼 소식을 듣고 우리는 뒤통수를 한 대 얻어맞은 것 같다고 입을 합쳐 말했다. 뒤늦게래야 불과 며칠 전까지 우리는 호프집에 둘러앉아 시와 그림과 노래를 얘기했었다. 그런데 감쪽같이 우리를 따돌린 것이었다. 허방을 짚은 우리는 서로를 위로했다. 그녀가 얄밉다기보다 우리가 빙충맞다는 생각이 들었다. 그런 게 80년대식이었다. 어느새 10년 넘은 시간이 흐른 과거의 일이었다.

"그래, 좋아, 그리로 가보자."

나는 여전히 그녀가 죽은 사실을 말할 자신이 없었다. 80년대식의 발상이 어느 결에 따라와 내 뒷덜미를 잡고 있는 건지도 몰랐다. 애초부터 얘기가 되었어야 했다. 하기야 그럴 계기가 없었다. 그가 천몇백 년 전의 얘기를 들고 나타나서일까, 내 의식이 나도 모르게 역사적이 된 때문인지도 몰랐다. 그를 만나 인사동으로 향한다는 것은 그녀를 추억한다는 사실을 동반하는 일이었다. 그런데 그녀와의 추억은 슬며시 자취를 감추었다. 그놈의 코끼리 가죽 북이 아무래도 화근이었다. 천몇백 년이라는 긴 역사를 놓고 볼 때 그녀와 우리의 짧은 만남이란 어디 비비고 들어설 틈이 없었다. 그 짧은 만남뿐이 아니었다. 우리의 삶 자체를 어떻게 끼워넣어야 할지 주뼛거려야 하는 것이었다. 제아무리 발버둥치며 험난한 세월을 용케도 살아왔다고 아우성친다 해도 그 북소리 한 번이면 그만 형체도 없이 쪼그라질 게 뻔했다.

골목길에는 어디서 나타났는지 지렁이들과 머구리들이 우글거렸다. 하늘에는 먹장구름이 천둥 번개를 일으키고 땅은 쩍쩍 갈라졌다. 켜켜이 퍼렇게 찌든 우산이끼며 바위옷 위에 거무튀튀한 두꺼비들이 느릿느릿 움직이며 독을 뿜어댔다. 부처손 그늘에서는 자라와 남생이와 거북이 긴 잠을 자다가 어느 결에 바랜 뼈만 남기고 죽어가고 있었다. 5천 년 이상 묵은 호골주(虎骨酒)를 뿌리며 두루미천남성이 우화(羽化)하는 동안, 시간의 빗살 무늬 사이로 늙은 천도복숭아나무가 다시 몇천 년 지나서 봐, 다시 몇천 년, 하고 이빨 빠진 복사꽃 도화살을 흩날리고 있었다. 시간의 징검다리를 외발뛰기로 뛰며 우리는 '섬'으로 가는 길이었다. 그곳에 과연 그녀가 그 모습 그대로 오뚝 앉아 있을까.

"꿈 깨. 혹시 개가 있으리라고 생각하는 건 아니지?"

"뭐? 어디?"

"저 '섬'에 말야."

나는 손을 들어 간판을 가리키며 그를 돌아보았다. '반월'에 살던 어느 날 그와 함께 무인도에 간 적이 있었다. 나중에 시화호를 만들면서 깎아 뭉갠 섬이었다. 개고사리며 도깨비고비며 왕원추리가 우거진 섬의 바위 기슭에는 갯강구들이 바글거렸고 말미잘들이 옴츠린 바위 틈에는 주먹만한 소라고둥들이 뒹굴었다. 마침 시인 박정만이 죽은 지 꼭 1년 되는 날이라고, 그는 날소라 안주로 소주를 병나발을 불며 눈물을 질금댔다. 그 울음에 전염되어 나도 하염없이 눈물을 흘렸다. 돌아오는 거룻배 위에서 뒤돌아보니, 섬은 커다란 무덤 같았다. 따라서 지구라는 외로운 섬도 하나의 커다란 무덤이었다. 죽음이란 엄연한 현실이었다.

"걱정 끄셔. 시집가서 애 낳고 잘살겠지. 허허."

"당연히 그래야지."

내가 태연하지 않을 까닭이 없었다. 그녀의 죽음을 전해 들은 것은 '섬'에서였다. 결혼해서 애 낳고 산 것은 틀림없어도 그즈음 그녀는 남편과 헤어져 혼자 살았다고 했다. 그러던 중 무슨 귀신에 씌었는지 없는 돈에 고물 자동차를 사서 타고 다니기 시작한 며칠 뒤 새벽 자유로를 질주하다가 신호등을 들이받고 그 자리에서 숨졌다는 것이었다. '섬'의 여주인은 장례식에 꽃다발을 들고 갔었다고 말하며 어둡게 미소지었다. 알코올처럼 미소가 휘발된다고 나는 느꼈다.

곧이들리지 않는 얘기였다. 나로서는, 나와 키스를 한 여자 가운데 첫번째 맞이하는 죽음이었다. 화장으로 마감된 그녀의 뼛가루도 보지 못한 나는 도무지 공소할 수밖에 없는 것이었다. 죽음이라는 게 그토록 무감각하게 전해져오는 것인지 의아스러웠다. 그러니까 아무리 살아 있다 해도, 헤어지는 것이 즉 죽음이었다. 다시 말해서, 여태껏 알아왔다시피 죽음이란 절대적인 상실이 아니라, 상대적인 상실에 지나지 않다는 깨달음이었다. 이와 같은 깨달음에 대해서 현학적으로 꼬치꼬치 캐고 근거를 대라는 식으로 면박하지는 말기 바란다. 어쨌든 그 죽음을 내가 알았기에 그녀는 비로소 죽은 것이었다. 몰랐다면 그녀는 어디엔가 살아 있는 것이었다. 우리는 잊혀지지만 않는다면 그렇게 몇천 년이고 살아 있을 수 있었다.

"자, 애 엄마를 위하여."

내가 술잔을 치켜들고 잠깐 시간을 둔 사이에 그가 먼저 말했다. 나는 죽음의 그림자라도 볼 수 있기를 바랐다. 바로 그런 바람이 잠깐 묵념처럼 스쳐가는 동안 건배는 제의되었다. 그녀가 이 세상에 없다고 여기기보다 있다고 여기는 게 훨씬 부드러운 현상을 어찌 설명할 것인가. 우리는 술잔을 입술로 가져갔다.

"이 집은 신라 시대부터 있던 술집이야. 아니, 섬이니까 지구 형성 때부터. 그럼 어디, 본격적으로 마셔봐?"

나는 나도 모르게 이를 악물었다.

"맞아, 맞아. 허허."

그가 박수무당처럼 어깨를 추슬렀다. 신라 시대든 지구 형성 때든 다 요즘 일이라고 나는 말하고 싶었다. 코끼리 가죽 북이 빌미가 되었을까. 어림도 없는 노릇이었다. 그 따위 것 때문이 아니었다. 그녀는 분명 이 세상에 없는데 그 사실이 조금도 핍진하게 다가오지 않기 때문이라고 나는 소리치고 싶었다. 하지만 내 입에서는 아무 소리도 나오지 않았다. 내게서 소리가 만들어져 나옴과 함께 모든 환상은 거울처럼 깨지고 말 것이었다. 그녀의 죽음은 기정사실이 되고 말 것이었다. 그녀의 뼛가루는 분분한 첫눈처럼 천지에 흩날릴 것이었다.

"죽은 코끼리가 북소리로 살아 있으니까 곧 일각수(一角獸)로 태어날 거야."

나는 느닷없이 중얼거렸다.

"뭐 죽은 코끼리가 일각수로?"

그가 눈을 둥그렇게 떴다. 그러나 이어서 머리를 밑으로 숙이고 크게 끄덕였다. 우리는 그 순간을 위하여 만났음에 틀림없다고 나는 믿었다.

나는 묵묵히 술잔을 기울였다. 건곤에 어둠이 가득한데 작은 등불을 들고 우리는 적막 속을 걸어가고 있었다. 우리가 누구인지도 알 길이 없었다. 알 듯 알 듯한 모습은 다른 사람의 몸에 또 다른 사람의 얼굴을 하고 있었고, 또또 다른 사람의 몸에 또또또 다른 사람의 얼굴을 하고 있었다. 양쪽 거울에 무한 허상이 보이듯이 그 얼굴은 끝없이 모호하게만 겹쳐졌다. 등불을 비춰보면 그 가운데 그녀의 얼굴도 있고, 그의 얼굴도 있고, 내 얼굴도 있었다. 겨우살이의 해맑은 얼굴도 있었다. 양, 돼지, 개, 소, 닭, 오리, 염소 등등의 모습도 있고, 물론 코끼리의 모습도 있었다. 코끼리는 깊은 소(沼)에 잠겨 크앵크앵 소리를 지르고 있었다. 그녀가 달려가 코끼리를 건져올려 들여다보더니, 이건 가죽뿐이잖아, 하고 말했다. 우리는 우글쭈글한 코끼리의 가죽을 놓고 슬프게 곡을 하기 시작했다. 그렇게 슬픈 곡을 해보기는 난생처음이었다.

광야에는 불 같은 모래바람이 불고 있었다. 빗발까지 칠 때면 하늘에서 북명(北冥)의 메기며 가물치며 쏘가리며 잉어며 미꾸라지며가 꿈틀거리며 떨어지다가 순식간에 말라 바스러졌다. 작은 풀뿌리 하나까지 다 뽑혀 날아가고, 얄궂은 무슨 괴물들의 화석들만 불쑥불쑥 드러난 곳으로 우리는 몇 주야를 걸었다. 높은 양치식물들의 무성한 톱니 잎사귀들이 해를 가리고 거대한 공룡들이 눈을 부라리며 뒤뚱거리는 나라를 지나고, 오랑우탄과 고릴라들 사이로 유인원이 얼굴을 내미는 나라를 지나고, 많은 임금들이 알에서 태어나는 나라도 지났다. 지축을 뒤흔드는 말발굽 소리와 함께 불타오르는 수많은 도시와 촌락들에서 사람들이 울부짖는 아우성 소리가 귀청을 찢고, 양떼와 말떼와 코끼리떼 들이 길길이 날뛰는 전쟁터도 지났다. 잔물결같이 바람에 누운 풀밭에 제비꽃과 민들레꽃과 엉겅퀴꽃이 흐드러지게 피고 그 아지랑이 속에서 한 여자가 웃음을 지었다. 누구였더라? 그러나 곧 암전(暗轉).

나는 그녀가 되살아오기를 기대했던 것일까. 그녀뿐만 아니라 어떤 사람일지라도 간절한 기도에 의해 되살아날 수 있는 나라에 살고 싶었다. 땅을 감동시키고 하늘을 감동시키는 그런 기도라면 말이었다. 그런 나라에서 그녀뿐만 아니라 겨우살이까지도 되살아나는 그런 기도를 올리고 싶었다. 그러나 모든 것은 캄캄한 어둠 속에 잠기게 되어 있음을 불행히도 나는 알고 있었다. 나는 감정을 안정시키려고 애썼다. 참을 수 없는 무엇이 용암처럼 가슴속에서 부글부글 끓고 있어서 견디기가 힘들었다. 우리가 침묵하면 침묵할수록 그것은 더욱 힘찬 압력으로 뭉쳐서 드디어는 굉음을 내며 폭발할 것만 같았다.

우리는 서로의 인내를 시험하기라도 하는 듯 묵묵히 앉아 있었다. 그의 얼굴이 새하얗다 못해 새파랗게 질려간다고 느껴졌다. 내 얼굴도 그럴 것이었다. 나는 용암을 꾹 누르며 석상처럼 앉아 있었다.

먼 데서 코끼리 가죽 북 소리가 귀에 또렷이 들려올 때까지 나는 시간의 가혹한 시련을 말없이 견뎌내고 있었다. 그것이 내 기도였다. 그러지 않으면 모든 것이 무(無)로 화하고 말 거라는 긴장을 내 것으로 하는 한 기도하는 인간으로 살아 있을 수 있다고, 나는 믿었다. 그리고 코끼리 가죽 북 소리가 이 세상에 울리고 있는 한 우리는 천년이 아니라 영구 무한의 시간 속에서 진정한 사랑을 꿈꿀 수 있다고, 나는 믿었다. 그렇게 영겁을 보내고 있다는 생각에 나는 삶이 얼마나 고마운지 알 수 없었다.

어느덧 새벽이 한 마리 일각수처럼 다가오고 있었다.

5

세계의 여름 보양 식품. 일본의 자라탕, 이탈리아의 오징어 먹물 리조토, 중국의 불도장(佛跳墻) 수프. 자라탕은 자라를 통째로 삶아 술 · 간장 · 생강으로 양념을 한 것이며, 오징어 먹물 리조토는 쌀밥에 오징어 먹물과 양파를 넣고 볶은 것인데, 불도장 수프는 그보다 한결 색다른 것이다. 우선 재료부터가 그래서, 잉어 부레와 사슴 심줄과 상어 지느러미에 해삼 · 송이버섯 · 전복 · 동충하초가 동원된다. 그것들을 토기에 넣어 밀폐해서 대여섯 시간 끓인다. 불도장이라는 이름은, 중국의 어느 왕이 이 음식을 먹어보고 어찌나 맛있던지, 이 음식이 있으면 참선하던 스님도 담을 넘어올 정도라고 말했다는 데서 유래했다고 적혀 있었다. 하지만 이 음식을 서양에서는 부처가 뛸 정도로 맛있는 수프Buddha jump soup라고 부른다고 했다.

'천산(天山)' 기슭에 누워 옥수수 잎사귀가 서걱이는 소리를 들으며 신문을 뒤적이던 나는 그 옆의 기사로 자연스럽게 눈길이 옮겨갔다. 뭐? 시화호 언저리에서 대규모 공룡 서식지 발견?

나는 발굴단의 한 사람이 공룡 알의 화석을 들고 있는 사진을 들여다보았다. 그리 대단한 사건은 아니었다. 영화 「쥬라기 공원」이 관객을 많이 끌어들이고부터 공룡은 우리에게 꽤나 가까이 다가와 있었다. 언젠가 전철을 탔는데, 옆에 서 있던 어머니와 어린애가 서로 공룡 이름 대기를 길게 계속하는 걸 보고 놀란 적도 있었다. 나중에는 궁해진 어린애의 입에서 도롱뇽이라는 이름까지 나오게 되었다. 도롱뇽은 공룡 종류가 아냐. 어머니의 말에 어린애가 눈을 끔뻑거림으로써 공룡 이름 대기 게임은 끝나고 다시 낱말잇기가 계속되었다. 떠올려보니, 그보다 훨씬 전, 「쥬라기 공원」 같은 게 나오리라고 상상도 못 했던 어느 날, 경상남도 고성군 하이면에 갔다가 그 바닷가 바위 위에 무수히 찍혀 남아 있는 공룡 발자국을 본 뒤 그날 밤 꿈에 공룡들이 나타나 밤잠을 설친 적도 있었다.

하지만 나는 지금 공룡에 대해 말하고자 하는 게 아니다. 그 기사를 보며 나는 한 여자 아이를 머리에 떠올리게 되었던 것이다. 공룡이 아니라 시화호가 매개였다. 시화호는 경기도 서해안의 간척지에 만들어진 인공 호수로서, 그 물이 너무나 오염되어 골칫거리라는 사실은 매스컴에도 여러 번 오르내렸었다. 시화호가 만들어질 무렵 나는, 오래전에 공룡이 그랬던 것처럼 그 언저리를 오가며 살았었다. 그리고 그곳을 떠나기 위해 한 여자 아이와 얼마 동안 그 호수를 돌았었다.

얼마 동안 호수를 돌았다는 것에 대해 내가 무엇을 얘기하고 싶은지는 명백하지 않다. 게다가 나는 '얼마 동안'이라고, 그 시간을 뭉뚱그릴 수밖에 없으니, 안타깝기조차 하다. 그것이 하루인지 이틀인지 나아가 사흘인지, 나는 정말 꼭 집어 밝힐 수가 없다. 다만 나는 그뒤 곧 그곳을 떠났고, 그 일은 마치 내가 겪은 일이 아닌 것처럼 아득해졌다.

그래서 그 '얼마 동안'을 순간이나 찰나라고 해도 할 말이 없는 것이다. 그런 것을 흔히 마음의 공황이라고 하는지도 모르겠다고 나는 추상한다.

그 여름에 나는 보양 식품은커녕 라면만 줄기차게 먹으며 하루하루를 죽여가고 있었다. 도무지 이렇게 살아서 뭘 하겠다는 건지 모를 일이라고 내 입에서는 신음 소리가 절로 나왔다. 어쩌다가 혼자 살게 된 까닭이야 굳이 밝힐 계제가 아니지만, 그런 터수에 사람을 잘못 만나 전셋돈마저 홀랑 뜯기고 공중에 뜬 신세였다. 하는 수 없는 노릇이었다. 라면이라도 먹을 수 있다는 건 여간 고마운 게 아니었다. 이리저리 뛰어다녀 겨우 얻은 일감이라고는 『조선 왕조 실록』을 어린이들의 읽을거리로 한 권짜리 책에 담는 게 고작이었지만, 그것도 거의 마침표를 찍어둔 상태였다. 그리고 나는 이제나저제나 그 도시를 떠날 생각에만 골똘해 있었다. 언제든 훌쩍 떠나면 그만이었는데도 나는 어떤 계기를 기다리고 있었다. 이렇게 막연하게밖에 말할 수 없는 것은, 그것이 이해되어야 할 사항이 아니라 수용되어야 할 사항이기 때문이다.

그 여자 아이를 만난 것은 그 여름의 어느 날이었다. 그 아이는, 내 딱한 몰골을 보다 못한 친구가 심심풀이로 아이들이나 가르쳐보라고 밀어넣은 한 강좌의 수강생이었다. '아이'라고는 하지만 스무 살은 넘은 어엿한 숙녀이긴 했다. 그러나 내가 처음부터 그 아이를 알게 된 것은 아니었다. 과정이 모두 끝나고 며칠이 지나 그 아이의 전화를 받고서도 나는 쉽사리 얼굴을 기억해낼 수 없었다.

전화는 시험 점수에 관한 문의였다. 그것은 그냥 문의가 아니라 항의에 가까웠다. 하기야 그런 종류의 전화란 모두 못마땅하다는 표현에 다름아닐 것이었다. 시험 점수에 의문이 있어서요. 나는 전화를 받으며 약간 긴장했다. 시험 점수를 매겨 관리 부서에 넘기면서 그런 사실을 알긴 했어도 막상 전화가 오리라고는 예측하지 못했었다. 시험 점수는 3일 동안 게시판에 공고하도록 되어 있었고, 그 결과에 문의가 있는 사람은 담당 선생에게 전화를 할 수 있게 되어 있었다. 그리고 경우에 따라서는 수정도 가능하다고 했다. 그 과정은 대학의 과정과 마찬가지로 학점으로 인정을 받는다는 것이었다. 그러니까 정규 대학에 가지 않고도 그런 과정을 여럿 거치면 결국 대학 졸업생의 자격을 딸 수 있다는 것이었다.

청소년을 위한 교육 프로그램이 단순히 교양에 그치지 않고 대학 학점에까지 이어진다는 것은 새로운 제도였다. 내게 그런 과정을 가르쳐 달라는 제의는 다소 뜻밖이었다. 이렇다 할 일자리도 없이 시간을 죽이고 있던 나는 소일거리 삼아 저녁이면 그 언덕 위의 회관 건물로 가서 예술이 어떻고 사회가 어떻고 이것저것 한 학기 동안 떠들어댔다. 나는 이미 그 도시를 떠날 마음을 굳히고 있었으므로 그것은 소일거리이자 마지막 사명 같이도 여겨졌다. 그리고 시간이 끝나고 나서 간혹 수강생들과 어울려 포장마차에 둘러앉는 재미도 쏠쏠했다. 청소년을 위한 교육 프로그램이라고 했는데, 수강생들의 나이는 들쭉날쭉 차이가 많았다. 그렇게 한 학기를 보냈지만 그 아이의 존재는 내게 입력되지 않았었다.

"점수가 생각보다 나쁘게 나와서요."

그 아이는 항의하고 있었다.

"그래?"

나는 얼떨떨하게 대꾸했다. 점수를 내기 위해 무슨 시험을 친 게 아니라 간단한 리포트를 제출받았었다. 그리고, 뭐 이런 걸 다 시켜, 하고 투덜대며 적당히 점수를 매겼을 뿐이었다. 그 아이는, 자기는 단 한 번도 결석을 하지 않았노라고 밝혔다. 내가 그 아이에게 점수를 얼마나 주었는지 알기 위해서는 리포트를 쑤셔박아놓은 봉투를 뒤져보아야 할 것이었다. 그나마 남겨놓은 것만 해도 다행이었다. 그러나 그걸 뒤적거릴 엄두가 나지 않았다. 나는 머뭇거렸다.

"잠깐만이라도 뵐 수 없을까요?"

그 아이는 쉽게 물러설 기세가 아니었다. 게다가 나는 이제 그 도시에서는 어떻든 빨리 떠날 궁리만 하고 있었기 때문에 새삼스레 누구를 만나고 어쩌고 할 마음이 아니었다. 아무리 잠깐만이라지만, 그리 간단한 문제는 아니었다. 만나게 되면 점수를 올려주지 않을 수 없다는 느낌도 부담이었다. 그 아이는 '잠깐만이라도'를 되풀이했다. 여간 성가신 게 아니었다.

"어디로 하지?"

마지못해 나는 말하고 말았다. 그러나 아직도 승낙한 건 아니었다. 나는 망설이고 있었다. 진행되고 있는 일을 두고 망설이는 게 또한 내 몹쓸 버릇이었다. 게다가 그 아이는 어떻게 알았는지 바로 가까운 데와 있노라고 대답했다. 말했다시피 전셋돈까지 날려 임시로 쫓겨와 있는 내 거처를 알고 있다니. 나는 짜증마저 일었다.

그러나 나는 마침내 그 아이를 만나러 나가지 않을 수 없었다. 점수에 대한 문의에 응해야 한다는 것은 일종의 의무였다. 그 문제가 이제 더 이상 귀찮게만 여겨져서 그만 관계하고 싶지 않은 마음은 이미 그 도시를 떠나 있는 내 심리 상태와 맞물린 회피였다.

그 아이는 오후의 햇살 아래 공중전화 부스 앞에 오도카니 서 있었다. 하늘색 블라우스에 보라색과 남색의 꽃무늬 스커트를 입은, 다소

촌스런 모습이 왠지 낯설기 짝이 없어서 나는 내 눈을 의심했다. 하기야 형편없는 근시인 내 눈을 근거로 삼아서는 안 될 것이었다. 이를테면 '한나라'를 '딴나라'로 읽는다든가 '큰 꿈'을 '큰 곰'으로 읽는다든가 하는 착시는 흔한 일이었고, 하물며는 '우동'을 '무좀'으로 읽는다든지 '항아리'를 '병아리'로 읽어서 옆사람을 곤란케 한 일도 있었다. 그 강좌를 끝내고 언덕 길을 내려오던 어느 날, 무심코 눈을 든 나는 갑자기 호수가 눈앞에 다가와 있는 걸 보고 깜짝 놀라기도 했었다. 도무지 그럴 까닭이 없었다. 나는 걸음을 멈추고 그 파란 물을 경이롭게 바라보았다. 그런 호수를 보는 것이 얼마 만이던가. 호수는 늘 신비로운 것이었다. 그러자 인사동 어디선가 본 '하늘 호수'라는 좀 미심쩍은 카페 이름도 머리를 스쳤다. 그것은 정말 하늘 자락에 떠 있는 호수였다. 그 호수를 본 것은 아마도 지극히 잠깐 동안이었을 것이다. 그러나 나는 강렬한 어떤 환상에 이끌려 한참 동안 그 자리에 서 있었던 듯싶었다. 그것은 호수가 아니라 새로 지은 커다란 무슨 건물의 파란 지붕이었다. 그 지붕이 다른 지붕들보다 높아지면서 언덕 길 옆의 나무들 위로 한 폭의 호수를 연출한 것이었다. 혐의가 있다면 그 지붕을 칠한 페인트를 물빛, 아니 하늘빛으로 택한 사람의 몫이었다. 그래서 나는 그 지붕을 호수로 본 내 눈을 꾸짖고 싶은 생각이 눈곱만큼도 없었다. 모든 사물에는 그 나름의 꿈이 있다는 사실을 나는 느꼈고, 그 지붕은 그때 호수를 꿈꾸고 있다는 생각이 들었다.

그 아이는 내게 고개를 숙여 보이며 몇 걸음 다가왔다. 거듭 말하거니와, 내 강좌를 들은 학생이라고 도무지 알아보지 못하는 이상, 그 아이와의 만남은 그때가 처음이라고 해야 한다. 존재는 알려져야만 존재라는 말을 나는 알고 있었다. 그와 함께 나는 출석부 사본이며 리포트를 안 가지고 나온 사실을 상기했다. 형식적이나마 그걸 가지고 나왔어야만 하는 것이었다. 그러나 방을 나올 때 나는 이미 거기에 생각이 미쳤었지만 내 안에서 그 사실을 묵살하고 있었다는 걸 알았다. 그 대신 나는 몇 푼 받은 강사료를 주머니에 쑤셔넣어 가지고 있었다. 그렇다면 나는 그 아이를 만나서 매우 피상적인 얘기를 나눌 수밖에 없었다. 그러자 나는 피상적인 얘기를 하려고 했음이 분명한 듯했다. 점수 따위야 어떻게 되든 상관없는 일이었다. 그러나 이 세상에 피상적인 대화, 아무것도 아닌 대화를 나눌 상대가 여태껏 내게는 없었음을 새삼 깨달았다. 자신이 모호할 때 모호한 얘기를 나눔으로써 또 다른 세계로 나아갈 수 있는 길은 없을까.

"그래, 점수가 어떻게 나왔지?"

나는 물었다.

"시(C) 제로예요."

그 아이는 또록또록 말했다.

"음…… 시 제로……"

그 말이 그 얼굴처럼 설어서 나는 그 아이를 다시금 쳐다보았다. 웬일인지 그 아이에게 내가 그곳을 곧 떠날 계획임을 꼭 말하고 싶은 충동이 일었다. 어떻게든 살아보려고 왔다가 별수없이 떠난다는 감회가 서글프게 밀려왔다. 그 아이는 나를 초롱초롱 쳐다보았다. 그 강좌에 나오는 학생치고는 어린 나이의 여자였다. 아무리 내가 눈이 나쁘다 해도 그토록 낯설다는 게 믿어지지 않았다. 요즘 아이들은 점수 따위에 지나치게 집착한다던 말이 되새겨졌다.

"어디 가서 얘길 하지?"

나는 공연히 두리번거렸다. 시 제로라는 말이 머리를 맴돌았다. 에

이 플러스, 에이 제로, 비 플러스, 비 제로, 시 플러스, 그리고 그 다음이 시 제로라는 간단한 성적 순서가 암호처럼 허공을 어지럽혔다. 그것들은 이상 기후로 갑자기 불어난 잠자리떼나 각다귀떼처럼 하늘을 날아다녔다. 학교 시절의 지겹고 지겹던 시험이 그런 잔상을 만들고 있음에 틀림없었다. 행복은 성적순이 아니잖아요. 그래? 그렇담 오죽 좋으랴. 나는 지나온 내 인생살이를 돌아보지 않을 수 없었다. 모든 게 경쟁 아닌 것이 없었다. 그 소용돌이를 벗어나보려고 얼마나 발버둥쳤던가. 더러운 속진을 털어버리려고 얼마나 몸부림쳤던가. 부질없는 허망을 비웃으려고 얼마나…… 얼마나…… 그러나 나는 넌덜머리나는 삶 속에 언제나 붙잡혀 있고 마는 것이었다. 그것은 사랑하는 사람을 저 세상으로 보내고도 밥을 입에 떠넣어야 하는 것과 같았다.

"아무 데나 괜찮아요."

그러나 그 아이의 대답을 듣기 전에 나는 이미 어디로 향할 것인지 작정하고 있었다. 늘 쉽게 생각해내는 장소였다. 나는 다짜고짜 그 아이를 이끌고 택시를 잡았다. 무엇 때문인지 마음이 급해져서 숨이 턱에 차올랐다. 그리고 나는 알고 있었다. 드디어 그 도시를 떠날 마지막 시간이 다가왔음을.

말했다시피 나는 그 도시를 떠날 어떤 계기를 기다리고 있었다. 그 아이는 아직 내게 아무 존재도 아니었음은 물론 우리는 말 한마디 제대로 나눈 사이도 아니었다. 그럼에도 불구하고 이제야말로 그 어떤 계기가 다가온 것이라고 느낀 까닭이 무엇인지는 알 수 없는 일이었다. 그러나 그 느낌이 강렬한 것에 나는 놀라고 있었다. 그래, 나는 바로 이 순간을 기다리고 있었어. 나는 그 아이의 옆얼굴을 슬쩍 훔쳐보았다. 아무 표정도 없는 얼굴이 뭔가 결연해 보여서, 그 아이가 내 속

마음을 읽고 있지나 않은지 나는 가슴이 서늘했다.

그리하여 우리는 호수에 이르렀다. 그 한옆에 낚시꾼들을 상대로 떡밥, 낚싯바늘, 술, 음료수, 담배, 라면, 과자 등 자질구레한 잡화들을 파는 구멍가게가 있었다.

"난 맥주나 한잔할까 하는데, 뭘 할래?"

나는 통나무를 베어 만든 탁자를 가리키며 그 아이에게 물었다. 앉아 있으면 내가 가게에서 사오겠다는 뜻이었다. 그 아이는 자기도 맥주를 하겠다고 말했다. 내가 맥주와 땅콩과 오징어포를 사가지고 통나무 탁자로 돌아왔을 때, 그 아이는 낚시터와는 반대쪽 새로운 간척지로 얼굴을 향한 채 앉아 있었다. 새로운 간척지라는 말이 나온 김에 그 호수에 대해 조금은 설명을 곁들일 필요가 있겠다. 호수라고 말한 그 곳은 오래 전부터 있어온 저수지로서 여기저기 수로가 연결되어 있으며, 수도권 일대에서는 널리 알려진 낚시터였다. 그러니까 새로운 간척지는 그 호수의 바깥쪽에 또 다른 호수를 만들면서 생겨나는 것이었다. 새로운 호수는 바다까지 이어져 있어서 바다와의 경계는 물막이 공사로 방조제가 쌓아져 있었다.

우리는 종이컵에 맥주를 따라 가볍게 부딪쳤다. 가벼운 부딪침에도 종이컵은 챙, 유리의 차가운 소리를 울렸다고 여겨졌다. 술잔을 부딪칠 때면 왜 나는 늘 이별을 마음에 머금는지 모를 일이었다. 아무리 '위하여' 라거나 '곤드레만드레' 라거나 '지화자' 하고 건배를 외쳐도 술잔이 부딪치는 소리는 이별이 멀리서 눈짓하는 빛을 간직하고 있었다. 그것은 소리이자 빛이었다. 따라서 유리와 술은 모두 소리이자 빛이며, 이별이자 고독이었다. 존재의 아픔을 고독 속에 묻고, 그리하여 자기의 모든 것까지도 투명하게 잊을 수 있게 하는 이별을, 유리와 술은 알고 있었다. 따라서 나 역시 유리와 술의 고독을 알고 있었다. 나는 그런 영롱한 이별을 늘 꿈꾸었다.

모든 것을 투명하게 잊을 수 있게 하는 이별? 그러나 망각과 이별은 단지 어둠일 뿐이었다. 어둠 속에서 죽었나 싶은 것이 가끔 강시처럼 머리를 들고 나타나 내 죽은 욕망에 불을 지폈다. 일어나, 일어나, 일어나란 말야. 그리고 괴롭게 기억을 살려내란 말야. 괴로움이야말로 삶의 진실이란 말야. 나는 종이컵의 술을 들이켜며, 그 아이의 입술에 맥주 거품이 잠깐 남았다가 키스의 감촉처럼 사라지는 걸 보았다. 그렇게 사라지는 것이 진짜 이별이었다. 이제는 갯벌로서의 생명이 다한 푸석푸석한 간척지 위로 갈매기가 낮게 선회하고 있었다.

"시 제로라고 했지?"

"시가 마치 에스 이 에이(sea)의 시로 들려요. 바다."

내 질문이 채 끝나기도 전에 꼬리를 물고 나오는 말에 나는 놀랐다. 그 아이는 쿡, 가볍게 웃었다. 바다라는 말 때문인지 그 웃음이 물고기의 웃음을 닮았다고 느껴졌다. 그렇다고 해서 그 웃음이 장난스럽다는 것은 결코 아니었다. 나는 바다 제로라는 말에 생각이 미쳤다. 새로운 호수를 만든다고 이제 바다는 그곳에서 멀리 밀려나 있었다. 날아오기에는 힘든 거리일 텐데 바다로부터 갈매기가 날아오는 것은 예전 기억 때문으로 보였다.

"바다 제로라……"

나는 몽롱하게 바다에 관한 무슨 기억을 더듬었다. 그 기억의 그림은 매우 구체적으로 다가와 있는 듯한데 도무지 아련하기만 할 뿐이었다. 손에 잡힐 듯하면서도 막상 붙잡으려면 환상의 연기처럼 사라져버리는 것을 좇아 나는 평생을 허깨비처럼 살아온 것인지도 몰랐다.

"부담 갖지 마세요. 전 꼭 점수 때문에 만나자고 한 건 아니에요."

땅콩 껍질을 벗기는 손가락이 미세하게 떨고 있다는 건 내 착시였을까. 나는 그 아이가 무슨 말을 꺼내든 부담을 갖지 않을 준비가 충분히 되어 있었다. 호숫가에 와서 저 갈매기처럼 바다의 기억을 더듬으면서 무엇에든 새삼스레 부담을 가질 나이가 아니었다. 아직 아무런 별다른 얘기도 나누지 않았는데, 그곳에 새로운 호수가 들어온다는 얘기가 나오기도 훨씬 전의 찰랑이는 바다를 앞에 놓고 시작한 대화를 그때까지 나누고 있다는 착각이 들었다. 우리가 무슨 대화를 나누었더라? 그런 건 별 중요한 게 아니었다. 지내온 인생도 그랬다. 그 사랑의 여러 장면 속에서 상대방과 나눈 많은 뜨거운 대화의 내용이 무엇이었더라? 사랑 · 행복 · 영원 따위의 낡고 찌든 낱말들이 기껏일 것이었다. 몇 개의 죽은 낱말들이 순장(殉葬)되어 있는 과거의 무덤 속에서 내가 찾아낼 수 있는 것은 무엇이란 말인가.

처음 그 도시에 생활 터전을 마련했을 무렵에도 나는 한 여자와 바로 그 통나무 탁자 앞에 앉았었다. 남자로부터 상처를 입고 홀몸이 되었으나 면역의 여유를 못 가진 그녀는 여전히 남자를 경계하고 있었다. 홀몸이라는 공통점이 우리를 그 통나무 탁자로 가도록 도와준 것이었다. 그 경계심을 경계하며 내가 사랑이라는 낱말을 입에 올리자 그녀는 먹고 살 일도 힘에 버겁다고 대답했다. 그 말이 진실이 되기 위해서는 세상의 모든 가난한 사람들이 사랑을 포기해야만 했다. 그때 그녀의 노을에 젖은 실루엣이 내게 속삭이던 말은 두고두고 내 귀에 남아 있었다. 당신의 영혼은 내겐 너무 무거워요. 그 말이 신호가 되어 우리는 곧 동거 생활에 들어갔었다. 그리고 또 세월이 흘러서 그녀와의 생활도 막바지를 향해 치닫고 있었다. 그런 마당에 내가 다시 그 자리에 와 있다는 것은 범죄자가 범행 현장에 다시 찾아가본다는 심리를 닮은 것일까.

"전 무당이 되고 싶어요. 그런데 왜 무당이 되고 싶은지 모르겠어요. 그래서 선생님의 말씀을 듣고 싶어요. 도대체 무당이란 뭐죠?"

그 아이의 느닷없는 말에 그만 점수에 대한 부담은 가뭇없이 사라져버린 것이 사실이었나. 그러나 이제야말로 부담되는 질문이 내게 던져져 있었다. 나는 '무, 당' 하고 입 속에서 되뇌었다. 이런 변이 있나, 싶었다. 도대체 무당이란 뭐냐고 묻는 말에 대답이 궁하기도 했으려니와, 그보다 먼저, 무당이 되고 싶다는 여자와 마주 앉아 있는 나라는 인간이 도대체 무엇인지 스스로 물어보아야 하리라 여겨졌다. 그 도시에 유난히 무당이 많은 것은 사실이었다. 언젠가는 젊은 여자와 우연히 어울려 술집이며 디스코텍까지 갔었는데, 나중에 그 여자가 무당이라고 해서, 뒤통수를 맞은 기분에 나는 목이 메도록 킬킬킬킬 웃었었다. 그뒤, 무당이란 많은 직업 가운데 하나일 뿐이라는 사실을 받아들이게 되기까지는 그리 오랜 시간이 걸리지 않았다. 그러나 이번에는 좀 달랐다. 뭐? 왜 무당이 되고 싶은지 모르겠는데도 무당이 되고 싶다고? 그 말 자체가 수수께끼 같아서 나는 잠깐 어리둥절해졌다. 그리고 곧 이어 그 어리둥절함이 전율로 변하며 내 몸 곳곳에는 소름이 돋았다.

"글쎄…… 그건……"

나는 더듬었다. 강의 시간에 샤머니즘이 어떻고 토템이 어떻고 지껄인 것이 화근이라는 생각이 들었다. 무당에 대해서 어디선가 주워들은 대로 몇 마디 중얼거리기가 그토록 싫을 수가 없었다. 그것은 수수께끼에 대한 예의가 아니라고도 판단되었다. 이 녀석 봐라…… 나는 그 아이의 얼굴을 다시 쳐다보았다. 정말로 점수 얘기만을 하러 온 건 아니로구나…… 그러자 그곳에서 처음 그 통나무 탁자에 마주하고 앉았던 여자의 모습이 실루엣처럼 떠올랐다. 그렇게 만난 그녀와의 몇 년 동안의 동거는 막상 내게 버거웠다. 객지에서 만난 두 남녀가 이렇다 할 비전도 없이 좁은 단칸방에서 맨살을 비비고 산다는 건 생각보다 험한 노릇이었다. 그녀는 이름만 번지르르한 유령 협회의 홍보일을 보며 실속 없이 바쁘기만 했고, 나는 나대로 서울에서 허섭스레기 원고일을 맡느라고 허덕였다. 섹스 아래서 사랑 · 행복 · 영원 따위는 상상 속의 동물처럼 모호해지더니 마침내는 섹스마저 그 동물의 눈처럼 빛을 잃어갔다. 상상의 동물은 상상력에 의해서만이 살아 있을 수 있는 것이다. 상상력을 잃자 우리는 상피병(象皮病)을 앓는 것 같은 거친 살갗으로 좁은 방에서 버텼다. 하기야 이렇게 쉽게 이별이라는 결말을 말하고 있는 내가 가증스럽기조차 하다. 그러므로 앞에서 나는 그 만남을 간단히 암시만 하고 넘어가기를 원했던 것이다. 우리는 '돌 속에 뜨는 무지개'라는 카페에 가서 마지막 말들을 나누었다. 그 카페 이름은 어찌어찌 하여 내가 지은 것이었다. 그 이별은 무겁고 아름다웠다. 스파이스 걸스의 「워너비」가 감미롭게 울려 퍼지는 가운데, 그녀는 또 다시 다른 여자를 울리지 말라고 말했다. 내 생각은 그와 반대였지만, 나는 입을 다물고 고개를 끄덕거렸다.

『조선 왕조 실록』은 지지부진이었다. 사약이 내려지는 상황은 사람이 죽고 살고의 문제인데 걸핏하면 사약이라 도무지 사람 목숨이 뭐란 말인가 지겹기조차 했다. 이 과정에서 알게 된 것이 엉뚱하게도 투구꽃이었다. 사약도 죽을 사(死)의 사약이 아니라 내릴 사(賜)의 사약이었다. 임금이 내린다는 뜻이었다. 그 주성분은 투구꽃의 뿌리로 만들어졌으며, 청산가리는 비교가 안 될 만큼 많은 독성을 가졌다고 했다. 거기에 바곳의 뿌리인 부자를 곁들이면 사약이 되었다. 내게 주어진 이별이 어떤 것이었든 그로부터 나는 투구꽃 한 뿌리는 꼭 키우리라 다짐하곤 했다. 무슨 식물을 심은 화분인지는 모르지만 그걸 품에 안고 어려운 상황을 헤쳐나가는 영화 주인공 레옹처럼 투구꽃 화분을 안고 노스트라다무스의 대재앙이 덮친 세상에 버려져 있는 나를 꿈에 본 것도 그 무렵이었다. 그 이별에 그런 간절함이 있었던가, 나는 뒤늦게야 가슴을 쓸어내렸다. 어떤 이별이든 극약 처방이 필요한 이별만이 우리를 각성시키며 마음의 밤하늘에 별처럼 뜬다. 그리하여 어둠 속에서 어둠을 보게 한다. 한 방울의 눈물이라도 별똥별의 빛을 뿜는다. 그렇지 않으면 이별은 의미를 잃는다.

투구꽃: 미나리아재비과의 다년초. 깊은 산 속에서 자라며 높이 1미터 정도이다. 꽃은 9월에 피며 자주색이고 작은 꽃줄기에 털이 있다. 꽃받침 조각은 꽃잎처럼 생기고 털이 있으며 뒤쪽의 꽃잎이 고깔처럼 전체를 위에서 덮고 있다. 뿌리에 맹독이 있으며 초오(草烏)라는 이름으로 약용한다. 속리산 이북에서 만주까지 분포한다.

죽을 각오를 한 북한 요원들이 몸에 독약을 지니고 있는 것을 보고 나서 나는 내 삶에도 그렇게 독약을 지니고 있어야 되리라 여겨졌다. 맹렬히 살지 않으면 안 된다. 투철함만이 미덕이다. 아닌 게 아니라 그날을 인생의 마지막 날이라고 생각하라는 말도 있었다. 아마도 여기에 '머리가 두 쪽이 나더라도' 하는 수사가 붙는 것이리라. 나는 나를 돌아보며 한숨지었다. 그리하여 투구꽃은 내게 가까이 다가오게 된 것이었다. 투구꽃 화분을 들고 다니다가 마지막 극악한 순간이 왔을 때 그 뿌리를 씹으면서 숨을 넘길 수만 있다면, 하고 나는 자못 비장해졌었다.

날은 어느새 설핏 기울어지기 시작하고 있었다. '글쎄…… 그건……' 하고 더듬던 데서부터 그 아이와 나의 대화는 갑자기 점입가경이 되어, 우리는 많은 말을 쏟아냈다. 그 아이도 나에 못지않았다. 가게로 들락거리며 몇 병인지 알 수 없이 맥주를 사오는 동안, 갈매기는 바다 쪽 바위 둥지로 돌아가고, 하늘에는 가끔 까마귀가 한 마리씩 유난히 까아악! 까아악! 소리치며 날고 있었다. 죽은 갯벌의 간척지 위로 까마귀 소리가 음울하게 울려 퍼지자 선홍색 지렁잇빛 노을이 갑자기 검게 그을리고 있었다. 그 아이는 오래 전 호수 옆에 조성된 간척지 마을에 처음 자리를 잡았었다고 했다. 그 마을은 전라도 지방의 이재민들을 위해 만들어진 마을이라고 듣고 있었다. 고향에서 살길을 잃은 많은 사람들이 그곳으로 밀려왔었다. 말하자면 유민(流民)들이었다. 이젠 처음 들어와 자리잡은 그 사람들은 거의 떠나고, 게딱지 같은 집들은 싸구려 니나노 집으로 변해 있었다. 거기서 자란 유민의 아이는 기업의 산업체 여학교를 나와 지금은 한 협동조합에 다니고 있었다. 그 아이가 어떤 인생 역정을 거쳤는지에 대해 나는 아무 흥미도 없었다. 나는 그 아이에게, 네가 내 앞에 앉아 있고 그리고 까마귀조차 울지 않는 밤이 오고 있는 것만 알고 있으면 그것으로 충분하다고 말해주었다. 그리고 후렴처럼 덧붙였다. 난 곧 여길 뜰 테니깐 말야. 이젠 그 따위 강의는 안 할 테니깐 말야. 투구꽃 화분을 들고 서울로 갈 테니깐 말야.

나는 말을 이었다.

한 할아버지가 말야, 앳된 처녀애를 데리고 얕은 개울물에서 견지 낚시를 하고 있는 게 아니겠어? 견지 낚시 알어? 낚싯줄을 개울물에 늘어뜨리고 물고기를 채서 낚는 거야. 어여쁜 처녀애는 옆에서 양산을 펴 들고 할아버지 쪽과 자기 쪽을 적당히 오가며 이것저것 시중을 들고. 하지만 무료히 앉아 있을 수만은 없어서 그저 공연히 손놀림을 해 보는 정도야. 할아버지, 하고 가끔 나직이 불러 이건 어떡하느냐는 투로 쳐다보면서 말야. 할아버지도, 처녀애도 이렇다 하게 감정을 읽을 만한 두드러진 표정이 없어. 그야말로 '흐르는 강물처럼'이 아니라 '흐르는 시냇물처럼'이라고나 할까. 그런데 이상하게 그 모습에 가슴이 짠해. 할아버지가 송사리든 피라미든 한 마리도 낚지 못해서가 아냐. 늙은 할아버지는 아직 젊었고, 앳된 처녀애는 그 젊음을 이해하지 못한다는 거야. 뙤약볕 아래 양산이 만든 조화였겠지. 아냐. 그게 삶의 조화야. 그들은 할아버지와 손녀였어. 그들이 내가 묵고 있는 민박집에 묵고 있다는 사실을 안 건 저녁에 그들과 뜰에서 마주치고 나서였어. 뜰에는 여기저기서 모아놓은 시골의 꽃들이 만발해 있었지. 능소화 덩굴 아래 원추리 · 백합 · 도라지 · 나리 들이었으니까, 7월이었어. 처녀애는 할아버지가 몸이 안 좋아서 벌써 반년째 그렇게 요양 겸 유람을 모시고 다닌다는 거였어. 난 그때 자살을 꿈꾸며 여기저기 떠돌며 술로 몸을 학대할 때였지. 그러나 며칠이 지나지 않아 그들이 할아버지와 손녀 사이가 아니라는 건 다 알려졌지. 세상에 비밀이란 없다잖아. 할아버지는 어느덧 인생이 마지막에 이르렀다는 걸 알고 처녀애를 돈으로 샀다는 거야. 뭐, 단란주점이나 룸살롱에서였겠지. 그리고 마지막 여행길의 벗으로 삼았다는 거야. 그래서 죽기 전에 그렇게 여행을 하는 거랬어. 이건 아름다운 것도 추한 것도 아냐. 단지 삶이지.

옛날에도 흔한 일이었어. 여러 가지 이유 때문에 하는 수 없이 몸이 끌려가거나 팔려간 여자들이 많았어. 권력 때문에, 돈 때문에, 혹은 목숨 때문에. 아버지를 먹여 살리려고 뱃사람들에게 몸을 맡겨 인당수 푸른 물에 제물로 받쳐진 심청이도 그랬던 거지. 나도 늙어서 세상을 떠날 준비가 되면 그럴 참이야. 난 견지 낚시를 할 마음은 요만큼도 없어. 내가 스치며 살아온 모든 곳을 그냥 낱낱이 보는 거야. 거기에는 전쟁의 흔적도 있겠고, 혁명의 흔적도 있겠고, 사랑의 흔적도 있겠지. 물론 이별의 흔적이 무엇보다도 크겠지. 그 흔적들을 모두 생생하게 간직하고 저승으로 가는 거야. 그래야만 돌 속에 뜨는 무지개가 될 수 있다고 믿는 거야.

돌 속에 뜨는 무지개라뇨?

음? 그런 말을 내가 하고 말았군. 그래, 내친김에 좀더 말해보지. 돌은 부서져서 모래가 되고, 모래는 흙이 되었다가, 다시 굳어져 바위가 되기도 하지. 우리들 주검도 거기 섞이는 거야. 그러면 돌의 무늬와 빛깔을 이루겠지? 그렇지? 여기에는 우리의 기억의 에너지도 마땅히 섞여 있겠지? 그렇담 그게 생생하면 생생할수록 무늬와 빛깔도 그렇겠지? 그때 무지개처럼 돌에 어룽지겠지?

모르겠어요. 전 죽음을 생각할 나이가 아니에요. 저한텐 결혼을 하자고 따라다니는 애가 있는데요. 제 자취방에 오면 그저 라면만 끓여주고 그냥 보내요. 꽤 오래됐는데 옆에 올 틈도 안 주죠. 그런데 저는 세 사람의 남자와 관계를 맺고 있어요. 섹스 관계 말이에요. 그 가운데 두 사람은 유부남이죠. 한 사람은 산업체 학교에 다닐 때 회사 상사였고, 두 사람은 지금 직장 상사의 친구들이에요. 세 사람은 다 자기 혼자만 나를 만나는 줄 알고 있어요. 어쩌다 보니 금방 그렇게 되더군요.

선생님한테 이런 얘길 왜 하는지 모르겠어요. 제 행실은 시 제로보다 못하죠? 그렇지만 무당이 되면 그런 거 다 털어버리고 새롭게 살 수 있을 거 같아요. 그건 아름다운 길일 거예요. 그렇죠?

우리는 호숫가를 빠져나와 '돌 속에 뜨는 무지개' 카페를 거쳐 '정든 닭발집' 포장마차를 거쳐, 또다시 먼 길을 가고 있었다. 가로등도 서 있지 않은 어두운 길이었다. 가끔 어울리던 화가가 카페를 차리겠다며 이름을 부탁했을 무렵, 삼랑진의 한 산에 자리잡고 있는 절에 올랐었다. 온통 돌무더기가 굴러내린 산 중턱의 그 절에 커다란 돌 하나가 서 있었다. 가까이서 보면 잘 안 보여도 멀리서 보면 부처의 모습이 보입니다. 아닌 게 아니라 붉은 무늬의 어떤 모습이 어른거렸다. 굳이 가사를 입고 합장을 하는 모습으로 본다면 그렇게 보일 수도 있었다. 그러나 세상에 무늬가 없는 돌은 없을 것이었다. 하지만 그것이 『삼국유사』라는 책에도 기록되어 있다는 데서 나는 그만 깜북 죽을 수밖에 없었다. 옛날 사람들도 그것을 '부처의 모습〔佛影〕'이라고 적어놓았다는 것이었다. 문자나 그림으로 기록되지 않은 것은 허망한 것이라고 믿고 있던 나는 그 돌에서 받은 느낌으로 '돌 속에 뜨는 무지개'라는 이름을 끄집어냈던 것이다. 그리고, 앞에서도 말했듯이, 바로 그곳에서 여자와 이별하지 않으면 안 되었다. 게다가 우리는 그 돌의 부처 모습을 함께 보고 왔었다.

어디로 얼마나 갔는지 모른다. 원효봉도 지나고, 영취산도 지나고, 달마산도 지나고, 최영 장군과 남이 장군의 굿당도 지났다. 무당들은 한 많게 죽은 장군들을 불러 우리가 가는 길을 밝히고 있었다. 위화도에서 말머리를 돌려 돌아오는 이성계를 막아내려다 죽임을 당한 최영 장군과, "사내 스무 살에 나라를 평안케 하지 못하면 뒷날 누가 대장

부라고 하랴" 하고 호기롭다가 죽임을 당한 남이 장군의 영정이 괫대 위에 펄럭였다. 최영 장군이 죽은 개성 선죽교에는 피가 낭자하고, 남이 장군이 묻힌 남이섬에는 투구꽃이 만발했다.

한 떼의 유민들이 황토 붉은 고갯길을 넘어가고 있었다. 아무렇게나 걸친 옷은 이름 그대로 누더기였다. 누군가 누더기를 들춰 보리알만한 이를 잡아 입에 넣었다. 칡뿌리를 씹던 입에서는 쇳소리 나는 숨이 가쁘게 뱉어졌다. 나무 한 그루 없는 고갯길에 곧 어둠이 내렸다. 마지막 뻐꾸기 울음도 멎고, 다 허물어진 상엿집 안에서 사내가 허청거리며 몸을 굽혀 나왔다. 사내는 성황당의 돌무더기를 휘돌아가는 바람결에 걸음을 멈추고 어둠이 더 짙어지기를 기다렸다. 그리고 별빛을 의지해 고갯길 옆 풀숲 사이로 걸음을 옮겼다. 아래쪽 골짜기를 건너가자 산기슭에는 여기저기 주검들이 뒹굴고 있었다. 굶어 죽은 사람들이었다. 사내는 조심스럽게 주검들 사이로 걸어가서 돌무더기 앞에 멈추어 섰다. 돌무더기나마 쌓아 만든 무덤이었다. 낮에 새로 만들어질 때부터 눈여겨보아두었던 무덤이었다. 돌들을 힘겹게 들어내자 젊은 아낙의 모습이 별빛에 어렴풋이 나타났다. 사내는 아낙을 잘 알고 있었다. 어려서 이웃에 살던 그녀의 모습에 얼마나 애를 태웠던가. 그러나 그녀는 다른 곳으로 시집을 가고 말았었다. 그는 허리춤에서 칼을 꺼내 아낙의 볼기와 허벅지 살을 도려냈다. 며칠이라도 더 연명하자면 그 길밖에 없었다. 어디선가 "서양 오랑캐들을 물리쳐라!" 소리가 희미하게 들려오고, 구슬픈 노래가 울려 퍼졌다. "새야, 새야, 파랑새야. 녹두꽃에 앉지 마라. 녹두꽃이 떨어지면 청포 장수 울고 간다." 동학의 녹두장군 전봉준이 처형당한 지도 5년, 대원군이 죽은 지도 2년이 지난 고종 9년, 1899년.

그 유민들의 무리에서 빠져나온 우리는 용정(龍井) 거리의 민박집을 찾아들었다. 거기에 이르러서야 나는 겨우 어디가 어딘지 짐작이 갔던 것이다. 박경리의 『토지』를 텔레비전 드라마로 찍을 때 용정의 한 거리를 세트로 만들어놓은 곳으로 새로운 호수의 북쪽에 해당하는 곳이었다. 우리는 옷을 벗고 알몸인 채 밤새 술을 마셨다. 그 아이를 마냥 어리게 본 것은 잘못이었다. 그 아이의 몸은 생각보다 훨씬 풍만했다. 하기야 벌써 몇 사람의 남자를 거쳤다고 내게 고백했듯이 그 아이는 옷을 벗는 데 전혀 스스럼이 없었다. 아무려나 상관없는 일이었다. 그런데 알 수 없는 것은 우리가 그렇게 알몸이 되었음에도 불구하고 나는 그 아이에게 다가갈 엄두를 내지 않고 있었다는 것이다. 그날 밤에 무슨 대화를 나누었는지는 다 기억할 수는 없어도, 내가 끝없이 중얼거린 데 반해 그 아이는 침대에 몸을 기댄 채 연신 담배를 피워물고 있었던 장면은 뚜렷하게 남아 있다. 그리고 내 말 가운데 사랑 · 행복 · 영원이라는 흔한 말이 나오지 않았다고 기억되는 부분만은 다행으로 여겨진다. 그것뿐, 그로부터 며칠이 지났는지 나는 모른다. 우리는 낮에는 그 호수 언저리를 몽롱하게 맴돌았고, 밤에는 가까운 여관이나 민박집으로 찾아들었다.

"어디 먼 나라로 마지막 여행을 온 것만 같아요."

그 아이가 여전히 벗은 몸으로 침대에 누운 채 말했다.

"그렇군. 이젠 헤어질 때가 됐나 봐. 너도 빨리 일상으로 돌아가야지."

작은 창문으로 여름의 아침 햇살이 뻗어 들어오고 있었다. 나는 유리컵에 남아 있는 맥주를 물 대신 마셨다. 남중국해에서 태풍이 올라오고 있다는 뉴스가 어디선가 들려왔다.

"참 이상한 일이에요. 늘 어떤 일탈을 꿈꾸어왔는데, 막상 이런 게 일상 같은 생각이 들어요. 남자와 밤을 지내면 섹스가 일상이었는데 그것도…… 아무튼 이상해요."

"우리가 관계를 안 했단 말이지?"

"저도 모르겠어요."

우리는 마주 보며 웃음을 나누었다. 그렇게 아침에 여자와 웃음을 나눈 것도 너무 오랜만의 일이라는 생각에 내 눈에는 잠깐 눈물이 돌았다. 나는 내 심신이 약해질 대로 약해졌음을 비로소 알았다. 내 모든 행동이, 태풍이 오리라는 사실을 미리 알고 거기에 대비한 것이었던 듯했다. 개미들이 비가 올 줄 먼저 알고 집 구멍을 흙으로 둘러쌓듯이, 들쥐들이 지진이 올 줄 먼저 알고 먼 데로 도망치듯이. 그 아이가 '시제로'를 말했을 때 나는 태풍이 올 줄 알았음에 틀림없는 듯했다. 그러기에 나는 일상으로부터의 일탈을 꾀했던 것이다.

"우린…… 마치 몇억 년을 이렇게 헤매다녔던 것 같아."

나는 내 말이 결코 과장되었다고는 생각되지 않았다.

"몇억 년? 피이. 하지만 엄청 오래된 것 같기는 해요. 웬일일까."

"일어나, 어서. 태풍이 오고 있어. 여길 떠나야 해. 난 서울로 가야 하고."

나는 그 아이를 일으켜세웠다. 그리고 욕실로 끌고 들어가 온몸에 비누질을 하여 깨끗이 씻겨주었다. 욕실에서 나온 우리는 옷을 입기 전에 오래도록 끌어안고 입을 맞추었다. 나는 그 아이가 더 이상 유민처럼 헤매다니지 않게 되기를 진심으로 바랐다. 그것은 나도 마찬가지였다. 남녀가 끌어안고 입을 맞춘다는 것은 섹스와는 또 달리 하나의 기도 행위임을 나는 그때 처음으로 알았다. 바깥으로 나오니 태풍이 오기 직전의 하늘은 유리알처럼 투명해져 있었다.

"헤어지더라도 뭘 좀 먹고 헤어져야지."

"선생님은 정말 뭘 드셔야 해요."

"나야…… 그 동안 네 살을 도려 먹으며 연명해왔는걸. 난 그저 소주 한 잔이면 돼."

"어머머. 우린 아예 하지도 않았는데 살을 도려 먹다니 그건 무슨 말이에요? 그리고 또 술?"

그 아이는 눈을 흘겼다. 나는 유리알 같은 하늘을 올려다보았다. 가까운 음식점으로 들어간 우리는 찌개와 밥 한 공기를 시켜놓고 마지막 술잔을 부딪쳤다. 유리의 맑은 소리가 귀에 울렸다. 우리의 만남이 마치 유리알 속에 넣어놓은 박제 곤충처럼 되어 삶의 어느 한구석에 놓여지리라는 기대도 사치일지 모른다는 생각에 나는 말없이 술잔을 기울였다.

"무당이 되는 것보담 그, 라면 끓여주는 애하고 결혼하는 건 어떨까요? 중국집 주방에서 일한다는데."

그 아이는 말해놓고 나서 쿡쿡 웃었다. 그것이 이별의 형식이었다. 어쩌면 우리의 만남은 만남으로 기억되는 것조차 뭣할 시시껄렁한 것에 지나지 않는가. 그러기에 나는 아무런 동요도, 아무런 미련도 없이 그 아이를 보내는 것인가. 도무지 알 수 없었다. 헤어지면서 내가 "돌 속에 뜨는 무지개 따윈 잊어버려" 하고 말하자, 그 아이는 그 카페 말이냐고 되물었다. 그러나 나는 대답 대신에 "잘 가. 태풍이 와" 하고 말했을 뿐이었다. 물론 나는 카페 이름을 들먹인 게 아니었다.

서울에 와서도 나의 유민 생활은 쉽게 마감되지 않았다. 이제는 또 다른 세기말, 아니 또 다른 천년의 끝, 1999년이었다. 그런 가운데 그래도 종로 6가의 야생화 파는 노점에서 투구꽃을 발견해서 한 뿌리 가져다 심은 것은 기억할 만한 일이었다. 그러나 그 뿌리를 씹을 만큼의 위기는 아직 닥치지 않았으니, 다행이라면 다행이었다.

시화호에 공룡이 살았던 흔적을 발견했다는 신문 기사에서 눈을 떼며 나는 다시 태풍이 오고 있다는 텔레비전 뉴스에 귀를 기울였다. 올해 들어 첫 태풍이었다. 올가? 예전 그 아이와 헤어질 때 오고 있던 태풍, 올가? 공교롭게 올가였다. 정해진 이름이 차례로 붙여진다니까 흔히 있음직한 일이었다. 그 아이의 모습이 떠오른 것은 시화호와 올가 때문이었다. 그 아이가 결혼을 해서 중국 음식점을 차렸다는 소식은 들어서 알고 있었다. 공룡들이 어슬렁거리는 호숫가에서 인간의 최후의 두 남녀가 마지막 입맞춤을 하고 있는 광경이 눈에 어른거렸다. 몇억 년 전의 일이었다.

그러나 바람이 불고 있었다. 올가는 남중국해를 거쳐 중심 기압 980헥토파스칼, 초속 25미터의 강풍을 동반하고 극동아시아를 덮쳐오고 있었다. 나는 바람의 냄새를 맡고 싶었다. 그것은 몇억 년 전의 공룡의 냄새이기도 하며, 그때 올가가 오던 날의 입맞춤 냄새이기도 할 것이었다. 나아가 이별의 냄새라고 확인할 수 있다면 더 좋을 것이었다. 어둠 속에서 어둠의 냄새를 맡으며 별빛에 길을 물어 먼 길을 갈 수 있다면, 하고 나는 좁은 방 안을 불안스레 서성거렸다. 가쁘게 몰아쉬는 숨소리가 내 귀에도 거슬리게 들려왔다. 하늘에서 돌이 쏟아지고, 나무들은 뿌리가 잘려 피를 흘렸다. 공룡들의 화석이 꿈틀거리며 호수가 부글부글 끓었다. 땅이 갈라진 틈바구니에서 까마귀들의 비명 소리가 울려나와 귀청을 찢었다. 공룡뿐이 아니었다. 상상 속의 온갖 괴이한 동물들까지 살아서 꿈틀거렸다. 그럼에도 불구하고 바다는 무섭도록 고요했다. 나는 바람 소리를 듣지 않으려고 귀를 틀어막았다. 그러자 아득한 어느 먼 나라에서 나직한 노랫소리가 들려왔다. 하늘과 땅을 잠재우고, 아기 공룡들을 잠재우고, 어지러운 마음을 잠재우는 자장가 소리였다. 나같이 허덕이며 쫓기는 사람들을 위로하는 노랫소리였다. 그것을 나는 그 아이가 부르는 노래라고 믿고 싶었다. 그렇지. 이번에 혹시 『조선 왕조 실록』의 인세라도 나오면 눈 꾹 감고 어디 고급 중국 음식점을 찾아가 불도장 수프를 먹도록 해야지. 나는 계획에도 없는 말을 중얼거렸다. 그리고 그 아이의 중국 음식점 개업을 축하해야지. 아니, 유니콘 수프는 어떨까. 아예 뿔만 넣어달래서 말야. 그리고 거기에 투구꽃 뿌리를 넣어달란다면 또 어떨까. 나는 키득키득 웃었다.

웃음을 멈춘 나는 문득, 지금까지 유민 신세를 벗어나지 못한 채 내가 진정 땅에 발을 붙이기까지는 아직 까마득하겠다는 생각에 그만 썰렁해져서, 신문에 난 공룡 머리뼈 같은 뭉툭한 표정을 거울에 지어보였다. 그리고 옥수수 잎사귀를 날리는 바람이 시킨 양 자문했다.

돌 속에 무지개는 언제 뜨는가.

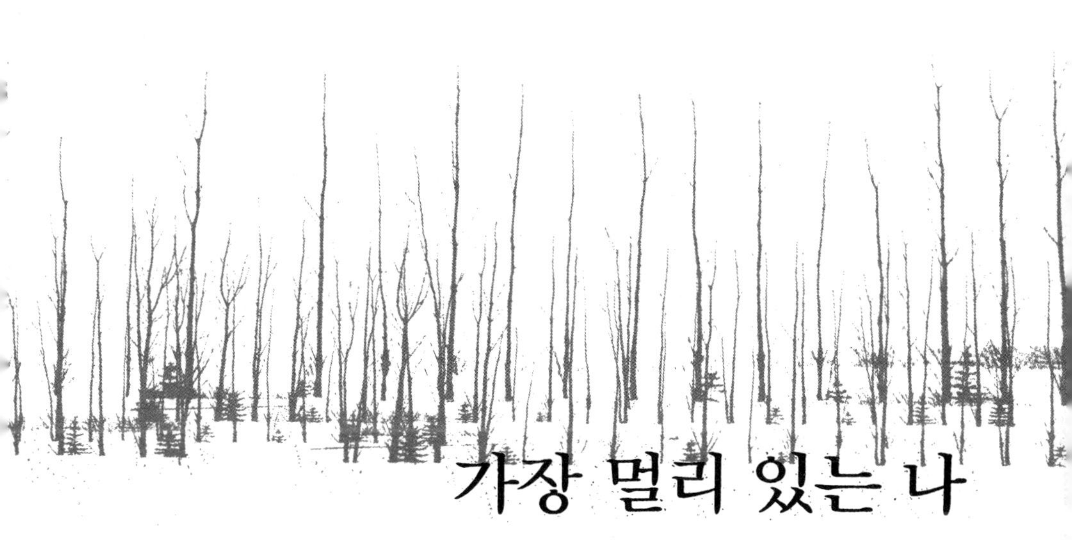

가장 멀리 있는 나

1

스리랑카의 누와라엘리야 산굽이에서 한국의 신갈나무 숲을 생각한 것은 간밤의 월식(月蝕) 때문이라고 헤아려졌다. 누와라엘리야는 분명 스리랑카의 리틀 잉글랜드라고 불리는 산간 마을인데, 내 마음은 아직도 한국의 신갈나무 숲에 머물러 있었다. 그리고 눈썹 같은 초승달 아래 산길을 가는 내 모습을 더듬었다.

다음날, 나는 노트북 컴퓨터를 열고 한국 신문에서 월식에 대한 기사를 읽었다. 개기 월식이다.

—1시간 47분 동안의 달의 잠적—

141년 만에 가장 긴 개기 월식의 장관이다. 새 천년 들어 처음이자 앞으로 1787년 동안에는 이보다 더 긴 개기 월식은 나타나지 않는 화려한 우주 이벤트다. 개기 월식은 태양, 지구, 달이 일직선상에 놓여 달이 지구 그림자에 완전히 가려지는 현상. 이날 개기 월식은 오후 10시 2분부터 11시 49분까지 1시간 47분 간 계속된다. 개기 월식 전후 반그림자와 부분 월식 시간까지 합하면 우주 쇼는 6시간 18분 간 이어진다. 천문학자들은 이번 개기 월식보다 긴 것은 1787년 후인 3787년 7월에 일어나며 0.3초가 길 것으로 관측하고 있다. 문의는 한국천문연구원(www.issa.re.kr).

그날 밤, 다딜이 열리는 보름날 축제인 포야데이를 맞아 사원으로 간 나는 많은 참배객들이 보리수나무에 물을 뿌리며 도는 행렬을 따라 돌다가 느지막이 바깥으로 나왔다. 그러다가 우연히 밤하늘을 쳐다보았던 것이다. 뜻밖에 보름달이 이지러지고 있었다. 바야흐로 그토록 긴 '우주 이벤트, 우주 쇼'가 시작되고 있는 참이었다. 우리는 달이 다 먹히도록 그 자리에 서 있었다.

"아, 여기서, 오늘, 월식이라니요……"

한국 음식점 '해송(海松)'을 경영하고 있는 박사장도 무엇엔가 홀린 듯 중얼거렸다. 한국을 떠난 지 십몇 년 만에 처음이라고 했다. 나중에 확인한 바로는 그 바로 전 개기 월식은 1997년에 있은 것으로 되어 있었다. 아니, 그렇다고 하더라도 그것은 141년 만에 가장 긴 개기 월식이라고 했으므로, 그 사실을 강조하는 말로 알아들으면 되었다.

"꼭 눈썹같이 남는군……"

나는 느닷없이 내가 무슨 말을 하는지 알 수 없었다. 그리고 사원의 등불들 위로 사라져가는 달빛을 응시하고 있던 나는 어떤 괴이한 주술(呪術)에 휘말린 듯 황망히 숙소로 돌아왔다. 그리고 다음날 오후까지 내내 잠에 빠져들어 있었다.

눈을 뜨자 코바늘같이 가느다란 새끼 도마뱀이 베개 옆을 기고 있는 것이 보였다. 처음에는 무엇일까 했던 나는, 놈의 정체를 알고서도 가만히 보고만 있었다. 놈도 조심스럽게 나를 살피는 것처럼 보였다. 그러자 그것은 개기 월식으로 거의 다 가려진 채 하얗고 얇은 한쪽 띠만 남은 달의 모습으로도 보였다. 그러나 그것은 녹갈색에다가 네 개의 앙증맞은 발까지 달린 놈이었다. 그러다가 문득 떠오른 것이 가느다란 눈썹이었다.

그 눈썹은 신갈나무 숲 속에 걸려 있었다.

한국을 떠나오기 전, 겨울이 한창 깊을 때, 나는 실로 오랜만에 그 남쪽 산으로 가서 신갈나무 숲에 이르렀었다. 사실대로 말하면, 나는 그때까지 그것이 신갈나무 숲이라는 걸 모르고 있었다. 그런데, 산 중턱부터는 신갈나무가 숲의 주인이 된다는 안내판이 친절하게 세워져 있었다. 신갈나무는 나무줄기에 희끗희끗한 빛을 띠고 있는, 너도밤나무과에 속하는 나무였고, 무엇보다도 흔히 보았던 나무였다. 그러니까, 그 언젠가 저쪽 오르막길을 허위허위 오를 때도 신갈나무들은 내 모습을 보고 있었으리라.

오래 전에 나는 낙백한 채 그 산을 향했었다. 그리고 스님을 만났었다. 널리 알려진 선승인 스님은 도솔암(兜率庵)의 뜰 한 가장귀에 나무 의자를 내놓고 내 이야기를 들어주었다. 오랜 시간이 흐른 지금, 그 이야기는 내 삶의 어느 한 기슭을 스쳐 지나간 한 무리의 바람 소리 정도로 가벼이 들어도 좋을 것이었다. 시간이란 그렇게 너그럽다. 그러나 그때 그 바람 소리는 내 귀청을 찢으며 골속까지 후벼 파고들었다. 간단하게 말하면, 나는 힘겹게 힘겹게 피해다니던 몸이었고 게다가 그 도피를 도와주던 여자와의 이별이라는 사건이 겹쳐졌었다고 한두 마디로 요약되겠지만, 그것은 실로 죽음에 이르는 것이었다. 그토록 오랜 도피 끝에 다다른 곳이 벼랑 끝 나락이었다.

"그렇다면, 며칠 있어보게."

스님은 선선히 말했다. '며칠'이라는 말이 새로이 가슴을 쳤다. 그곳에 이르기까지, 금방이라도 푹 고꾸라질 것 같은 몸으로 겨우겨우 버틴 지난 며칠은 매일이 늘 마지막 날이었다. 아무도 모르는 곳으로 가서 흔적도 없이 사라져버릴까, 마음먹은 것이 하루에도 여러 번이었다. 집행 유예! 이제 다른 며칠은 어떨 것인가. 방으로 걸어가는 내 두 다리는 몹시 후들거렸다.

누와라엘리야에서 한 시간쯤 차를 타고 더 고지대로 올라가면 해발 2천 미터에 달하는 곳에 넓은 초원이 아득하고 고즈넉하게 펼쳐졌다. 홀튼 플레인즈. 스리랑카의 국립공원 가운데 하나였다. 초원의 한가운데로는 맑은 시냇물이 흐르고, 저편으로 숲이 우거져 있었다. 그 숲을 지나면 '세상의 끝'이라고 이름 붙여진 깎아지른 벼랑이 나타났다. 그 깊이가 1천 미터에 이른다니, 천애지각(天涯地角)이란 여기에나 쓰임직한 말이었다.

'세상의 끝' 벼랑에 서서 나는 지난 삶의 어느 날을 되짚고 있었다. 바람 소리가 귓전을 스치며 '며칠'이라는 말이 들려왔다. 저 아래로 몸을 날려서 아래쪽 바닥까지 떨어지는 그 유예의 시간이 바로 며칠이라는 뜻으로 새겨졌다.

그러나 내려다보면 벼랑 끝에 애처로이 매달려 피어 있는 빨간 꽃송이가 유난히 선연해서, 나는 저 작은 것이 '세상의 끝'의 심장이라고 받아들이고 있었다.

내 심장은 뛰고 있었다.

그 신갈나무 숲으로 다시 간 것은 스님의 다비식(茶毘式) 때문이었다. 스님이 돌아가셨다……는 소식을 신문에서 읽고 한동안 회상에 젖어 있던 나는 스님을 마지막으로 떠나보내는 의식에 참석해야 한다고 조바심을 쳤다. 밀려 있던 일들을 대충 해치우고 나니, 그날은 겨울 들어 가장 춥다는 날이었다. 스님은 다비의 불길 속에 모든 인연을 떨치고 갈 것이었다. 세상 모든 것이 인연에 의해 비롯된 것이라면, 열반(涅槃)이야말로 인연의 본체가 아닐까, 나는 잠깐 어림해보았다.

그렇다면, 며칠 있어보게…… 그날 밤 나는 잠 못 이루고 몸을 뒤척였다. 내가 온 뒤를 밟아 그녀가 오리라는 헛된 기대 때문이었다. 그녀는 나를 떠났지만 나는 여전히 그녀를 믿고 있었다. 그녀가 짐짓 그래보았을 뿐이라는 생각이었다. 무엇이 어찌 됐든 그녀가 나를 떠날 리 없었다. 잠깐 잠들었을까 했는데, 꿈엔 듯 생시엔 듯 그녀가 산길을 오르는 모습이 눈에 어렸다. 몽유병자처럼 몸을 일으킨 나는 어둠 속으로 걸어나갔다. 산 밑으로 이어진 길로 접어들었으나, 그 길은 어둠이 더 깊었다. 어느 누구도 헤치고 올 수 없을 어둠이었다. 그제야 나는 내가 꿈속을 버둥거리고 있음을 알았다. 그녀가 이미 다른 세계, 다른 질서에 속해 있다는 사실에 나는 애써 눈을 돌리고 있었던 것이다. 그것이야말로 몽유병자의 짓이었다.

돌이켜보면 지나온 삶의 길 자체가 허청거리며 걸어온 몽유의 길이라고 해도 틀리지 않았다. 자기 자신의 것일지라도, 과거는 한 권의 옛날 책 속 이야기처럼 객관화되어 저만치 떨어져 있다. 몽유의 헤맴이 지나간 아침에 과연 무엇이 남아 있단 말인가.

더위가 채 가시지 않은 철인데도 방 아랫목은 매일 지나치게 뜨겁게 달구어져 있었다. 그 위에 누워 있는 내 몸은 펄펄 끓었다. 윗목에서부터 아랫목 쪽으로 올수록 세 명의 고참들이 먼저 온 순서대로 누워 있었다. 넓은 세상에 내 몸 하나 누일 곳은 여기뿐인가. 나는 사로잡힌 야생 짐승처럼 그 상황이 믿어지지 않아 어둠 속을 무력하게 응시하곤 했다. 어디서부터 잘못된 일이었을까. 확실히 원인은 있었지만, 고분고분 따를 수 없었다. 그 방에 이르기까지 나는 도저히 가늠 못 할 먼 오랑캐 땅을 천신만고 떠돌다 온 것 같았다. 나는 몸을 뒤척였다. 밥을 지으려고 아궁이에 불을 지펴 그 방구들을 뜨겁게 달군 것은 나였다. 그것이 내게 맡겨진 소임이었다. 그 위에 내가 누워 있는 그것이 인과라는 것임을 퍼뜩 느꼈다.

그러던 어느 날 밤, 그 숲 속 어디쯤 높이 떠 있는 초승달 같은 눈썹을 본 것이었다. 어디선가 절의 사물 소리가 마치 피안에서인 듯 들려왔다. 북, 종, 어고, 운판은 나름대로의 소리로 존재를 일깨우고 있었다. 나뭇가지 사이의 그것은 그녀의 눈썹이 분명했다. 얼굴은, 몸뚱이는 어디 있는 것일까, 따져볼 겨를도 없었다. 순간, 의식이 몽롱해지고 숲과 하늘이 빙그르르 돌면서 나는 허공 속으로 빨려들어가듯 한없이 작은 점으로 사그라졌다.

"웬일이오? 일어나시오."

"혼절했던 모양이군. 쯧쯧쯧."

겨우 눈을 떠보니 고참들이 사천왕처럼 큰 눈으로 나를 내려다보고 있었다. 온몸은 땀에 흥건히 젖어 있었다. 나는 두세 번 낑낑댄 뒤에야 끙 하고 간신히 몸을 일으켜 앉았다. 어디 다른 곳에 놔두었던 머리를 다시 가져다 올려놓은 듯 뒷골이 서걱거렸다. 바깥으로 나와 눈썹이 걸려 있던 숲을 찾아 이곳저곳 기웃거렸으나 그럴 만한 풍경은 어디에도 없었다. 꿈속에서 앙상했던 나뭇가지에는 푸른 잎들이 우거져 하늘을 가리고 있었다. 환상이었단 말인가. 그러나 나는 환상으로 밀쳐놓을 수가 없었다. 언젠가 그녀는 눈썹을 깨끗이 밀어버리고 내게 나타났었다. 유행이라는 것이었다. 그래도 나는 그녀의 변화를 읽지 못했다. 읽었다 한들 이미 늦었지만 말이다. 그러니까 그 눈썹은 내게 이제까지의 도피를 끝내고 또 다른 도피로 향하라는 말을 전하러 온 얼굴이기도 했다.

나는 정말 혼절했던 것일까.

어쨌든 그렇게 잠깐 깨어났던 나는 다시 방으로 기어들어가 다음날까지 꼬박 누워 있지 않으면 안 되었다. 마당이다 길이다 넓히고 고치느라고 한창 진행되고 있던 고된 울력에도 나가지 않은 채 나는 무엇엔가 홀려 있었다. 다음날 아침이 되어서야 정신이 명료해지고, 골짜기에 물 흐르는 소리도 들리고 처마에 새 깃들이는 소리도 들렸다.

스리랑카의 호수들에는 연잎이 날로 무성해지고 있었다. 그러나 막상 마음먹고 찾아가 보면 언제나 연꽃은 피어 있지 않았다. 이상한 일이었다.

"연꽃은 아직 안 피는 거요?"

나는 박사장에게 물었다.

"왜요? 안 피는 때가 없지요."

"그런데 지금은 없잖소."

"절에 공양을 올리려고 아침 일찍 딴답니다. 저기 작은 배까지 있잖아요."

그 말에 나는 왠지 한 방 맞은 느낌이었다. 저 넓은 연밭의 연꽃들은 절에 바치기 위해 아침마다 새 연꽃 봉오리를 뽑아 올린다. 한국에서 이곳저곳 불려다니며 특강이랍시고 할 때마다 나는 가장 더러운 뻘 속에서 가장 아름다운 꽃을 피워 올리는 연꽃을 잊어서는 안 된다고 말하곤 했었다. 상투적인 말의 전형이었다. 그러나 미처 피지 못한 그 봉긋한 꽃봉오리를 자른다는 것은 예상하지 못했었다. 그래서 연꽃은 더욱 처연하고도 아름다운 장엄이 되는가.

나는 여러 사원에 꽃을 올렸다. 탑에도 올리고, 보리수나무에도 올리고, 와불에도 올렸다. 원숭이들이 몰려다니며 먹을 걸 안 주나 할끔거리고, 연꽃과 재스민꽃을 수북이 얹은 꽃 쟁반에서는 향기가 짙었다.

"박사장, 여기 와서 연꽃 장사나 할까 봐."

"한 묶음에 10루피, 언제 벌어서 한국 가겠어요."

"여기서 그렇게 사는 거지, 뭐."

대학 후배인 박사장은 그게 어디 그렇게 쉬운 일이냐고, 자기도 동남아에서 10년 넘게 굴러먹다가 뒤늦게 여기까지 온 걸 알지 않느냐는 뜻으로 나를 한참 동안 바라보았다. 아닌 게 아니라 그는 이른바 신군부에 저항했던 경력을 지니고 있었다. 과거에 한국을 떠난 사람들은 여러 가지 이유로 쫓기듯 그 길을 택한 사람들이 많았던 것도 사실이었다. 그래서인가, 제주도 출신인 그는, 태평양의 섬을 떠나 인도양의 섬으로 왔노라고, 시를 공부한 사람답게 자신의 인생 역정을 간단히 줄여 말하고 있었다. 그런 그를 보며 나는 텔레비전의 야생 탐험 프로그램에서 본 스리랑카의 왕도마뱀을 연상했다. 그것은 '공룡의 후예'라고도 지칭되고 있었다. 밀림의 음습한 밑바닥을 기며 먹고 먹히는 가운데 사람의 몸집보다도 더 크게 자라는 그놈의 일대기는 모질고도 징그러웠다. 프로그램은 왕도마뱀이 인도양의 노을진 해변에 이르러 머리를 힘껏 쳐들고 있는 장면으로 끝나고 있었다. 왕도마뱀과 악어는 물론 다르지만, 박사장이 태국의 악어 농장에서도 일한 적이 있다는 걸 나는 알고 있었다.

인도양의 섬나라에는 나무들이 유난히 크고 무성한 데다 꽃들이 지천으로 피었다. 처음 도착하여 들어간 네곰보의 호텔 방에서 침대 위에 늘어진 둥근 모기장을 걷고 나와 아침 바다를 내다보았을 때, 코를 찌르던 것은 창가의 하드루꽃이었다. 다섯 잎의 상아색 혀꽃은 가운데로 가면서 노란색을 띠고 있었다. 인도차이나 반도나 말레이 반도에도 흔한 꽃이긴 했다. 그 꽃향기와 함께 시작된 날들은 절에 올리는 재스민꽃인 흰 아랄리에꽃과 붉은 자귀나무꽃과 노란 하네루꽃과 어울려 나날이 이어졌다. 내가 현지인처럼 치마를 두르고 그곳에 눌러사는 모습을 상상한 것도 그 꽃향기에 취해서였을 것이다.

그러나 내가 인도양의 섬나라에서 새로운 삶을 도모한다 한들 왕도마뱀처럼 살아낼 수 있을지 도무지 엄두가 나지 않았다. 한때는 중국에 가서 '조선족'들과 어울려 살거나 러시아에 가서 '고려인' 속에 묻혀 살면 어떨까도 생각했었다. 하기야 나라 안이든 나라 밖이든 발길 닿는 곳이면 어디든 그곳에 살 수 있을까 실눈을 뜨고 가늠해보는 것이 내 버릇이었다. 그것 역시 오랜 도피 생활 동안 몸에 밴 관성임을 나는 알고 있었다. 그러니까 나는 사면이 된 지도 까마득한데 여전히 쫓기고 있는 꼴이었다.

홀튼 플레인즈의 '세상의 끝'에서 돌아오던 길에 작은 보라색 꽃 하나를 따서 그곳 시냇물에 띄워 보냈다. 그 꽃은 '세상의 끝' 벼랑에 가서 폭포와 함께 아래로 떨어져 내릴 것이었다. 그것이 내 생명의 의미라면…… 하고 나는 감미롭게 생각했다. 죽음을 감미롭게 생각한다는 것은 삶에의 애착이다. 나는 그 국립공원 직원들의 막사 뒤쪽에 딸린 작은 구멍가게에서 차 한 주전자와 빵 몇 개를 시켜 먹으면서도 이름 모를 작은 꽃처럼 폭포 아래로 떨어져 내릴 내 생명의 의미를 감미롭게 생각했다. 호떡이라고 불러 마땅할 빵은 고기와 야채를 다져 소를 넣고 기름에 튀긴 것이었다. 타밀족의 인부 몇 사람이 어디선가 나타나 손을 내밀어 담배를 가로채다시피 해서 사라진 뒤, 나는 아무도 없는 광활한 초원을 향한 채 홀로 나무 의자에 앉아 무슨 생각엔가 잠겼다. 정확하지 않은 무슨 생각엔가 잠겨 있는 것이 너무도 오랜만이라는 생각이 가장 지배적이었다. 그래서 죽음마저도 더욱 감미롭게 여겨지게 되는 것이었다. 무의미의 시(詩)는 그런 순간마다 가능하다.

혼절에서 깨어난 내게 스님은 웬일인지 산 밑까지 내려갔다 오라는 심부름을 시켰다. 마을의 우체국에 가서 편지를 부치고 오라는 것이었다. 그것은 갓 산에 온 내가 워낙 빌빌대니까 고된 울력을 면하게 해주는 한편 또 잠깐 숨통을 틔워주려는 뜻이라고 나는 받아들였다. 마감 시간에 맞추려면 바삐 걸음을 옮기지 않으면 안 되었다. 신갈나무 숲속 길을 뛰어 내려오면서 줄곧 나는 희미한 눈썹의 잔상을 잊지 않고 있었다.

말했듯이 우체국에서의 일은 단지 스님의 편지를 부치는 일밖에 없었다. 편지는 모두 세 통이었다. 먼저 온 여자가 소포를 부치는 동안 나는 뒤에서 기다렸다. 우체국에서 편지를 부쳐본 것이 얼마나 되었을까 문득 그리워졌다. 한때 거의 매일 편지를 부치던 시절이 있었다. 멀리 섬에 사는 소녀였다. 그토록 많았던 사연은 세월 저쪽으로 묻혀버렸지만, 소녀가 그 섬을 남지나해와 태평양을 향한 물목에 있다고 말했던 것은 기억 속에 남아 있었다. 내 차례가 되어 우표를 붙이고 있는 내게 우체국 직원은 스님 편지군요, 하고 알은체했다. 아, 예.

그 여자는 우체국에서 조금 떨어진 곳에 서 있다가 내게로 선뜻 다가왔다. 말 좀 해도 되겠느냐는 것이었다. 우체국에서 소포를 부치고 나서 나를 기다리고 있었던 듯했다. 하기야 나는 여자가 소포를 부치고 있는 모습에서 이미 냄새를 맡고 있었다. 그것은 이른바 속세로 보내는 소포였다. 망설이면서 거기까지 와서 마침내 절에 들어갈 의지를 굳게 다지고 있는 것이었다. 여자는 내게 절에 있느냐고 물었다. 그 물음에는, 우체국 직원의 말을 들었다는 내용이 곁들여 있었다. 스님의 가사를 입지 않고 절에 있는 처지인 내게 무엇인가 기대고 있다는 것은 아직도 속세 쪽에 미련을 갖고 있다는 증거였다. 안쓰러운 일이었다.

"절에 있기는 있습니다만."

나는 그렇게밖에는 대답을 찾지 못했다. 내가 여자에게 들려줄 말은 아무것도 없었다. 여자의 마음을 모르는 바는 아니었다. 쉽게 비웃으며 매도해선 안 된다. 나는 내게 말하고 있었다. 따져보면 여자와 나는 똑같은 위치에 놓여 있었다. 그렇다면 여자는 지나치게 신중한 것이다, 아니다, 이 망설임이야말로 지극히 마땅한 것이다, 아니다…… 나는 오히려 내 마음을 저울질하고 있었다. 그리고 뜬금없이 "화살은 신라를 지났다(箭過新羅)"는 『벽암록』의 구절을 떠올렸다.

몇 마디 이야기도 제대로 나누지 않았는데, 우리는 그 신갈나무 숲길에 다다라 있었다. 거기서부터 암자의 영역이라는 표시도 되었다. 여자는 며칠 전의 나와 마찬가지로 오갈 데가 없는 몸인 모양이었다.

나와 다른 점이 있다면 나는 다짜고짜 절로 기어들었는데 여자는 우체국 옆 여관에 자리잡고 이틀째 절 주변을 빙빙 돌고 있다는 것이었다. 나는 하필이면 왜 이 산이냐고 물었고, 여자는 꼭 이 산을 찾아온 건 아니라고도 말했다. 여자는 내게 무엇인가 보다 확실한 실마리를 얻으려고 하고 있었다. 나는 아무 말도 해줄 것이 없었다. 소포를 보낼 때 그곳에 스님의 편지를 든 내가 있었던 게 잘못이라면 잘못일 뿐이었다. 설령 해줄 말이 있다 하더라도 여자의 인생에 내가 끼어들 계제가 아니었다.

"그럼, 이만."

작별 인사를 하자 여자는 마지못한 듯 멈추어 섰다. 더 이상 여자와 상대하고 있을 처지가 못 되는 나는 여자의 얼굴을 쳐다보는 둥 마는 둥 하고 산길을 올랐다. '화살은 신라를 지났다'는 구절이 머릿속에 맴돌았다. 그 구절을 처음 대한 것은 민영규 교수의 글에서였다. 무슨 뜻일까, 하고 잊어버렸는데, 정말 뜬금없이 되살아난 것이었다. 이름도 잊어버린 옛 여자가 꿈속에 생생하게 나타난 것과도 같은 느낌이었다. 얼마쯤 올라가다 뒤돌아보니 여자는 아직도 그곳에 멈춰 선 채 내 쪽을 쳐다보고 있었다. 그와 함께 여자의 눈썹이 내 얼굴 가까이 있는 듯 여겨졌다. 한줄기 바람 같은 것이 등줄기를 훑고 지나갔다. 내 삶에 대한 뉘우침이라고 나는 판단했다.

그런데, 모를 일이었다.

그날 저녁, 다시 뜨거운 방구들에 누웠으나, 못 견딜 열기보다도 '화살은 신라를 지났다'는 구절에 나는 더 못 견뎌하고 있었다. 답답하면 스님에게 물어보면 될 것이었다. 『벽암록』은 옛 중국 선사들의 화두를 모아놓고 또 주석을 붙인 책이었다. 그러므로 스님은 달달 외고 있을 것이었다. 그러나 나는 내가 그 뜻에 매달려 있는 것이 아님을 알고 있었다. 그러면 무엇 때문에? 알 수 없었다. '화살은 신라를 지났다' 는 구절의 뜻이 무엇이든 상관없이 그 구절에 못 견뎌하고 있다는 그것이 문제였다.

나는 그 간극 사이에 둥둥 떠 있는 것만 같았다. 아니면 설산의 끝모를 크레바스 아래로 떨어져 내리는 것만 같았다. 다시 혼절하려는가, 했지만 그것은 아니었다. 그것을 의식할 만큼 나는 말짱했다. 연옥을 헤매고 있는 게 아닌가도 싶었다. 그러나 어느 것도 그 상태를 제대로 설명할 길은 없었다. 지나온 삶도 그와 같았다는 회한에 휩싸였다. 선불리 사람의 탈을 쓰고 태어나서 구차한 몸뚱이 하나 깃들일 방 한칸 마련하지 못하고 하염없이 도망쳐온 날들이 가련하기만 했다. 나는 그대로 누워 있을 수가 없었다. 허공에 있을지도 모를 썩은 동아줄이라도 붙잡지 않으면 안 된다. 나는 실성한 듯 벌떡 몸을 일으켰다.

"무슨 일이오?"

고참 한 사람이 놀라서 물었다.

"아닙니다. 아무래도 저 가방마저 우체국에서 부쳐버려야 할 것 같아서."

"우체국에요?"

"예."

나는 결연히 말했다.

"그런데, 왜 이 밤에?"

"몰라요. 모르겠어요."

나는 가방을 어깨에 둘러멨다. 가방이래야 그 안에 든 거라고는 이렇다 할 만한 것도 없었다. 세면 도구와 옷가지 몇 장과 쓰다 만 잡기장 따위, 구태여 속세로 버려야 할 것도 아니었다. 나는 고참들에게 절을 꾸벅하고는 암자를 등졌다. 그들은 허깨비를 보는 듯 멍하니 앉아 있었다. 한밤에 우체국은 왜 튀어나왔는지 나 스스로도 어안이 벙벙했다. 그렇지만 그것은 누가 뭐라 한들 결코 허튼 말은 아니었다. 문을 닫았든 말았든 상관없이 우체국이 그리웠다. 우체국을 통해야만 세상과의 관계가 이어질 듯싶었다. 도망치는 자는 세상으로부터 숨으려 하지만, 그렇다고 해서 단절을 원하지는 않는다. 우체국은 세상을 향해 뚫려 있는 작고 유일한 통로였다. 밤이 지나는 동안 그 통로는 영원히 막혀버릴 것만 같았다. 그러면 나는 질식해버릴 것이었다. 견딜 도리가 없었다. 나는 허겁지겁 산을 내려왔다.

개기 월식이 있던 다음날 아침, 붉은 깃의 새 같은 꽃들이 땅에 툭툭 떨어져 뒹굴어 있는 것을 보았다. 처음 보는 꽃이었다. 산간 지방에서 목재를 가득 실은 트럭이 내려오면서 꽃을 으깨고 지나갔다. 감자 사원이라는 뜻의 알루비하라에서 사온 패엽경(貝葉經)을 들쳐 그림을 들여다보았다. 절에서 스님이 직접 만든 것이었다.

"한국에 있으면 아직도 쫓기는 꿈을 꿔."

"악몽이죠."

박사장은 머리를 절레절레 흔들었다. 나는 패엽경을 보는 것만으로도 악몽을 물리치게 되리라 믿기로 했다.

한번 안 오겠느냐는 그의 전화를 몇 차례 받고도 꼼짝하지 못하고 있다가 그 역시 사면이 되어 한국에 왔다가 가는 기회에 드디어 못 이기는 척 따라온 인도양의 섬, 산비탈은 온통 끝 간 데 없이 차밭이었다. 그런데 마을 근처에 뜻밖에 마늘밭이 있었다. 마늘싹이 이른 봄 한국에서처럼 파릇파릇 돋아 있었다. 남해 보리암 언저리의 길이 떠올랐다. 참배객들이 묵고 있는 방 한구석에 담요를 쓰고 누웠다가 나선 새벽길이었다. 코코넛 야자 열매를 잘게 바수어 펴서 파피루스처럼 만든 종이에다 옛 팔리어(語)로 쓴 경전인 패엽경 속 그림에서도 그 길이 보였다. 오래 전 사랑이 패엽경 속에 고이 간직되어 있었다.

땅에 떨어져 짓이겨져 있던, 붉은 깃의 꽃들이 살아 있는 새가 되어 다시 날개를 퍼덕였다.

우체국을 향해 허둥지둥 걸어 내려온 그날 밤에 무슨 일이 일어났던가.

나는 그 여자를 만났고, 우리는 그곳 계곡의 다리를 건너 술집을 찾아 들어갔다. 내가 우체국에서 소포를 부치려고 내려왔다고 말했음에도 불구하고 여자는 웃지 않았다. 그 대신 여자가 자살을 꿈꾸고 있었다고 말하는 바람에 나는 쿡쿡 웃음을 터뜨렸다. 자살 얘기를 들으니 우린 무척 오래된 사이 같군요. 내 말은 진실이었다. 우리는 세상과 멀리 떨어진 산 밑 우체국에서 불과 몇 시간 전에 만난 사이에 지나지 않았다. 그러나 그것은 묵은 인연일 수밖에 없었다. 하지만 과거도, 미래도 말하지 않기로 해요. 지금 현재만 말하기로 해요. 여자가 맞받았다. 망설이고 있는 여자의 말치고는 서늘했다. 쫓기는 남자와 망설이는 여자는 술잔을 바꿔가며 연신 마셔댔다. 이게 세상 마지막 밤이었음 얼마나 좋을까. 여자는 혀가 꼬부라져서도 그렇게 말했다. 내가 해야 할 말이었다. 그 말을 들으며 나는, 화살은…… 운운했던 것 같지만, 기억은 거기서 끊어졌다.

다음날 아침, 우리는 거의 동시에 잠에서 깨어났다. 그리고 서로의 발가벗은 몸을 보았다. 우리는 아무 말도 하지 않았으나, 그렇게 되었군, 하는 눈짓을 흘낏 나누었다. 아침을 먹고 헤어집시다. 내 목소리가 죽은 새의 부리에서 나오는 소리같이 내 귀에 들렸다. 여자는 말없이 머리를 조그맣게 끄덕였다. 세수를 하는 둥 마는 둥 바깥으로 나온 우리는 마침 문을 열고 있는 해장국집으로 들어갔다. 여자가 국물을 몇 숟가락 뜨는 동안 나는 소주를 들이켰다. 저 우체국을 도솔천 밑 우체국이라고 부르면 어떨까요. 어색한 공간을 얼마쯤 흐트러놓으려고 말을 건넸으나 헛일이었다. 여자는 말없이 얼굴을 내리고만 있었다. 어제부터 보아온 것과는 달리 여자의 얼굴은 달같이 맑고 차가웠다. 다른 여자 앞에 앉아 있다고 여겨질 지경이었다. 우체국 문을 열 시간이에요. 여자의 말에 나는 시계를 보았다. 그렇군요. 나는 갑자기 참담해졌다. 헤어질 시각이 되었음을 나는 먼저 알고 있었다. 서둘러 해장국집을 나온 우리는 다리를 건너자마자 헤어졌다. 여자는 얼굴 한번 돌리지 않고 멀어져갔다. 얼마 동안 우두커니 서 있던 나는 우체국을 지나 버스 종점으로 가서 그곳을 떠나는 버스에 몸을 실었다. 또다시 어디론가 도망치기 위해서였다.

그리고 20년이 지나서 나는 어쭙잖게도 스님의 다비식을 보러 그곳에 이른 것이었다. 행사장 입구의 노점에서 스님의 일대기를 엮어놓은 책을 팔고 있었다. 오로지 불교에 진력하려고 젊은 나이에 손가락에 연비(聯臂)하여 네 개나 불태웠다는 것에서부터 가족이 무려 몇십 명이나 스님이 되었다는 것, 평생 참선 정진했다는 것, 무엇보다도 엄하게 계율을 지켰다는 것…… 들이 씌어져 있을 것이었다. 표지의 날개에 실려 있는 사진 속 스님이 웃음을 머금고 내게 며칠 있어보라고 말하고 있었다. 지난 세월이 단지 며칠에 지나지 않는 듯했다. 나는 신갈나무 숲의 공기를 깊이 들이마셨다. 모든 일이 한데 어울려 새삼스럽게 밀려왔다. 매섭게 추운 겨울날인데도 사람들이 무리를 이뤄 몰려들고 있었다.

대웅전 밑 넓은 뜰은 사람들로 가득 차 있었다. 곧 예식이 시작될 모양이었다. 국악 합주단의 연주가 울려 퍼졌다. 나는 식순이 적힌 종이를 보고서야 그 예식이 다비식과는 달리 진행되는 영결식이라는 사실을 알았다. 옆에 서 있던 남자에게 물어보니, 스님의 시신을 불태우는 다비식은 나중에 다른 절에서 있으리라는 것이었다. 그는 다비식까지 갈 예정이라며, 차편이 마땅하지 않으면 같이 가도 좋다고 호의를 보였다. 고맙습니다만, 시간이 안 맞아서요. 나는 거절했다. 확성기에서 영결사가 흘러나오고 있었으나, 웅웅대는 울림 소리에 묻혀 알아듣기 어려웠다. 순서가 진행되는 동안 나는 그 여름의 며칠을 머릿속에 되살려보고 있었다. 마치 다른 사람이 겪은 일처럼 동떨어진 '며칠'이었다. 한참 뒤, 영결사는 '할!' 소리와 함께 끝났다.

할!

정신을 바짝 차리고 늘 깨어 있으라는 그 소리는 지나온 내 삶을 질타하는 소리이기도 했다. 사람은 어쨌든 다 살게 마련이라는 말이 원망스러웠다. 굼벵이처럼 이리 구르고 저리 구르며 그저 연명하기 위해 살아온 삶이었다. 굼벵이는 그래도 매미가 되어 보란 듯이 세상에 나아가건만, 나는 이것도 저것도 아니었다. 쫓기느라 허물조차 제대로 벗지 못한 삶이었다. 법당 안에서 스님들이 줄을 지어 나오고 있었다. 나는 합장하는 사람들 뒷전에 서서 스님들에게 가벼운 목례만 올리고 있었다.

그때였다. 나는 내 눈을 의심했다. 추위에 눈망울까지 시리더니, 잘

못 본 것이 아닐까, 했다. 나는 눈을 비비고 다시 보았다. 틀림없었다. 아무리 20년이라는 세월이 지났어도, 그 모습은 그대로 남아 있었다. 그 여자였다. 정식으로 육조 가사를 걸친 위에 머리에는 털모자를 눌러썼지만, 어김없이 그 여자, '도솔천 밑 우체국'에서 만난 그 여자였다. 술을 마시고 밤을 함께 보낸 그 여자였다.

숨이 막혔다. 처음에는 나도 모르게 흠칫 뒷걸음질을 쳤으나, 다음 순간 내 발걸음은 그 여자, 아니 비구니 스님에게로 어느덧 다가가고 있었다. 오금이 저리고 온몸이 얼어붙는 듯싶었다. 나는 어렵사리 앞사람들을 헤치고 그 옆으로 비스듬히 서서 걸음을 옮겨놓았다.

"스님."

나는 마구 뛰는 가슴을 간신히 누르며 입을 떼었다. 내 목소리를 못 들었는지 스님은 말없이 큰스님들을 따르고 있었다. 내가 잘못 보았나 하는 의구심이 다시금 일었다. 그러나 틀림없었다.

"스님."

나는 다시 불렀다. 그제야 그 얼굴이 내게로 향했다. 나는 그 얼굴을 마주 바라보았다. 20년 전의 얼굴이 신기하게도 고스란히 남아 있었다. 나와 마주 대한 얼굴에 언뜻 의아한 표정이 어렸다가 흐트러지며 사라졌다. 그 찰나, 눈썹이 미세하게 움직이는 것을 나는 놓치지 않았다. 그리고 곧 그 얼굴은 언젠가처럼 달같이 맑고 차가워졌다. 나는 무슨 말인가 하리라 했다. 하지만 아무 말도 나오지 않았다. 우체국…… 화살…… 등등의 낱말이 토막토막 끊어지면서 머리 저쪽 뒤편에서 자맥질을 하다가는 가라앉았다. 안타깝기 그지없었다. 이 또한 몽유의 버둥거림일까. 아니었다. 그것은 눈뜨고 겪는 엄연한 현실이었다. 그럼에도 불구하고 나는 어쩌지도 못하고 가슴 졸이며 머뭇거릴 뿐이었다. 어느덧 그 모습은 앞으로 성큼 걸어가고 있었다. 나는 그 자리에 붙박여 멈춰 서서 그 모습을 지켜보고만 있었다.

그날 나는 예전에 여자와 술을 마셨던 술집에 가서 홀로 술을 마셨다. 그리고 다음날에는 역시 예전에 여자와 함께 눈떴던 여관방에서 아침을 맞았다. 벽에 걸려 있는 달력을 보니, 때는 음력 초순, 밤에는 초승달이 뜰 날이었다.

스님의 다비식이 있는 날, 눈썹 같은 초승달을 보려는가, 나는 생각했다.

2

남해 보리암 언저리에는 아직 겨울인데도 마늘싹이 파릇파릇 돋아 있었다. 홀연히 나는 시간 관념을 잊고 있었다. 몇 년 전의 나와 지금의 나를 구별할 길이 없다는 느낌을 표현하기 위해 예로부터 꿈일까 생시일까 하는 말이 있었던 듯했다. 애초에 겨울의 늘푸른나무 숲을 만나기 위해서 서울을 떠나온 것부터가 수상쩍은 일이 아니면 한낱 상징이었을까. 그렇지 않다면 내가 겪고 있는 일이 그토록 비현실적으로 느껴질 리는 없다는 생각이 들었다.

간밤에 느닷없이 그녀에게 전화를 한 것도 그랬다. 서울을 떠날 때는 상상도 못 했던 일이었다. 그러므로 늘푸른나무 숲을 보리라 했던 마음이 그녀와 어떻게든 연관을 맺고 있었다고 보아야 했다.

그제야 나는 비로소 모험이라는 낱말을 떠올렸다. 그렇다면 그 모험은 아침부터 이미 시작된 것이었다. 아니, 서울을 떠나올 때부터 나는 모험을 꿈꾸고 있었다고 해야 한다. 누구나 무엇엔가 잔뜩 주눅이 들어 있을 때 모험을 꿈꾸지 않는다면 삶은 거짓이 되고 만다고, 나는 읊조렸던 듯싶었다. 새삼스레 그녀를 만나고자 한 저의야말로 모험이 아니고 무엇일 것인가. 그리하여 서울역에서 거의 여섯 시간이나 걸리는 진주행 열차에 오르지 않았던가.

겨울이 들고부터 나는 그저 남쪽 지방의 늘푸른나무 숲을 보고 싶었을 뿐이었다. 가령 남해 섬의 '3자'라는 유자, 치자, 비자 같은 나무가 그것이었다. 거기에 동백도 곁들이고 또 비파도 곁들인다면 그것으로 그만이었다. 그 마음이 점점 심한 갈증으로 변해갔던 것이다. 전에는 없던 일이었다. 지구의 나무를 갈망한다…… 나는 아마도, 지구의 허파라는 아마존 강 유역이 개발되면서 엄청난 나무들이 베어지고 있다거나 인도네시아 칼리만탄 섬 삼림에 불이 나는 통에 생태계가 파괴되고 있다거나 하는 장면까지도 연상했음에 틀림없다. 그리하여 남쪽의 늘푸른나무 숲을 보고 싶다는 염원은 무엇보다도 간절하게 되어갔다. 하기야 전에도 간간이 겨울 동백꽃이 보고 싶어서 어디어디의 동백꽃이 피었다고 하는 신문 기사를 오려놓은 적은 여러 번 되었다. 그러나 생각뿐이었다.

그런데 이번은 달랐다. 그야말로 지구의 나무를 갈망한다고밖에는 달리 어찌 표현할 길이 없었다. 선운사의 동백꽃이 육자배기 소리를 내며 피었든 곡소리를 내며 피었든 어쨌든 그런 풍경만으로 해결될 문제가 아니었다. 아마존 강 유역도, 칼리만탄 섬 한가운데도 아닌 그 어떤 곳의 숲이 그리웠다. 그렇다면? 숲이라면 시베리아의 까마득한 침엽수 숲도 있었고, 유럽의 검은너도밤나무 숲도 있었다. 중국의 북방 가문비나무 숲도 있었고, 일본의 삼나무 숲도 있었고, 인도지나 반도의 반얀나무 숲도 있었다. 그러나 그 어떤 숲 한 가지를 꼭 짚어 이거다 하고 손을 들어줄 수 없다는 데 문제가 있었다. 남아메리카 홍수림의 맹그로브 숲? 북아메리카 삼림의 유칼리 숲? 아니면 북아프리카 건조지의 드문드문한 바오밥나무 숲? 그런 것들도 아니었다. 그런 것들이라면 쉽게 훌쩍 떠나서 만날 처지도 아니므로 오히려 넘겨다보지 않기로 하면 그만일 터였다.

그래서였을까. 이 겨울에 나와 가장 가까이 있는 그 어떤 숲, 늘푸른나무 숲이 그다지도 그리울 수가 없었다. 서울에서는 겨울을 나지 못하되, 남쪽 어디엔가에서 푸르게, 푸르게 우거져 있을 숲. 그 숲의 나무를 만나러 가지 않으면 안 되었다. 여기에 북방 한계선이니, 남방 한계선이니 하는 안타까운 말들이 개입된다. 이 말들 앞에서 나는 늘 몸을 움츠린다. 모든 식물들은 자기의 한계선을 넘어서 살 수 없다고 되어 있었다. 삶에는 한계가 있다!

그럼에도 불구하고 나는 지구의 나무를 갈망한다고 말했으며, 게다가 정확하게 남해 섬을 들먹였다. 그리하여 한 여자가 등장하게 되어 있는 것이었다. 그녀는 한때 내 연인이었고 보호자였다. 보호자라는 뜻에는 내게 은신처를 제공하고 있었다는 의미를 포함한다. 가령 남해 섬의 3자라고 말할 때, 그 말 뒤에 숨어 있는 한 여자의 그림자를 내가 도외시했을 리는 만무했다. 그녀는 나를 떠나 그 섬으로 시집을 가고 말았던 것이다. 그렇다고 해서 지구의 나무와 그녀가 어떤 연관이 있는 것은 결코 아니었다. 그녀는 나무니 숲이니 하는 것에 대해서는 거의 젬병인 여자였다.

"이 마로니에 가로수들 좋지 않아?"

한번은 대학로를 걷다가 그녀가 커다란 플라타너스를 가리키며 마로니에라고 했을 때, 가만히 입이나 다물고 있었으면 둘째는 간다는 말이 떠올랐었다. 플라타너스와 마로니에가 좀 어렵다면, 오동나무와 라일락도 있었다. 봄에 소래 포구에 가서 꽃이 활짝 핀 오동나무를 보고 그녀는 느닷없이 라일락이라고 우기기도 했던 것이다. 이와 같은 비유는 한심할 정도로 많다. 그녀의 식물 사전에는 잎이 삐죽삐죽한 모든 나무는 잣나무든 측백나무든 향나무든 아랑곳없이 다 소나무였고, 잎이 두껍고 광택 나는 모든 나무는 동백나무든 천리향이든 벤자민이든 아랑곳없이 다 사철나무였으며, 철쭉, 영산홍, 진달래는 그저 진달래로 통일되었다. 하기야 식물에 조예가 없다면 그럴 수도 있는 일이었다. 이름 없는 풀은 없어도 이름 모를 풀은 있게 마련이었다. 요컨대 모르면 입을 다물고 있으면 그만인데 그러지를 않는다는 데 문제가 있었다.

하지만 사람의 일은 역시 모를 것이었다. 그녀가 그러면 그럴수록 그녀에게서 벗어날 수가 없어서 발버둥을 치는 내 꼴이 내 눈에도 훤히 보이게끔 되었으니, 때로는 그녀가 나를 옭아놓으려고 짐짓 그러지 않나 의구심이 들 지경이었다. 그렇다고 해서 내가 식물에 대해 특별히 뭘 알고 있었던 것도 아니었다. 그 결과 나는 역설적으로 식물에 대해 하나라도 더 알려고 노력한 사실에 고맙다고 해야 하는 것이다.

"나 아무래도 결혼할까 봐."

강원도에 얼마 동안 가 있다가 돌아온 그녀는 아무 일도 아니라는 듯 말했다. 그녀의 고백을 들은 나는 전혀 다른 나무를 무슨 나무라고 우기는 게 아닌가 여겨졌다.

"오동나무꽃을 라일락꽃이라는 여자도 시집을 가나?"

나는 빈정거리면서, 빈속에 소주를 들이부었다. 이런 게 질투일까, 하고 나는 내가 그녀의 행복을 빌고 있는지 불행을 빌고 있는지 잘 몰라서 당혹스러움을 느꼈다. 그날 우리는 만신창이로 취했고, 여관에 들어가서도 둘 다 옷을 입은 채 한 사람은 침대 위에, 한 사람은 방바닥에 널브러진 모습으로 아침에 발견되었다.

여관을 빠져나온 우리는 청진동의 해장국집에서 돼지 뼈다귓국을 시켜놓고 또 소주를 마셨다. 그제야 성욕이 마치 재 속에 묻어둔 불씨를 헤친 듯 빠알갛게 살아나는 걸 느낀 나는 그녀의 귀에 대고 매우 소중하게 그 뜻을 알렸다.

"널 범하고 싶어."

"뭐? 범?"

"응. 실은 어제부터."

"그런데 웬 술은?"

"내일 지구의 종말이 오면 무슨 나무를 심을까 생각하느라고."

"엉터리."

"그런데 벌써 나무가 우거져 숲에 범이 우글거려."

"엉터리."

이상한 여행은 그래서 시작되었다. 범이 우글거리는 숲으로 가자고, 그러려면 될 수 있는 대로 멀리 가자고 그녀가 갑자기 제안했던 것이다. 그녀가 그토록 수줍게 말할 줄 아는 여자라는 걸 나는 그때 처음 알았다. 그 수줍음은 또한 결연함이었다. 돼지 뼈다귀가 수북이 쌓인 식탁을 떠나 우리는 입고 있는 입성 그대로 서울역으로 나갔다. 도전과 응전이라는 공식처럼 충동과 일탈이 있었다고 쉽게 말해져서는 안 된다. 흔한 경부선에서 다른 쪽으로 눈을 돌려 진주행 표를 사 들자, 나는 평생 그 순간을 기다려왔다는 믿음이 들었다. 그것은 일탈이 아니라 운명이었다.

이상한 여행이라고 말했지만, 하나도 이상할 게 없었다. 다만, 그것이 우리가 함께 있는 마지막 시간들임을 내가 뼈저리게 느끼고 있다는 게 예전의 여행과 다른 점이었다. 어디든 목적지를 정하지 않은 우리는 진주에서 열차를 내려 터미널까지 가서 여기저기 짚어본 끝에 하동을 거쳐 지리산의 한 골짜기로 접어들었었다.

그러니까 헤아리기도 어렵게 오랜 옛일이었다. 그리고 나는 거창하게 '지구의 나무'를 들먹이다가 결국 진주에 이르렀고, 다시 지리산의 옛 골짜기를 그녀와 함께 오르고 있었다. 그와 함께 지난 시간은 홀연히 어디로 가고, 과거의 나와 현재의 내가 한 모습으로 겹쳐 다가오고 있었다. 이를 두고, 마치 곤충이 겹눈으로 두 가지의 사물을 보는 현상과 같다고 하는 표현은 맞는 것일까. 비록 틀리다고 하더라도, 내가 느끼는 착시(錯視) 현상을 그렇게 말하고 있음을 이해해주리라 믿는다. 아니다. 단순한 착시 현상도 아니었다. 내 겹눈은 과거와 현재를 하나로 겹쳐 보고 있었다. 문득문득 정신을 차려보면, 지금 벌어지고 있는 일이 옛날 일인지, 옛날 벌어진 일이 지금 일인지 도무지 분간이 되지 않아서 허둥대는 내가 있었다. 그럴 때마다 나는 아침 일부터 되짚어보고, 되짚어보고 하지 않을 수 없었다.

내가 남해 섬을 생각한다는 것은 그녀가 결혼을 해서 남해 섬에 가서 살고 있다는 사실을 생각한다는 것과 다름없었다. 그런데도 나는 '지구의 나무'가 어떻느니 하면서 그녀와의 만남을 한사코 뒤로 숨기려고 했다. 나는 그만큼 망설였다. 오후 2시가 넘어 진주에 도착해서도 나는 망설였다. 그때까지 내 마지막 행선지는 정해지지 않았었다. 사사건건, 결과가 어떻게 될지 거의 내다보일지라도 마지막 순간까지 태도를 결정하지 못하는 게 내 버릇이기는 해도, 이번에는 더했다. 빤히 내다보이는 외길을 갈랫길인 양 바라보고 있는 스스로를 향해 욕지기가 나올 지경이었다.

나는 마침내 버스를 타고 남해대교를 건너 어두워질 무렵 금산으로 숨어들었다. 이성복 시인의 시집 『남해 금산』이 아니더라도 남해에서 금산은 제주도에서 한라산과 같은 뜻이었다. 공연히 망설임에 가로막혀 어려운 길이었지 이미 서울에서부터 정해진 외길이었다. 그 망설임의 여운 때문에, 보리암까지 간 사실을 '숨어들었다'고 한 것도 너그럽게 보아주기 바란다. 이름난 기도처라는 보리암은 겨울에도 기도하는 사람들이 적지 않았다. 나도 기도하러 온 사람이라 말하고 하룻밤 묵어 갈 뜻을 밝혔다. 절에서 흔히들 그런다는 말은 들었어도 막상 그래보는 것은 처음이었다. 나로서는 여간 용기 있는 일이 아니었다.

언젠가 이른 통행금지가 실시되었던 어두운 군부 독재 시절, 술 한 잔에 그만 귀가 시간을 못 맞춰 우왕좌왕하던 나머지 기독교 개척 교회의 철야 기도장으로 그야말로 숨어들었었다. 그리고 통행금지가 해제되기만을 목을 빼고 기다리다가 도둑고양이처럼 살금살금 깨금발을 하고 나온 길목에서 내가 맞닥뜨린 것은 무엇이었던가. 큰길로 나가려고 모퉁이를 돌자마자 마치 나를 향해 달려들 듯이 돌진해오는 탱크 군단! 그때의 내 상황이 바로 혼비백산이라는 것이었다. 보병들을 거느린 탱크들은 삼청동에서 광화문으로 향하고 있었다. 그날 전두환 장군은 부분 계엄을 전국 계엄으로 확대하고 바야흐로 집권 쪽으로 성큼 다가갔다. 80년 광주에서의 살인극은 그렇게 준비되었던 것이다. 그러므로 박정희의 시대를 한마디로 긴급 조치의 시대라고 한다면 전두환의 시대는, 적어도 내게만은, 혼비백산의 시대라고 해도 좋겠다. 그 시대의 하늘 어디에 혼백이 날아 흩어진 뒤 그녀가 나를 떠난 빈 공간이 서리고 있어 내 가슴을 오래오래 저몄다.

절에 접수를 하고 어둠이 깔린 금산 아래 오징어 먹물빛 바다를 내려다보던 나는 마침내 그녀에게 전화를 걸고 말았다. 그러지 않을 수 가 없었다. 이 시간을 위해 간직한 전화번호라는 생각이 하늘에 또렷한 별빛처럼 머리에 와 닿았다. 하지만 그때까지만 해도 나는 단지, 바로 옆에 와서 밤을 맞이하고 있다고 알리고 싶었을 뿐이었다. 별빛 때문에 전화를 한다고 나는 목소리를 가다듬었다. 그녀는 어이가 없는지 무슨 일이 있었느냐고 묻고만 있었다. 내가 늘푸른나무 숲이 보고 싶어서 왔다고 대답하지 못한 것은, 그녀가 그게 무슨 나무냐고 물을까 봐서만은 아니었다. 내 마음도 오징어 먹물빛으로 어두워져왔고, 자칫하면 모든 게 엉망이 될 것 같았다. 그 동안 간신히 정리했던 인생이었다. 전화를 끊고 난 나는 대나무 숲 옆 층계를 내려가 1호실 표지가 붙은 방으로 들어갔다. 몇 사람이 앉고 누워 두런두런 얘기를 나누고 있었다. 나는 적당히 이부자리를 펴고 누워 이내 잠들었다.

"서울에서 오신 분 계세요?"

새벽에 화장실에 다녀와서 다시 누웠다가 살풋 든 잠결에 들려온 말이었다. 서울에서 온 사람이 한둘이 아닐 텐데도 나는 벌떡 일어났다. 그녀의 목소리였다. 오랜 시간이 지났지만 늘 듣고 있는 목소리처럼 들린다는 사실이 도무지 믿어지지 않았다.

"어쩐 일이야?"

나는 방문을 열고 눈을 비비며 그녀를 쳐다보았다.

"왔으면 일출을 봐야지. 늦었어."

그녀는 어서 나오라고 손가락을 까딱했다. 나는 홀린 듯 그녀의 뒤를 따랐다. 희붐한 어둠 속에서 저쪽 등성이 쪽으로 삼각대에 망원 카메라를 받쳐놓고 있는 사람들이 눈에 어른거렸다. 그녀는 법당 아래 샛길로 걸음을 옮겼다. 얼마 오르지 않아 화엄봉이라는 표지판이 나타났다. 바위 봉우리의 기묘한 모습이 한자로 '화엄(華嚴)'이라는 글자처럼 보여서 붙여진 이름이라고 설명되어 있었다.

"여기서 보면 뜨는 해가 보여. 바닷길이 열리는 것도 보이고."

나는 그녀가 이끄는 대로 바다가 바라보이는 쪽으로 바위에 붙다시피 섰다. 다도해의 바다가 아래로 굽어보였다. 붉게 물든 하늘이 곧 떠오를 해의 위치를 가리키고 있있다. 곁눈질로 본 그녀는 내가 없이 홀로 일출을 보러 온 여자 같아 보였다. 어느 틈에 내가 힐끔거린다는 낌새를 챘는지 그녀의 손이 내 손에 와 닿았다. 그 손 역시 방금 전에 맞잡았던 손이라는 느낌이 들었다.

바다 위로 떠오른 해는 우리가 서 있는 화엄봉까지 환한 바닷길을 열고 있었다. 화엄이라는 말에서 연상되어 장엄이라는 말이 머리를 맴돌았다. 자연 현상이라면 그게 아무리 굉장하다 한들 자연 그 자체일 뿐이지 뭐가 그리 굉장하단 말인가 하고 항상 시들한 눈으로 바라다보곤 하던 내게도 그 바닷길은 달리 보였다.

"저 햇살 비치는 길로 달려가보고 싶어. 자전거를 타고."

뜻밖의 말이었다. 언젠가 동해로 일출을 보러 둘이 갔을 때 그녀는 새벽 추위에 오들오들 떨면서도 자연의 경이에 환호했었다.

"자전거?"

성스럽다거나 경건하다거나 하는 표현이 나와야 마땅했다.

"응. 그것도 바퀴살이 흰 거 있지, 그걸 타고 심부름을 가는 거야."

한술 더 떠서 '바퀴살이 흰 자전거'에 '심부름'이었다.

"심부름?"

"응. 난 늘 누군가의 심부름을 하고 싶어. 어렸을 때 아빠 술 심부름을 했듯이 말야. 지금은 나한테 그런 심부름이 없어."

나는 그렇게 말하는 그녀의 입술에 내 입술을 가져다 댔다. 혀끝과 혀끝이 살짝 스쳤다가 떨어지면서 우리는 서로 눈동자를 맞추었다. 새벽에 슬픈 눈동자를 본다는 건 슬픈 눈동자보다 더 슬픈 일이었다.

일출을 보아서가 아니라 평소와는 전혀 다른 하루라는 느낌이 새삼스러워서 나는 은근히 전율하고 있었다. 화엄봉에서 내려와 작은 탑과 해수관음상 앞에 서서도 나는 간간이 전율하면서, 나도 이제는 그녀에게 심부름을 시킬 것이 하나도 없다는 사실에 공허함을 느끼지 않을 수 없었다.

"탑 느낌이 좋지?"

그녀의 말과 함께 나는, 예전에 가야국 허왕후가 인도에서 가지고 온 사리를 모셔 원효대사가 세운 탑이라고 적힌 안내판을 훑어보았다. 좀 전의 화엄봉 안내판에도 원효가 기도를 한 곳이라고 적혀 있었었다.

"어디 가서 아침을 먹자."

그녀는 탑을 등지고 돌아서며 내게 가자는 시늉을 했다. 절 경내를 지나 언덕을 넘어 주차장에 이르러서야 그녀는 남편 차를 몰고 나왔다고 설명했다. 그녀가 모는 차를 타고 이른 아침에 산비탈 길을 내려와 바닷가 우회 도로를 달리리라고는 전혀 예상 못 한 일이었다. 길 옆에 파릇파릇 마늘싹이 돋은 밭 가까이까지 바다는 찰랑거리도록 다가왔다. 나는 마늘싹의 생명을 그때 처음 보는 듯했다. 나는 '남해의 3자'니 늘푸른나무 숲이니 하는 명제를 어느덧 잊고 있었다. 그토록 목말라한 까닭은 어디에 있었던가. 절에서 보았던 대나무 숲 정도로 갈증이 가셨을 리는 만무했다. 차는 곧장 섬을 빠져나와 남해대교를 건넜다.

"어디로 가는 거야?"

"생각 중이야."

그녀가 미리 그 골짜기로 향하기로 마음먹고 있었는지는 모를 일이었다. 차는 다리를 건너 왼쪽 도로로 접어들었다.

"아까 다리 건너기 전에 온 바닷가 길, 평소에 잘 가는 길이야. 거기서도 자전거를 타고 달린다는 생각을 해."

"바퀴살이 흰?"

"그래. 그게 내 자전거론 어울리겠지. 삶도 그러니까."

그녀는 담담하게 말했다. 애초에 바퀴살이 흰 자전거를 거론한 건 그녀였다. 그러므로 나는 그저 그 광경을 긍정적으로 그려보았을 뿐이었다. 그런데 그녀는 느닷없이 삶을 들이대고 있었다.

"남편은?"

나는 망설이던 질문을 던졌다.

"연구소에 다녀. 무엇보다 잠이 우선인 사람이니까 아직 자고 있겠지. 넌 무슨 바람이 불어서 여기까지 왔는지 아직 말 안 했지?"

그녀가 화제를 내게로 돌렸다. 말했다시피, 나는 언제부터인가 목적을 잃어버리고 있었다. 별빛 때문에 전화를 한다고 얼결에 말한 그때부터 나는 '지구의 나무'는커녕 섬의 나무에 대해서도 관심이 사라졌다고 대답해야 할 듯싶었다. 알 수 없는 일이었다. 섬에 도착한 사실만으로 그 갈증은 해소된 것일까. 물론 단 한 그루의 나무라 할지라도 거기서 내가 숲을 보았다면 그것으로 충분하였다. 그러나 이렇다 할 남해 나무를 본 적이 없었다. 나는 그녀에게 할 말이 아무것도 없었다. 늘푸른나무 숲을 보기 위해 왔다느니 만날 생각은 하지도 않고 왔다느니 어쩌느니 하는 설명은 하기도 싫었으려니와 구차스럽기 짝이 없게 여겨졌다.

"난…… 그냥…… 지금 여기 있는 거야."

나는 더듬거리며 겨우 말했다.

"맞아. 우리가 지금 여기 있다는 거, 그게 중요한 거겠지."

내 임기응변에 그녀의 수긍은 빨랐다. 그녀가 고개를 끄덕거리는가 했더니 길가의 식당 앞에 차를 세웠다. 아침에 복어를 끓여 파는 집이었다. 예전에 골짜기를 향할 때도 그 근처 어디 식당에 들렀었던 기억이 되짚어졌다. 은어회를 먹으며 수박 냄새가 난다고 맞장구를 치던 장면도 뒤따랐다.

"그때도 여기 어디였지, 아마?"

자리를 잡고 앉아 나는 두리번거렸다.

"아마가 아니라 바로 여기야."

그녀의 말이 채 끝나기도 전에 옛일이 은어 비늘같이 반짝이며 되살아났다. 열차에서 내내 널브러져 있던 우리는 진주에서 버스를 타고 화개장터가 멀지 않은 그곳에 닿았고, 바로 그 식당에서 골짜기로 오르자고 머리를 맞댔었다. '바로 여기'라는 그녀의 말이 지난 시간의 공동을 메아리처럼 울려왔다. 그러더니, 메아리는 사라지지 않고 예전의 그녀의 목소리가 되어 더욱 웅웅 울려, 마치 신비 체험과도 같이 바로 여기라는 말 자체를 그때의 말로 만들고 그 말을 듣는 나를 그때의 나로 만들고 있었다. 아니, 그 반대였다. 그때의 상황이 '지금 여기'에 와서 되살아난다고 나는 느꼈다. 이로부터 나는 과거와 현재를 함께 뒤섞어놓는 착각에 빠져들어갔다고 보아진다. 그 동안 살아 있는 메아리 때문이라고 생각되었다.

어쨌든, 그때든 지금이든 우리는 지리산의 골짜기를 함께 오르고 있었다. 예전에는 승용차를 타지 않고 걸어 올라갔다든가 달맞이꽃을 꺾어 그녀의 머릿단에 꽂았다든가 마지막 남은 한 개비 담배를 둘이 나누어 피웠다든가 그림자못〔影池〕에 두 얼굴을 함께 비추어보았다든가 등등의 일을 나는 다시금 함께 겪고 있다는 생각이었다. 물론 계곡을 따라 오르는 길은 몰라보게 달라져 있었다. 하긴 그 동안 그만큼의 세월이 지나 있었다. 지난 시간이 포(脯)처럼 떠져서 여기저기 널려 있다는 생각도 잠시, 나는 속절없이 그때와 지금을 혼동하는 겹눈을 뜨고 있었다. 골짜기를 따라 여기저기 박혀 있는 집들은 하나같이 무슨 가든이니 무슨 산장이니 하는 이름을 달고 말끔히 단장되어 있었다. 그런 곳에서 예전의 자취를 일부러 더듬는 것은 마음의 사치가 아닐 수 없었다. 그러나 우리는 어김없이 예전의 우리였다.

"여기 옛날 빨치산 루트를 관광 코스로 개발한다고 해. 난 차밭을 일구며 살았으면 하는 게 꿈인데. 언젠가 차 축제에 와서 차 만드는 걸 해보기도 했어. 동백나무, 노각나무, 비쭈기나무, 사스레피나무 들이 다 차나무과에 속하는 거 알아? 다들 꽃도 좋아."

그곳이 차로 이름난 고장임은 들어서 알고 있었다. 나무 이름을 입에 올리는 것은 예전과 다름이 없었으나, 이제는 정확하게 짚고 있다고 받아들여졌다. 기쁜 일이었다. 그러나 나는 먼저 들은 말에 더 생각이 쏠렸다.

"빨치산 루트를 관광 코스로?"

시간의 저쪽에 묻혀 있는 화석과 같은 말인 줄 알았던 것이 그런 모습으로 부활할 줄은 정말 몰랐었다. 지리산을 둘러싼 남쪽 지방을 맴돌던 80년대의 여러 날들이 내게 있었다. 하루하루 먹고 살기 바쁜 터수에 일거리를 위한 취재 때문이기는 했다. 하지만 그 일은 구실일 뿐이었고, 진짜 속마음은 딴 데 있었다. 이제 와서 밝히거니와 나는, 나를 둘러싼 여러 가지 제약에도 불구하고 어쭙잖게도 어떤 빨치산에 관한 이야기를 엮고 싶다는 욕망에 시달리고 있었다. 그 욕망에 대해서 아는 사람은 나 말고는 그녀밖에 없었다.

서울에 사랑하는 여자를 두고 고향인 지리산 기슭에 내려와 머물던 한 사내가 있었다. 그해 육이오가 터지자 사내는 남쪽으로 내려오는 피난민들을 거슬러 북쪽 서울로 향한다. 간신히 찾아간 여자는 그러나 놀랍게도 공산당원이 되어 사내에게 통행증을 주는 것으로 사랑의 의무를 대신한다. 천신만고 끝에 고향으로 다시 돌아온 사내는 여자를 향한 마음을 버리지 못하여 혹시나 만날 길이 있을까 기대하고 산으로 들어간다……

누구에겐가 들은 실화를 바탕으로 펼쳐지는 이야기였다. 그 무렵 그녀를 뒷골목 두부찌개집에 앉혀놓고 나름대로 그 이야기를 엮느라 나는 입에 거품을 물곤 했었다. 그러다가 술에 곤죽이 되어 쓰러진 그 은신처에서 아침에 눈을 끔벅이며 여기가 어딘가 어리둥절 휘둘러보던 날이 몇 날이었던가. 그때마다 어김없이 내 옆에 이름 모를 여자처럼 누워 있던 그녀였다. 그러던 그녀가 어느 날 훌쩍 나를 떠나고 만 것이었다.

"아직도 빨치산 얘기 흥미있어?"

그녀는 말하고 나서 내 얼굴을 힐끗 살폈다. 나는 머리를 옆으로 흔들었다. 지나간 일이었다. 네가 떠나가면서 그 욕망의 비밀마저도 몽땅 가지고 간 모양이라고 나는 대답하고 싶었다. 사실이었다. 그리고 얼마 뒤 『남부군』이라는 책이 나오고 이어서 영화도 나오는 바람에 그

나마 얼마쯤 남아 있던 내 욕망은 일체 사그라지고 말았다.

그런데 그로부터 한참 세월이 흐른 뒤, 중국의 백두산 밑 백하(白河) 마을에 가서 북한으로부터 오기로 되어 있던 집안 소식을 기다리고 있던 나는 내가 그 빨치산 사내라는 착각에 퍼뜩 놀라지 않을 수 없었다. 까맣게 잊고 있었던 이야기였다. 어둑어둑해지는 열차 역 앞 광장에 상짐 불빛이 몇 개 켜져 있을 뿐 중국의 변방 마을은 왠지 처량했다. 나는 밤 열차에서 먹을까 하고 그곳 특산의 사과배를 사서 들고 광장 주위를 맴돌았다. 광장 한편에 노래방 기기를 설치하고 길에 선 채로 노래를 부르게 되어 있는 노천 노래방에 조선족들이 하나둘 모여들어 한국에서는 한물간 노래를 목청껏 뽑아대고들 있었다. 나는 노래도 할 줄 모르며, 또한 한국에서는 어디에서든 볼 수 없는 광경이지만, 그것은 서울 변두리를 돌며 서글프게 웅크린 삶을 살아온 내 모습을 돌이켜보기에 충분한 광경이었다. 북한에서 소식이 언제 올지, 과연 오기나 할지, 조바심을 치며 광장을 맴돌다 어두컴컴한 길을 한동안 돌아와도 그들의 노래는 끊이지를 않았다. 노래를 부르는 게 아니라 억울한 무언가를 알아달라고 소리를 치는 것 같았다. 북한 땅에 사는 사람들의 절규가 들려오는 것도 같았다. 내몰림, 굶주림, 억눌림 따위의 말만으로 그곳 실정을 귀동냥하기는 실로 갑갑한 노릇이었다. 그러나 벌써 며칠째 소식이 오지 않는 걸 보면 뭐가 잘못돼도 잘못된 게 틀림없었다. 기다리기로 마음먹은 마지막 저녁을 나는 그렇게 광장에서 보냈다. 빨치산 사내는 산에서 사랑하는 사람을 만났던가. 내 머리 속에는 그러지 못했다고 입력되어 있었다. 갖은 일을 겪으며 여자와의 만남을 기다린다는 데서 내 이야기는 끊어지고 있었다. 그러나 그것은 내가 엮어내고자 하는 이야기의 시작에 지나지 않았다. 나는 그 사내가 되어 북한 땅 쪽의 무거운 밤하늘을 쳐다보았다. 광장에 울려 퍼지는 서울 노래의 귀곡성(鬼哭聲)에 나는 소름이 끼쳤다.

"그때는 여기서부터 걸었었지. 생각나?"

그녀가 길가의 '범왕' 마을 표지를 가리켰다. 우리는 운 좋게 트럭을 얻어 타고 산중턱인 거기까지 왔었다.

"응. 여기서부터는 그야말로 빨치산 루트."

웃음을 띠고 말해놓고 나서 나는 나도 모르게 얼굴이 굳어지는 걸 느꼈다. 우리가 예전의 우리가 되는 것은 물론, 어떤 빨치산 사내와 그가 사랑하는 여인이 되기도 한다는 생각이 밀려온 때문이었다. 오래 잊었던 이야기가 느닷없이 중국의 조선족 땅에서 되살아났듯이 그 골짜기에서도 되살아나고 있었다. 그 길로 빨치산들이 오갔음은 당연한 노릇이었다. 따라서 그 가운데 사내가 있었다는 상상은 그리 유별난 것은 아니었다. 문제는 사내와 나의 모습이 겹쳐진다는 데 있었다. 시간 관념도 사라지고, 어느 것이 현실이며 어느 것이 비현실인지도 아리송했다.

지난 시간 동안 나는 어디서 무엇을 하며 흘러다녔던가. 비유컨대, 그것은 그지없이 황폐한 광야에서의 방황이었다. 며칠 전까지 그토록 보고 싶었던 늘푸른나무 숲은 그 광야에서의 생활을 보상해줄 대안으로 등장한 성싶었다. 가는 곳마다 기근과 가뭄이 들어 도시는 유령이 득시글거리고, 산하는 말라비틀어져 있었다. 보이는 곳마다 인골이 널렸으나, 수습하는 사람은 아무도 눈에 띄지 않았다. 지구와 인류의 종말…… 보지도 듣지도 못한 끔찍한 순간이 다가온다…… 개봉 박두! 세기말 극장에서 종말을 알리는 검은 사이렌이 간헐적으로 들려올 때마다 내 신경은 반사적으로 푸들푸들 떨렸다. 머리띠를 두른 종말론자들이 위기를 감지한 벌레들처럼 빨빨거리며 스스로의 묘혈을 팔 때, 밤새 슬피 울던 부엉이들이 유언을 마치고 뻣뻣하게 굳은 몸으로 나무 위에서 툭툭 떨어져 내렸다. 그럴 때마다 속이 빈 대지가 굉음을 내며 귀청을 찢었다. 무시무시한 메아리가 우주를 윙윙 울고, 복면을 한 우상들이 얼음처럼 찬 눈으로 광야를 횡행했다. 무서워서 잠을 이룰 수 없는 나날이었다. 알 수 없는 곳으로 다른 모든 사람들이 증발한 다음, 혼자 남은 나는 온통 피멍이 든 몸으로 노량진의 장승백이에서부터 경기도 안산에 이르기까지 앉은뱅이가 되어 기었다. 길에서 자고 질경이로 벽곡을 하며, 제발 지구에 종말이 들이닥치기만을 학수고대했다. 질경이 말고도 먹을 건 얼마든지 있었다. 키만큼 자란 소리쟁이를 베어 국을 끓이면 그저 그만이었다. 바다에는 전쟁으로 버려진 인육을 빨아먹고 통통 살찐 해삼들이 가득 너울거렸고, 땅에는 몇백 년씩은 묵은 굼벵이들이 버글거렸다. 웅덩이에는 이무기들도 많았다. 어떤 날은 산으로 가서 두더지굴에 잠자며 띄엄띄엄 혜초의 천축국 여행을 꿈에 올리는 복된 시간도 없지 않았다. 그런 중에 누군가가 허물어진 벽 한 귀퉁이에 써 붙인 시 한 구절이 내 눈길을 끌었다.

> 다시 천고(千古)의 뒤에
> 백마 타고 오는 초인(超人) 있어
> 이 광야에서 목놓아 울게 하리라.

결국 초인을 맞기 위해 천고의 뒤를 기다리는 도리밖에 없었다. 기다림이 치유책이었다. 나는 차츰 평온을 되찾았다. 러시아의 침엽수림을 여행한 건 그 무렵의 일이었다. 침엽수림대 위의 툰드라 지대에도 작은 꽃들이 페르시아 융단의 무늬처럼 피어났다. 봄이었다. 그 봄을 맞이하기 위해 나는 몇백 년은 기다려온 듯했다. 봄은 우랄 산맥을 넘어 시베리아를 지나 일거에 한반도에 꽃비를 뿌렸다. 그러곤 곧 여름이었다.

"여름엔 지금도 달맞이꽃밭이야. 여긴."

그녀가 차를 멈칫거린 그곳을 나는 눈부시게 기억했다. 잠깐 말했듯이 예전에 그 길을 오를 때 그녀는 머릿단에 달맞이꽃을 꽂았었다. 그러나 그뿐이 아니었다. 그 달맞이꽃밭에서 옷을 벗고 누운 그녀에게는 온몸 가득히 달맞이꽃 물이 들어 꽃향기가 배었다. 절정에 다다라 정신이 아득한 그녀를 보며 나는 젖꼭지에 달맞이꽃을 문질러주기도 했다. 청진동의 돼지 뼈다귀 해장국집에서 말한 대로 범이 우글거리는 숲이 바로 그곳이었다. 그리하여 그뒤 달맞이꽃에서 그녀의 냄새를 맡는 것이 습관처럼 된 나였다. 그러자 거기서 사랑하는 여자를 만난 빨치산 사내가 서로 벌거숭이 몸으로 어울리는가 했더니, 다시금 내가 그녀와 뒹구는 모습이 겹쳐졌다. 한겨울인데도 차 안 가득히 달맞이꽃 향기가 번졌다.

달맞이꽃밭을 지나면 머지않아 그림자못에 이를 것이었다. 가야국의 허왕후가 불도를 닦으러 산으로 들어간 일곱 왕자를 만나러 와서 그 못물에 비치는 모습만 보고 돌아갔다는 곳이었다. 새벽에 보았던 탑이 머리에 떠올랐다. 원효가 탑 속에 모신 것은 허왕후가 가지고 온 사리라고 했다. 그게 누구의 사리인지 알고 싶었던 궁금증이 아무 소용도 없는 것임을 비로소 알 것 같은 생각이 들었다. 그것은 그 누구의 사리가 아니라 지극한 마음의 사리로서 족했다. 머나먼 인도에서 소중히 가지고 올 만큼 지극한 마음, 그것이면 족했다. 그 동안, 내가 온갖 몹쓸 간난신고를 겪고 살아오는 동안에도 그녀는 나무 공부를 하며 달맞이꽃밭의 우리를 기억하고 있었다. 사리처럼 영롱하고 지극한 마음이었다.

초의선사(草衣禪師)가 『다신전(茶神傳)』이라는 책을 거기서 썼음을 기념하는 탑이 세워져 있는 곳에서 차를 내린 우리는 칠불사의 일주문을 거쳐 그림자못으로 발걸음을 옮겼다. '빨치산 루트'로 개발되어 선보일 길 옆으로는 잎을 다 떨군 겨울 나무들이 앙상한 가지들을 애처롭게 하늘로 뻗치고 있었다. '불조심' 팻말 뒤쪽에서 연기가 나지 않도록 싸리나무를 때어 밥을 짓고 있는 빨치산들의 모습이 눈에 어렸다. 거의 2천 년 가까운 어느 옛날 인도에서 온 왕녀가 바퀴살이 휜 자전거를 타고 그 가파른 산길을 오르는 모습도 눈에 어렸다.

그녀에게 무슨 심부름이든 시키고 싶었다. 차나무, 동백나무, 노각나무, 비쭈기나무, 사스레피나무 들이 다 차나무과? 그 나무들이 우거진 늘푸른나무 숲 속으로 들어가 가장 영롱한 사리의 마음 하나를 가져다 달라고? 여름 달맞이꽃밭에 가서 범 새끼 한 마리를 안아다 달라고? 내 간난신고의 과거를 묻을 꽃상여를 만들어오라고? 아니, 천고의 뒤에 백마 타고 오는 초인을 모셔와 이 광야에서 울게 해달라고?

겨울의 늘푸른나무 숲을 달리는 그녀의 모습이 그림자못에 어렸다. 그 모습은 지구의 모든 숲을 지나고, 남해의 3자 숲을 지나고, 한반도의 늘푸른나무 숲을 지나면서, 내게 손짓을 보내고 있었다. 즐거울 때면 그녀의 입술에서 흘러나오던 서툰 휘파람 소리도 바람에 묻어왔다. 머릿단에 달맞이꽃을 꽂고, 온몸에 달맞이꽃 물을 들이고, 바퀴살이 휜 자전거의 페달을 열심히 밟으며, 그녀는 지금 뼈다귀 해장국을 사러 가는 길이라고, 오래 걸리지 않을 거라고, 조금만 기다리라고 말했다. 우리는 마주 보고 웃음을 나누었다. 그런가 하는 순간, 그녀의 목소리가 커다란 메아리가 되어 귀를 울렸다. 내 눈에 뭐가 보이는지 너도 보이지? 그 초인이 달맞이꽃밭에서 가진 네 아이를 닮은 게 그림자못에 보여. 맞아. 그 애야. 우리 애야. 그 얼굴이 그림자못에 보여. 그림자못에 보여. 나는 말없이 그녀 옆에 서서 살얼음이 얼어 있는 그림자못을 오래도록 들여다보고 있었다.

우리가 이 세상에서 지워 보낸 한 생명이 마늘싹처럼 파릇파릇 살아있는 것이 내 망막에 어렸다.

3

스리랑카에 닿기까지 얼마나 먼 길을 돌았는지 모른다. 역시 박사장의 제안이었다. 우리는 멕시코를 거쳐 쿠바까지 갔다가 다시 멕시코로 나왔다. 박사장이 내친김에 그런 제안을 한 것은 그 나름대로 사업의 가능성을 타진해보려는 속셈이 크다고 보여졌다.

멕시코의 어느 날 이구아나를 잡으러 가겠다고 호텔을 나선 것은 전혀 예상치 않았던 일이었다. 서울에서는 여름에 몸 보신을 한다고 멍멍이를 먹는 사람들이 있지 않습니까. 그렇담 여기서는 그 대신 뭘 잡아먹는지 아십니까. 그런 뒤에, 멕시코 시티에서 온 안내인의 입에서 나온 것이 바로 이구아나였다. 여기서도 저걸 먹는군. 스리랑카에서도 그렇거든요. 옆에 서서 듣고 있던 박사장이 한마디 했다. 문득 나는 중국의 음식점 주방에 쟁여져 있다는 별별 음식 재료들을 떠올리면서, 못 먹을 거야 없을 테지 하고 반신반의하는 투로 말했다.

그 쏟아지는 땡볕 아래 마야 유적의 돌더미들을 기어다니며 놈들은 히비스커스의 크고 빨간 꽃을 뚝뚝 따 먹고 있었다. 저건 우리나라에서 하와이 무궁화라고도 하는 그 꽃인데, 들었어요? 박사장은 예의 해박한 식물학 지식을 동원하고 있었다. 그게 무슨 꽃이든 상관없이 꽃이 이구아나의 밥이 된다는 게 내게는 신기할 뿐이었다. 하기야 먹을 것도 달리 없는 곳이기는 했다. 박사장이 가르쳐준 또 하나의 꽃인 일일초가 군데군데 피어 있을 뿐 나무도, 숲도 보잘것이 없었다. 그 일일초는 한국에서는 보통 이태리 봉숭아라고 꽃장수들이 부른다는 걸 나는 알고 있었다.

이구아나는 히비스커스 나뭇가지를 휘어뜨리며 기어올라가서 꽃을 뜯어 입에 넣고 내려온다. 때로 그 꽃은 이구아나의 혓바닥이 아닐까 여겨지기도 한다. 한국에서 애완용으로 파는 이구아나가 초록색이 유난히 두드러지는 것에 비해, 바위 빛깔과 흙 빛깔이 어우러진 보호색의 몸통에, 입가로 비어져나온 빨간 꽃잎은 마치 핏빛 화염(火焰) 같아 보이기도 한다. 열대의 폭염 탓이리라.

먹이도 조금밖에 안 먹고, 똥도 조금밖에 안 눠요. 키워보니까 아주 귀여운 동물이에요. 누군가 말했었다. 아이가 졸라서 하는 수 없이 사주었는데, 애완동물로 참말 일리가 있더군요. 바짝 쳐든 대가리며 날카로운 눈매며, 영락없이 공룡을 닮았음에도 불구하고 귀엽다는 게 이상하게 들리기는 했다.

멕시코에 가기 전까지만 해도 이구아나가 아무 곳이나 흔히 설설 기어다니리라고는 상상조차 하지 못했었다. 그 동물은 갈라파고스 같은 특이한 섬에만 주로 살고 있을 것 같았다. 그런데 몸 보신으로 잡아먹을 만큼 흔하다니, 알다가도 모를 일이었다.

"언젠가는 산호가 바다를 메울 날이 올 거 같군요."

마야 유적에서 돌아와 호텔 로비의 소파에 기대앉은 박사장은 느닷없이 말했다. 또 무슨 말인가 하고 나는 바다를 내다보았다. 야자 잎사귀로 멋을 부려 이엉을 올려놓은 방갈로 사이로 머리 정수리가 납작하고 목이 거의 없는 마야 원주민이 목각 인형을 들고 걸어가고, 수영복 차림의 여자들 몇이 물로 뛰어들고 있었다.

바닷가에 표백분(漂白粉)같이 깔려 있는 모래는 잘게 부서진 돌 부스러기의 그 모래가 아니라 모두 산호가 부서져 밀려와 쌓인 것이었다. 그러므로 아예 모래라는 말을 쓰면 안 되었다. 산호는 바다에서 켜켜이 자라나고 또 죽어서 그 뼈다귀가 작고 보드라운 알갱이의 뼛가루로 남는 동물이었다. 그게 저토록 쌓이니, 종국에는 바다를 그득 메우지 않겠느냐고, 사내는 멕시코까지 밀려와 우려하고 있는 것이었다.

해가 돋기 전의 바다는 흐린 회청색에 지나지 않지만, 햇빛과 함께 변신하기 시작한다. 가까운 곳에서 맑고 투명하게 일렁이면서 벽옥색으로, 청색으로, 청남색으로 수평선에 닿는다. 바다에 깔린 산호 때문에 빛이 그렇게 반사되는 거라고 말하면서도, 박사장은 "요새 애들은 잉크를 안 쓰니까 저런 빛깔에 추억이 없을 거예요" 하고 자못 감회에 젖는다. 해가 질 무렵 그 바다가 어두워지면 몸매가 흐트러진 나이 먹은 여자들이 하나둘 나와 물을 찾는다. 바닷가를 밝히고 있는 보안등에 비치는 그 여자들의 모습은 몹쓸 운명을 타고나 야행하는 무슨 동물 같아 보인다.

우리들의 여행은 강행군이었다. 그것은 실은 쿠바가 곁들여 있었기에 더했다는 게 옳은 표현일 것이었다. 말이 쉬워 한마디로 강행군이지, 비월(飛越)이라는 승마 용어는 승마에는 어울리지 않고 그런 여행에 쓰여야 한다고 여겨졌다. 승마 경기에 마땅한 용어야 뛰어넘는다는 뜻의 초월(超越)이 있지 않은가, 하면서.

무엇엔가 이끌린 원흉 노릇을 한 쿠바가 어떻더냐고는 너무 꼬치꼬치 캐묻지 말기 바란다. 「콴타나메라」라는 노래로 대표되는 식당 악단만이 흥겨운 나라, 퇴락한 집들마다 왠지 실의의 그림자가 짙게 어리고 그 어귀에는 어디든 마치 묵언(默言)이라도 고집하는 듯 입을 다물고 퀭한 눈동자를 한 군상들이 힘없이 서 있는 나라, 피델 카스트로와 체 게바라의 혁명은 어디 있느냐고 외치고 싶도록 쇠락의 기운이 구석구석 스며 있는 나라…… 이런 부정적인 표현들은 내가 그 나라를 나쁘게 평해야 할 아무런 이해관계가 없기에 그대로 믿어도 좋을 것이다. 나는 곳곳에 그야말로 붉게 타오르듯 환하게 꽃을 피우고 있는 후람보얀나무를 바라보며 오히려 마음이 어두워졌었다.

헤밍웨이가 살면서 소설 『노인과 바다』를 썼다는 집의 뜨락에서 주운 이 후람보얀나무 꽃을 자세히 들여다보니, 크기는 대략 10센티미터에 이르고 작은 은행잎을 연상시키는 네 개의 주홍색 꽃잎은 이른바 십자 모양이며 그 밑에 다섯 개의 황록색 꽃받침이 받치고 있는 암술 한 개에 수술 열 개의 다소 육질(肉質)의 꽃이었다. 이렇게 그 꽃을 자세히 들여다본 까닭은 아카시아나 자귀나무 비슷한 잎사귀의 그 나무가 쿠바뿐만 아니라 중남미에 두루 자라고 있는 가장 대표적인 꽃나무이기도 한 때문이었다.

그 화사한 꽃을 보면서도 마음이 어두워질 수밖에 없었으니, 쿠바에 대해서 더 이상 언급한다는 것은 내게는 고역이자 무리인 노릇이다. 그러므로, 박사장이 호텔 방에서 끼적거려 내게 보여준 다음과 같은 시를 소개하는 것으로 쿠바 이야기는 끝맺는 게 좋을 듯하다.

아바나 여송연(呂宋煙)을 피워물고

혁명광장의 호세Jose 옆에 서다.
이제 세상을 이야기하기엔
지구는 너무 늙었다.
다만 연기와 함께 그을은 이데올로기를
비웃〔青魚〕처럼 뜯으며
나 사랑하는 사람 고국에 둔 채
낡은 혁명 깃발에 눈물짓는다.
이게 뭐냐고
고국에 전화 한 통 못 하고
카리브 산호 바다의
청람색(青藍色) 눈물 띄워 보낸다.
지구는 늙었어도 그대 늙지 말라고
세상 말 대신에
사랑 말 하자고
혁명광장의 시인 호세 옆에서
아바나 여송연을 피워물고
멀리멀리 보라고 지구처럼은 늙지 말라고
사랑하는 사람 이름
그 이름 부른다.

제목이 '아바나에서 비웃을 뜯다' 로 되어 있어서 나는 고개를 갸웃했었다. 예전에 청어를 부엌 환기 구멍 옆에 걸어놓아 연기에 그을리며 꾸덕꾸덕 마른 그것을 비웃이라고 했다는 걸 어디서 듣기는 했지만, 여기서는 왜 하필 비웃인지, 혁명을 비웃는다고 짐짓 비웃을 끌어다 썼는지 어떤지 나는 자신 있게 설명하지 못한다. 또, 다른 구절들도 사뭇 개인적인 사연인 것이어서 뭐라고 토를 달 계제가 아니니다. 다만 "이제 세상을 이야기하기엔 지구는 너무 늙었다"느니 "연기와 함께 그을은 이데올로기"라느니 "낡은 혁명 깃발"이라느니 하는 구절만 나는 차용하기로 한다.

쫓기듯 쿠바를 떠나 멕시코 땅을 밟았을 때 내 눈에 가장 먼저 띈 것이 후람보얀나무였다. 그 이름의 정확한 철자가 어찌 됐든 그렇게들 부르는 그 나무는 여전히 붉게 불타오르듯 꽃을 피우고 있었으나 웬일인지 쿠바에서와는 달리 멕시코에서는 화사한 느낌만 주는 것이었다. 강렬한 태양, 원색의 바다, 불타오르듯 피어 있는 꽃, 이런 대비는 어디나 똑같은데도 말이다.

언젠가는 산호가 바다를 메울 날이 올 거라는 말을 듣고부터 나는 카리브 해를 뭔가 수상쩍은 눈으로 바라보기 시작했다고 해야 한다. 그 말의 엉뚱함을 모르는 바 아니었다. 그 말을 처음 듣는 순간 나는 박사장의 박물학이 자신의 과대망상을 충족시키기 위한 것이라면 그것은 아무런 가치도 없다고 속으로 매도하기까지 했다. 그러나 시간이 조금씩 지남에 따라 그 매도는 부메랑처럼 도리어 나를 향해 날아오고 있었다. 그리하여 나는 카리브 해를 수상쩍게 바라보곤 한 것이었다. 거듭 말하거니와 나도 산호가 그렇게 많이 자라고 그 뼈다귀가 그렇게 많이 바닷가에 쌓이리라고는 생각조차 하지 못했었다. 산호가 동물인 걸 믿어야 한다고 나는 새삼 확인하는 것이었다. 그것은 호랑개오지, 서관충, 해면 따위의 동물들과 벗하여 바다 밑을 화려하게 수놓고 있다가 육지의 일부가 되는 것이었다.

우리가 왜 일행과 떨어져 멕시코에 남게 되었을까. 박사장이나 나나 그 결과에는 스스로들 놀라고 있었다. 다른 사람들이 미국의 로스앤젤레스나 뉴욕, 시카고 등지로 흩어져 갔고, 미국에 무슨 연고가 없는 우리만 그냥 남았다고 한다면 간단한 결론이긴 했다. 게다가 박사장의 사업의 가능성도 별 볼일 없다고 여겨진 뒤였다. 유카탄 반도에 일찍이 노동자로 건너와 고생하던 한국인들의 흔적이나 찾아볼까 한다고, 나는 미국으로 흩어지는 일행에게 밀했다. 거, 왜 「애니깽」인지 하는 선인장 농장 영화 있었잖습니까.

하지만 나는 1900년대 초의 그 사연에 대해 잘 알고 있지 못했고, 그 영화도 보지 않았었다. 그 무렵 일본인들이 우리나라에 와서 떼돈을 벌 수 있다고 모집하여 멕시코에 팔아먹은 노동자들이 실은 노예나 다름없었다고 신문에서 읽은 기억이 되살아났을 뿐이었다. 애니깽이란 헤네켄이라는 용설란의 일종이었다. 거기서 섬유를 뽑아 밧줄을 만든다는 것이었다.

"그래, 며칠 동안 뭘 하나 했는데, 좋은 아이디어예요. 만날 바다만 바라보고 있을 순 없잖아요."

박사장도 그 일은 들어서 알고 있다고 했다. 일행이 비행장으로 떠나가고 우리 둘만 남아, 바닷가 뒤쪽 석호(潟湖)를 빙 둘러 늘어서 있는 식당에서 술잔에 소금을 묻혀 마시는 테킬라를 한 잔씩 하면서, 그가 이 술도 선인장으로 만든 거라고 말했을 때, 나는 이미 그 한국인들의 자취를 찾는 일에는 흥미를 잃었었다. 그리고 어서 스리랑카로 가게 되기만을 바랐다. 다시 변경해놓은 비행기표는 무려 닷새 뒤에나 겨우 자리가 난 것이었다. 그 시간만큼은 꼼짝없이 묶여버린 꼴이었다. 박물관에 새겨져 있다는 글처럼 나는 멕시코에 무슨 빚을 지고 있어서 굳이 남겠다고 했는지 모를 일이었다. 멕시코 원산인 담배를 골초로 피우기 때문에? 내 고향 강원도의 대표적인 산물이 멕시코 원산인 감자나 옥수수이기 때문에? 멕시코 혁명 때의 처형 장면을 그린 그림을 보았던 충격이 여전히 생생하기 때문에?

모두가 적절한 꼬투리가 되지 못했다. 그렇다면 무엇 때문이었을까. 캐나다에 갔을 때 누군가 북쪽 삼림 지대에 있는 통나무집에 며칠이든 묵어가라고 권하는 것도 마다하지 않았던가. 순록떼가 수백 마리씩 몰려다니고 밤이면 곰이 창문을 두드리지요. 휴양이란 그런 대자연 속에서 하는 거 아닐까요. 아니, 휴양이 아니더라도 그런 대자연 속에서…… 그 사람이 그 대자연의 모습이 머리에 떠오르느냐는 듯 말을 흐리는 동안 나는 우리나라의 풍경들이 얼마나 그리웠는지 모른다. 아니, 우리나라의 풍경이라기보다 우리네 서민들이 아옹다옹 살아가는 이야기라고나 하는 편이 옳을 듯하다. 가령 길로 치면 음식점이나 술집들이 복닥거리는 종로 피맛골의 좁다란 뒷골목, 변두리 산동네로 꼬불꼬불 기어오르는 언덕길, 가물거리는 가을볕의 그림자를 끌어들이며 메주콩이 익어가는 논둑 길쯤이 될 것이다. 그 사람은 비록 호연지기 같은 걸 말하고자 했는지 모르지만 나는 정겨운 것이 그리웠다고 해야 한다.

어떻게 하여 석호를 돌아가는 곳에 커다랗게 세워진 최신식 쉐라톤 호텔에 근무하는 여자 중에 '리'라는 성씨를 가진 한국인 후예가 있다는 사실을 알게도 되었으나, 나는 모른 척하기로 하고 있었다. 과거를 들추는 것 자체에 내가 넌덜머리를 내고 있음을 나는 잘 알고 있었다. 그런데 그만 깜박하고 유카탄 반도의 한국인 노동자들 운운하며 거의 백 년 전 이야기를 들추고 있었던 것이다.

"그럼 뭘 하고 지내지요?"

내가 도무지 움직일 기미를 보이지 않자 박사장도 그만 주저앉는 모습이었다. 불과 닷새 동안의 시간이 그토록 엄청난 공동(空洞)으로 다가올 줄은 미처 몰랐던 일이었다. 예전에 엘비스 프레슬리가 나와 몸을 흔들던 유명한 해수욕장 아카풀코를 제치고 새롭게 각광을 받는다는 여름 휴양지도 다 소용이 없었다. 아름다운 카리브 해의 바닷가는 적막한 유배지에 지나지 않았다. 따라서 이름답기는커녕 답답하기만 했다. 이럴 무렵 산호가 바다를 메울 날이 올 거라는 말은 우리의 심리 상태를 가장 적절하게 표현한 것이라고 아니할 수 없었다. 산호 미립자들에 가식해놓은 바닷가 야자나무, 벤자민, 고무나무 들도 훅훅 찌는 더위에 질식할 듯 허덕이는 게 눈에 보일 지경이었다. 호텔 로비의 분수에서 쏟아지는 물 소리와 마리아치 악단의 살사 음악 소리가 뒤섞이는 가운데 스킨, 아이비, 몬스테라 덩굴이 늘어지고 용설란, 산세베리아, 유카가 삐죽삐죽 자라는 실내 정원도 마치 전형적인 수용소 안의 풍경 같아 보였다.

"난 아구아나 먹어야겠어. 아구아."

나는 그저 물이라면 될 것을 심통을 부렸다. 일행이 떠나고 하루는 그럭저럭 보냈지만, 이튿날 저녁, 토미 로마 식당의 그 송아지갈비구이와 감자버터구이에 싸구려 캘리포니아 포도주를 마시며 끈끈한 바닷바람과 후끈한 열기 속에서 남십자성의 별빛을 바라보게 되자 나는 그만 울어버릴 심사가 되어 있었다. 박사장은 내 아구아 소리를 들을 때마다 그게 뭐지요? 하고 얼굴을 들다가 그렇지 스페인 말로 그냥 물이지 하는 투로 창밖으로 얼굴을 향하곤 했다. 그렇거나 말거나 나는 며칠 사이에 산호 뼈다귀가 무서운 허리케인과 함께 산더미같이 밀려들어 휴양지 전체를 온통 뒤덮어버리는 상상을 즐기고 있었다. 코끼리들의 무덤이 따로 있다더니, 카리브 해는 산호들의 무덤이었다. 쿠바에서 그렇게 메모에 열성적이었고 시까지 짓던 박사장도 이젠 무료하게 시간의 무덤 속에 잠겨들어가는 듯 보였다. 어쩌다 바닷가에 나가 다리 없는 눕는 의자에 누워 있는 것도 몇 분, 그는 곧장 도망치듯 호텔로 돌아와 무엇엔가 생각에 잠기곤 했다. 치첸이트사의 마야족 유적에서 사온 사진집을 들여다보던 것도 어느덧 아득한 예전 일처럼 되어버렸다. 우리는 그 문명이 몰락하고 피지배민으로 생기와 활력을 잃은 마야족처럼 되어가고 있다는 생각이 들었다.

치첸이트사 마을의 마야족 피라미드는 예상보다 그리 큰 규모는 아니었다. 높이가 40미터 가량 되어 보이는 층계가 사방으로 나 있는 그 피라미드는 안쪽으로 또 다른 층계가 있어 맨 위의 밀실로 향하게 되어 있는 것이 특징이었다. 밀실, 그곳이 바로 한창때의 청년의 심장을 신에게 희생으로 바치는 곳이었다. 축구 경기 같은 경기를 해서 이기는 쪽의 주장을 희생으로 바쳤답니다. 지는 쪽이 아니라 이기는 쪽의? 주장 선수의 심장을? 예. 그렇죠. 희생이란 싱싱하고 건강해야지요. 땀을 비 오듯 흘리며 더듬더듬 올라간 밀실에는 청년의 심장을 올려놓았다는, 다소 희화적으로 느껴지는 엉뚱한 얼굴의 돌 신상(神像)이 놓여 있었다. 그 밀실 어디선가 아직도 청년의 심장이 박동을 채 멈추지 않은 채 피비린내를 풍기고 있는 것만 같아서 나는 좁은 돌층계를 서둘러 내려오고 말았다.

"경기에서 이기면 염통이 도려내진다는 걸 알면서 왜 이겨?"

박사장은 어린애같이 말했다.

"그게 바로 영광이란 거지."

나는 마야족처럼 무뚝뚝하게 받아주었다. 그러고는 치첸이트사 마을의 풍경은 잊혀지고 말았다. 그곳은 휴양지에 온 사람들이 꼭 들르곤 하는 곳이었지만, 우리에게는 그런 곳에 우리가 과연 다녀왔는지조차 의심스럽도록 아득한 곳으로 여겨졌다. 한창때의 우수한 청년의 심장을 요구해야만 했던 문명에 내가 영광이라는 말을 쓴 것이 못내 마음에 걸렸는지도 모른다. 그것은 내 철학하고는 거리가 멀었다. 그것은 영광이 아니라 혐오였다. 내가 왜 그토록 비뚤어져 있었는지 알 수 없었다. 불현듯 내가 멕시코에 떨어져 남기로 마음먹은 것에는 분명 뚜렷한 까닭이 있을 것이었다. 그것이 영광이거나 혐오의 어느 쪽에 속하리라 어렴풋이 짐작하게 된 것은 치첸이트사를 떠올리지 않게 되고 나서였다고 나는 유추한다. 언제 이런 멋진 바닷가에 또 와본단 말야, 하고 나는 박사장과 너무도 쉽게 합의를 보고 말았었다. 그렇지만 단순히 멋진 바닷가라고 그랬을 리가 없었다. 그 결과 나는 그곳을 진정한 유배지로 설정했는지도 모른다는 생각이 들었다. 그랬기에 바다가 점점 무서운 모습으로 변하는 것을 보고 싶었는지도 몰랐다.

진정한 유배지?

도대체 나는 무슨 말을 하고 싶은 것일까. 마야식 무늬로 수놓인 깔개가 깔리고 유리컵에 물을 담아 유도화를 동동 띄워놓은 식탁에 앉아 빵, 불고기, 소시지, 감자튀김, 달걀찜, 고추절임, 무화과절임, 버무린 흰 치즈, 그리고 대추야자를 곁들여 먹거나 진짜 멕시칸 샐러드에 볶음밥, 새우와 꼴뚜기꼬치구이, 야채 주스를 먹거나, 한 끼 식사를 하고 나서 내가 하는 일이란 가히 철학적인 사념에 빠지는 일이 되고 말았다. 나는 나도 모르게 충동적으로 택한 선택에 대해서 책임을 지지 않으면 안 된다. 왜 나는 충동적으로 그 바닷가에 나를 자폐(自閉)시키고자 했던가. 철학적 사념이라는 표현이 너무 거룩하다면 하다못해 자기 반성이라고 불러도 좋다고 나는 양보한다.

"저쪽으로 가면 여자들이 홀딱 벗고들 있다던데."

마침내 이렇게 말하는 박사장도 나름대로 철학적 사념에 빠져들지 않을 수 없었다고 나는 단정한다. 시간이 갈수록 우리는 서로 따로따로 행동하는 틈이 많아지고 있었다. 아침에 내가 흐린 회청색 바다를 내다보며 무슨 생각에 잠겨 있을 때면 그는 마치 화장실에라도 갔다 오는 듯 바닷가를 돌아오곤 하는 것이었다. 쿠바에서 산, 독하다고 못 피우고 넣어두었던 몬테크리스토 궐련도 마다 않고 피워무는 그의 모습은 처연하기조차 했다.

우리가 이구아나에 대해 생각이 미친 것은 그런 무료와 권태의 시간을 도무지 견디지 못한 결과임에 틀림없었다. 철학적 사변이 어떻고 자기 반성이 어떻고 홀딱 벗은 여자들이 어떻고 간에 우리는 전격적으로 합의했던 것이다. 이구아나를 찾아나선다는 것이다. 이렇게까지 된 마당에 찾아나선다고 점잖게 말할 필요는 없을 것이다. 즉, 우리는 이구아나를 잡으러 가자는 데 전격적으로 합의하고 말았던 것이다. 멕시코에 남기로 한 때도 역시 그렇게 전격적이었으므로 이 점에 있어서는 우리는 오갈 데 없는 동류였다. 그러나 그럼에도 불구하고 그놈을 잡아서 뭘 어떻게 하자는 데에 우리는 아무런 합의도 없었다. 나는 물론이지만 그 역시 이른바 몸 보신을 염두에 두지는 않았으리라고 나는 확신했다. 몸 보신이야 우리는 매일 호텔 뷔페에서 오히려 지나치다시피 하고 있었다. 그런 계제에 더군다나 우리나라에서도 뱀 한 마리 먹어본 적이 없는 내가 그 파충류를 먹는다는 것은 생각조차 할 수 없는 일이었다.

"말야, 젤 훌륭한 놈을 잡아 심장을 도려내면 어때? 마야족의 희생처럼 말야."

아닌 게 아니라 내가 드디어 제안했다.

"그러죠, 뭐."

그는 쉽게 대꾸했다. 아무려면 어떠랴 하는 게 내 심정이었다. 그러나 나는 치첸이트사의 피라미드에 갔을 때부터 내 마음 속에 꿈틀거리던 어떤 욕망이 되살아난다고 느꼈다. 그 욕망은 그 당시에는 미처 구체적인 형체를 알 수 없었던 것이었다. 우리가 원초적으로 가지고 있는 평범한 본능의 한 모습으로 잠복해 있는 정도였을 것이다. 그런데 그게 아니었다. 그것은 결코 평범한 본능의 한 모습이 아니었다. 무료와 권태가 가져온 분노였다고 해도 좋겠지만, 단순히 그것도 아니라고 나는 믿는다. 그래서 나는 짐짓 그러죠, 뭐 하고 순간적으로 얼버무렸음을 알고 있는 것이다. 그러니까 내가 그놈을 잡아 심장을 도려내야겠다고 확고한 목적을 세운 것도 아닌 셈이었다. 그렇다면 내 마음 속에 꿈틀거리다 드디어 형체를 나타내고 있는 욕망의 정체는 무엇이었을까.

이구아나들이 흔히 설설 기어다닌다고는 했어도 산호 바닷가에서는 보기 어려웠다. 그놈들도 사막 같은 곳에서는 견디기 어려울 게 뻔했다. 우선 무엇보다 먹이가 없지 않은가 말이다. 그놈들은 바위와 수풀이 적당히 있는 곳에 서식하고 있으리라 여겨졌다. 히비스커스꽃을 입에 물고 있던 이구아나를 우리는 이미 보았으므로 그 꽃이 피어 있는 곳을 찾는 게 상책이었다. 호텔에서 나온 우리는 곧 석호를 끼고 기념품 가게와 방갈로들이 늘어서 있는 거리를 빠져나갔다. 치첸이트사로 향하던 길에 거기 어디선가 후람보얀꽃과 부겐빌레아꽃과 히비스커스꽃이 어울려 있는 꽃동산을 보았던 것이다. 게다가 달려가던 버스가 갑자기 멈춰 서기에 무슨 일인가 했더니 거북이가 길을 가로질러가기 때문이라고 했었다. 거북이 있는 곳에 이구아나가 없을 까닭이 없었다.

휴양지의 집들이 끝나는 곳에서부터는 몇 그루의 종려나무가 삐죽삐죽 서 있을 뿐 거의 황무지나 다름이 없었다. 조금 높다란 흙더미도 없이 마냥 펼쳐져 있는 평원은 한낮의 열기에 가득 달아올라 있었다. 그 황무지의 한가운데로 강인지 바다인지가 길게 파고들어와 가끔씩 모터보트를 탄 사람들이 쏜살같이 물결을 헤치고 달려가곤 했다. 우리는 거기 걸려 있는 다리를 건너 더한층 황무지 같기만 한 곳으로 향했다. 가까운 거리인 줄 알았던 것은 오산이었다.

"이놈들이 다 어딜 갔지?"

박사장이 길가의 덤불 속을 이리저리 살피며 말했다. 아닌 게 아니라 흔히 눈에 띄던 놈들이 도통 보이질 않았다.

"꽃이 있는 델 가야겠지."

나는 손수건으로 연신 땀을 훔쳐내며 멀리 꽃나무가 있는 곳을 가리켰다. 야트막한 벤자민, 고무나무 들이 제멋대로 자란 덤불 저쪽으로 꽃들이 무리져 피어 있었다. 제법 멀어서 구별이 되지 않아도 후람보얀꽃만은 붉게 불타오르고 있는 것이 뚜렷했다. 잎사귀로 보아 콩과 식물이 분명하고, 따라서 콩꼬투리 같은 열매가 달리면 이구아나들의 좋은 먹이가 될 성싶었다. 우리는 망가진 바나나밭을 지나 황무지를 가로질러갔다. 이구아나나 거북은 물론 실뱀 한 마리 눈에 띄지 않았다.

"그 맥가이버칼 틀림없이 가져왔죠?"

박사장은 이구아나를 만나기만 해도 당장 심장을 도려내겠다는 것처럼 다짐해 물었다. 나는 아무 말 없이 앞장서서 걸었다. 맥가이버칼이 아니라 일본제의, 숟가락과 포크가 달린 그 손칼을 나는 항상 바지주머니에 넣어 가지고 있었기 때문에 그가 그 사실을 알고 있는 것은 하나도 이상한 일이 아니었다. 하지만 나는 은근히 놀랄 수밖에 없었다. 만약 이구아나를 잡는다 하더라도 그 칼로 놈의 심장을 도려낼 생각이 내게는 아예 없었던 것이다. 그런데 내 마음 속에 꿈틀거리다 형체를 나타내는 것처럼 보인 욕망의 정체는?

그것이 혹시 나 스스로 마야의 청년처럼 희생되었으면 하는 것은 아니었을까. 나는 갑자기 소름이 끼쳤다. 그럴 만한 특별한 까닭이 있을 리 없었다. 하기야 나는 이제 청년도 천만에 아닐뿐더러 나아가 예전에도 훌륭한 청년이라는 소리는 한 번도 들어보지 못한 주제였으며, 예나 제나 어떤 것에도 희생이 될 생각은 추호도 가지고 있지 않았다. 비록 자신을 어디론가 영원히 숨겨버리고 싶은, 고급스럽게 말해 은자(隱者)에의 욕망을 젊어서부터 내밀히 즐겨온 것은 사실이어서, 엉뚱하나마 머나먼 이국의 바닷가에 남고자 하는 충동을 일으켰다고는 하더라도, 그것은 바로 말해 도피성 은자에 지나지 않는 것이었다. 그럼에도 불구하고 나는 치첸이트사에서 내가 마치 심장이 도려내지는 희생 청년이 된다는 환상에 사로잡힌 것 또한 사실이었다. 끔찍한 노릇이었다. 이럴 경우 피라미드의 밀실까지 올라간 모든 사람들이 한 번쯤은 자신의 처지를 희생 청년의 처지로 바꿔놓아보리라 여겨지기도 하지만, 어쨌든 나는 그 무더위에 흘러내리는 땀이 그냥 땀이 아니라 식은땀이라고 믿어졌었다. 내 심장이 도려내진다는 걸 받아들일 수 없다는 것과 그 환상을 지울 수 없다는 것은 다른 문제인 모양이었다.

내가 꽃동산이라고 보았던 곳은 가운데 후람보얀나무 몇 그루가 그 옆의 부겐빌레아나 히비스커스보다 훨씬 크게 자라 있어서 그렇게 보였을 뿐 다른 곳처럼 평평한 땅이었다. 그것을 안 순간 나는 여기도 글렀구나 하고 직감했다. 특별히 연구한 바는 없어도 이구아나가 서식하는 장소는 한눈에 알아볼 수 있다는 생각이 어느 틈에 내 뇌리에 박혀 있는 것이었다. 돌들은 여기저기 뒹굴고 있었으나, 본래의 지층을 이루고 있는 바위가 없다는 것도 한 이유였다.

"평소에 잘 꾀던 동물들이, 잡겠다는 맘을 가지면 용케 알고 얼씬도 안 한다더니. 이놈들 나타나기만 해봐라."

박사장은 투덜거렸다. 이구아나는 아무 데도 보이지를 않았다. 우리는 놈들이 우리의 뜻을 알아채고 어디엔가 숨었을지도 모른다는 눈으로 꽃나무들 주위를 면밀히 살폈다. 며칠 전 바위 위에 멈춰 서서 도무지 도망칠 기미를 보이지 않던 그놈들의 행태로 보아 감쪽같이 숨었을 까닭은 없었다. 나무 줄기며 가지까지 훑듯이 살폈지만 놈들은 그림자도 보이지 않았다. 애초에 멕시코 땅에는 아예 없었던 게 아닌가 의심이 들 정도였다. 나는 하마터면 그게 멕시코가 틀림없었느냐고 물을 뻔했다. 놈들이 긴 꼬리를 끌며 고개를 높이 든 모습이 어느 먼 섬에서의 광경인 듯했다. 하지만 그것이 멕시코에서의 일임은 두말할 것도 없었다.

먹음직스러운 히비스커스 꽃잎들이 무더기무더기로 피어 멕시코를 붉게 물들이고 있었다. 깔때기 모양의 빨간 꽃 한가운데로 희고 길게 뽑아져 나온 암술은 마치 이구아나의 혓바닥을 유혹하고 있는 듯 보였다. 그러나 이구아나는 아무 데도 없었다.

"물도 한병 안 가져왔어. 큰일이네. 목이 타는군요."

박사장의 말이 아니더라도 나는 아까부터 걱정이었다. 내 손수건은 땀에 흠뻑 젖어 있었고, 땀을 흘린 만큼 갈증이 심하게 몰려오고 있었다. 그래서 나는 극도로 물 타령을 자제하고 있었다. 물이라는 말만 일단 나왔다 하는 날에는 우리에게 엄습할 갈증은 몇 배나 증폭되리라. 다른 경우라면 나는 벌써 몇 번이고 아구아 소리를 내뱉었을 것이었다. 이상한 것은, 목울대까지 맴돌던 아구아 소리는 어느새 이구아나로 변이되고 이구아나는 또 아구아로 변이되어 회돌이를 치면서 열대의 공기를 휘젓고 있다고 느껴지는 것이었다. 정말 슬픈 열대가 아닐 수 없어. 나는 어이없이 앙리 레비-스트로스의 책 이름까지 연상하며 혀로 입술을 축였다. 막상 혀로 입술을 축였다고는 하지만 이미 혀도 거의 마른 상태여서 축이기는커녕 그런 시늉에 지나지 않았다고 하는 편이 옳을 것이었다. 우리는 이구아나도 없고 아구아도 없는 슬픈 열대의 한구석에 앉아 숨을 몰아쉬었다. 혀로 입술을 축이는 시늉을 해보지만, 혀는 입 안에서도 물기가 모자라 입천장에 쩍쩍 달라붙는 형편이었다. 뭔가 잘못돼도 단단히 잘못된 인생이라는 생각이 들었다.

"이구아나 대신 빨리 아구아나 찾으러 가야겠어."

어차피 물이라는 말은 나오고 말았다. 이구아나는, 많이 우글거리고 있는 어딜 알아내서 거기서 손쉽게 잡자고 나는 덧붙였다. 사실 그놈은 잡아도 그만 안 잡아도 그만이었다. 그놈의 심장을 도려내어 희생으로 바친다는 발상 자체가 유치하기 짝이 없는 것이었다. 목이 워낙 타서 그렇지, 그렇게 한나절의 시간을 때운 것만 해도 위안임에는 틀림없었다. 안 그랬다면 거의 폭발 직전에 이르러 있는 내 심리 상태가 과연 어떻게 되었을지 여간 위태롭지 않았을 것이었다.

"이구아나 대신 아구아나?"

나는 그가 말장난을 하고 있는 것 같아 미간을 찡그리며 흘낏 옆얼굴에 눈길을 던졌다. 그의 표정은 생각보다 훨씬 진지해 보였다. 더위에 허덕이다 못해 초췌하고 핼쑥해진 모습이었다. 체체파리나 열대 말라리아 모기에 물린 건 아닐까, 염려되기도 했다. 나는 곧장 엉덩이를 털고 일어났다.

"오늘은 스콜도 안 쏟아지려나?"

나는 황무지 위의 푸른 하늘을 올려다보았다. 낮 한때 그 열대성 소나기라도 한줄기 쏟아지기에 그나마 시원함을 느꼈었는데 그것마저 소식이 감감했다. 우리는 이구아나도, 거북도, 뱀도 없는 황무지를 힘없이 걸었다. 하다못해 하늘에 새 한 마리도 날아가지 않는 그 황무지야말로 슬픈 열대가 아닐 수 없었다.

"우리 말야, 여기 뭐 하러 왔을까?"

나는 머리를 흔들었다.

"글쎄요."

멋진 휴양지라는 허울에 현혹되었었다고 말하기에는 우리의 몰골이 너무나 볼썽사나웠다. 그러나 가장 기본적인 한 가지, 나는 며칠이나마 모든 것을 잊고 뭔가 나에 대해, 내 인생에 대해 차분히 되돌아볼 기회를 갖고 싶었던 것은 사실이었다. 휴양이란 마구잡이로 뛰놀며 즐기는 것이 아니라는 뜻에서, 나는 어쩔 수 없이 휴양지로서의 그 바닷가에 떨어져 남고자 했음을 부정할 수는 없었다. 그렇다면 그다지도 되돌아보며 정리해야 할 무엇인가가 있지 않으면 안 된다.

생각 끝에 나는 아버지의 무덤을 머리에 떠올렸다. 떠나오기 얼마 전에서야 나는 아버지의 무덤을 드디어 찾아냈다는 전갈을 받았었다. 무덤의 소재조차 망각된 채 오랜 세월이 흘러 있었던 것이다. 그러나 문제는 거기 있었던 게 아니었다. 뒤늦게 찾긴 했어도 아버지의 무덤이 확실한 바에는 그것으로 내 숙제는 끝낸 셈이었다. 전쟁 때 바로 옆에서 현장을 목격한 사람을 찾아낸 결과, 무덤도 찾아냈다고 고향에서 온 전화는 말하고 있었다. 그래? 그렇군. 그래서 무엇이 어떻게 되었단 말인가. 어찌 되었든 아버지는 지나치게 젊은 나이에 세상을 떠났으며, 그것은 어차피 체제 싸움의 틈바구니에서 비롯된 것이었다고 나는 풀이하고 있었다. 나는 추석 전에 찾아가서, 형체도 알아보기 힘들다는 무덤을 손보겠다고 대답하고는 전화를 끊었다. 그 무덤의 존재는 나로 하여금 어려서 아버지를 잃고 온갖 간난신고를 겪으며 살아온 내 존재를 새삼 되돌아보게 하기는 했었다. 그뿐이었다.

얼마를 걸었을까. 드디어 스콜이 후드득 쏟아지기 시작했다. 빗발에 입술을 축여 갈증을 달랠 수도 있다는 사실이 새삼스러웠다.

"영락없이 패잔병 꼴이군."

박사장도 혓바닥으로 입술을 핥으며 중얼거렸다. 우리는 비에 젖는 것도 아랑곳없이 어느덧 석호를 바라보는 곳에 이르러 있었다. 찾아보면 어딘가 '아구아' 가게가 있으련만 술을 마시자고 제안한 것은 나였다. 그리고 며칠 전에 테킬라를 한 잔 맛보기로 마신 간이 식당을 찾아 들어간 우리는 다짜고짜 그 독주를 시켜 마시기 시작했다. 간이 식당처럼 보이긴 해도 집의 한쪽이 석호(潟湖)의 물에 기둥을 들여 세웠달 뿐 꽤나 멋을 부린 식당이었다.

"이구아나구이를 안주로 먹는다 생각하죠. 선인장 술에 이구아나구이. 이제야 멕시코에 온 거 같군요."

우리는 눈에 보이는 대로 조개, 새우, 꼴뚜기 등의 꼬치구이에 과일을 시켜놓고 피망과 양파 볶음을 시켰다. 잠깐 사이에 열대성 소나기는 말끔히 걷히고, 석호의 저쪽으로 뽀얗게 일던 물안개도 맑게 잦아 있었다. 내 고향의 동해 푸른 물을 한쪽에 두고, 달밤이면 달이 다섯 개가 뜬다는 호수도 석호의 일종이었다. 하늘에 달, 바다에 달, 호수에 달, 술잔에 달, 그대 눈동자에 달.

그러나 그 호숫가에 갈 때마다 빙빙 배회하곤 했던 나는 언제나 이방인이었다. 아버지의 무덤을 찾지 못하고 있던 내게는 고향은 그 어느 곳보다도 먼 곳이었다. 나 같은 떠돌이 역정을 살아온 인생에 그것이 무슨 붙박이 의식을 불어넣어줄 것이며, 무슨 안정을 회복시켜줄 것이라 해도, 마음 한구석은 늘 이지러져 있는 느낌이었다.

"석호를 영어로 라군이라고 하지? 아마 이 석호 때문인가 봐. 여기까지 와서 아버지의 죽음을 생각하게 되는군."

나는 술잔 가장자리를 입술로 핥았다. 그리고 나는 우리나라를 떠나오기 전부터, 그러니까 아버지의 죽음의 사연을 들었을 때부터 처음부터 단단히 잘못되었다는 말을 머릿속에 굴리고 있었음을 떠올렸다. 오랜 세월 내가 가지고 있던 그림은 엉터리 그림이었다. 누군가 전쟁 때 그런 일이 있었다고 지나가는 말로 귀띔을 했었는지 모른다. 그리하여 공비에 의한 죽음이라고 쉽게 못박혔는지 모른다. 전쟁으로 모두가 뿔뿔이 흩어지고, 말했다시피 온갖 간난신고 속에서 살아오는 동안 그것은 고정관념으로 굳어져서 돌이킬 수 없는 사실이 되고 말았던 것이다. 그까짓 얘기야 세상에 흔하디흔한 얘기였다. 바닷가의 산호 뼈다귀 한 알갱이 한 알갱이에도 그런 사연은 무수히 널려 있으리라 여겨졌다. 석호를 바라보며 나는 비로소 내 마음에 형체를 드러내고 있는 저 욕망의 정체를 알아본 듯싶었다. 그것은 알 수 없는 자기 혐오에서 오는 적개심이었다. 쓸데없이 붙잡고 늘어져 허상만 키워온 고정관념이 무너지고 앙상하게 남아 있는 허탈감이 또한 거기 함께 자리잡고 있었다.

"내일은 좀더 일찌감치 이구아나를 잡으러 가야겠어요. 희생을 바쳐야겠어요."

식당을 나오면서 박사장은 결연히 말하고 머리를 주억거렸다. 호텔 방에 들어온 우리는 과일 가게에서 사온 과일을 안주로 계속해서 술을 마셨다. 돈이 많이 나온다고 아예 열어보지도 않던 냉장고를 열어 겁도 없이 양주를 꺼내놓고, 내 주머니 속의 손칼로 과일을 쪼개놓으며, 우리는 여행을 떠나온 뒤 처음으로 허심탄회하게 어울렸다.

그야말로 허심탄회라는 말이 있어야만 되는 것이었다. 우리는 몇 번인가 허허허허 마주 웃음을 나누었다. 무슨 말을 하든 그 내용이 문제가 아니었다. 우리는 서로를 속속들이 받아들이는 분위기였다. 그가 사업이니, 미래니 몇 번 말했던 것 같으나 그뒤로도 그저 허허허허 하고 우리는 웃었을 뿐이었다. 그것은 진정한 휴양이었다.

노을에 비낀 저녁빛이 호텔 방 깊숙이까지 밀려들고 있었다. 그런 어느 순간, 나는 박사장이 방 안에 없다는 사실을 깨달았다. 화장실에 갔나 하고 무심코 홀로 술잔을 기울이다가 그의 모습이 보이지 않게 된 것도 까맣게 잊은 모양이었다. 과일 안주가 신통치 않다고 여겨 다른 안주를 구하러 갔는지도 모를 노릇이었다. 아니면 갑자기 바닷가의 산호를 밟으러 갔을 수도 있었다. 아무려나 괜찮은 일이었다. 우리가 멕시코에 떨어져 남은 까닭을 어렴풋이나마 알게 된 것만 해도 고마운 일이었다. 적개심이고 허탈감이고 이미 과거의 산물에 지나지 않았다. 우리나라에 돌아가면 고향을 찾아 우선 그 맑은 다섯 개의 달이 뜨는 호수를 찾으리라.

나는 저녁빛이 시시각각 변해가는 카리브 해를 아무 생각 없이 바라보고 있었다. 이 세상 산호의 시체들이 다 밀려와서 바다를 메워버린다 한들 하등 이상할 게 없으리라 싶었다. 전쟁 때 그 누가 비참하게 사살되었든, 엉뚱하게 세상을 떠났든, 대명천지에 군인들에게 쫓겨 세상을 등지게 되었든, 여자와 헤어지게 되었든 어쨌든 말이다.

그와 함께 나는 바닷가의 파도가 부서지는 곳에서 누군가 심하게 버둥거리는 모습을 보았다고 생각되었다. 커다란 이구아나를 잡는 장면이 저럴까, 나는 무연히 바라보고만 있었다. 목이 거의 없는 마야족 사내들이 몰려와 버둥거리는 사람을 붙잡아 눕히고 팔을 비틀고 있었다. 손아귀에서 칼을 빼앗는 모양이었다. 버둥거리는 사람 앞쪽에 엎어져 있던 여자가 헐레벌떡 몸을 일으키고도 있었다. 나는 아직도 방바닥에 남은 양주를 마저 술잔에 따라서 음미하듯 홀짝거리며 마셨다. 마야족 사내들에게 목덜미며 어깨며 잔뜩 붙잡힌 그가 박사장임을 알아보고서도 나는 별다른 느낌 없이 차츰차츰 회청색으로 흐려져가는 바다를 바라보고만 있었다.

4

나는 내 고향의 동해 푸른 물을 한쪽에 두고, 달밤이면 달이 다섯 개가 뜬다는 호숫가의 어느 날을 머릿속에 떠올렸다. 가만있자…… 그렇지, 다섯 개…… 하늘에 하나, 바다에 하나, 호수에 하나, 술잔에 하나, 그대 눈동자에도 하나.

이른바 '문학 여행'이라는 행사로 대관령을 넘으면서 나는 또다시 앵무새처럼 '다섯 개의 달'을 읊조렸다. 예전에도 나는 여기저기서 그 '다섯 개의 달'을 몇 번이나 주워섬겼었다. 경포 호수가 나올 때마다 단골 메뉴로 등장하는 것이기도 했다. 달밤에 이 호수에 나와 앉으면 다섯 개의 달이 뜬다고 하지요. 하지만 실상 나는 그 얘기에는 아무런 감흥이 없었다. 그 호수에 몇 개의 달이 떠 보이든 그것은 내가 그곳을 고향으로 느끼는 일하고는 동떨어져 있는 일이었다. 나는 너무나 일찍 그곳을 떠나서 그 호수의 달하고 맺은 옛 추억 따위부터가 아예 없었다. 하기야 달뿐만 그런 것도 아니었다. 불과 여덟 살 무렵 그곳을 떠나온 내게 그곳의 갖가지 풍물과 유적은 낯선 구석이 많았다. 호숫가를 빙빙 배회하던 내 모습도 서글프게 기억되었다.

"생각해보니 선생님의 고향이 거기라서……"

'문학 여행' 을 기획한 단체에서 참석해달라고 교섭이 왔을 때 나는 그런 까닭으로 더듬거리며, 고향이라곤 해도 워낙 일찍 떠나온 마당에 앞에 나서서 뭐라고 중얼거릴 계제는 아니라고 밝혔다. 그러나 담당자가 워낙 막무가내여서, 한참을 밀고 당기기를 계속하다가 결국 승낙하는 수밖에 없었다. 나라는 인간은 매사에 그 모양이라고 자조하는 마음도 없지 않았다. 하지만 '수밖에' 라는 지극히 수동적인 자세를 굳이 강조할 필요는 없다. 교섭을 받는 한편으로 불현듯 솟는 마음은 또다시 고향에 접근하려는 강렬한 의지가 아니었던가.

"오늘은 달을 하나만이라도 보기 어렵겠지요?"

총무 일을 본다는 30대의 여자는 잔뜩 흐려 있는 저녁 하늘을 쳐다보았다.

"그렇겠군요."

나는 머리를 끄덕였다. 하기야 나 자신 여태껏 한 번도 그 호숫가에서 달이 몇 개니 헤아리며 밤을 보낸 적이 없었다. 그러고 보니, 떠나온 뒤로 꽤나 여러 번 대관령을 넘어 영동 땅을 드나들었지만, 나는 결코 고향을 고향답게 밟지 못했었다는 생각이 들었다. 아무리 어려서 떠나왔다고 하더라도 고향은 엄연한 고향인데 고향답게 밟지 못했었다고 느끼는 건 무슨 까닭이었을까. 고향 사람을 만날 때마다 어느 학교를 다녔느냐고 묻는 말에도 나는 그럭저럭 대답할 수 있었다. 예전 그때는 전쟁이 아직 끝나지 않아서 학교가 문을 열지 못했지요. 그래서 한 해 늦게 대관령을 넘어 이사를 하고 뒤늦게 입학을 했지요. 사실이었다. 게다가 전쟁 때문에 학교가 문을 열지 않아서 입학을 못 했다는 데야 누구든 할 말이 없을 터였다. 전쟁이라는 미증유의 구실이 있는 것이었다. 그리고 누구 일가친척이라도 있느냐는 질문이 있을 수 있지만 그것은 이미 우리나라에서는 별 구속력이 없이 건성으로 던지는 질문이기 십상이었다. 일가친척이 뿔뿔이 흩어져 사는 현상이 오히려 자연스럽게 된 게 어제오늘의 일이 아니었다.

그런데 고향을 고향답게 뵙지 못했었다고? 아니었다. 그곳이 고향임을 내세워 나는 잡지며 사보에 오월 단오제(端午祭) 행사를 스케치하기도 했고, 도시 자체를 소개하기도 했다. 고향 소개와 함께 내 사진이 잡지에 큼지막하게 박혀 나오기도 했다. 그랬던 만큼 그곳은 나와 밀접하게 연결되어 있었다. 누구보다도 나는 고향을 잘 우려먹고 있는 셈이었다. 언젠가는 어느 조각가가 그곳 임당동 성당을 장식하는 조각 작품을 자기가 만들었다고 하는 말에, 그 성당에서 내가 유아 영세라는 걸 받았다고 감개무량한 듯 덧붙이기도 했었다.

그뿐이랴.

국보로 지정되어 있는 고려 시대의 객사문이라든가 신사임당이 이율곡을 낳은 오죽헌, 조선 시대의 격조 높은 저택으로 손꼽히는 선교장 등 건축물에서부터 대관령의 산신(山神), 강문의 솟대 위에 앉은 나무새, 남대천으로 회귀하는 은어, 초당의 두부 등등을 주워섬기기로는 향토 문화에 온 세월을 바친 사람 못지않게 이골이 나 있었다. 그럼에도 불구하고 나는 늘 이방인이었다.

호수의 달에 대해 물었던 총무는 일행과 어울려 호수를 돌아 바닷가로 향하고 있었다. 어느덧 공식적으로 하루 일정은 끝나고 저녁 식사와 함께 숙소로 향하는 일만이 남아 있었다. 바닷가에서 하룻밤을 보내고 이튿날은 정선 아리랑을 찾아가는 스케줄로 이어지게 되어 있었다.

호숫가에서 달을 헤아린 적은 없지만, 언제였던가 등(燈)을 띄우는 유등제(流燈祭)에 한 여자와 함께 온 적은 있었다고, 나는 나도 모르게 입속말을 하고 있었다. 그녀가 어딘가에서 모습을 나타낼 것만 같다는 생각에 젖고 싶었다. 터무니없는 희망 사항이었다. 그녀는 떠나고 없었다. 그럼에도 불구하고 나는 그런 생각이 나를 휩싸주기를 바랐다. 헛일이었다. 호숫가에서 비롯된 그 삽화도 고향이라는 낱말이 절절하게 내 가슴에 와 닿지 않는 바에는 어쩐지 뜬구름 속에서의 일 같다고 여겨짐을 나는 이미 감내하고 있었다. 그러니까, 내가 제아무리 뭘 주워섬긴다고 해도 도리 없이 고향을 고향답게 밟지 못하고 있다는 반증이 아닐까, 나는 절로 머리가 흔들어졌다.

고향에 접근하려는 강렬한 의지는, 대관령을 넘으며 신사임당의 시비에서 마이크를 잡고 마지막 방문지인 사천면 진리의 산등성이에 세워져 있는 허균의 시비에 이르기까지, 이런 말 저런 말 중얼거리는 동안 빈틈없이 다져졌다고 나는 믿었다. 그만큼 고향으로서의 그 지역에 대해 내가 갖고 있는 애증의 감정을 다 바쳐 얘기를 이끌어나갔던 것이다.

그런데도 어쩔 수가 없었다. 그러면 그럴수록 나는 점점 더 미궁으로 빠져들어가는 느낌이었다. 아니, 그 미궁 속 고향이 점점 더 멀어진다는 느낌이었다는 게 옳은 표현일 것이다. 길을 잃어버리지 않으려고 어릴 적 기억들을 더듬어도 소용이 없었다.

어릴 적 기억인들 제대로 뼈대를 세우고 있는 게 있을 리 없었다. 그것들은 순서 없이 띄엄띄엄 넘겨 뛰어 찍어놓은 스냅 사진과 같았다. 게다가 그 가운데 어떤 것은 초점이 흐려졌거나 빛이 잘못 들어갔거나 음화처럼 뒤집어졌거나 해서, 어쩌면 꿈속의 장면을 내가 혼동하고 있지나 않나 여겨지기도 했다. 사실 꿈속의 장면을 현실로 기억하고 있는 것도 없지는 않았을 것이다.

이를테면 하얀 길이 있다. 어릴 적 우리집 앞에서 어디론가 향하고 있는 그 길처럼 하얀, 눈부시게 하얀 그런 길을 나는 언제, 어디서나 다시 본 적이 있다. 이 경우 어지간히 훤히게 뚫려서 쨍쨍 뙤약볕을 받고 있던 그 길이 꿈속에 한층 희게 바래져 나타났기 때문이 아니겠느냐 하는 것이다. 바다로 가는 그 길은 하얗게, 하얗게 뻗어 있었다. 뒷날 어른이 된 나는 삶의 기본 정서를 외로움과 그리움으로 풀이하는 간단한 도식을 만들게 되었는데, 그것이 어릴 적 그 하얀 길을 바라보며 이미 마음속에 키운 것이었음을 알고 놀라지 않을 수 없었다. 그랬었다. 그 하얀 길은 현실과 몽상을 통하여 내게 외로움과 그리움으로 다가온 길이었다. 내가 어떤 사랑에 빠져, 그녀가 우리나라의 남해 섬을 가고 있는 모습에서 스페인의 안달루시아 지방을 나귀를 타고 가고 있는 모습으로 그려낸 것도 하얀 길을 매개로 한 것이었다. 남해 섬의 길도 하얗고, 안달루시아의 길도 하얗다고 본 것에는, 일찍이 내 고향집 앞의 하얀 길이 외로움과 그리움의 촉매로 내 마음을 움직인 때문이었다.

그대 가고 있는 길
나도 간다.
길 가는 사람은 많고많으나,
둘만이 아는 길은
따로 있음을 믿는

길이다, 믿어야 한다.
머나먼 안달루시아 나귀를 타고
머나먼 남해 섬
마늘싹과 보리싹 파아랗게 밟으며
그대 가고 있는 하얀 길
나도 따른다.
그러므로 사랑,
아픔 속에 삶을 확인한다.

그 하얀 길은, 이름이며 얼굴이 다 생각나지 않는 동네 코흘리개와 어울려 죽은 병아리를 묻으러 멀리까지 갔던 길이었으며, 이웃집 소녀 세화와 손을 맞잡고 소꿉장난을 다니던 길이었으며, 큰 아이들의 뒤를 좇아 호수와 바다로 향하던 길이었으며, 어느 날 밤 총소리가 귀청을 찢을 듯 쏟아지던 길이었으며, 안경을 쓴 새아버지라는 사람이 지프를 타고 나타난 길이었다. 하늘을 찌를 듯 높이 솟은 소방서 탑이 내려다 보고 있는 그 하얀 길에는, 읍사무소 앞에 자루째 미국 콩이 산더미처럼 쌓였고, 전신주에 올라갔다가 감전되어 죽은 사람의 "어, 뜨거. 어, 뜨거" 소리가 비 오는 날이면 들려온다고 했고, 단오에는 대관령 산신이 나무로 변해 내려온다고 했다.

그런 하얀 길을 언제, 어디서나 다시 본 적이 없다고 하는 것은, 바로 그 길에 대해서도 성립된다. 생활에 쫓겨 마음속으로만 그리다가 어느 날 찾아가본 그 길은 과연 이 길이었던가 싶게 달랐다. 그것은 전혀 하얀 길이 아니었다. 예전과 달리 포장 도로로 변했다손 치더라도 하얀 길은 흔적조차 엿볼 수가 없었다. 나는 우리집 자리가 분명한 듯

한 건물에 들어서 있는 화장품 가게를 공연히 기웃거리기만 했을 뿐이었다. 하지만 그 길이 북쪽으로는 주문진, 양양, 속초로 뻗고, 남쪽으로는 묵호, 옥계, 삼척으로 뻗으며, 옆에 바다를 끼고 달리는 사실에는 변함이 없었다. 달밤이면 달이 다섯 개 뜨는 호수를 돌아 바닷가로 이어지는 것도 마찬가지였다.

그 하얀 길을 따라 내가 이 바닷가에 왔던 것이 사실이었을까. 말했다시피 내가 꿈을 현실로 잘못 받아들이고 있는 것은 아닐까. 나는 저녁이 다가오는 바닷가를 일행들과 어울려 걸으면서 새삼 의구심이 들었다. 모래 장난을 하다 어느새 어둠이 밀어닥쳐 두려움에 떨었던 것도 이 바닷가가 아니라 어느 강가가 아니었을까, 전쟁 때 바다 위에 떠 있던 커다란 검은 배는 다른 바다에 떠 있던 게 아니었을까, 새아버지와 함께 지프를 타고 도착하여 유난히 으르렁거리는 파도 더미를 바라보던 바다는 어느 바다였을까. 나는 초당 두부를 전문으로 하는 음식점에 앉아 두부전골로 저녁을 먹고 한잔 술을 곁들이는 와중에도 의구심을 떨쳐낼 수가 없었다. 예전에는 없던 일이었다. 말했듯이 나는 그곳에 가서 그저 고향답게 밟지 못하고 있다는 피상적인 느낌만 서걱서걱 받았을 뿐이었다. 그런데 이번에는 좀더 구체적인 무엇이 있었다. 아무래도 '문학 여행'이라는 깃발 아래 내가 앞에 나서야 했던 게 나를 들쑤셨음에 틀림없다는 생각이 들었다. 실제로 버스가 멎을 때마다 초록색 바탕에 노란색으로 '문학 여행'이라 커다랗게 씌어진 깃발을 주최측 한 사람이 들었었다. 촌스럽게 그건 왜 드느냐는 참가자들의 말이 없지 않았으나, 그래야만 사진을 찍어 근거를 남길 수 있다는 것이었다. 근거라는 말도 왠지 내 배후를 찔렀다. 여기가 당신 고향이라는 확실한 근거를 보여주시오. 학교 동창이 있소, 일가붙이가 있소, 하다못해 사진 한 장이라도 보여줘야 할 게 아니오.

"달은 안 뜰 테지만…… 어쩌실 건가요, 그냥 숙소로 들어가실 건가요?"

식당 문 앞에 총무가 서 있다가 말을 건넸다. 다섯 개의 달에 대해 한마디의 말을 나누었다고 친근함을 나타내는 모양이었다.

"글쎄요."

그 시간에 숙소로 기어들어가 우두커니 앉았거나 눕거나 한다는 것도 한심한 노릇이긴 했다. 그렇다고 주최측 누군가와 형식적인 대화를 나누며 저녁 시간을 때우기는 더더구나 싫었다. 그럴 바에는 차라리 혼자 어디서 한잔 기울이는 게 상책일 듯싶었다. 혼자 한잔 기울이며, 하다못해 그 하얀 길에 대한 뭔가 더 확실한 '근거'를 더듬는 게 상책일 것 같았다. 그렇지만 이것은 어디까지나 '하다못해'였다.

"특별한 일이 없으시다면 어디서 한잔하시죠. 요즘은 술을 끊었다고 하셨던가요?"

"특별한 일이야, 뭐……"

내게 특별한 일이 있을 리 없었다. '문학 여행'을 따라온 여자답게 그녀는 내 신상에 대해 피상적이나마 알고 있는 것처럼 보였다. 술이라면 한동안 의사의 권고에 따라 입에 대지 않은 적은 있었더랬다. 그러나 아예 끊은 것은 아니었다. 일행들은 벌써 계획들을 세웠는지 삼삼오오 짝을 맞춰 어디론가 흩어지고 있었다.

"잘 아실 텐데, 어디 좋은 데라도 있나요?"

나는 망설였다. 그런데 그 순간, 문득 유등제 때 한 여자와 팔짱을 끼고 들렀던 맥줏집을 생각해냈다.

"저쪽, 석호(潟湖)를 돌아서……"

나는 기어코 말하고 말았다. 호수도 그냥 호수가 아니라 석호였다. 버스에서 다섯 개의 달 운운했을 때도 나는 그 낱말을 꺼내 설명했었다. 석호란 모래톱이 둑처럼 길쭉이 뻗어나가 바다를 바깥쪽 바다와 안쪽 바다로 나누면서 안쪽에 만들어진 호수였다. 뻗어나가는 모래톱 둑을 사취(砂嘴), 즉 모래부리라고 한다는 것도 나는 어느 지질학자에게 들어서 알고 있었다. 내가 왜 굳이 호수라고 하지 않고 석호라고 했는지는 나도 모른다. 어쨌든 나는 그렇게 말하지 않으면 안 되었다. 그러므로 예전 그녀와 함께 온 곳도 그냥 호숫가가 아니라 석호의 모래부리였다고 말하지 않으면 안 되는 것이다. 호수가 바다에서 채 분리되기 전, 오래 전 모래부리가 발달될 무렵, 그런 어느 때쯤…… 그것은 역사가 있기 이전이어도 좋다…… 그녀가 내 옆에 있는 사람이 아닌 한 나는 그 존재를 얼마든지 아득한 과거 속으로 끌고 가도 되는 것이다. 다만 관념으로만 남은 사랑이란 시간과 공간에 구애받지 않고 떠도는 것이다.

나는 여자를 이끌고 걸음을 옮겼다. 비철이어서인지 그때 그녀와 함께 들렀던 맥줏집은 눈에 띄지 않았다. 차라리 다행이라면 다행이었다. 어디 아는 데가 있는 모양이라는 여자의 말에는 대꾸도 하지 않고 멍하니 예전 맥줏집 자리를 바라보던 나는 가까운 술집으로 들어갔다.

"왜요? 못 찾으시겠어요? 여길 찾으신 거예요?"

여자는 의자에 엉거주춤 엉덩이를 붙이고 내 기색을 살폈다.

"아니, 아니, 아무것도 아닙니다. 여기 좀 앉았다가 나무새라도 보고 가지요, 뭐."

"나무새요? 나무새가 뭐죠?"

여자는 눈을 치떴다. 나는 말이 나온 순간 공연한 소리를 했구나 싶었다. 나 스스로도 뜻하고 있지 않던 일이었다.

"말 그대로 나무로 만든 새지요. 그 새에게 신탁(神託)이라도 받았으면 하고요."

나는 여자가 내 말을 한 마디도 못 알아들을 줄 알고 있었다. 나로서도 엉뚱한 소리가 아닐 수 없었다. 도대체 나무새는 뭐며 또 게다가 신탁이란 뭐 말라죽을 신탁이란 말인가. 내가 단오제의 본고장에 와서 그 제의의 중심이 되는 굿이라도 머리에 떠올리고 있단 말인가. 대관령 산신이 나무새를 통해 내게 내릴 말씀이 무엇이란 말인가. 어처구니없는 짓거리였다.

나무새가 없는 것은 아니었다. 동해호텔을 지나 강문의 횟집 마을 한옆, 주차장으로 쓰이고 있는 공터에 세워져 있는 '진또배기' 라는 솟대를 나는 기억하고 있었다. 어디 있을까, 하고 관심을 기울여 살펴보아야 눈에 띄는 그것은 생각보다 훨씬 볼품이 없어서, 옛 사람들이 신령스럽다고 여긴 그 솟대라는 사실이 얼른 믿어지지 않는 것이었다. 그 나무 막대기 위에 올려 앉혀진 새들, 나무를 깎아 만든 그 새들은 차라리 을씨년스럽게 보일 지경이었다. 버스에서 고향을 소개할 때 그것을 일부러 빼놓은 것은 그래서였다. 그렇다 하더라도 나는 언젠가 그 나무새들을 눈여겨보며 이상한 느낌에 빠져든 적이 있었음을 말해두지 않으면 안 된다. 겨우 저거야? 하고 말하려는데, 언뜻 그것들이 펄펄 살아서 하늘 높이 날아오르곤 날아오르곤 하는 것처럼 보였던 것이다. 내 눈이 어떻게 됐다고 쥐어박아도 어쩔 수 없는 일이다. 또, 내가 생각하던 솟대라는 것과 실제 모습에서 얼마나 괴리감을 느꼈으면 그와 같은 헛것으로 변해 나타나기까지 했겠느냐고 손가락질해도 어쩔 수 없는 일이다. 그로부터 나는 그 나무새를 남달리 마음속에 간직하게 되었었다.

물론 그 새들이 영검을 지녔다고 보는 것은 어리석기 짝이 없는 일이다. 그것이 나무토막으로 깎아 만든 새의 모형에 불과하다는 것을 나는 너무나도 잘 알고 있었다.

"달이 떴어도 이 술잔에는 뜨지 않겠지요?"

총무는 거품이 넘치는 맥주 컵을 들고 웃음을 지어보였다. 우리는 술잔을 부딪쳤다. 나무새고 너무새고 간에 나는 아무 연고도 없는 사람과 마주앉아 술잔을 부딪치고 있는 것으로 그만이었다. 나무새에게 무얼 받는다고? 아서라. 내가 잠깐이나마 마음이 휘뚝, 한 것은 과거의 추억 한 토막 때문이었음을 스스로 모르지 않지 않은가 말이다. 나는 술잔을 거푸 들었다. 추억을 안주로 삼는다는 말이 있다는 게 여간 싫지 않았다.

유등제의 그날, 갖가지 모양과 빛깔의 등들이 안에 촛불을 켠 채 호수를 둥둥 떠가고, 그녀의 연등과 내 연등도 다른 등들에 어울려 섞였다. 나라와 국민이 다 잘되기를 빈다는 유등제의 큰 테두리를 그녀가 염두에 두었을 리는 없었다. 등이 호숫물에 떠 흐르는 그 자체에 혹해서 참가를 했다 한들 탓할 사람은 없었다. 그렇다고 해도 개인적인 서원이 있을 것이었다. 아니, 모든 추측이란 섣부른 짓거리에 불과한 것이다. 말하자면 그녀는 아무런 미련 없이 나를 떠나게 해달라는 서원을 세웠을 수도 있었다.

"죽는다는 게 뭘까요?"

나는 불쑥 말을 던졌다. 여자가 어리둥절 나를 쳐다보았다. 모처럼 홀가분하게 집을 떠나와 밤 바닷가에서 맥주잔을 기울이는데 웬 무드 깨는 소리냐는 표정이었다. 그 모습은 처연해 보이기까지 했다. 그의 입에서 대답이 나오기를 기대한 것은 아니었다. 오랜 시간이 지나 다시금 예전의 그 시간이 똑같이 펼쳐지고 있다는 착각까지는 아니라 해도 나는 무엇엔가 홀린 듯했다. 아니라는 걸 너무도 분명히 아는데 마음 한구석에서 옛 등을 밝히고 있는 저 허깨비는 무엇이란 말인가. 아무래도 유등제 탓으로 돌려야 했다. 호숫물에 어릿어릿 어룽지던 등불의 잔영이 뇌리에 살아 있는 탓이었다. 나는 화제를 바꿀 겸 유등제 얘기를 입에 올렸다.

"여기서 그런 것도 하는군요."

여자는 비로소 안정을 되찾고 있었다. 그러나 내가 어딘가 균형을 잃고 미로를 헤매고 있다는 사실은 어렴풋이 깨닫고 있는 듯했다. 아무려나, 나는 변명하거나 호도하고 싶지 않았다. 나는 사람들 앞에서 내 고향을 설명하는 사람이 아니라 나 자신 고향을 찾으려는 사람이었다. 나는 버스에서 말하지 않았던 것들이 뭐 없을까 하다가, "내 마음은 호수요" 하고 노래한 김동명 시인도 여기 사람이니 그 호수도 필경 우리가 바라보는 저 호수를 염두에 둔 게 아니겠느냐, 하고 제법 '문학 여행'에 걸맞는 얘기에서부터, 감자부침개니 삼숙이탕이니 하는 먹을거리 얘기까지 주섬주섬 늘어놓았다. 감자부침개는 감자를 썩여 앙금을 내서 만들어 먹곤 하던 것이라는 둥, 다른 지방에는 잘 알려지지 않은 삼숙이탕의 삼숙이란 꺽저기라는 울퉁불퉁 못생긴 물고기를 재료로 한 매운탕이라는 둥, 오죽헌의 오죽도 오죽이지만 몇백 년 묵은 배롱나무 역시 이름난 것이며 한여름에는 선교장의 연꽃도 볼 만하다는 둥, 나는 얘기를 이어나갔다. 선교장에 딸린 건물로서 열화당이 있는데, 이름난 미술 전문 출판사인 열화당은 그 집 출신 사람이 일으켜세우며 붙인 이름이라는 소개도 곁들였다.

하지만 얘기를 하면 할수록 나는 헛헛하기 그지없었다. 누군가 옆에서 얘기를 듣다가 불쑥, 그렇게 말하는 댁은 도대체 누구요? 하고 물어올까 봐 조바심이 났다. 하기야 켕길 것은 없었다. 나도 엄연히 '감자바위'의 한 사람으로서 고향에 욕될 만한 짓을 한 적은 없지 않은가. 그런데도 나는 무엇엔가 쫓겼다. 호적을 떼어다 코앞에 들이밀 있으면 좋으련민, 그게 제대로 되어 있지 않은 것도 큰 장애였다. 새아버지 밑으로 정리되어 있기 때문이었다. 옛날, 어머니가 읍사무소 앞에서 담배 장사를 했지요. 뭐? 여기 담배가 어디 따로 있나. 그때 담배 이름 아는 게 있음 대보슈, 어서. 글쎄…… 화랑 담배 연기 속에 사라진…… 이런 사람 봤나. 그 육이오 때 군가를 누가 모른단 말요. 우헤헤헤.

좋다. 육이오전쟁 통에 나의 이웃집 어린 소녀 세화도 죽었다. 뿔뿔이 흩어져 돼지우리에 납작 엎드려 있다가 헤어졌는데 죽었다고 했다. 아니, 소꿉 친구가 문제가 아니었다. 그보다 앞서서, 본격적인 전쟁의 전초전에서 아버지를 잃은 내가 아닌가. 바로 이 산기슭 땅, 바닷가 땅에서 말이다. 그런데, 우헤헤헤? 내 경건한 고향맞이 앞에 더러운 아가리를 닥쳐라!

나는 미궁 속에서 벗어나기 위해 몸부림치고 있었다.

"집 앞을 지나는 하얀 신작로가 늘 떠올라요. 고향에 대해 말해보라면 그 하얀 길이 먼저 떠오르니…… 백지가 주어지는 셈인지…… 그리곤 죽음이 그려지죠."

나는 다시금 죽음을 꺼낸 내가 원망스러웠다.

"고향이란 때로 불편하기도 하죠."

여자는 조심스럽게 동조했다. 세화도 이 세상에 없고, 유등제에 왔었던 여자도 멀리 떠났다. 그러고 보니 둘의 모습이 어딘가 닮았다는 생각이 들었다. 내게 주어진 백지에 세화의 모습을 그릴 경우, 별수 없이 유등제의 그녀를 그려 넣을 수밖에 없다고도 여겨졌다. 세화의 모습이 영 아리송한 데 비해 유등제의 그녀의 모습은 또렷하기 때문이 아니었다. 어느새 둘의 모습이 하나로 겹쳐 떠오른다고 느껴졌다.

"그런데 그 죽음이란 게 고향 땅하고 연결이 안 되니…… 그냥 백지에 그려진 신기루 같다고나 할까요."

여자가 전혀 알아들을 수 없는 말임을 나는 알고 있었다. 그것이 내가 그 죽음들을 전폭적으로 받아들이지 못하고 있다는 말과 같다는 걸 알 사람은 거의 없을 것이었다. 내가 그 죽음들을 직접 목격하지 않은 한 그들은 그저 멀리 떠나간 것에 지나지 않았다. 내가 그 여행의 '선생님'으로 온 사람이 아니었다면 총무는 벌써 자리를 털고 일어났을 것이었다. 백지에 그려진 신기루 좋아하시네. 여자는 속으로 빈정거릴 터였다. 이 금쪽 같은 밤에 죽음은 웬 죽음?

아버지의 죽음은 내게는 쉬운 문제가 아니었었다. 나는 오랫동안 아버지가 교전 중에 전사한 것으로 알고 있었다. 전쟁이 본격적으로 일어나기 전에 세상을 떠나긴 했으나, 그 무렵 워낙 잦았던 작은 충돌들 가운데 어느 하나에 휘말렸다고 알고 있었다. 그런데 실상은 좀 다르다는 이야기도 있었다. 아버지는 소속 부대를 이탈하다가 총을 맞고 목숨을 앗겼다는 것이었다. 어디서 어디까지가 사실인지 모를 일이었다. 그걸 이제 와서 시시콜콜 따져서 무엇 하겠느냐고 할지 모른다. 어차피 그런 일은 이 땅에서는 흔한 일 가운데 하나가 아니겠느냐고 할지도 모른다. 그렇지만 내게는 다른 파장이 있었다. 다른 이야기도 있다는 것은 얼마 전에야 들었다. 전화를 걸어온 사람은 아버지의 동료라는 사람이 지금도 아버지의 무덤을 찾아보곤 한다고 무슨 큰 비밀인 것처럼 속삭였었다. 나는 무덤덤하게 그 전화를 받았다. 그래서 어쨌다는 거냐고, 그러면서도 나는 은근히 반감이 솟았다. 시간을 내서 찾아가봐야죠. 나는 그렇게 말하고 전화를 끊었다.

그런 다음 이런저런 일로 쫓기고 또 갑작스럽게 외국에도 다녀오느라 대관령을 처음 넘은 것이었다. 외국에 가서도 아버지의 일은 새로이 불거져나와서 불편한 혹처럼 내 의식에 따라붙어 있었다. 뭐 달라질 게 있느냐고, 그럴 게 없다고 아무렇지 않게 흘려버리려고 해도 왠지 잘 되지 않았다. 그렇다고, 혹이라는 표현을 곧이곧대로 들어서는 안 된다. 불편한 원인을 규명하겠다고 들여다보면 혹은커녕 별것 없었다.

어쨌든 나는 실상을 잘못 알고 여태껏 키워온 생각에 잘못된 구석이 있다면 이제 고쳐먹어야만 하리라 다짐하고 있기는 했다. 또, 아무런 근거가 없는 고향에서 아버지의 무덤은 가장 확실한 근거의 뿌리가 되리라 믿는 마음도 들었다.

당장은 '문학 여행'으로 온 까닭에 무덤이니 동료니 찾아볼 시간이 없는 것이 다행이었다. 그러므로 나는 고향 풍경을 신기루처럼 바라보아도 좋은 것이었다. 신기루를 걷어버리고 실제에 다가가야 한다는 조바심과, 신기루로 남겨두고 바라보아도 좋다는 여유 사이에서 나는 유예된 생명이었다.

"오늘 여기 와서…… 어디든…… 하얀 길은 없었지요?"

여전히 여자가 모를 소리였다. 그러나 나는 이미 특정한 누군가를 상대로 술잔을 기울이고 있는 게 아니었다. 이 점, 여자에게 사과를 드려야 하겠지만, 어쩔 수 없는 일이었다. 누가 내 옆에 없이 비록 혼자였더라도 나는 그 술집쯤에 기어들어가 혼잣말을 그렇게 중얼거렸을 게 분명했다.

"나무새가 날아가는 하얀 길?"

그런데 여자의 목소리가 하얗게 날아왔다. 그 목소리가 왜 하얗다고 느꼈는지는 묻지 말길 바란다. 여자는 어느 틈에 내 감정 상태에 걸맞은 말대꾸를 연구해낸 모양이었다. 나는 취기가 제법 올랐는데도, 놀란 표정을 짓지 않기 위해 애썼다. 내가 가리키는 하얀 길이 '나무새가 날아가는 하얀 길' 이라는 투로 정말 신기루 같은 길은 아니라는 건 두말할 나위도 없었다.

"그거야말로 신기루로군."

나는 혼잣말처럼 말했다.

"그래요. 모든 건 생각하기 나름이에요."

여자가 내 빈 술잔에 맥주를 가득 채웠다. 여자가 단정적으로 말하는 한 하얀 길이든 뭐든 따질 것 없이, 생각하기 나름이라는 편리한 분류 서랍 속에 가두어지고 있었다. 나는 갑자기 가슴이 답답해진다고 느꼈다. 그 길은 그렇게 허망하게 사라져서는 안 되었다. 신기루로 떠 있다가 가뭇없이 사라지는 덧없는 존재가 되어서는 안 되었다. 나는 맥주를 벌컥벌컥 들이켰다. 유예된 생명은 그 자체가 자칫 신기루처럼 되고 말지 모른다는 초조감이 밀려왔다. 가끔 그랬듯이, 물속에서도 목마른 물고기라는 느낌도 들었다.

"저 마차 한번 타봤으면."

여자가 바깥을 내다보며 지나가는 투로 말했다. 이미 어두워진 바깥 길로 마차가 지나가고 있었다. 돈을 받고 사람들을 태우고 호숫가를 오르내리는 일종의 유람 마차였다. 영업을 끝내고 돌아가는 모양이었다. 여자는 막상 말은 했으나 꼼짝도 하지 않았다. 그런 어느 순간이었다. 나는 다짜고짜 바깥을 향해 소리쳐 마차를 세웠다.

"자, 나가서 저걸 탑시다."

내 말에 여자는 말없이 웃으며 일어났다. 술집에 앉아서 여행 기분에 도무지 어울리지 않는 넋두리를 듣고 있느니보다 월등 속시원한 일이긴 할 것이었다. 낮에 볼 때는 조잡스럽다고 느낀 마차의 꾸밈도 어둠에 감싸이니 꽤나 그럴듯해 보였다. 마부는 영업이 끝났다는 말에 이어 어서 타라는 손짓을 하고 있었다. 나는 목적지를 말하고 요금을 치렀다.

우리를 태운 마차는 어둠이 짙게 밀려오는 호숫가를 달리기 시작했다. 늦가을 바람이 선득거리며 불어왔다. 길바닥을 두드리는 말굽쇠 소리가 유난히 크게 호숫가를 울렸다. 어디로 가느냐고 여자가 물었지만 그것은 그냥 던지는 말이었다. 그 말을 받아서 나는 신기루에 있는 나무새를 만나러 가는 길이라고 대답해주었다. 아무려나 상관없는 일이었다. 우리가 현실 속에서 마차를 타고 있는 게 너무도 확실한 이상 우리의 목적지가 신기루라도 상관없고 꿈속이라도 상관없다는 생각이 들었다. 아니, 실제로 나는 강문의 진또배기까지 가는 요금을 흥정했던 것이다. 그 솟대의 나무새를 직접 보아야만 할 듯싶었다. 어두워서 보이지 않는다 하더라도 그것은 또 다른 문제였다. 그 밑에 서서 저것이 나무새요, 하고 소리라도 치고 싶었다.

마차는 횟집과 카페들의 네온사인 불빛을 울긋불긋 받으며 호수 귀퉁이를 벗어나고 있었다. 나는 머나먼 이국 땅 어디를 집시처럼 방랑한다는 환상이 밀려와 피식 웃음이 비어져나왔다. 이국 땅에서 맞닥뜨렸던 집시들의 모습도 눈에 어른거렸다. 참 유치찬란한 환상이군. 그러나 그 웃음과 속말과 함께 내 마음에 바닷바람처럼 밀려오는 것이 있었다. 여기서 나는 다시 한 번 유치찬란하다는 말로 나를 다독이지 않으면 안 된다. 그것은 내가 원초적으로 간직하고 있을 어떤 슬픔이었다. 외로움과 그리움이 원초적으로 품고 있을 슬픔이었다. 고향을 바라보며 원초적인 슬픔 운운하고 있는 족속이 과연 집시가 아니고 무엇이겠는가, 나는 반문하고 있었다.

바닷가의 산굽이를 돌아가는 길은 어둠에 묻혀 있었다. 길 아래쪽으로는 파도가 희끄무레하게 부서지고 있었다. 그 산굽이 길을 돌아가면 나무새가 있는 마을이었다. 그때 나는 무엇인가 내 가슴을 휘익 뚫고 지나간다는 느낌을 받았다. 내 감정이 이미 충분히 격앙되어 있었다고 해도 나는 개의치 않는다. 그와 함께 나는 이제야말로 정말 고향을 찾아가고 있다는 믿음이 솟구치는 마음이었다.

미궁 속 미로가 옳게 트이는가 하더니 어둠을 헤치고 하얀 길이 열리고 있었다. 바다로부터 호수를 만들어가는 모래부리가 길쭉이 뻗어나가며 열고 있는 길이었다. 마차는 모래부리로 달려가고 있었다. 하얀 길은 아득히 멀리멀리 하늘까지 이어졌고, 그 길이 끝나는 곳에 아버지의 무덤이 자리잡고 있었다. 저 새들 좀 봐. 누군가 모래부리의 새들을 가리키고 있었다. 그 얼굴은 세화의 얼굴이기도 했고, 유등제의 그녀의 얼굴이기도 했고, 또 마차 옆자리의 여자의 얼굴이기도 했다. 자세히 보니, 모래부리의 새들은 모두 나무새였다. 하늘 높이 날아오르곤 날아오르곤 하는 그 나무새들이 마차가 달려나가는 앞으로 앞으로 하얀 길을 언제까지나 열고 있는 것이었다.

"다 왔어요. 여깁니다."

나는 아까부터 이런 밤길은 위험하다고 중얼거리는 마부에게 말했다. 마차에서 뛰어내린 나는 다 왔다는 내 말에 긴가민가 엉거주춤 앉아 있는 여자를 향해 손을 내밀었다. 세화를 향한, 유등제의 여자를 향한, 아버지를 향한, 하얀 길을 가리키는 손이었다. 마부는 강문 진또배기는 아직 더 가야 되는데, 하는 몸짓이었다.

모래부리의 나무새들이 하늘 높이 날아오르고 있었다.

5

한국으로 돌아오자마자 나는 지방의 그 도시로 향했다. 남해 섬에서 가까운 그 도시는 A의 고향이었다. A의 죽음에 대해 들은 것은 스리랑카를 떠난 지 얼마 지나서였다. 나는 마침내 귀국 길에 올랐으나, 상당히 먼 우회로를 택하기로 했었다. 내게는 아직 모든 게 미정의 상태였다. 그러다가 A의 죽음을 듣게 되었고, 그것이 귀국을 재촉하고 말았던 것이다. 그리고 그 지방 도시에서 하룻밤을 보냈다. 새벽 5시, 옆의 여자는 잠에 곯아떨어져 있었다. 퍼뜩 눈을 뜨고서도 옆에 여자가 있다는 생각은 채 못 하다가, 그랬었지, 하고 그 존재를 인식했었다. 모닝콜을 부탁하지 않았는데도 새벽에 시간 맞춰 눈이 떠진 게 신기하기도 했다. 누운 채 손목시계를 집어 희미한 야광침을 들여다보고 나서야 나는 안심이 되었다. 한겨울의 캄캄한 밤시간은 꿈속인 듯 모호하기만 한 것이었다. 옆의 여자와 간밤에 어울렸다는 사실도 그랬다. 술집에서 만났고, 새벽에 선창에 함께 나가자는 약속을 하고 그 여관에 들었었다는 사실이 뒤따라 알려져왔다.

"바다가 보이는 쪽으로 방을 주시오."

어두운 여관 복도에 내 목소리가 울렸다. 그 장면은 또렷했다. 바다가 보이는 쪽이란 실상 아무 소용도 없었다. '새 천년'의 막이 열린 지도 며칠이 지나 있었고, 달은 없었다. 쓸개처럼 검은 바다가 창문 밖에서 무겁게 출렁이고 있는 데 지나지 않았다. 달 말이지. 낮에 나온 반달은 해님이 쓰다 버린 쪽박이란 기, 너무하잖이? 갑자기 밤하늘을 쳐다보며 나는 오래 전에 한 A의 말을 떠올렸다. 달도 없는 밤에 왜 하필이면 그 말인지 모를 일이었다. 꼽아보면 달에 얽힌 사연이 웬만큼 없는 사람은 없을 터였다. 그러나 추억 속에서 달은 불길하고도 음험한 섹스처럼 구름에 가려 있었다. 그 여관으로 오는 동안, 나는 온갖 추억 속을 헤엄쳐 지나는 느낌이었다. 그 추억의 바다마다 내가 주인공이라고 믿을 수 있는 근거는 어디에도 없을 듯싶었다. 나는 어리둥절하게 내 과거를 돌아다보았다.

"바다, 지겨워요. 좆같이."

여자는 그러더니 방에 들어가자마자 침대 위에 모로 고꾸라졌다. 무엇 때문에 술집에서 여자와 함께 나왔는지 알 수 없었다. 새벽에 선창에 함께 나가자는 건 별다른 약속도 아니었다. 모든 게 술 탓일 텐데, 구태여 꼬투리를 달자면 여자가 섬에서 도망쳐나왔다고 했기 때문이라고 여겨졌다. 그랬을 것이다. 그것밖에는 달리 대답을 얻을 수 없었다. 미로의 막다른 골목을 우연처럼 간신히 빠져나오곤 했던 지난 인생이었지만, 길거리 여자와의 관계는 거의 없었다. 나름대로 해석하자면, 나 역시 오랫동안 명예롭지 못한 수배자로서 쫓겨다닌 나머지 그렇게 되었을 뿐, 뭐 특별히 결벽증이 있다거나 해서는 아니었다. 쫓겨다니는 남자에게는 보호해줄 여자, 특히 혼자 쓰는 방을 가진 여자만이 절실했다. 그래서 모든 쫓겨다니는 남자에게는 여자 같은 방, 혹은 방 같은 여자가 필요하다. 생각의 꼬리를 물고 들어가보니 거기에 납득할 만한 대답이 있었다. 그러니까, 나는 그 여자가 섬에서 도망쳐나왔기에 함께 여관으로 온 게 아니라, 여자가 있는 방이 필요했던 것이다. 오래 전에 이미 나는 쫓겨다니는 신세를 면했는데도 의식은 아직 나를 놔주지 않고 있는 꼴이었다. 무의식으로 남아 있는 잔재나 관성이 더러운 굴복을 요구하는 게 인생의 한계였다. 그것이 사랑이라면 그래도 나았다. 그대, 언젠가 나를 차버리고 떠난 여자를 닮았어. 지난 세기에, 1900년대식 사랑이었지. 정말 천 년이 지나갔어. 나는 거짓말을 늘어놓았다. 여자는 아무려면 어때 하는 얼굴이었다. 섬에서 도망쳐나왔다고 말하는 얼굴이 어두운 바다를 축소해놓은 것처럼 보인다는 생각이 들었다.

나는 세수도 하지 않고 밖으로 나왔다. 물소리에 여자가 깰까 봐서였다. 그 작은 도시에서 선창으로 가는 길을 못 찾을 리는 없었다. 터미널에서 택시를 타고 나는 선창 가까운 어디에 대달라고 했었다. 새벽 선창가를 어슬렁거리다가 허름한 술집으로 기어들어가 국물을 앞에 놓고 한잔 술을 기울이는 것이야말로 인생의 행복이었다. 언제부터 그렇게 되었는지는 알 수 없었다. 아무리 말끔히 단장된 식당에서, 아무리 잘 조리된 음식을 먹는다 해도 못 미칠 행복이었다. 태어날 때부터 내게는 밑바닥 인생 행로가 적합하도록 운명지어졌다는 생각이 들었다. 이른바 '새 천년'을 맞아 다들 야단법석으로 치른 행사도 나름대로 치렀으나, 이제야 비로소 내 나름의 행사를 치른다는 생각이었다.

그러나 나는 오래 전의 그 도시를 알고 있었다. 간밤에도 나는 여자에게 말했었다. 그 햇수를 짚어 말하자 여자는 갑자기 귓속으로 기차가 지나가기라도 한 것처럼 멍하니 나를 쳐다보았다. 여자는 그때 태어나지도 않았었다. 그토록 오래 전, 나는 그 도시로 한 A를 만나러 갔었다. 그때도 나는 우연히 어시장을 지나갔었다. A는, 칠면조가 붉은 목살을 길게 늘어뜨리고 방문객을 불안하게 기웃기웃 살피는 집에 살고 있었다. 여기가 정화동 27번진가요? 그러자 어머니인 듯싶은 어른 뒤로 그녀가 흰 얼굴을 빼꼼 내밀고, 누군가, 하고 나타났다. 어머.

어머. 그 짧은 놀람의 소리는 그뒤 오래오래 내 귀에 남아 있었다. 그날 우리는 공원으로 가서 꽤 긴 시간을 보냈다. 그때까지 나는 사람들이 공원이라는 델 왜 가는지 도무지 알 수 없었다. 공원에 무엇이 있는지 가보았지만, 특별한 건 아무것도 없었다. 풋복숭아를 사서 그녀의 입에 물려주는 내 손은 긴장되어 떨렸다. 튕겨져나온 철심처럼 내 가슴도 쇳소리를 냈다. 특별한 아무것도 없는 공원에서 특별한 아무것도 없는 얘기를 나누면서도 머릿속이 매미처럼 기승을 부리고 울고 있는 게 그때의 사랑이었다. 그녀는 손수건으로 연신 목덜미의 땀을 닦으며 무엇인가 어렵게, 어렵게 말을 이어가고 있었다. 세월이 지나면 그 내용은 어디로 가고 그 형식만 남는다. 마음은 어디로 가고 풍경만 남는다. 주관은 어디로 가고 객관만 남는다.

어머. 그녀의 입에서는 처음 관계를 시도하여 삽입이 되었을 때도 그런 소리가 새어나왔다. 그렇게 그녀와의 만남은 이루어졌다. 칠면조와 풋복숭아와 '어머' 소리로 이루어진 만남이었다. 그때 그녀는 말했었다. 2000년이 되면, 우린 어떤 모습일까. 그것은 내게는 결코 불가능한 시간의 담보가 아니었다. 나는 그것을 약속처럼 기억하고 있었다. 그녀는 얼마 뒤 결혼하여 내게서 멀어져갔지만, 시간이 갈수록 내게는 2000년이 새로워졌다. 어차피 다가오게 되어 있는 시간이었다.

하지만 그녀는 약속을 지키지 못하고 말았다. 2000년이 되었으나 우리는 '어떤 모습'이든 볼 수 없게 되었다. 대망의 2000년을 얼마 앞두고 그녀는 그만 세상을 떠났던 것이다. 무슨 수를 써서든지 그 약속을 지키고야 말겠다는 듯, 여러 번의 죽을 고비도 용케 넘기고 살아온 나로서는 야속하기 그지없는 노릇이었다.

그러나 이렇게 말하고 있는 것에 약간의 어폐는 있다. 그녀가 세상을 뜰 무렵 나는 외국에 있었으며, 한국으로 돌아올 구체적인 생각은 하지 않고 있었다. 더 정확하게 말하면, 그녀의 모습을 이제 이 세상에서 영원히 볼 수 없다는 사실을 몰랐더라면 나는 한국에 돌아오지 않았을 것이다. 그러나 그 소식을 알게 된 나는 한국으로 급히 돌아왔고, 그녀의 고향으로 오고야 말았다. 무엇 때문일까. 범죄를 저지른 자는 반드시 그 범죄 현장을 찾는다는 말이 떠올랐으나, 그건 내게 적용되는 말은 아닐 것이다. 역시 약속 때문일까. 알 수 없었다. 처음에는 그저 막막하기만 했던 그 생각은 문득 사막 위에 몰려온 구름처럼 내 앞을 가로막았다. 뭉실거리는 어지러움에 나는 순식간에 눈이 멀 지경이었다. 그리고 하나의 약속이 금강저(金剛杵)처럼 머리를 깨고 들어왔다. 내가 어떤 의식을 치르지 않는다면 그녀는 결코 눈을 감지 못하리라.

내가 스리랑카를 떠나 도착한 곳은 러시아 연방에 속하는 작은 불교국가로서, 애초에 그곳에 가려고 계획했던 것은 5년 전이었다. 그래서 나는 문예진흥원에 지원 신청서까지 냈었다. 그러나 그것도 쉬운 일은 아니어서 이리저리 어긋나다가 겨우 그제서야 떠날 수 있었던 것이다. 그러니까 애초의 계획이 거의 5년이 되어서야 실현된 셈이었다. 그러다가 그만 급히 돌아오게 되었으니, 그 계획은 물거품으로 돌아가게 되었다고 해도 잘못된 말이 아니었다. 물론 나는 그곳에서 만난 우리 사람들 몇몇에게 다시 돌아오겠다고 말해두기는 했다. 그러나 그건 나도 모를 일이었다. 한국에서 일어나는 많은 일들이 못마땅하기는 해도 역시 한국은 내 고향이었다. 한국에서의 가치관의 실종은 분노를 지나 허탈에까지 이르게 하기에 족했다. 고등학교 때 '악화는 양화를 구축한다'는 말을 무슨 뜻인지도 잘 모른 채 외웠었는데, 아마도 그 말은 이놈의 세기말 한국의 실정에 딱 들어맞는 듯싶었다. 한국의 신문, 방송, 잡지 등 매스컴이 보여주는 짓거리는 한마디로 '악화'를 붙좇는 일일 뿐이었다. 그 나라를 택한 것은 러시아 여행 중에 사귄 우리 동포 한 사람이 새로 그곳에 정착하여 살게 된 때문이었다. 그는 화가이면서 소설가이기도 했다. 그가 한국에 오는 데는 초청장이 필요하다고 해서 내가 이리저리 뛰어다닌 끝에 마련해 보내준 적이 있었고, 그는 그 초청장으로 한국에 와서 인사동에서 전람회까지 열었었다. 그 무렵 나는 다음과 같은 글도 남겼다.

푸슈킨 거리의 어느 날 나는 그를 만났다. 사연을 듣고 본즉 여러 곳을 전전하며 살아온 그도 난민의 한 사람으로 볼 수 있겠는데, 그림을 그리며 소설을 쓰고 있었다. 일찍이 한반도를 떠나 북쪽으로 유랑해간 우리 민족 누구나 다 그렇듯이 그도 유랑인으로서 험난한 인생 역정을 걸어 거기까지 온 것이었다. 하지만 강조되어 마땅한 것은, 그에게 어떠한 고난이 있었다고 해도, 그것이 그의 예술혼을 꺾을 수는 없었다는 사실이다. 그것은 깊은 색감과 강렬한 이미지들로 삶의 갈등에서 조화를 창출해내려는 몸부림이었다. 현실은 이상을 향하여 날개를 달되, 그 이상은 또한 현실에 발붙이고 있어야 한다. 그 사이에서 감각은 영생을 얻는다. 그의 예술에서의 둔중한 우수(憂愁)는 다분히 중앙아시아적인 것이다. 그러나 그 절박함이 우리 민족의 옛 정서에 닿아 있음을 지나쳐서는 안 된다. 기교보다도 본질에 집착하고 있는 정신도 건강한 힘을 간직하고 있다. 개인의 고뇌를 우주화하려는 노력 속에 자연이 있고, 문화가 있다. 그리하여 삶이 있고, 꿈이 있다.

다시 읽어보면 상당히 피상적인 헌사(獻詞)였다. 그리하여 이번에는 내가 그의 신세를 질 차례였다. 중앙아시아에 살던 그가 한국에서 돌아가 어떤 경로로 그 작은 불교 국가로 갔는지는 모를 일이었다. 그가 전화를 걸어오기 전까지 나는 그런 나라가 있는지조차 잘 모르고 있었다. 하기야 특별히 알 까닭도 없었다. 카스피 바다 옆, 거기를 보시오. 그 나라에 우리 사람들도 많이 살아요. 그렇게 많은 건 아니지만. 전화로 들으니 처음 만났을 때보다 부쩍 는 한국 말 실력이 귀를 울렸다. 그제야 나는 그에게 봉은사를 보여주러 갔던 어느 날 그가 그런 나라를 언뜻 얘기했었던 기억이 되살아났다. 내가 불교, 부처, 붓다, 부디즘 운운하며 절에 대해 설명하자 한참 동안 듣고 있던 그는 러시아에도 이런 곳이 있는 나라가 있다고 대꾸했던 것 같았다. 그의 대꾸를 건성으로 들었던 것이, 그가 그곳으로 삶의 터전을 옮겼다고 함으로써 다시 귀에 들어왔다. 내 언제 한번 가리다. 말해놓고 나서 그가 '가리다' 라는 말을 알아들을까 싶었으나 그는 꼭 오시오, 꼭 오시오 하고 다짐하고 있었다.

과연, 카스피 해를 끼고 북서쪽에 작은 공화국이 하나 있었다. 칼미크. 티베트에서 전래된 황모파(黃帽派) 라마 불교를 믿는 칼미크 사람들의 자치 공화국. 그리고 칼미크 사람들이란 몽골족의 일파라고 되어 있었다. 얼마 전부터 텔레비전에서 티베트에 대해 여러 번 보여주어서 황모파 말고 흑모파(黑帽派)도 있다고는 알고 있었으나, 노란 모자든 까만 모자든 하여튼 그런 곳에 몽골족의 불교 나라가 있다는 건 흥미로운 사실이었다. 그곳은 카프카즈 산맥이나 볼가 강으로 잘 알려진 지역인 데다 최근에는 체첸의 독립 운동으로 전세계의 눈길이 쏠리는 지역이기도 했다. 그런 곳에 그런 나라가 있었으며, 또한 그런 나라에 우리 민족이 살고 있었다. 아닌 게 아니라 다른 나라의 잘 알려지지도 않은 구석에 우리나라 사람이 어느 틈에 쑤시고 들어가 있는 걸 보면 놀라지 않을 수 없었다. 카스피 해 언저리의 라마 불교 나라를 더듬고 있던 나는 뒤늦게야 한국의 한 라마 불교 양식의 탑에까지 이르렀다.

서둘러 고백하자면, 그 탑이 아니었다면 아무리 그가 꼭 오시오를 거듭했다고 해도 나는 그 나라로 가지 않았을 것이다. 그런데 탑이 있었다. A를 만나고 왔던 해의 가을에 그녀와 함께 공주의 마곡사에 가서 보았던 탑이었다. 그 탑이 라마 불교 양식이라고 들었던 기억이 신기하게도 되살아났다. 특별히 기억하려고 했던 것도 아니었다. 설명을 듣고 그냥 그런 것도 있구나 하고 잊어버렸다는 게 옳을 것이었다. 그런데 몇십 년이 지나 카스피 해 언저리의 이상한 나라를 거쳐 마치 환생(還生)처럼 다시 모습을 드러내고 있었다. 그해 가을에 그녀의 자취방은 슬그머니 그녀와 나의 보금자리가 되었다. 그리고 이듬해 가을, 여행을 가서 우리는 그 탑 앞에 고즈넉이 섰었다. 젊은 열락의 시간들이 회오리바람처럼 탑을 휘돌아 잠깐 차디찬 석영같이 빛나고 있는 게 내 눈에 비쳤다.

"탑은 안에 뭘 집어넣어두는 창고래."

"창고? 뭘?"

"뭐겠어?"

그녀는 대답하지 못했고, 웬일인지 나도 더 이상 무슨 말을 하지 않았다. 탑을 한 바퀴 돌아나왔다는 것뿐, 기억은 거기에서 끊어졌다. 우리의 헤어짐에서 탑이 뜻하는 게 무엇인지 신탁(神託)처럼 어떤 소리가 들릴 것만 같았으나, 나는 아무 소리도 듣지 못했다. 그렇지만 나는 탑이 그것을 알고 있다고 믿었다. 우리가 탑 앞에 섰을 때의 그 차디찬 석영빛이 우리의 운명을 예견하고 있었음에 틀림없었다. 그 당시는 몰랐더라도 전조는 어떤 방식으로든 얼굴을 드러내는 법이니까 말이다. 탑은 이별을 예견하고, 또 증명하며 거기에 서 있었다. 그렇다면, 우리의 만남이 그 탑 안에 넣어두고 떠난 것은 없었을까. 창고에 뭘 집어넣었는지 그녀와 나는 물음만 던진 결과가 되고 만 셈이었다. 그게 뭐였을까.

"거기에 탑이 있는 절도 있어요?"

나는 물었다.

"말을…… 뜻을…… 모르겠어요."

그는 머뭇거렸다.

"아, 거, 왜 스투파…… 그전에 서울에서 절에 갔을 때……"

나는 전화로 손짓 발짓을 했다. 곰곰 머리를 쓰는 그의 표정이 전화로 전해져왔다.

"아, 있어요. 그런 거 있어요."

이윽고 그의 대답이 씩씩하게 들려왔다. 나는 멀리멀리 가서 탑을 보고 싶었다. 이 세상에서 가장 멀리 있는 라마 형식의 탑을 보고 싶었다. 실질적으로는 그가 한국에서 또 한 번의 전람회를 열었으면 하고 희망했기 때문에 그 상담이 더 절실했지만, 나는 탑을 보고 싶었다. 세월이 이다지도 지나 새삼스럽게 풋복숭아의 추억을 더듬자는 것은 아니었다. 그녀와 헤어지고 나서 내가 가졌던, 어두운 바깥 계단으로 구둣발을 더듬어 내딛는 느낌이야말로 내 인생의 시작이었음을 아는 나로서는, 가장 멀리 있는 탑을 봄으로써 내 인생을 가장 뜻 깊게 해석할 수 있다고 불현듯 생각되었던 것이다. 거역할 수 없는 쏠림이었다. 이제 탑은 그녀와의 만남이 어떻느니 하는 어릴 적 얘기를 떠나 내 과거, 현재, 미래의 문제 앞에 서 있었다.

그는 러시아 사람의 시골 별장을 빌려 생활하고 있었다. 나는 노트북 컴퓨터와 스리랑카 패엽경과 책 몇 권에 자질구레한 일용품들의 짐가방을 풀어놓고, 옛날 혜초가 그랬던 것처럼 내 고향 동쪽 하늘을 바라보며 합장했다. 나는 무슨 생각인가를 하고 그리고 상황이 허락된다면 무슨 기록인가를 남길 것이었다. 상황이 허락된다면…… 술에다 담배에다, 많이 나빠진 몸도 몸이지만, 그보다 한국의 얄팍해진 문화 풍토에서 어떻게든 비비고 사느라고 내 정신은 황폐하기 그지없게 되어버렸다. 대중인지 민중인지 민초인지 표현이 무엇이든지 간에 거기 맞추어진 상술의 문화밖에는 살길이 없는 풍토에서, 정화될 기회를 잃은 정신은 잠 못 이루고 악귀처럼 헤맬 뿐이었다. 그녀와 헤어진 뒤, 다른 여자들과 동거도 했고 결혼도 했으나 나는 적응할 수 없었다. 그런 내게 상황이 어떻게 허락될 수 있단 말인가…… 나는 수도인 엘리스타는 물론 아스트라한이며 볼고그라드 등 도시들을 돌았고, 나중에는 아르메니아 공화국의 수도 예레반까지도 갔다. 그곳에도 옛적 공산 시절이 더 좋았다고 한숨짓는 많은 사람들이 있었다. 상황이 허락된다면…… 라마 불교의 탑 앞에서 고향을 바라보며 나는 노스트라다무스처럼 한숨지었다.

"꼭 참석해야 돼. 네가 우리 모임의 괴수였잖아. 동해안에서 새 천년을 맞자고."

모처럼 걸어본 전화에서 한국의 친구들은 말했다. 전화를 건 것부터가 잘못이었다.

"새 천년은 무슨…… 하루하루는 일상인데……"

"너 말한 거 잊었어? 2천년까지만 살면 그만 아니냐구."

"그야…… 글쎄……"

나는 아직은 돌아갈 생각이 전혀 없었다. 비행기 사정을 방패막이로 둘러대면 쉽게 뿌리칠 수 있는 일이었다. 나는 우선 내가 와 있는 이곳의 카프카즈 산맥을 여행하고 와서 푸슈킨의 『카프카즈의 노예』를 원어로 더듬더듬 읽어야 했다. 푸슈킨이 그곳에 유배되었다가 그런 소설을 쓴 것은 오래 전에 알고 있었다. 그 제목을 톨스토이가 다시 인용하여 쓴 것도 알고 있었다. 푸슈킨이 마지막 숨을 거둔 집에는 카프카즈의 산을 그린 그림과 카프카즈의 칼이 걸려 있었다. 나는 전혀 다른 세계에 살고 싶었다. 가장 먼 곳에서, 내 오랜 화두인 외로움과 그리움으로 나를 정화하지 않으면 안 된다. 마곡사의 탑과 연결된 탑이 있고, 편히 누울 침대가 있고, 푸슈킨을 가르쳐줄 선생이 있었다. 나는 한국에서와 달리 밤마다, 티베트 고원에서 조장(鳥葬)을 기다리는 주검처럼 편히 쉴 수 있다는 생각에 잠 못 이루었다. 그런데 한국에 전화를 걸었던 것이다.

"그리고 말야, 그애, 걔가 죽었다더라. 우리도 몸조심해야지. 나이가 이렇게 되니까……"

"누구?"

대학 때부터의 친구들이 주축이 된 모임이므로 나와 관련된 모든 것을 알고 있다고 해도, 그 전갈은 충격이 아닐 수 없었다. 그녀의 죽음은 그렇게 내 귀에 전해져왔다. 오랜만에 청어 통조림을 뜯어놓고 붉은 포도주를 마시며 『벽암록(碧巖錄)』을 건성으로 읽고 있던 나는, 순간 마곡사의 탑 앞에 내동댕이쳐진 내 모습을 보았다. 포도주의 아지랑이 같던 취기가 어두운 구름으로 돌변하여 험상궂게 달려들었다. 주름진 대뇌의 기억 장치에서 창자의 연동 운동을 보는 듯 과거는 단숨에 꿈틀거리며 다가왔다. 어렸을 적에, 도대체 늙은이들은 무슨 생각을 하며 살고 있는 것일까 궁금하던 그 늙은이의 시간에 내가 와 있음직도 한데, 나는 이제야 그 대답을 확실히 찾은 듯싶었다. 그래, 나는 그 궁금증의 시절을 돌이켜보고 있는 것이다. 인생은 그렇게 과거, 현재, 미래가 둥글게 꼬리를 물고 있는 것이다. 고구려 시대의 무덤 벽화에 용이며 현무며 하는 짐승들이 입으로 꼬리를 물고 있는 모습이 떠올랐다. 그래, 나이를 먹는다는 건, 아무리 짧은 한순간의 만남이라도 몇십 년의 만남보다 더 소중할 수 있음을 아는 거란다. 그 만남이 삶의 꼬리를 물고 환생하고 있는 만남이라면……

창밖의 풍경은 정지되었다. 멀리서 툴툴거리며 달려가던 트럭도 고장나 멈춰 선 듯하였다. 그 흔하던 까마귀들도 한 마리 보이지 않았다. 해바라기의 마른 대궁이 씨앗판의 말라 쪼그라진 얼굴을 푹 꺾고 교수목처럼 서 있었다. 나무들은 플라스틱으로 만들어놓은 것처럼 뻗대고 섰을 뿐이었다. 여기가 어디더라…… 그리고 나는 내가 과거와 너무 떨어진 곳에 와 있다는 사실에 불안해지기 시작했다. 삶의 꼬리를 물기는커녕 잘못하다간 쥐고 있던 새끼줄마저 삭아 끊어져 영원한 미아가 된다. 나는 서둘러 짐을 꾸렸다.

한국은 '새 천년'을 맞이하느라 부산을 떨고 있었다. 신문을 보니 한국만 그런 것이 아니라고 했다. 남태평양의 어디던가, 날짜 변경선에 가까운 섬이 가장 먼저 2000년의 해를 볼 수 있다고, 그곳까지 각광을 받고 있었다. 1월 1일의 해돋이를 보러 가는 열차는 일찍이 표가 매진되어 있었다. '밀레니엄 열차'라고 이름 지어진 이들 열차는 강원도의 정동진을 비롯해서 부산 해운대, 태종대, 송정과 충남의 춘장대, 전남의 향일암 등등 여러 곳으로 가고 있었다. 어떤 열차는 1000년대의 마지막 해넘이와 2000년대의 첫 해돋이를 보는 '선셋-선라이즈 열차'라고도 했다. 우리 모임도 '밀레니엄 열차'를 탔다. 나는 열차를 타고서도 '새 천년'은 무슨 '새 천년,' 그저 언제나처럼 한 해가 가는 거지, 하는 말을 되뇌었다. 그러나 천 년은 몰라도 한 세기가 간다는 데는 어떤 감회를 갖지 않을 수 없었다. 백 년 전인 1899년에 우리나라에 처음으로 철도가 생겨 기차가 달렸다고 신문은 전하고 있었다.

어쨌든 나는 한국으로 돌아와 동해안으로 가서 '새 천년'의 해맞이 행사에 참가했다. 그리고 일행과 신정 연휴까지 알뜰하게 보내고 난 뒤 헤어져 그녀가 살았던 작은 지방 도시로 왔다. 전화로 그녀의 죽음을 알려준 친구가 웬일인지 다시는 그 얘기를 꺼내지도 않아주어서, 그것은 다행이었다. 그리고 밤을 지내고 새벽이 채 오기도 전에 나는 선창가로 가고 있었다. 나는 예전 그때와 똑같은 길을 더듬어 걷고 싶었다. 바다가 보이는 방이라고 했으나, 골목을 돌아 나와서야 바다였다. 외등이 밝혀진 낯선 도시의 낯선 길이 내 발짝 소리에 깨어나고 있었다. 어둠 속에서 바다는 커다란 잠든 고래를 안고 어디론가 가고 있는 것처럼 낮게 움직이고 있었다. 멀리 등대에서 불빛이 번쩍, 하고 비쳤다가 빠르게 꼬리를 감추곤 했다. 나는 길고 긴 표류 끝에 혼자 무인도에 도착한 사람인 듯 경계심과 호기심과 안도감이 뒤섞인 채 걸음을 옮겼다. 얼마를 걸어가자 너무 일찍 나왔나 하는 생각은 잘못된 것임이 쉽게 판명되었다. 길은 내 발짝 소리에 깨어난 게 아니라 다른 사람들의 발짝 소리에 이미 깨어나 있었으나 아직 이불을 박차고 일어나지 않은 상태였다. 사람들이 차에서 채소를 내려 쌓고 있었다.

"선창이 멉니까? 공원은 어느 쪽입니까?"

그 사람들은 나를 힐끔 쳐다보았다. 예전 같았으면 나는 그들이 나를 신고하지 않을까 하는 걱정부터 앞섰을 터였다. 그 시간에 어디선가 나타나 길을 물으며 두리번거리는 사람을 신고하지 않으면 누구를 신고한단 말인가.

"다 왔어요. 조오기로 가시오. 공원은 이쪽 위고."

남자가 교통 순경처럼 한쪽 팔은 뻗치고 한쪽 팔은 위로 들었다.

"고맙습니다."

내가 묻는 곳은 서로 반대쪽에 있었지만, 작은 도시에서 서로 마주보고 있었다. 어느 정도 어림짐작은 하고 있었던 위치였다. 나는 몇십 년 전과 똑같이 선창가를 둘러 공원으로 가지 않으면 안 된다고 생각하고 있었다. 역사는 반복된다는 말이 있었던가. 그렇다면, 예전에 선창가까지는 혼자였던 나는 공원을 오를 때는 그녀와 함께가 아니었던가. 겉으로나마 그때의 광경이 재연되기는 틀린 일이었다. 칠면조는 반드시 죽었을 것이며 풋복숭아의 계절도 아니었다. '어머' 소리를 낼 사람도 이 세상에 없었다. 그런데 내가 왜 여기에 있지? 그렇다면 잘못된 것은 전적으로 나라는 생각이 들었다. 들어올 데가 아닌 풍경 속에 내가 들어와 있는 것이었다. 어쩌다 교장 관사로 잘못 들어간 중학생처럼 나는 주뼛거리며 다시 걸음을 옮겼다.

방파제가 어렴풋이 윤곽을 드러내고 바깥 바다를 건너 먼 곳이 하늘로 뭉툭하게 머리를 치받고 있었다. 그 치받힌 쪽이 잉크빛으로 물들며 먼동이 트고 있었다. 별들이 소지(燒紙)를 사르고 난 뒤의 재처럼 바다로 흩어져내리고, 한결 약해진 등대 불빛이 가여운 초혼(招魂) 소리처럼 허공에서 사그라지고 있었다. 문득 어시장의 좌판들이 눈앞에 나타났는가 했더니 어디서 모여들었는지 사람들이 복닥거렸다. 현실은 그렇게 무작위로 갑작스럽게 모습을 드러내곤 하는 것이었다. 나는 그런 현실을 모르고 있었다는 게 민망한 듯 슬며시 사람들 사이로 비집고 들어갔다. 도미, 광어, 도다리, 민어, 장어, 가오리, 바다메기…… 생선들은 예전 그대로였다. 예전에…… 그녀와의 공인되지 않은 생활은 알려지는 만큼 또한 은닉되었었다. 나는 수배자로서 그 방을 드나들었다. 한창 유행하던 불온 서적을 그 방에서 읽은 것도 사실이었다. 그 방으로 가기 위해 사람들 속으로 몸을 숨긴 것처럼 나는 어시장을 지났다. 죽은 물고기들이 가지런히 누워 있는 옆에 아직도 살아 있는 물고기들은 플라스틱 함지 안에서 힘겹게 아가미를 부풀리고 있었다. 비린내가 뭉글뭉글 풍기며 생명의 또 다른 냄새를 일깨웠다. 어느 날, 그녀와 함께 수족관을 구경하고 있을 때, 상어와 가오리가 다가왔었다. 둘 다 입이 아래쪽에 달린 이들 물고기의 이상한 화합이 아름다워서 우리는 놀랐다. 세상은 이렇게도 다른 모습으로 어울려 살 수도 있는 것이었다. 우리도 저런 이상한 화합이 아닐까, 나는 슬펐다.

선창가에 뱃사람들이 들르는 간이 음식점이 있었다. 나는 그곳으로 들어가 장어를 넣고 끓인 해장국에 막걸리 한잔을 시켰다. 이제 그녀를 찾아가는 순례는 막바지에 이르러 있었다. 아직도 그곳 어디 자취방에서 소녀가 나를 기다리고 있는 것만 같았다. 그래야만 그 만남은 완성되는 것이었다. 나는 기약도 없이 오랜 항해에서 돌아온 듯 마음이 스산하게 설레었다. 오래 전의 그 약속은 그대로 살아 있는가. 살아 있다는 생각이었다. 그렇지 않다면, 내가 그토록 오랜 헤맴 끝에 그곳에 앉아 있을 까닭이 없었다. 그렇지 않다면, '새 천년'이라고 해서 내가 그녀의 자취를 찾아 아무도 없는 그곳까지 왔을 까닭이 없었다. 주머니에 만원짜리 지폐를 두둑이 넣어가지고 들어온 뱃사람, 몇 마리 생선을 들고 들어와 스스로 회를 뜨는 뱃사람, 오뎅 국물을 마시는 뱃사람들 틈에 나는 얼마 동안 앉아 있었다. 날은 어느덧 환히 밝아 있었다.

어시장 한 귀퉁이에 전혀 어울리지 않게 꽃장수 아낙네가 눈에 띄었다. 비닐을 둘러친 좌판 안쪽에 꽃을 꽂은 통이 놓여 있고 몇 명의 아낙네들이 어울려 국수를 먹고 있었다. 여러 가지 국화 다발 속에 백합과 양란 송이가 수줍게 고개를 들었다. 나는 그 꽃을 사러 거기까지 갔던 듯싶었다. 당연하게도 달맞이꽃은 있지 않았다. 그러나 머릿단에 달맞이꽃을 꽂고 가슴에 달맞이꽃을 물들인 그녀의 모습을 본다고 나는 생각했다. '새 천년'의 내 행적이 모두 정해진 스케줄대로 움직이는 것만 같았다. 때때로 삶이 정해진 궤적을 따라 움직인다고 여겨질 때, 어리둥절하면서도 고개를 끄덕이게 될 때, 이것은 필연이다 하고 숙연해질 때, 운명이 거미줄같이 섬세하게 얽혀 있음을 느낄 때, 나는 머리를 스쳐가는 섬광에 그만 망연해질 수밖에 없는 것이다. 그것이, 꽃장수 아낙네가 셀로판 종이에 말아주는 꽃다발의 의미였다. 그 꽃다발을 사기 위해 나는 오랜 항해에서 돌아온 뱃사람이었다.

말했다시피 길은 정해져 있었다. 나는 꽃다발을 들고 공원 쪽으로 발길을 돌렸다. 꽃다발을 든 내 발걸음은 빨라졌다. 모든 이치는 정해진 대로였다. 공원으로 올라가는 길은 바닷가 벼랑을 끼고 나 있었다. 예전 기억을 더듬었으나, 그 길은 새로 단장된 듯 낯설었다. 하지만 나는 내 옆을 따라 걷는 그녀의 발소리를 들으려고 귀를 기울였다. 발소리와 함께 바퀴살이 휜 자전거의 페달을 밟는 소리도 들려왔다. 나 지금 이 자전거를 타고 니 심부름을 가는 거야. 벼랑 아래서 파도가 희게 일어 다가와 바위에 부딪히는 소리가 들려오고 있었다. 그 위로 겨울 아침 공기를 가르며 급히 방향을 바꾸는 갈매기의 날갯짓 소리, 시가지의 어떤 건물에서 유리창을 되쏘아 비춰오는 햇살의 날카로운 소리, 멀리 다도해로 향하는 어선의 발동기 소리, 바닷물 속에서 조용히 깨어나는 물고기의 기지개 소리……

나는 소리가 이끄는 대로 길을 벗어나 벼랑 아래로 내려갔다. 돌들이 주르르 구르고 나뭇가지가 옷에 걸려 툭툭 부러졌다. 바다가 넘실거리며 몰려들고 있었다. 많은 시간이 지났는데도 무엇 하나 변한 건 없다는 편안함이 마음에 잦아들었다. 나는 더 이상은 내려갈 수 없는 장소에 멈춰 서서 바다를 내려다보았다. 정해진 이치대로, 정해진 길을 따라 올 데까지 왔음을 나는 알았다. 누군가 그런 나를 보았더라면 위쪽 길에서 내려온 게 아니라 아래쪽 바다에서 벼랑을 타고 올라온 것처럼 보이리라 싶었다.

나는 벼랑 아래를 내려다보았다. 현기증이 일었다. 그러더니, 풍경이 빙그르르 도는가 하면서, 바닷바람으로 차가워진 눈망울에 하나의 모습이 얼음처럼 들어와 박혔다. 뭐더라? 하는 순간, 나는 놀랐다. 그것은 오래 전에 보았던 탑이었다. 오랜 세월을 항해해오는 동안에도 저 바다 밑에서 변함없이 나를 바라보고 있었던 탑이 분명했다. 나는 놀라움으로 꽃다발을 바다를 향해 던졌다. 꽃다발은 벼랑 한쪽에 부딪혔다가 아래로 떨어져내렸다. 어머, 소리가 '새 천년'의 하늘을 가르고 있다고 들렸다.

탑 속에 뭐가 있는지 알겠어?

나는 예전의 내가 되어 그녀에게 물었다.

뭐가 있어?

뭐겠어?

나는 되묻고 나서 그녀를 보았다. 그리고 꽃이라고 말하려던 내 입에서는 나도 모르게 '약속'이라는 말이 신음처럼 뱉어져나왔다. 그 말이 어떻게 나왔는지 어리둥절한 가운데서도 나는 탑의 모습을 잃지 않으려고 안간힘을 쓰고 있었다.

그래, 맞아, 약속.

다시 매듭짓듯 나는 말했다. 그와 함께 과거, 현재, 미래가 둥글게 꼬리를 물고 탑 속에서 한 마리 날짐승으로 날아 나와 퍼덕이며 허공을 갈랐다. A는 그렇게 왔다가 간 것이었다.

6

지난번에 했던 칼미크 얘기를 좀더 해달라고? 글쎄, 그렇다면 언젠가 그 나라에 대해서 말하다가 빠뜨린 부분부터 말하지 않으면 안 되겠지. 보통 사람들이 그런 나라가 있는지조차 잘 모르는 건 어쩌면 너무도 당연한 일이야. 말이 공화국이지, 러시아에는 여러 민족들이 각자 살아가는 그런 자그마한 나라들이 여럿 있어서, 그걸 자치 공화국이라고 이름 붙여놓긴 했지만, 실제로 독립한 공화국은 아니니까. 그런 나라들 가운데 하나인 체첸이라는 나라를 생각하면 잘 알 수 있을 거야. 그 나라도 자치 공화국으로서 진짜 독립을 하겠다고 벌써 몇 년째 러시아와 전쟁을 하고 있으니까. 아니, 얼마 전 러시아 군대한테 쑥밭이 되고 말았다지? 수도 그로즈니에는 러시아 깃발이 올라가고, 곧 도시 자체가 폐쇄됐다지?

칼미크는 그 체첸 바로 위쪽에 있어. 그러니까 러시아의 남쪽, 카스피 해의 북서쪽 언저리에 있는 조그만 자치 공화국이야. 인구가 30만 명쯤 된다니까 대략 감을 잡을 수 있겠지. 하지만 인구가 적다고 땅까지 그렇게 작은 건 아니지. 남한 면적이 9만 얼마인데 그 나라가 7만 6천 평방킬로미터니까 상대적으로 꽤나 넓다고 할 수 있지. 가령 제주도의 열 배쯤 되는 땅에 제주도 인구가 산다고 생각하면 어떨까.

내가 어쩌다가 거기까지 갔는지는 여러 가지 이유들이 있음에도 불구하고 사실 그리 똑 떨어지게 설명할 수는 없어. 역마살이니 뭐니 하는 말은 더더구나 들먹일 계제가 아니지. 다만 나는 아주 먼 곳으로 떠난다는 것만이 위안이었어.

그러다가 칼미크를 알게 되었어. 특히 그곳에 몽골족이 자리잡고 있다는 게 내 눈을 끌었던 거야. 게다가 거기에 또한 우리 동포가 있다는 말이 더욱 결정적이었던 거야. 언젠가 중앙아시아에 가서 머물렀던 시절부터 나는 유랑하는 우리 동포들의 삶에 내 삶을 섞기 시작했다고 말해도 좋겠지. 중앙아시아로 강제 이주당한 우리 동포 얘기는 이제는 많은 사람들에게 잘 알려져서 이른바 영양가가 별로 없지만, 그래도 그건 결코 잊을 수 없는 얘기야. 그로부터 우리 동포들은 살길을 찾아 러시아 여러 곳으로 흩어져 가기도 했지. 그런 역사를 알고 한국에 돌아온 지 벌써 몇 년이 됐는데, 다시 중앙아시아보다 훨씬 먼, 거의 곱절이나 더 먼 칼미크가 가까이 다가온 거야. 몽골족의 나라인 데다 불교 국가라니, 거창하게 말하면 역사의 뿌리랄까 하는 것까지 짚어지는 느낌이었어. 그런데 여기서 한 가지, 칼미크 사람들이 믿고 있는 불교가 바로 티베트 불교라는 사실은 알고 넘어가야겠어. 고백하건대, 나는 그곳으로 가기로 마음먹고서도 그 사실을 채 몰랐었어. 그랬는데 거기에 티베트 불교, 라마교가 나타난 거야. 그것이야말로 운명의 길이라고, 나는 얼마쯤 얼떨떨하게 받아들였어. 그러자 소름이 온몸에 오소소 돋는 것 같았어.

한번 그 쪽으로 눈길이 가자, 이번에는 티베트의 불교 지도자 중 한 명인 제17대 카르마파가 인도로 망명했다는 보도를 접했지. 티베트 불교는 4대 종파로 이루어져 있다고 했어. 일찍이 중국에 대항한 민중 봉기에 실패하여 인도로 가서 다람살라에 망명 정부를 세운 달라이 라마는 4대 종파에서 가장 세력이 큰 게루그파(派)의 지도자이며, 이번에 망명한 카르마파는 두번째로 큰 가교파의 지도자라고 했어. 그리고 세갸파와 니미파가 있는데, 세갸파의 지도자인 세갸코바 역시 인도에 망명 중이라는 것이었어. 칼미크의 불교는 게루그파, 즉 황모파(黃帽派)라는 것도 새로이 알았어.

나는 여행 가방을 챙길 것도 없이 그곳으로 떠났지. 여행 가방 말이 나왔으니 말이지 그 가방 속은 예전부터 언제나 훌쩍 떠날 수 있게 싸 놓고 있는 게 내 버릇이야. 그 속에는 비누, 칫솔, 치약 따위는 물론 일상 생활에 필요한 자질구레한 일용품들이 웬만큼 갖추어져 있어. 거울, 빗, 라이터에 망원경, 나침반, 손전등, 깡통 따개, 호치키스에다 하다못해 일회용 반창고와 이쑤시개까지. 도구들 가운데 내가 자랑하는 것은 숟가락이 붙어 있는 접는 칼과 다국적용 전기꽂이라고 할 수 있어. 전기꽂이에 다국적용이라니, 뭔지 모르겠지? 그건 나라마다 우선 전압이 100볼트다 200볼트다 하고 다르다는 것부터 알아야 돼. 꽂는 구조가 하난 납작하고 하난 동그랗잖아. 게다가 같은 200볼트라도 두 개 꼭지 부분의 간격이 서로 다르다는 게 문제야. 러시아 것은 두 개의 간격이 좁아. 우리가 보통 쓰는 게 들어갈 리가 없지. 중앙아시아에 머무를 때 그걸 알고 거기 것을 구해 연결을 해놓았지.

그런데 막상 모스크바로 해서 열차를 타고 남쪽으로, 남쪽으로 내려감에 따라 나는 마치 내 고향 땅 어디로 가고 있는 것 같은 느낌이 들었어. 그건 몽골족의 나라니 불교 국가니 하는 고리타분한 명분하고는 전혀 관계가 없는 거였어. 내가 앞에서 역사의 뿌리가 어쩌고저쩌고 들먹였다면 그건 취소해야겠어. 사실 나는 가장 멀리 떠나가고 싶었던 그런 마음 하나뿐이었던 거니까 말야. 가장 멀리…… 그건 뭐랄까, 일상으로부터의 일탈이라고 해야 해. 일탈이야말로 내게 삶의 에너지를 다시 충전시켜주는 방법이지. 사람이란 새롭게 살려면 일단 기존의 틀에서 벗어나지 않으면 안 돼. 뭐? 알에서 태어나려면 그 알을 깨뜨리고 나와야 한다는 말하고 뭐가 다르냐고? 들어봐. 그런 소린 나중에 해도 늦지 않으니까. 나는 내 현실로부터 일탈하고 싶었어. 이 세상에서 가장 먼 어떤 곳으로. 그건 단지 거리만 멀다는 뜻은 아니란 건 아무렴 알고 있겠지. 그때 카스피 해 기슭의 몽골족 나라가 나타난 거야. 가장 멀리 가고 싶다고 해놓고 왜 몽골족의 땅이냐고? 건 나도 몰라. 그렇지만 난 무의식중에 몽골족의 인식 속에서 가장 먼 곳을 보고 있었음에 틀림없었던 것 같애. 유럽의 한구석 끝자리에 잊혀진 듯 붙어 있는 외로운 몽골족을 생각해봐. 나는 왠지 몽골족이 이 세상 인종 가운데 가장 외로운 인종이라는 생각이 들어.

열차는 모스크바에서 출발해 볼고그라드에 이르렀고, 거기서부터는 자동차로 가는 길이었지. 그런데 그 얼마 전에 나는 신문 기사에서 뜻밖의 사실을 알았어. 중앙아시아의 타지키스탄이라는 나라에 내전이 일어나는 바람에 애꿎게도 우리 동포들이 무리를 지어 그 볼고그라드 지역까지 집단 이주를 했다는 거야. 천 명이 넘는다고 했어. 타지키스탄에서 거기까지는 말이 그렇지 쉬운 거리가 아니지. 예전에 연해주에서 강제 이주당한 그런 일이 또다시 벌어진 거야. 참고 삼아 러시아 민족문제부 니콜라이 부가이 국장과의 인터뷰 기사를 옮겨놓겠어.

—러시아 내 한인들에 대한 러시아 정부의 지원은?

—지방 행정부를 통해 주택 임대료 등을 지원하고 있으며 한인회도 도움을 줍니다. 내전 지역인 타지키스탄에서 러시아 볼고그라드로 1천여 명이 이주했는데 지방 정부를 통해 땅 임대료 1만 달러를 지원했죠. 크라스노다르스크와 스타브로폴에서 사라토프로 이주한 5백여 명에 대해서도 한인회와 함께 관심을 갖고 생계 대책을 마련하고 있습니다.

—중앙아시아 지역에서 블라디보스토크로 이주하는 한인들도 많다고 들었습니다.

—러시아 정부가 1993년 3월 한인 복권 문제를 채택, 개인적 이주를 허가한 이후 블라디보스토크의 한인들은 8천 명에서 3만 명으로 늘었습니다. 이들에 대해서도 지방 정부를 통해 농지 임대료 등을 지원해주고 있습니다.

—한인들의 생활 태도에 대해 평가해주십시오.

—근면하고 적응력이 빨라 러시아 사람들과 별 차이가 없을 정도입니다. 책임감과 삶에 대한 애착도 강합니다.

나는 몇 해 전 무슨 바람이 불어 중앙아시아를 떠돌아다니던 때가 새삼 머릿속에 떠올랐지. 카자흐스탄의 알마아타에 머물면서 나는 그 이웃 나라인 우즈베키스탄이며 키르기스스탄이며 타지키스탄 등 나라들을 돌아다녔어. 그런 나라들에 우리 동포들이 옹기종기 모여 살고 있다는 건 놀라움이자 반가움이 아닐 수 없었어. 그 무렵 타지키스탄에서 서로 정권을 차지하려고 내전이 일어났고, 어느 날 내가 알고 있던 화가의 여동생이 그 내전에 휘말려 그만 목숨을 잃었다는 소식도 들었어. 이리 쫓기고 저리 쫓겨 알 수 없는 땅까지 간 우리 동포들이 알 수 없는 죽음을 당하고 있다니, 기가 막힌 노릇 아냐? 박 스베틀라나, 여동생의 이름이라고 했지. 타지키스탄에서 일어난 내전의 비극은 그렇게 나하고 연결돼 있었던 거야. 그들을 만난 놀라움과 반가움은 무력한 분노와 슬픔으로 변했어. 그 화가도 중앙아시아는 지긋지긋하다며 결국 칼미크로 가서 내게 연락을 해왔고, 나는 비로소 그런 나라를 알게 되었지. 그게 내가 그곳으로 떠난 실마리였어.

볼고그라드나 크라스노다르스크, 스타브로폴, 사라토프 등의 도시들은 모두 그 가까운 곳에 있는 도시들이지. 나는 볼고그라드에서 승용차를 타고 남쪽으로 내려갔어. 지도를 보면 볼가 강과 돈 강의 사이 대평원을 달려가는 길이지. 그리하여 다섯 시간 남짓 달려 칼미크의 수도 엘리스타에 도착했지. 서울에서 부산까지보다 좀 먼 거리일 거야. 물론, 머리에 먹물이 들었다고 숄로호프의 소설 『고요한 돈 강』이나 레핀의 그림 「볼가 강의 배 끄는 사람들」 같은 작품들이 머릿속을 스치고 지나가기도 했어. 돈 강가에 사는 사람들인 코사크들이 그들의 자존심을 걸고 붉은 군대와 각축하는 『고요한 돈 강』을 읽을 무렵, 나는 학교를 졸업하고 앞으로 어떤 진로를 택할까, 아니 어디든 쑤시고 들어갈 회사가 없을까, 골머리를 싸매고 있었지. 대학을 졸업해봤자 도무지 밥 벌어먹을 자리 하나 제대로 없었던 시절이었어. 유신이니 뭐니에 잔뜩 웅크리고 밥을 굶을 처지에, 타협과 굴종을 모르는 코사크의 삶은 장렬하고도 슬픈 애가(哀歌)였어. 혼란 속에 나는 심한 비굴함과 모멸감에 빠졌지. 그리고 20년 남짓 지난 어느 날, 실패로 돌아간 혁명의 땅 러시아에 가서 눈 덮인 상트페테르부르크의 북서쪽 작은 마을 레피노에 이르러 레핀의 그림 「볼가 강의 배 끄는 사람들」을 보았지. 비참하게 살아가는 하층민의 모습에 저절로 비명이 터져나올 것 같은 그림이지. 우리나라에서도 몇 년 전에 그의 전시회가 열렸었어. 그 전시회에서 나는 풀밭에 비스듬히 누워 책을 읽는 톨스토이의 초상화 포스터를 구해 벽에 붙여놓았어. 톨스토이하고 볼가 강의 일꾼들하고 무슨 관계가 있느냐고? 나는 거기서 책읽기와 글쓰기가 그 일꾼들의 일과 다르지 않아야 한다고 새겼고, 실제로 내게는 그래.

칼미크는 볼가 강 하류에 있는 나라야. 엘리스타에 도착한 나는 드디어 이 세상에서 가장 먼 곳에 나를 가두어둘 수 있게 된 거라고 생각했어. 그것을 나는 일탈이라고 이름 붙였지. 도착한 날은 호텔에서 묵고 이튿날 나는 화가의 안내를 받아 젠트르 울리차(중앙 거리)에 아파트를 빌려 들었지. 방 두 개에 부엌 하나인 아파트였어. 방 하나짜리도 구해보면 있기는 할 텐데 적당치가 않았다는 거야. 화가가 가방에서 빵과 요구르트와 그루지야산(産) 포도주를 꺼내놓아, 우리는 빵을 안주로 간단히 건배를 했어. 드디어 칼미크에서의 생활이 시작된 거야. 중앙아시아에서도 그런 식으로 아파트 생활을 했었기 때문에 뭐 별다른 긴장은 느낄 수 없었어. 이제 그 다목적 전기꽂이를 잘 써먹을 수 있겠구나, 하는 정도의 편안한 마음이었지.

전쟁이 일어났어요. 전쟁 말이오. 체첸에서 말이오.

화가가 포도주 잔을 기울이며 말했어.

여긴 괜찮겠지요.

그래야지. 일없어야지.

화가는 혼잣말처럼 중얼거렸어. 나는 화가가 타지키스탄에서 죽은 여동생을 머릿속에 떠올리고 있다는 생각을 했어. 서울에 있을 때부터 체첸은 전운이 감돌고 있다고 보도되었었어. 나는 몇 년 전에 체첸 사람들이 워낙 악바리인 데다 떼거지로 몰려드는 성격이라 쉽게 갉을 수 없다는 말을 들었었지. 그런데 이제 나는 체첸에 맞붙은 나라까지 와서 전쟁을 듣게 된 거였어.

우리가, 같은 민족이 육이오전쟁으로 한반도에서 피에 굶주린 아귀처럼 싸우고 있었을 때, 한반도 바깥의 우리 민족은 무얼 하고 있었을까. 그런 생각을 하면 도무지 갈피를 잡기가 어려워져. 얼마 전 미국이 이라크를 칠 때 우리는 텔레비전으로 그걸 흥미롭게 보고 있었잖아. 즐기고 있었던 거야. 그런데 같은 민족이 싸우고 있는 것을 보고 있는, 역시 같은 민족은 어떤 마음일까 하는 거지. 우리가 미국과 이라크의 전쟁을 보고 있는 그런 방관자의 심정일까 하는 거지. 중앙아시아에 가서 한참 고생들을 하는 그들에게 나는 말했었어. 우리도 육이오전쟁 때 고생 많았어요. 먹을 게 없었던 건 말할 것도 없지요. 그들은 말없이 고개만 끄덕였어. 돌이켜보면 그들은 그때 전쟁에 뛰어들지는 않았지만, 남쪽과는 적대적인 나라에 속해 있었어. 이야기는 뭔가 아귀가 안 맞고 겉돌고 있었던 거야. 그러니까 이야기는 좀더 멀리, 아픔을 함께 나눌 수 있는 쪽으로 가야 했지. 여기서 식민지와 혁명과 유랑 등의 낱말이 등장하게 되는 거야.

어느 날, 그들이 처음 중앙아시아로 이주해 와서 자리를 잡게 된 도시로 가게 되었어. 우슈토베. 그곳의 황무지에 버려진 그들은 무수히 굶어 죽고 얼어 죽으면서 새로운 생활 터전을 일구었지. 나는 그들의 무덤에 가서 절을 올렸어. 우슈토베로 가는 길은 넓디넓은 반사막 지대야. 소금이 싸락눈처럼 하얗게 깔려 있기도 해. 그런데 거기에 강 하나가 흐르고 있는 거야. 그리 큰 강은 아닌데, 그 강은 작은 호수를 만들고, 다시 흘러 발하슈라는 큰 호수로 들어가지. 그 강이 이리(伊犁) 강이라는 건 나중에 알았어. 나는 작은 마을의 어귀에서 산 해바라기 씨를 까먹으며 이리 강의 잔물결을 바라보았지. 잔잔한 슬픔 속에서, 가슴에 따뜻한 피가 흐른다는 사실이 새롭게 느껴져왔어.

나는 이리 강을 특별히 기억하지 않으면 안 되었어. 그러다가 칼미크 사람들의 역사에 그 이리 강이 개입되어 있다는 걸 알았을 때의 놀라움이란. 나는 무슨 운명적인 사건 앞에 서 있는 듯싶었어. 도대체 그건 무슨 얘기냐고? 들어봐. 본래 칼미크 사람들은 이리 강 언저리에 살다가 17세기 초에 전란을 피해 지금의 땅으로 옮겨왔다고 해. 그러나 러시아의 혹정에 시달려 어쩌지를 못하고 있다가, 중국이 이리 지방을 평정한 뒤 대부분의 사람들은 다시 고향 땅으로 되돌아갔지만, 그런 사정을 모르고 그 땅에 계속 남아 있게 된 사람들의 자손들이 오늘날의 칼미크 사람들이라는 거야. 다들 고향으로 돌아갔는데 그런 줄도 모르고 뒤에 남아 살아온 사람들이라니. 그러니 엉뚱한 곳에 몽골족의 나라가 있게 된 거란 말이지.

그런데 그곳에 도착한 지 며칠 뒤의 일이었어. 아파트를 나와 도시의 변두리로 걸음을 옮기던 나는 문득 내 눈을 의심했어. 어, 여기는?…… 나는 걸음을 멈춰 서고 말았지. 갑자기 현기증이 몰려오는 듯도 했어.

왜 그러시오?

옆에서 걷고 있던 화가가 걱정스럽게 나를 바라보았어.

이상해요. 여기가 어디지요?

나는 갈피를 잡을 수가 없었어.

여기가……

화가는 내가 무엇을 묻고 있는지 알 수 없다는 표정을 지었어. 당연한 일이었지. 나는 내가 어떤 착시 현상에 빠져들었다고 느꼈어. 나는 짐짓 평온함을 되찾고 화가에게 괜찮다는 손짓을 해보였어. 그러나 나는 결코 괜찮지를 않았어. 몇 그루의 포플러나무가 서 있고 길이 뻗어 있는데, 그 길이 마치 예전 고향집 앞의 길처럼 보였던 거야. 고향집 앞의 길처럼 보인 게 아니라, 그건 분명 고향 길임에 틀림없었어.

저쪽으로 가면 어디가 됩니까?

나는 화가에게 물었어.

울란 콜이라는 데를 지나서 카스피 바다 쪽이 되오.

화가는 내 설명을 듣고 머리를 갸우뚱거리더니 간단하게 대답했어.

울란 콜…… 카스피 바다……

나는 마치 무엇엔가에 홀린 것만 같았어. 나중에 이리저리 돌아다녀 보니, 그 나라 서쪽 지방으로는 포플러나무, 버드나무, 느릅나무가 많아. 동쪽의 카스피 해 쪽은 반사막 땅이 많고 황량하지. 그 길은 황량한 동쪽 땅으로 뻗어 있는 길이었어. 울란 콜이라는 작은 도시로 가는 길이지. 몽골의 수도인 울란바토르, 브랴트 자치 공화국의 주도인 울란 우데에서 보는 그 울란이 거기도 있는 거야. 몽골 말로 용감하다는 뜻이지. 그 이름도 반갑지. 거기서 나는 고향의 길을 본 거야. 하얀 신작로가 거기 있었어. 나는 여간 놀란 게 아니야.

내 눈이 이상해졌나 봐요.

나는 눈을 비비는 시늉을 했어.

왜요? 무엇이 말입니까?

화가는 어리둥절해서 나를 바라보았지.

어릴 적 길이…… 하얀 길이…… 아, 아니오. 아닙니다.

나는 말을 중간에서 멈추었어. 나 자신도 모를 일이었기 때문이지. 게다가 화가에게 고향이 어떻고 하는 얘기는 결코 마뜩한 대화가 아니라는 생각이 들었어. 할아버지 때부터 줄곧 헤매다니고만 있는 사람에게 고향은 무슨 얼어 죽을 고향일까 싶었어. 그러나 나는 옛날의 고향길을 또렷이 그리고 있었어.

읍사무소 바로 앞의 우리집을 나서면 그 길이야. 그 길은 우리집 옆 골목의 늙은 살구나무, 해마다 찰찰 넘치던 개울, 천주교회로 올라가는 길, 시장의 꽁치구이 아줌마들, 그리고 소방서의 높은 망루……를 거느리고 바다 쪽으로 가고 있어. 그 길 위에 그 하얀 길 위에 어린 내가 오도카니 서 있어.

어려서 떠나온 고향은 그렇게 단편적이고 모호한 풍경 속에 묻혀 있어. 그런데 그 풍경이 머나먼 나라에 놓여 있는 거야. 줄지어 행군하는 북쪽 군대, 등화관제, 방공호, 돼지우리에 처박힌 사람들, 미군의 배, 한밤의 요란한 총소리. 여기에 하얀 길이 있어. 사람들이 거의 피난을 가고 난 뒤여서 무섭도록 고즈넉한 길이야. 그 무렵 벌써 가장을 잃은 우리는 오도 가도 못한 채 그 길가에 남아 있었어. 아버지라면 나는 얼굴을 본 기억조차 없어. 놈들이 죽여서 바다에 던졌다는 거야. 고기밥, 상어밥이 됐다는 거야. 놈들이 누구인지 그때는 몰랐지만 말야.

어느 날이었어. 북쪽 사람들이 들어온 그 작은 읍에서 우리 모자는 어떤 혐의를 받아 끌려 들어가는 신세가 되고 말았지. 사건의 전말은 잘 모르지만, 나는 지금도 그 건물의 어두컴컴한 복도를 기억하고 있어. 홍역을 앓아 열에 뜬 내가 헐떡일 때마다 방문에 담요를 치고 불을 밝혔는데, 그 불빛이 틈새로 새어나가 등화관제의 명령을 어긴 건가 봐. 그렇지만, 미처 피난가지 못하고 어린 어머니는 나를 죽음의 열병에서 건져내려고 안간힘을 쓰고 있었던 것뿐이었어. 그렇게 그 작은 읍은 어두컴컴한 어둠 속에 어머니와 나만을 남겨두고 모두 떠나버린 모습으로 내게 기억되는 거야. 그 어둠을 벗어나서 다시 하얀 길 위에 섰을 때, 뙤약볕만이 가득 찬 길은 개미 한 마리 없는 고요함 가운데 초현실처럼 놓여 있었지. 그건 외로움이거나 공포였어.

얼마 전 고향집을 찾아갔으니, 그 자리에는 화장품 가게가 들어서 있었고, 옛 흔적은 발견할 수가 없었어. 아마도 길이 넓혀지게 되어 집은 헐렸으리라 짐작되었어. 그렇다면 화장품 가게 건물은 우리집 마당의 방공호 자리쯤이 아닐까 싶었지. 그러나 그렇게 변화가가 된 가운데, 우리집 주변은 거짓말처럼 옛날 그 모습을 그대로 간직하고 퇴락한 채 남아 있어서, 나를 다시 그 시절의 어린 나로 되돌려놓고 있었어. 언제부턴가 담배 가게를 하던 어머니의 모습이 거기 있었어. 옆집 소녀 세화의 모습도 있었어. 그 아이와 손을 잡고 걸었던 하얀 신작로가 머릿속 아득히 뻗어 있었어. 그 아이와 갔던 천주교회 뒷길과, 어느 건물 뒤뜰 장수바위도 떠올랐지. 신랑 각시 놀이를 하며 우리는 그곳에 살아 있었지. 그로부터 얼마 안 가서 그 아이는 뒤늦게 피난을 떠나 그만 죽고 말았다지만 말야. 수많은 사람들이 떠나야만 했고, 그리고 잊혀지고 죽어야만 했던 길이 기억에 너무나 선명했어.

포플러나무 뒤로 멀리 뻗어 있는 칼미크의 길은 내 고향 길과 똑같았어. 아니. 똑같은 게 아니라, 그 길 그 자체였어. 나는 그걸 단순한 착시 현상이라고 옆으로 밀어놓을 수가 없어. 말했다시피 그건 울란콜로 가는 길이야. 체첸 땅으로는 러시아 군대가 차츰 압박해 들어간다는 보도가 있었지. 나는 옛날 그때처럼 피난을 가지 못한 채 고향에 뒤처진 것만 같았어. 물론 이제는 어머니도 없이, 나는 새하얀 고향 길을 앞에 하고 홀로 서 있었어.

그런데 알 수 없는 것은, 그럼에도 불구하고 이 세상에서 가장 멀리 나를 가두어둔다는 뜻은 조금도 없어지지 않고 나를 붙들어매는 거였어. 애초에 가장 먼 유배지 같은 곳에 간다는 것이 몽골족의 나라에 지나지 않았던 것과 마찬가지 얘기일까. 뭐라고 설명하기 어려운 상황이 아닐 수 없어. 나는 고향 길을 보는 순간, 내가 드디어 이 세상에서 가장 먼 곳에 와 있다는 생각에 아찔하기까지 했으니까. 모순이라고 머리를 흔들면서도 나는 전율에 사로잡혔어. 실제로 고향에서 그 길은 사라져버렸지. 그렇지만 그 사라진 길은 그곳으로 옮겨져 놓여 있었어. 나는 몇 번이나 그 길을 보고 또 보았어. 눈을 씻고 본다는 말이 있는데, 그게 그럴 때 쓰는 말일 거야. 가장 어릴 적에 머릿속에 새겨진 풍경이 또한 가장 먼 풍경으로 다가와 나를 볼모로 잡고 있는 형국이랄까. 다들 본래 살던 땅으로 돌아간 사실도 모르고 거기 남아서 살게 된 사람들의 나라에서, 엉뚱하게도 고향 길을 보게 된 나는 도대체 누구일까. 도무지 불가사의한 상황에 빠진 거야. 나는 나도 모르게 넋을 잃기 시작했어.

카스피 해로 가면 철갑상어를 잡을 수 있어요?

나는 그 길에 대한 몽상을 잊을 양으로 화가에게 슬쩍 말을 던졌어. 철갑상어를 설명하기 위해 캐비어를 말해주기도 했지. 나는 한국에서도 철갑상어를 양식하는 곳이 있다는 말을 들었다고 얘기해주었어. 물론 내 아버지가 고기밥, 상어밥이 됐을 거라는 말은 덧붙이지 않았지. 그 말이야 그냥 해본 말들일 테니까. 그런데 하필이면 왜 그 말이 떠올랐는지 몰라.

그거 많아요.

그럼 한번 가봅시다.

고향 길을 본 뒤 며칠 동안, 나는 화가를 만나 겨우 그런 얘기를 하며 시간을 보내야만 했어. 화가는 한국에서 전시회를 열게 되기를 희망하고 있었고, 내게 기대하는 바가 컸어. 사실 나는 화가가 그곳에서 살아가는 방법에 대해 여러 가지 마음이 쓰였지. 하지만 나로서도 그리 뾰족한 내안이 있는 건 아니었어. 한국에서 한때 그림을 사두면 돈이 된다고 여겨서 너도나도 사재기를 한 적이 있었지만, 이젠 한물간 얘기지. 그렇다고 고향 길이니 뭐니 입 밖에 내는 건 왠지 금기처럼 여겨지는 거였어.

처음 그곳으로 갈 때는 티베트 불교의 모습을 본다는 것도 빼놓을 수 없는 목적이었지. 짐을 챙길 것도 없이 떠났다곤 했어도, 일찍이 한국을 떠날 때 멀고먼 곳으로 가서 진정한 나를 본다는 뜻으로 제법 선(禪)에 대한 책도 몇 권 챙겨 넣었었어. 그렇지만 나는 아무것도 하지 못한 채 하루하루 시간만 보내게 되었어. 선문답 가운데, 달마가 서쪽에서 온 까닭이 무엇이냐는 물음이 있고, 그 물음에 뜰 앞의 잣나무라는 대답이 있다는 건 들어서 알고 있겠지? 그렇다면, 네가 여기 온 까닭이 무엇이냐는 누군가의 물음에 신작로 앞의 포플러나무라는 대답이 있으면 될 게 아니냐는 식이었어. 그야말로 언어도단이지.

왜 그런 일이 일어났을까. 어쩌다가 내가 그렇게 되었을까.

화가가 누군가를 데리고 아파트로 온 것은 그런 어느 날이었어. 해만 지면 출입을 삼가고 문을 꼭 잠그고 있어야 된다는 말을 나는 충실히 지키고 있었지. 문을 두드리는 소리가 나기에 귀를 기울였더니 화가의 목소리가 들렸어.

문을 여시오.

나는 현관으로 가서 무슨 일이냐고 물으며 문을 열었어.

웬일입니까?

나는 말하면서, 화가의 뒤에 웬 남자의 모습을 보았어. 그가 우리 동포라는 건 한눈에 알 수 있었지. 안으로 그를 데리고 들어온 화가는, 그가 방금 체첸에서 빠져나오는 길이라고 소개했어. 예전에 중앙아시아에서 같이 지내던 사람이라는 거였어. 그때 나는 드디어 올 것이 왔다는 강한 느낌을 받았어. 드디어 올 것? 그게 뭔지는 몰라. 내게 무슨 일이 닥치지나 않을까 불안해했던 것도 아니었어. 하지만 막연히 나는, 내 마음은 서성거리고 있었음에 틀림없어. 낮에 가본 고향 길에는 양들이 몇 마리씩 무리를 지어 지날 뿐, 한가롭기 그지없었어. 그런데 나는 그 길에서 누군가를 기다리고 있었던 것 같아.

누구였을까.

나는 누군가를 기다리고 있었어. 거듭 말하거니와 그건 아주 모호한 감정이어서, 그 누군가가 꼭 사람인지도 확연히 말할 수 없어. 사람이 아닐지도 모른다는 거야. 그렇지만 사람이라고 나는 말하고 싶어. 수많은 사람들이 떠나고 또 잊혀지고 죽은 그 길이 거기 있기에, 그 수많은 사람들이 되돌아오는 걸 기다리고 있었다면, 억지라고 탓할지도 몰라. 카라쿨 양이라고 불리는 그 양들이 무리지어 가고 있는 길에서 누군가 나를 향해서 오고 있는 걸 나는 보고 싶었어. 그리고 이 세상에서 가장 멀지만 또한 가장 가까운 얘기를 나누고 싶었어. 그래야만 그 길이 내게 심어준 외로움과 공포를 잊을 수 있을 것 같았어.

우리는 보드카 몇 잔을 나누어 마셨지. 드디어 올 것이 오고야 말았다는 느낌은 제대로 된 것이었을까. 그 만남을 내가 기다렸던 것일까. 나는 이렇다 저렇다 대답할 수 없어. 다만 내 느낌이 그랬다는 것뿐이니까 말야. 체첸에서 빠져나온 그 사람이 누구인지도 확실히 몰라. 그러나 나는 드디어 올 것이 오고야 말았다고 믿고 있었어. 나는 그래서, 그 만남을 위해서 그곳으로 부랴부랴 떠났던 거라는 믿음이 솟았어. 나는 뛰는 가슴을 누르며, 이제 앞으로 어떻게 할 계획이냐고 물었어. 우리말을 잘 못하는 그 남자를 위해서 화가가 거들었어. 그는 아무 계획도 없다면서, 그저 나를 바라보며 수줍은 웃음을 지을 뿐이었이. 그 모습이 할아버지 때부터 한반도를 떠나 시베리아 대륙을 횡단하고 중앙아시아를 전전하다가 마침내 그 엉뚱한 나라까지 흘러들어온 사람의 모습이었어. 나는 그 수줍은 웃음에 할 말을 잃을 수밖에 없었지. 그저 자연스레 지은 수줍은 웃음이었어. 그런데 내 가슴은, 염통은 바늘에 찔리는 듯했어. 화가는 그를 며칠 동안 내 아파트에 묵게 한 다음 무슨 방법을 찾아봐야겠다고 말했어. 나는 고개를 끄덕였지. 무슨 방법이란 결국 그가 어디론가 떠나는 것 말고는 아무것도 없음을 나는 알고 있었지. 그곳은 그도 모르는 곳임을 나는 알고 있었지.

밤이 깊어 보드카가 바닥을 보일 무렵 그는 스르르 몸을 눕혔어. 그러기 전에도 몇 번이나 꾸벅거리며 쓰러질 듯하더니 마침내 떨어진 거야. 나도 취기가 와락와락 몰려왔지만, 쉽게 잠들면 안 된다는 생각이 앞섰어. 그토록 고난에 찬 삶의 역정이 아무런 결론 없이 흐지부지하다는 사실에 참을 수 없으면서도 나 역시 무력하기 짝이 없었어. 나는 잠에 곯아떨어진 그의 얼굴을 들여다보았지. 그 얼굴이 지극히 평온해서 나는 몹시 놀랐어.

내일은 바다로 가서 철갑상어나 잡아야겠어요.

나는 문득 결연히 말했어.

예?

화가는 눈을 껌벅이고만 있었어.

고향 길로 해서, 이리 강을 넘어서…… 이 사람과 함께……

나는 나도 모를 소리를 중얼거리고 있었어. 아냐. 나도 모를 소리는 아니었어. 카스피 해는 바다라고는 하지만 실상은 호수라고 해야 맞아. 그러니까 나는 고향의 호수를 생각하고 있었던 거야. 화가는 말없이 술잔을 들고 있었어. 나는 내 술잔을 화가의 술잔에 부딪혔지. 내일은 고향 길로 해서…… 철갑상어란 하나의 꼬투리에 지나지 않는다는 건 나도 알고 있었어. 나는 그 남자와 함께 고향 길로 가고 싶었어. 그래야만 우리 모두가 스스로 고향 풍경이 되리라 했던 거야. 내일은 고향 길로 해서……

그런 어느 순간이었어. 나는 내가 꿈을 꾸고 있는 게 아닌가 하고도 여겨졌어. 하지만 그건 아무려나 꿈이 아니었어. 나는 하얀 길로 오고 있는 많은 사람들을 보았지. 한 무리의 양떼가 지나간 다음, 많은 사람들이 오고 있었어. 함지박에 찐 옥수수를 수북이 담아 머리에 인 아줌마도 있었고, 천주교회 신부도 있었고, 소방서 아저씨도 있었어. 개울에서 빨래하는 아줌마들, 바다로 고기잡이를 나가는 아저씨들, 단오장에서 그네를 타는 여자들, 씨름을 하는 남자들…… 그리고 그 가운데는 어머니도 있었고, 이웃집 소녀 세화도 있었어. 나는 눈을 번쩍 떴어. 고향 길로는 여전히 많은 사람들이 오고 있었어. 그리고 그 가운데 어디쯤에는 아버지의 모습도 눈에 띄었어. 내 생전 처음 자세히 보는 아버지의 모습이었어. 나는 소리쳤어.

아버지이!

7

캠프장으로 다시 가보자고 제안한 것이 과연 나였을까. 명확지 않다. 내가 뒤늦게 발뺌을 할 까닭도 없다. 내가 그렇게 말을 꺼냈을 게 분명한데, 나는 우리가 함께, 똑같이 그런 제안을 했던 것만 같았다. 그리고 그랬다는 게 신기하다는 듯 서로 마주보며 웃음을 터뜨린다. 그다지도 서로를 갈망했으면서도 짐짓 속이려 애써왔다는 게 얼마나 속 들여다보이는 짓이었는지 확인하는 웃음이다. 꼭 그랬을 것만 같은 것이다. 그러나 그것은 나의 제안이었다. 여름 캠프를 위한 사전 답사를 끝내고 서울로 향하다가 느닷없이 차를 되돌리자고 나는 말하고야 만 것이다. 군계(郡界)와 도계(道界)가 함께 바뀌는 고갯마루에 닥치자 저걸 넘어가면 그만이다 하는 마음이 불현듯 나를 몰아세운 나머지였다.

"왜요? 뭐가 잘못됐어요?"

N은 물음을 던지긴 했으나, 그 전에 차는 오던 길을 향해 앞머리를 돌리고 있었다. 나는 아무것도 아니라는 듯 머리를 가볍게 흔들었다.

언젠가 터키로 취재 여행을 가서 그녀를 처음 만났을 때도 그녀가 운전하는 차를 타고 돌아다녔던 것이 결코 우연은 아니라는 생각이 들었다. 아닌 게 아니라 그때 그녀는 세상에 우연이라는 건 없다고 말했던 기억이 났다. 그러나, 어느 편이냐 하면, 나는 궁극적으로는 필연은 없다고 믿는 사람이었다. 하지만 여기서 우연이니 필연이니 따진다는 것만큼 어리석은 일은 없을 것이었다. 우리는 아침나절에 이미 답사를 끝낸 운장산(雲藏山)의 캠프장으로 되돌아가고 있었다.

우연이니 필연이니 따지는 것보다 나는 현실감을 되찾아야 한다고 여기고 있었다. 살아오면서 종종 그랬던 것처럼, 마치 낮잠에서 깨어나 시간과 공간에 현실감을 잃고 공연히 서러웠던 느낌이 도무지 사라지지 않는 것이었다. 그게 언제부터였더라? 여름 캠프를 앞두고 갑자기 터키까지 다녀오게 되어 허둥지둥거린 무렵부터라고도 짚어졌다. 그리고 그 느낌은 좀 전에 들렀던 어느 사당(祠堂)에서 한층 고조되었었다.

이상한 일이었다. 문득 차를 세우게 하고 화장실을 찾아 들어간다고 한 게 마침 그 사당이었다. 두리번거리며 뜰에 들어서자 웬 남자들이 머리를 천천히 돌리며 걷고 있었다. 낯설기 짝이 없는 광경이었다. 넓은 뜰에 서너 사람이 띄엄띄엄 둥그렇게 원을 그리듯 돌며 머리를 젓고 있었다. 무엇을 하는 것일까. 그것은 낯설다 못해 기괴한 광경이었다. 나는 문득, 내가 살고 있는 세상과 다른 세상을 보고 있다는 착각에 빠졌다. 그 착각이 얼마나 감쪽같았는지, 언젠가 내가 깨달음처럼 느낀, 이제야 세상이 보인다는 그 현상이 실제로 나타난 것이라고 여겨질 정도였다.

터키 여행을 다녀오자 여름 캠프 일정이 여간 빠듯하지 않아, 답사부터 서두르지 않으면 안 되었다. 아침에 서울을 떠나 운장산이며 마이산까지 답사를 마쳤으니, 이제 겨우 한숨 돌려도 되겠구나 싶었다. 그런 터에 길가에 무슨 기념비 같은 게 눈에 띄어 차에서 내려 들어간 곳이 그곳이었다. 뜰 안 한쪽에서는 한창 보수 공사라도 하는지 전기톱으로 나무 자르는 소리가 요란했다. 요란한 전기톱 소리에도 불구하고 오히려 적요(寂寥)함이 강조되어, 나는 한동안 어리둥절해 있었던 것이다. 역시, 머리를 빙글빙글 저으며 느릿느릿 돌고 있는 젊은 남자들의 모습 때문이리라.

"진안 중평굿 농악 연습을 하는 중입니다."

내가 얼빠진 것처럼 쳐다보고 있자 그들 중 한 사람이 설명을 해주었다.

개꼬리상모……

그제야 나는 사당 댓돌 위에 놓여 있는 농악패의 상모가 눈에 띄어 입속말로 중얼거렸다. 그렇다 하더라도 나는 도무지 뭔가에 홀린 듯하기만 한 느낌을 지워버릴 수가 없었다. 담 아래로는 끝물 동자꽃 뒤로 드문드문 심어진 옥수숫대들이 수염도 안 매단 채 비리비리 여위어가고 있었다. 그 옆 마당가에 장구며 북이며 꽹과리며 징이며 농악패의 악기들이 놓여 있었다. 그제야 나는, 무릉도원 사람들인가 했더니, 하고 비로소 화장실로 발걸음을 옮겼다. 좀 전에 캠프장의 상황을 살펴보기 위해 운장산으로 가는 길에 무릉리라는 이름의 마을이 있었다. 나중에 운장산 캠프장에서 그 얘기를 꺼내자, 그 이름에 걸맞게 무릉리에서 복사꽃이 피어 그 언저리 냇물에 꽃잎이 흐르면 도원경을 이룬다고, 누군가 가히 시적으로 이름풀이를 해주었다. 그와 함께 나는 머리가 아득해지며 예전 일을 더듬지 않을 수 없었다. 가슴이 서늘해졌다.

무릉과 도원…… 시인 오규원 글에도 나온다지만, 그런 이름의 마을이 강원도 땅에도 있음을 나는 잘 알고 있었다. 그 마을에서 얼마 동안 공익 요원으로 근무하던 A를 만나기 위해 나는 삼척에서 원주 쪽으로 오십천 계류를 끼고 굽이돌아가는 길을 가곤 했었다. 단지 공익 요원이라고만 하고 더 이상 자세히 밝히지 못하는 데 대해서는 양해하기 바란다. 이 정도만 밝히는 데도 나로서는 큰 용기가 필요한 것이다.

강원도의 무릉리와 도원리는 전라도와는 달리 두 마을이 빤히 마주 보고 있다. 저기 저 마을이 도원리예요, 무릉리에서 그녀가 손으로 도원리를 가리켜보였었다. 내가 강원도의 무릉도원에 머무르는 시간은 언제나 겨우 한나절도 채 되지 않았다. 그리고 우리는 원주로 나오곤 했다. 그녀는 워낙 바닥이 좁은 데라서 둘이 있기가 뭐하다면서 나를 잡아끌었던 것이다.

"평일이기 때문에 내일 아침 첫차를 타야 돼. 깨워줄 자신 있어?"

포장마차에서 나와서 여관 불빛을 찾아 들어갈 때 그녀는 내게 몸을 기대고 묻는다.

"밤을 꼬박 새울까?"

내 대답은 기껏 그랬다.

"뭘 하고?"

그녀의 웃음 소리가 외등처럼 희미하게 흐른다.

"밤이 가지 말기를 바라야지."

밤은 어디에서고 객지 냄새를 풍긴다.

"다 때려치우고 마담이나 할까 봐, 카페 몽유도원. 어때?"

그 얼마 전 서울의 호암아트홀에서 열린 고려 불화전에서 안견의 「몽유도원도(夢遊桃源圖)」를 함께 본 사실을 염두에 두고 하는 말이었다. 그것은 안평대군이 도원경을 노닌 꿈을 꾸고 나서 화가 안견에게 그 정경을 그리게끔 한 그림이라고 했다.

"여자가 공익 요원이라니, 우습지 않아? 다른 애들은 결혼도 모자라 이혼까지 했는데, 난 이제껏 이게 뭐야."

처음 그 말을 들었을 때는 놀랐다. 그녀가 내게 결혼이라는 낱말을 입에 올린 게 거짓말 같았다. 전혀 예상할 수 없었던 말이었다. 우리는 너무 오래 사귀어 결혼 따위는 생각할 수도 없어. 그것은 정말이었다. 다른 까닭은 아무것도 없었다. 사실, 처음부터 상당히 오랜 기간 동안 나와의 결혼은 고려하고 있지 않다고 말한 것은 그녀 쪽이었다. 우리는 섹스라는 말[馬]을 타고 너무 멀리 달려와서 보금자리는 이제 영원히 멀어진 거라고, 나는 단정했다. 그래서 그저 쉬지 않고 달려가는 길뿐, 멈추는 순간 모든 건 신기루처럼 사라진다고 말해주고 싶었다. 그렇지만 구태여 내가 말하지 않아도 그녀는 알고 있었다.

"우리 마지막이 어떻게 될지 그게 궁금해. 헤어지지도 못한다는 건 악연이야. 너무 많이 헤어져서 이젠 헤어질 수도 없다는 게 맞아?"

그녀의 말 그대로였다. 그러면서도 그녀는 늘 변함없이 나를 맞아주었다. 그곳이 강원도의 무릉도원이었다. 우리 만남의, 현실과 동떨어져 있는 비현실감은 그곳 이름이 대신 표현해주는 듯싶었다. 그렇다고 해서 옛사람들이 이상향으로 내세운 무릉도원 그 이름을 우리의 '악연'으로서의 만남에 견주고 있는 것은, 천만에 아니다. 옛날에 누군가가 산길을 헤매다가 무심코 찾아든 그곳은 복숭아꽃이 만발했는데, 도무지 이 세상이라고는 볼 수 없이 아름답기 그지없는 마을이었다. 얼마 동안 넋을 잃고 노닐다가 돌아와보니 그 얼마 동안이라는 게 몇백 년이었다. 그러나 다시는 그곳을 찾을 방법은 없었다. 꿈속에서밖에는 다시 찾아갈 수 없는 그 아름다운 마을이 무릉도원이라고 했다. 차를 되돌리자고 한 것도 그 어떤 비현실감에 대한 반발이었을까. 아니라고 나는 머리를 저었다.

터키 여행을 떠나기 며칠 전, 낮잠을 한 시간쯤 자고 깨어나서, 나는 갑자기 세상이 이제야 보인다고 느꼈었다. 흔히들 그렇다듯이 낮잠을 자고 나면 늘 혼란스럽기만 했었다. 예전 어렸을 때는 뭔가 굉장히 억울하기도 했었다. 나만 홀로 어떤 낯선 시간, 낯선 공간 속에 떨어져 있다는 격절(隔絶)의 느낌. 그런데 이번에는 그 격절감이 내 인생의 느낌과 같다고 깨닫고 있는 내가 거기 있었다. 그 동안 나는 내게 닥친 현실을 현실로 받아들이기를 늘 거부하고 살아오지 않았던가. 그래서 비현실감에 쩔쩔매면서도 또 다른 도피처로 한눈을 팔기에 급급하지 않았던가. 아닌 게 아니라 낮잠을 깰 무렵 비몽사몽 속에 나는 잠을 깨면 터키에 와 있다는 느낌에 속을지도 몰라, 속지 마, 하고 내게 속삭였다. 그래서였을 것이다. 나는 속지 않고 예전의 그 격절감 대신에, 세상이 이제야 보인다고 말하기에 이른 것이었다.

낮잠을 자기 전에 나는 『하얀 배』라는 소설을 쓴 아이트마토프의 이름이 칭기즈라는 사실을 알았고, 또 그의 민족과 우리 민족이 같은 뿌리를 가진 몽골 민족의 일파라는 사실도 알았다. 칭기즈 칸에서 왔을 칭기즈는 이름이 아니라 성일지도 몰랐다. 그리고 술자리에 앉으면 누구에게든 몽골 민족에 대해 설명하는 것도 마다하지 않았다. 예컨대, 같은 슬라브 민족의 나라 러시아와 우크라이나가 은근히 세력 다툼을 하는 배경에는, 한때 러시아의 모스크바 공국은 몽골에 무릎을 꿇고 협력했으나 우크라이나의 키예프 공국은 그러지를 않았다는 사실이 깔려 있다고.

내가 왜 뜬금없이 민족이라는 말에 집착을 보였을까. 하기야 작은 거인 같은 이 말은 세계 곳곳에서 맹위를 떨친다. 쿠르드족이니 바스크족이니 베두인족 등등과 함께 집시가 떠오른다. 영화에서만 보았던 집시를 실제로 처음 본 것은 러시아의 길거리에서였다. 아이를 품에 안고 서 있던 남루한 옷차림의 가냘픈 여자가 다가와서 손을 내밀고 구걸했을 때, 나는 그 얼굴을, 눈을 보며 뒤늦게 퍼뜩 집시라고 알아차렸다. 구걸하는 집시에게 함부로 돈을 주다가는 패거리들이 우르르 몰려들어 봉변을 당한다고 주의를 받았던 게 기억나서 나는 외면하고 걸음을 재촉하고 말았다. 그건 분명히 잘못된 행동이었다. 나는 시인이므로 집시를 싫어해서는 안 되었다. 집시는 삶 자체가 시 아닌가 말이다. 「집시의 달」이며 「잠자는 집시」며 하다못해 「집시의 시간」이며 하는 여러 분야의 작품 제목 아래서 내가 상상했던 모종의 꿈결 같은 세계는 그 첫 대면에서 허당으로 빠진 것이었다.

한번은 집시들이 나와서 춤추고 노래하는 레스토랑에 일부러 찾아간 적도 있었다. 한 상 가득, 이름도 모를 러시아 음식이 차려졌는데, 웨이터는 하필이면 돼지비계 같은 걸 자꾸만 먹어보라고 권하는 것이었다. 그럴 때마다 나는 고맙다면서도 손을 저었다. 철갑상어 알, 캐비어는 알았어도, 그것이 귀한 철갑상어 고기라는 건 나중에야 알았었다. 좁고 긴 미로 같은 복도를 지나 겨우 찾아낸 화장실 앞에 의자가 몇 개 놓여 있었고, 덩치 큰 집시 여자가 거기 앉아 담배를 억세게 빨아대고 있었다. 제 차례의 공연을 마치고 방금 나온 모양이었다. 나도 그 옆에 앉아 담배를 피워물었다. 집시 여자와 나란히 앉아 담배를 빨고 있는 맛은 인생의 맛을 아는 골초가 아니고선 느낄 수 없으리라, 하고 나는 교과서에서 배운 혓바닥의 미뢰라는 걸 떠올렸다. 맛봉오리라는 그것의 감각으로 우리는 달고, 쓰고, 시고, 짜고, 매운 맛을 안다고 했다. 그러나 인생의 맛에서 가장 중요한 것은 떫은맛이다. 짙은 화장에, 특히 아이섀도로 두 눈을 물고기 눈처럼 강조한 집시 여자가 아무렇게나 후욱 뿜어내는 담배 연기 기둥이 아슬아슬하게 내 이마 앞에 멈추곤 할 때, 인생은 아득하고도 슬프게 떫어서, 나는 그만 "나타샤와 나는/눈이 푹푹 쌓이는 밤 흰 당나귀를 타고/산골로 가자 출출이 우는 깊은 산골로 가 마가리에 살자"는 시인 백석의 시를 머릿속에 그리지 않을 수 없었다. '출출이'는 무슨 짐승인 듯했고, '마가리'는 오막살이였다.

"아진, 모어?"

나는 말해놓고 웃음이 나왔다. 한 대 더 빨겠느냐고 빨간 말보로 담뱃갑을 그녀에게 내밀며 나는, '하나'의 러시아 말 '아진'에다가 '더'라고 영어의 '모어'를 붙여놓고 있지 않은가. 어깨를 거의 드러낸 집시 여자는 고맙다고 미소를 지었다. 그러나 그녀의 고맙다는 러시아 말은 '스파시……'까지 발음되고 나머지 '보'를 끝내지 못했다. 우락부락한 남자가 나타나 여자와 나를 번갈아 꼬나보았고, 그 기세에 담배를 엉거주춤 뽑아든 그녀는 의자에서 일어나 피하듯이 미로의 복도 모퉁이로 몸을 감추었다. 중간 보스쯤 되어 보이는 건장한 사내가 나를 향해 위압적으로 눈알을 굴렸으나 나는 적당히 그 눈알에 대처하며 가만히 앉아 있었다. 그럴 경우의 임기응변이야말로 내가 세상에 태어나 익힌 처신 가운데 가장 겸허하고도 표독스러운 것이었다. 쌍꺼풀에 로만 노즈의 키 작은 어떤 남자가 겁 없이 분장실 가까이 와서 한물간 레닌모를 무릎 위에 얌전히 얹어놓고, 자기보다 덩치가 큰 여자에게 은근하고도 결의에 찬 모습으로 담배를 권하고 있다면 그는 러시아 여러 족속에서 체첸 놈, 도저히 갉을 수 없는 체첸 놈이 아니면 도대체 어떤 놈이겠는가. 나는 사내가 이미 그렇게 판단하고 성깔을 꾹 누르고 있음을 느꼈다. 나는 복잡한 미로를 헤매는 동안 긴장되어 우리 한국인 특유의 장점이라는 저 은근과 끈기를 어느덧 갖추고 있었다. 게다가 나는 아주 미묘한 순간, 즉 그 녀석의 자존심이 그만 견딜 수 없이 구겨진다는 느낌이 폭발하기 직전에 빠져나오는 임기응변술을 써먹을 줄 아는 사람이기도 했다. 그들은 비록 춤추고 노래하는 집단이기는 해도 또한 매우 위험한 집단이기도 했다. 그리하여 나는 도저히 갉을 수 없는 키 작은 체첸 놈의 신분을 유지한 채 그곳을 빠져나올 수 있었다.

나의 집시 체험은 그것으로 끝났다. 그렇지만 집시에 대한 내 관심조차 끝난 것은 아니었다. 지금도 나는 집시의 세계를 마음속에 그린다. 얼마 전에 나는 집시들이 어딘가에 그들의 나라 집시랜드를 세울 계획이라는 신문 보도를 보았다. 그곳이 어디인지 잊었어도, 왜 그들의 본래 근거지였다는 인도 옆의 어디가 아닐까 궁금해했던 기억은 아직도 남아 있다. 그와 함께 우리 민족의 한 일파가 떼를 지어 유랑하는 중앙아시아의 한 풍경이 눈앞을 가렸고, 그 무리에 내가 끼여 있다는 환상을 버릴 수가 없었다.

그런 환상은 실상 오래 전, 그러니까 거의 30년 전쯤부터 수맥처럼 내 의식의 밑바닥을 흐르다 때에 따라 솟아오르는 용출수같이 나를 자극하곤 하던 것이었다. 그 환상의 일환에 터키라는 나라가 놓여 있다. 웬 터키냐고 묻고 싶으면, 어디 가서, 우리 민족과 터키 민족의 친연관계에 대해 간단한 설명이라도 듣고 오기 바란다. 해외 여행이 자유화되자 나는 어느 나라보다도 우선 터키부터 가보고 싶었다. 그런 뜻에서 헝가리도 빼놓을 수 없지만 그것은 또 다른 얘기가 되겠기에 여기서는 잠깐 비켜놓기로 한다. 나는 이제야 비로소 그곳을 여행하게 된 것이 새삼스러웠다.

터키, 투르크, 튀르크, 돌궐(突厥), 토이기(土耳其). 우리와 같은 말 차례〔語順〕의 말을 쓰는 민족, 그 나라.

그 민족이 우리와 어떻게든 뿌리가 닿아 있다는 사실을 알고 나서, 한국전쟁 무렵 뭐 주워먹을 거라도 없나 하고 터키의 참전 부대 주변을 오락가락하며 그 군인들의 텁석부리 수염이 무시무시해 힐끔힐끔 눈치를 보면서도 왠지 친밀감을 느꼈었다고 나는 유추했다.

중앙아시아 카자흐스탄의 어느 날, 터키로 빠져나가려고 계획하고 있는 우리 민족 한 사람을 만났었다. 우리 민족 한 사람이라고 어정쩡하게 말하고 있는 것은 그가 북한에서 도망쳐나와 이른바 '제3국'을 헤매고 있는 신분이기 때문이었다. 그는 같은 처지의 몇 사람과 어울려 생활하면서 주로 집 짓는 현장을 떠돌고 있었다. 러시아에 벌목공으로 나왔다가 탈출했다는 것이었다. 내 안내인인 카자흐스탄의 '고려인'과 북한을 탈출한 '북조선인'과 남한에서 온 '한국인'인 내가 만난 것은 어느 일요일, 내가 묵고 있던 아파트에서였다. 시장의 동포 아주머니 가게에서 사온 김치와 무채, 고사리나물 무침에다가 소고깃국도 끓이고 제법 연어알 통조림도 곁들여 우리는 보드카를 마셨다.

"우선 뭣보다두 남조선하고 우호적인 나라루 가야겠디요. 기래야 남조선에 들어가기 쉽지 않갔이오?"

"남조선, 아니 한국엔 왜 가려고요?"

"가서 잘살아야디요. 또 어디 우릴 받아주는 데가 없어요. 가야디요."

벌목공은 여러 시도를 거듭한 끝에 매우 체념적이고도 용의주도한 모습이었다. 그가 왜 한국으로 직접, 쉽게 들어가지 못하는 것일까, 나는 우리 '당국'의 정책을 이해할 수 없었다. 물론 지금과 달라서 그 무렵에는 중앙아시아의 어느 나라고 우리나라와 수교하고 있는 나라가 없기는 했었다. 나는 같은 민족이라고 하면서 그를 도울 아무 방법도 없는 내가 부끄러웠다. 그는 중국으로 해서 홍콩으로 가는 길을 중점적으로 검토하고 있는 듯했으나, 중국이 공산주의 나라라는 사실을 못내 꺼리고 있었다. 중국 공안에 잡혀 북한 공작원에게 넘겨지면 철사에 코를 꿰어 끌고 간다는 소문도 들었다는 것이다.

"동무 조심하기요. 허허."

나는 술김에 '동무'라는 낱말에, 북한 사투리에, 웃음을 갖다 붙이기도 했건만 웃음이 공허한 만큼 내 마음은 헛돌기만 했다. 북한 사람들이 중국뿐만 아니라 중앙아시아를 떠도는 것은 어제오늘의 일이 아니라고 했다. 그런데도 가고 싶은 한국으로의 길은 막혀 있었다. 그것은 지금도 마찬가지여서, 상상할 수 없는 고난을 겪으며 한국에 오는 데 성공하는 사람들의 얘기는 지금도 화제에 오르는 것이다. 이와 관련하여 불과 며칠 전에도 신문에 다음과 같은 기사가 실려 있음을 본다.

> 일본 후쿠오카 출입국 관리국은 북한을 탈출한 난민임을 주장하며 일본에 밀입국한 김용화씨를 중국으로 강제 송환하기로 최종 결정했다. 한국 정부에 망명 신청을 거부당한 뒤 소형 고무 보트를 타고 전남 진도에서 일본으로 밀입국하려다 체포된 김씨는 일본 정부에도 난민 신청을 거부당했었다.

전남 진도에서 소형 고무 보트를 타고? 기가 막힌 일이었다. 중국의 변방 외몽고로 들어갔다든가 미얀마의 마약 생산지 '골든 트라이앵글'로 들어갔다든가 베트남으로 들어갔다든가 하는 얘기는 들었어도 진도에서 고무 보트를 타고 일본으로 갔다는 건 처음 듣는 얘기였다. 일찍이 중앙아시아에 강제 이주당한 우리 동포들이 아무리 혹독한 삶을 살았다고 하더라도, 지금 겪고 있는 수난 또한 그보다 못하지는 않으리라 여겨졌다. 어쨌든 동무는 안전하게 도망칠 나라를 찾고 있었다. 그때까지만 해도 중앙아시아는 결코 안전한 곳이 아니었다.

"터키까지 가는 길은 없을까요?"

내 입에서 느닷없이 나온 말이었다. 중앙아시아의 여러 나라들과 그 주변 나라들을 하나하나 꼽아본 결과 떠오른 나라였다.

"터키요?"

'고려인'과 '북한인'은 같이 눈을 둥그렇게 떴다. 그 눈을 보자 내가 너무했나 싶었다. 우리가 마주 앉아 보드카를 마시고 있는 나라의 서쪽으로 우즈베키스탄이라는 나라가 있고 그 서쪽으로 투르크메니스탄이라는 나라가 있고…… 거기서 카스피 해를 가로질러…… 아니, 이란 고원을 가로질러 가면, 거기, 중앙아시아와 똑같이 아버지를 '아타'라고 부르는 나라 터키가 있긴 했다. 북한을 탈출한 사람이 그런 방식으로 터키까지 가서 한국으로 갈 길을 찾는다…… 말을 해놓고도 나는 한숨이 나왔다. 터키가 한국전쟁 때 참전했었던 우호적인 나라라는 사실이 나로 하여금 그런 말을 하게끔 한 모양이었다. 운을 떼어놓고 나는 그 뒤를 이을 자신이 없었다. 날아가는 양탄자라도 있으면 좋을 텐데, 하는 말이 목구멍까지 올라왔으나, 그러면 그들을 놀리는 게 되는 분위기여서 나는 담배 연기만 뿜어대는 수밖에 없었다. 그들 두 사람도 막막한 듯 보드카만 내리 홀짝거렸다. '고려인'이 터키를 러시아 말로는 투르치야라고 한다고 말했을 뿐이었다.

그 벌목공을 만난 것은 그것이 처음이자 마지막이었다. 나는 아무런 기약 없이 헤어져 가는 그에게 백달러짜리 한 장을 손에 쥐어주었다. 그뒤 1년쯤 지난 어느 날 늦은 저녁, 타워호텔이라면서 웬 여자에게서 전화가 걸려와 자기는 중앙아시아에서 온 김 타치아나라고 하는 사람인데 북조선 사람 아무개가 터키로 떠났다는 소식을 전해달라고 해서 전화한다고 하고는 툭 끊었다. 나는 내가 꺼낸 말이 그 일에 아무런 영향을 끼치지 않았기를 바랐다. 그러나 그때 둥그렇게 뜨던 그 눈으로 보아, 내 말로 인해 그야말로 개안(開眼)이 되었으리라고 보아야 마땅했다.

나도 몰래 내 입에서 터키 얘기가 나오기 전까지 나는 터키에 대해서 전혀 생각조차 하고 있지 않았다. 물론 그렇게 된 배경은 충분히 있었다. 나 자신 그곳으로 가려고 오래 전부터 별러왔던 것이다. 앞에서 말한 루트로 터키까지 갈 수만 있다면, 그것은 행운이 아니라 야만이었다. 나는 한국에 돌아가면 이번에는 꼭 터키로 가야겠다고 스스로 굳게 약속했다.

그 약속이 뜻밖에도 전쟁 기념관으로부터 터키에 관한 일을 맡음으로써 너무 손쉽게 지켜지게 되어, 나는 놀랐다. 내가 약속이니 희망이니 꿈이니 하는 무지갯빛 낱말들을 긍정적으로 받아들이게 된 게 언제부터인지는 모른다. 그런 것들에 대해서 지나치게 사갈시하여 얼굴을 돌렸던 젊은 시절이 있었다. 보상받지 못하고 있다는 비뚤어진 심리에 기생한 어두운 얼굴이었다. 여기에, 약속이란 깨어지기 위해 있는 것이며, 희망이란 성취되지 않기 위해 있다는 농담조의 반어가 있었다. 그리고 나는 지지리 못난 삶을 근근이 구황하며 헤매다녔다. 그 따위

무지갯빛 환상들을 구겨버려라! 온갖 달콤한 말들의 사탕발림에 침을 뱉어라! 일그러진 얼굴로 삶을 질타하라, 매도하라!

그러나 언제부터인가 나는 꿈을 믿기 시작한 내 얼굴을 보았다. 꿈은 어떤 형태로든 이루어지게 되어 있다는 믿음이 그것이었다. 그러므로 함부로 꿈꾸어서는 안 되는 것이었다. 이를테면 터키에서 스쳐 지났던 미다스 왕의 신화의 왕국에서는 어떠했는가. 손으로 만지는 모든 것이 황금이 되게 해달라고 빌었던 그의 꿈이 이루어진즉슨 사랑하는 딸까지 황금으로 변함으로써 어떻게 되었는가. 그러므로 꿈이 이루어질까 봐 우리는 극도로 경계하지 않으면 안 되는 것이다.

어쨌든 언제 이뤄질까 싶었던 터키로의 여행의 꿈은 그렇게 내게 현실로 다가왔다. 벌목공에게 던지듯 입 밖에 낸 말이 현실이 된 이상 내가 별러오던 여행을 더 이상 늦출 필요는 어디에도 없었다. 여름 캠프가 늦춰지더라도 어쩔 수 없는 노릇이었다. 그래서 갔다가 돌아오자마자 답사부터 서두르지 않으면 안 되었다. 벗삼아 같이 떠날 사람도 달리 없었다. 이리저리 생각 끝에 터키에서 내 통역 겸 안내자였던 여자가 여름 방학을 틈타 한국에 와 있다는 사실을 상기했고, 전화를 걸었던 것이다. 그것이 N이었다.

"터키에서 못다 한 여행을 계속하자는 거군요."

못다 한 여행을 한국에서 마저 하자고, 별뜻 없이 던져놓았던 내 말을 그녀는 용의주도하게 되살려내고 있었다. 기껏 이즈미르까지 가서 아쉽게 되돌아온 여행이었다. 참전 용사를 만나고, 인터뷰를 하고, 부랴부랴 자료를 챙겨 돌아온 번개치기 취재가 끝났을 때 나는 말했었다. 여행은 한국에 돌아가서 마저 끝내지요. 그녀도 바빴고, 나도 바빴다. 그녀 없이 나는 앙카라의 한국전쟁 참전 기념비를 보기 위해 비행기를 타야 했다. 그것으로 그녀와의 어설픈 만남은 끝났다. 그러니까 그 여행은 마르마라 해(海)와 그 옆 해바라기밭을 바라보며 달리는 길과 교즐레 밀전병과 한 끼의 쉬쉬케밥 식사 등으로 요약된다. 쉬쉬는 양고기 꼬치구이, 케밥은 볶음밥이었다.

그녀의 승용차를 타고 간다는 점에서 터키에서 못다 한 여행을 계속한다는 말은 어울렸다. 어떤 음악을 좋아하느냐는 물음에 아무 음악도 좋아하지 않는다고 대답했음에도 아랑곳없이 그녀는 "계속되는 여행이고 그때도 틀었으니까요" 하고 테이프를 끼워 넣었다. 그러자 마르마라 해를 끼고 달리던 기분도 되살아났다. 우리나라에도 제법 알려진 터키 노래 「위스큐 다르」였다.

"실크 로드의 끝이에요. 위스큐 다르. 거기서 종종 배를 타고 아시아와 유럽을 오갔죠. 외로울 땐."

그녀의 말이 아니더라도 위스큐 다르가 지명이라는 사실은 그곳에 가서 얻은 몇 안 되는 지식 가운데 하나였다. 동양의 저쪽으로부터 오던 길은 그 아시아의 끝 바닷가에서 멎을 수밖에 없다. 대안의 유럽이 빤히 마주 바라보인다 해도 어쩔 수 없이 길은 멎는다.

그녀가 테이프에서 흘러나오는 노래를 들릴 듯 말 듯 따라 불렀다. 담배를 피우려고 빠끔히 열어놓은 차창으로 휙휙 휘어 들어오는 바람 소리에 그녀의 노랫소리는 터키 말인지 한국 말인지도 모르게 귓가로 흘렀다. 터키에서 그녀가 번역해준 구절은 희미하기만 한데, 우스크 다르에 내 사랑 그 여자를 찾아갔다가 그만 진창에 빠져버렸네, 하는 구절만은 어느 정도 기억이 살아났다. 위스큐 다르 머나먼 길 찾아갔더니……

이제 저쪽으로 무릉리를 지났는가. 차를 돌려 그만큼 왔는데도 나는 그 농악패의 젊은이들이 마당을 빙글빙글 돌고 있는 모습이 뇌리에서 떠나지를 않았다. 마당가에 피어 있는 끝물 동자꽃이 유난히 밝은 주황색으로 빵긋거리던 모습도 눈에 선했다. 곧 장마가 지면 꽃잎은 죄다 뭉그러지고 만다. 강원도의 무릉도원에는 많은 꽃들이 피었다. 나는 그 꽃들을 보려고 그곳에 갈 때마다 직접 가는 길 대신에 꼭 강릉으로 해서 삼척으로 돌아가곤 했다. 그 꽃들을 보려고? 그렇다고 해두는 것도 해롭지는 않겠다. 그 길은 시계 바늘 방향으로 돌아가는 고향 길이어서 내 마음을 안정시켰다. 그리고 원주에서의 하룻밤. 자기 전에 한 번, 깨어나서 한 번의 섹스, 혹은 흘레. 어떤 때는 잠이 깨어 그녀를 못 보게 되는 날도 있었다. 그런 날이면 나는 내 입술과 혀에 남아 있는 그녀의 은밀한 구석의 냄새를 맡아보려고 애썼다. 그것은 수정을 기다리는 꽃의 씨방 냄새였다.

"꽃들이 진다. 곧 여기 근무는 끝나. 키스."

뻐꾸기 우는 계절을 지나 장마가 시작될 무렵이었다. 그녀로부터 만나고 싶다는 전화가 갑자기 와서 나는 또다시 강릉행 버스에 몸을 실었다.

느닷없이, 곧 여기 근무도 끝난다며 전화로 보낸 키스를 받고 달려간 무릉도원에서 그녀는 장마비 속에서 땀에 홍건히 젖어 짐을 꾸리고 있었다.

"뭐 하는 거야?"

내 목소리는 빗소리를 이기려고 악을 썼다. 그녀가 외지에서 홀로 근무하는 동안 그래도 조금은 위안이 되라고 내가 그때그때 갖다 심은 풀꽃들이 빗물에 접히고 있었다.

"때려치워야지. 이건 내 인생이 아냐."

그녀는 씩씩거렸다.

"어떤 게 인생이지?"

"인생? 그건 이스탄불에 가서 오리엔탈 익스프레스를 타는 거야. 인생? 그건 세계의 지붕 밑에 카페 몽유도원을 차리는 거야. 후우. 담배 있어?"

"담배를 다시 해?"

"그게 인생이니까."

그녀는 불과 몇 개월 남은 공익 요원 의무 근무 기간을 앞두고 인생의 행로를 바꾸기로 했다고 말하며 담배 연기를 내뿜었다. 나는 빗물에 젖는 꽃들이 늘어져 있는 마당귀를 별 생각 없이 내다보고 있었다.

내가 그녀의 숙소 마당에 꽃들을 갖다 심은 까닭이 비로소 짐작되었다. 나는 그것으로 그녀에게 보상하려고 했던 것이다. 그 꽃들이 피는 곳에서 그녀와의 다른 차원의 약속이 이행된다는 심리였다. 그녀와 현실적인 결혼을 할 수 없는 대신 나는 그 뜰에 가장 아름다운 꽃다발을 바치기로 마음먹었던 것이다. 물론 의도가 확실했던 건 아니다. 또 현실의 가정이 아름다운 꽃밭의 형태로 이루어지는 것도 아님을 모르는 바도 아니다. 그렇지만 나는 다른 방법을 발견할 수가 없었다. 식물이란 위대한 것이라는 내 신념과 관계없이, 그 따위 나약한 행위로 보상이 된다고 여긴 게 얼마나 가소로운 일이란 말인가.

"다시 생각할 순 없어?"

나는 책이며 옷이며 짐을 싸는 것을 도왔다.

"다 그만두는 거야. 지겨워. 이렇게 해서 내가 뭐가 되겠단 거지?"

"이제 마지막 몇 개월이잖아."

"마지막? 그건 죽음이야."

나는 언제나 그녀 가슴 속의 파란 불꽃을 바라보길 좋아했다. 때로는 시골 길의 반딧불처럼, 때로는 공동 묘지의 인(燐) 불처럼 내 눈 앞에 빛나며, 그것은 내 어두운 날의 지표가 되어주었다. 그러므로 나만이 그 가슴을 가장 깊이 끌어안을 수 있다고 믿어왔던 것이다. 그러나 그녀는 술집에라도 마주 앉을라치면 거세게 항변했다. 민중을 말하던 투사들은 다 어디 갔지? 민족을 말하던 투사들은 다 어디 갔지? 민주를 말하던 투사들은 다 어디 갔지? 그녀의 불꽃은 늘 내게 말없이 항변한다. 용감하게 깃발을 들었던 투사들 다 어디 갔지? 고드름, 아니면 솜사탕 투사들?

그리고 스스로 대답한다. 다들 장사하러 갔어. 돈 벌러 갔어. 가물가물 사위어가는 그녀의 파란 불꽃이 바람에 떤다. 역사의 수레바퀴 아래서는 누구나 살아가는 것만으로도 투쟁인 거야. 지금은 장사꾼이 투사겠지. 민중 안에서 민중을 말해 선민화하고, 민족 안에서 민족을 말해 선민화하던 우물 안 개구리 시대는 지나간 걸 내가 왜 모르겠어. 어떻든 살아남아야 해. 민족 안에서의 투쟁이 아니라 민족 밖으로의 투쟁. 예전에 누군가 말했잖아. 만인의, 만인에 대한 투쟁이라고.

뒤늦게 바꾼 행로였다. 그것을 그녀는 다시 포기하고 말았다. 그야 어찌 됐든, 거기에 오리엔탈 익스프레스의 터키가 문득 끼여 있다. 나는 그녀가 애거서 크리스티의 소설을 말하고 있는 것은 아니라는 걸 잘 알고 있었다. 청량리에서 어디로 갈 때였더라, 우리는 그 열차를 프랑스 파리와 터키 이스탄불을 잇는 오리엔탈 특급 열차로 명명했었다. 그런 쓰잘 데 없는 겉멋이 우리 관계를 겨우겨우 이끌어갈 정도로 그 무렵 우리는 지쳐 있었다. 그런 열차에는 시베리아 횡단 열차도 있었고, 실크 로드 횡단 열차도 있었다. 블라디보스토크와 하바로프스크를 잇는 오케안 열차, 모스크바와 상트페테르부르크를 잇는 붉은 화살 열차, 일본 시코쿠의 봇짱 열차, 이즈 반도의 이즈의 무희 열차도 있었다. 그것은 맺어질 수 없는 가련한 연인들의 도피 열차였다.

카자흐스탄의 어느 날, 내가 엉뚱하게 터키를 입에 올림으로써 한 사람의 고통받는 동포를 그곳으로까지 향하게 한 것에는 이 같은 일말의 꼬투리가 없지 않았다. 잠재의식이야말로 끈질긴 인과의 뿌리였다.

젊은이들이 머리를 빙빙 돌리며 연습에 몰두해 있는 한옆 마당가에 피어 있던 주황색 동자꽃, 그리고 그 뒤의 빨간 톱풀꽃. 터키에서도 내가 보았던 것은 많은 우리나라 꽃들이었다. 무궁화는 물론 소나무, 버드나무, 자귀나무, 배롱나무, 개가죽나무, 백양나무, 인동덩굴 등 나무에다가 채송화, 금잔화, 분꽃, 접시꽃, 패랭이 등 풀꽃들은 정겹고 친근했다. 하기야 어딜 가나 반사막으로 황량하게 버려져 있다시피 한 드넓은 석회질 땅에 자라는 엉겅퀴나 고들빼기, 씀바귀 들은 비록 같은 것들이라도 우리 것들보다는 훨씬 억세고 컸다. 거기에 올리브나무와 유도화와 장미가 있다. 그리고 한여름이므로, 칸나와 해바라기.

우리나라에서는 볼 수 없는 드넓은 해바라기밭을 처음 본 것은 마르마라 해를 끼고 달리는 길 옆의 구릉들에서였다. 나는 N이 운전하는 승용차를 타고 그 길을 달려 터키에서 세번째로 큰 도시라는 이즈미르로 향하고 있었다. 이즈미르까지는 만만찮은 거리였다. 마르마라 해를 왼쪽으로 바라보며 터키의 유럽 쪽 땅을 아래로 내려가서, 다르다넬스 해협의 맨 밑 에게 해가 열리며 대안의 아시아 땅까지 3킬로미터 폭으로 좁아지는 곳에서 배를 타고 건너 차나칼레라는 도시에 이르러, 거기서도 더 달려가는 길이었다. 터키군은 미국군 다음으로 많이 참전하여 770명이나 전사했다고, 전쟁 기념관의 자료는 밝히고 있었다. 그러나 그 전쟁은 웬일인지 까맣게 잊혀지고 있는 게 현실이었다. 나 자신도 그 전쟁의 아픔을 잊은 지 오래였다. 그런데 터키에서 그 아픔이 새록새록 돋아지는 건 무슨 까닭인지 모를 일이었다. 많은 역사적인 전투가 벌어진 해협과 바다를 바로 눈앞에 두고 있기 때문이라고도 여겨졌다. 게다가 붉은 핏빛 바탕에 그려져 있는 초승달과 별의 터키 깃발이 곳곳에 나부끼고 있는 것이었다.

"얼마 전에 말이에요. 북한 사람 몇이 터키까지 왔지 뭐예요. 그래서 한국 사람이 하는 식당하고 농장에서들 일하게 됐다고 해요. 농장은 선인장 농장인데 네덜란드로 수출을 하고 있지요."

그녀가 차를 휴게소에 멈추며 말했다. 정말 그럴 수도 있구나, 나는 놀랐다. 중앙아시아에서 내가 아무런 대책 없이 중얼거린 말이 그렇게 실현될 수도 있었다. 하지만 나는 그 과정의 험난함에는 그저 입을 다물고 있을 수밖에 없었다. 만약에 카자흐스탄에서 만난 그가 그 일행에 끼여 있었다면 그는 식당보다는 농장 쪽을 택했을 거라고 생각되었다. 그러나 그것은 어디까지나 행복한 추측이었다. 그가 터키에 닿기에는 이모저모로 좀 빨랐다.

우리는 해바라기밭을 등지고 앉아 마르마라 해를 내려다보며 '차이' 한 잔에 교즐레 밀전병을 뜯어먹었다. 그러자 엉뚱하게도 이미 세상에는 없는 A가 어디선가 갑자기 가깝게 다가오는 느낌에 나는 어리둥절했다. 벌써 여러 날째, 세상이 이제야 보인다는 새로운 눈뜸이 계속된다고, 나는 스스로 경이로웠다. 나는 옆에 앉아 진한 터키 차를 마시고 있는 N이 A가 아닌가 하는 생각에 문득 어지럼증을 느꼈다.

"이즈미르는 호머의 고향이에요."

그렇게 말하고 있는 N도 A를 연상시켰다. 「채프먼이 번역한 호머를 읽고」라는 소네트를 배우던 시간 A와 나는 나란히 강의실에 앉아 있었다. 그 유명한 시인이 누구였더라? 그 강의실의 나와 A가 어느덧 마르마라 해 옆의 나와 N으로 바뀌며, 나는 그 시에서처럼 번역본 호머를 읽고 흥분을 못 참아 그 번역자 채프먼을 찾아 밤이 새기도 전에 달려가는 시인의 모습 또한 내게로 전이되는 환상에 젖었다.

모든 진이에는 나름대로의 꼬투리가 있다. A가 N처럼 문학을 전공하지는 않았지만 한때 시와 소설에 경도되었었다는 것도 두 사람의 모습을 한 모습으로 전이시켜주는 요소였을 것이다. 처음에 이스탄불 대학에서 연구 강의를 할 때 한국 문학의 과제라는 말을 썼지요. 그건 우리나라에서는 쉽게 쓰는 문법이잖아요. 그런데 어떤 사람이 따지듯 묻는 거예요. 과제라는 말이 쇼킹하게 들려온다, 한국 문학은 무슨 과제가 주어져서 그 과제를 완수하는 문학인가? 즉, 교조주의적인 문학이냐는 거였지요. 그건 한물가도 한참 한물간 거 아니냐는 거였지요. 그 순간 우리 문학에 분명히 그런 요소가 짙다는 걸 알고 놀랐어요. 넓게 보아 아직도 우리 문학은 계몽 문학 단계에 머물러 있다는 걸 깨달아야 했어요. 그녀는 그런 말도 했다.

여름 해의 폭양 속에 해바라기밭들이 노오랗게 커다란 모자이크처럼 널려 있는 것이 눈길을 끈다. 하지만 유달리 특이한 풍경이라고는 말할 수 없다. 다만 우리나라에 없을 뿐이지, 그것은 러시아를 비롯하여, 해바라기씨를 즐겨 먹는 곳에서는 흔한 풍경이 되어 있다. 그래서 영화에서도 한몫을 하고 있는 것이다. 렌트한 승용차를 운전하는, 옆자리의 N은 한국 사람이 분명한데도 다른 나라 사람이라고 나는 몇 번씩 다시 보곤 했다. 바다 탓인지, 해바라기밭 탓인지, 혹은 다른 무엇 탓인지 분간이 되지 않았다. 굳이 분간을 하려는 것도 아니지만, 내가 뭔가 착각을 하곤 한다는 사실은 영 마뜩찮은 것이었다.

여름 캠프를 앞두고 갑자기 터키로 가서 흑해니 마르마라 해니 에게 해니 바다들을 맞닥뜨리고 있는 사실조차가 나를 착각 속에 빠지게 한 것일 터였다. 아니, 굳이 착각이라고 말할 필요는 없다. 여름 캠프에서 내가 말할 주제를 마르마라 해를 지나면서 다시 정리하고 있었다는 것, 그것은 중요한 것이었다. 내 머리 속에 한국전쟁이 맴돌고 있는 것은 당연한 일이었다. 그리고 거기에 대한 우리의 관념이 박약하기 그지없다는 사실을 새삼스레 느끼고 있었다. 그 결과, 새로운 밀레니엄 시대의 우리의 자세라는 거창하고 추상적인 문제를 우선 과거에 눈을 돌려 실마리를 풀 수밖에 없다는 생각이 들었다. 특별한 착상은 아니었다. 역시, 과거와 현재와 미래가 하나의 축으로 연결되어 있지 않으면 밀레니엄이고 뭐고 확실하고 공고한 삶은 보장되지 않는다는 믿음의 재확인이었다.

여기에 N의 전쟁 이야기가 거들고 있었음을 나는 부인하지 않는다. 이른바 전후 세대인 그녀가 한국전쟁에 대해서 이러쿵저러쿵 끼어들 틈은 극히 제한되어 있었다. 내가 이스탄불 공항에 내렸을 때부터 그녀는 한국전쟁에 대해 아무것도 모르고 있어서 미안하다고 미리 양해를 구했었다. 그녀는 단순히 터키에서 5년째 공부를 하고 있을 뿐, 그녀에게 통역을 맡긴 한국의 전쟁 기념관에 대해서조차 그런 게 있는지도 몰랐노라고 했다. 그래도 나와 몇 번 국제 전화를 하는 과정에 터키의 한국전쟁 참전 용사들이 그들만의 모임을 만들어 정기적으로 만나고 있다는 정보도 수집하고 그들 중 몇 사람과는 구체적인 연락도 취했다고 했다.

말했다시피, 전쟁 기념관에서 그런 용건으로 접촉해오자마자 나는 기다렸다는 듯이 서둘렀었다. 그것은 오랫동안 내가 꿈꾸어왔고, 또 저 중앙아시아에서의 엉뚱한 마음빛이 곁들여 있는 일이기도 했다. 타치아나라는 여자가 그것을 환기시켜주기도 했다. 그에 곁들여 나는 이번 기회에 그 전쟁에 대해 뭔가 되짚어볼 수 있겠다고 각오를 새롭게 다지기도 했다. 비록 다섯 살의 어린 나이에 맞이했다고 해도, 그 뒤 3년이나 계속된 그 전쟁은 지워지지 않는 얼룩처럼 뇌리에 남아 있었다.

"예전엔 그 전쟁 얘기가 도무지 귀에 들어오지도 않았어요."

차는 바닷가의 구릉 지대를 달려가고 있었다. 그녀는 한국전쟁에 대해 모르고 있어서 부끄럽다는 말을 다시 하고 있는 것이었다.

"그야 누구나…… 우리나라에서 산다는 건…… 그냥 살아도 전쟁하는 거 같으니까……"

나는 나 자신이 모호하다고 느꼈다. 한국을 떠나온 지 겨우 며칠이나 되었다고 그렇듯 객관적인 눈을 가진 양 말하는 스스로가 못마땅하기도 했다. 뒤를 돌아다보고 어쩌고 할 겨를은 도무지 없이 그저 앞만 보고 달려야만 그나마 생존이 가능한 사회라는 뜻이 서글퍼서 나는 머뭇거리는 것이었다. 내 머뭇거림을 헤아린 듯 그녀는 터키 사람들에게는 과거가 너무 무거워 보인다고 혼잣말처럼 말했다. 마치 무거운 쇳덩어리 추를 달고 있는 것처럼 말예요.

아침에 호텔 밖으로 나온 나는 얼마 떨어져 있지 않은 성벽 쪽으로 발걸음을 옮겨놓았었다. 본래 예전의 모습이 그랬는지 성벽은 넓은 도로를 가운데 두고 양쪽 언덕에 높이 솟아 있었다. 도로를 내려다보고 있는 망루 부분에 터키의, 붉은 바탕에 흰 초승달과 별이 그려져 있는 깃발이 나부끼고 있었다. 군데군데 허물어지고 낡은 성이었다. 동로마

시대 아니면 오스만 투르크 시대의 것이리라. 성 옆으로 새로 도로를 닦느라 아침부터 공사가 한창이었다. 나는 성벽을 끼고 먼지를 뒤집어 쓰면서 어디론가 걸음을 재촉했다. 어디론가, 하고 나는 말할 수밖에 없다. 그녀가 오겠다는 약속 시각까지는 아직도 한 시간이나 여유가 있었다. 성들이 없다면 세상은 얼마나 평퍼짐할까, 성벽을 따라 걷는 것 자체만으로 나는 성에 얽힌 역사 속으로 빠져들어가는 듯했다. 지난 역사를 말해주는 것 가운데 성만큼 웅변적인 것도 없었다. 인류의 역사는 저토록 거대한 성들이 필요했던 시대와 그렇지 않은 시대로 크게 나뉠 수 있다는 생각이 들었다. 그러나 거대한 성벽이 필요 없는 이 시대의 우리는 사람들 하나하나가 자기의 성벽을 쌓지 않으면 안 된다. 이름컨대, 고독의 성채라고 불러도 좋을 것이다.

내가 사진으로나마 이스탄불의 성곽을 처음 본 것은 20대의 새파란 청년 시절이었다. 그 무렵 출판사에서 세계 역사 책을 만들던 나는 그 지역을 스쳐간 제국들과 그 제국들이 남겨놓은 성곽이며 사원이며 신전들을 경이의 눈으로 더듬었던 것이다. 그런데 나는 바로 그 현장에서 아침 공기를 쐬며 '어디론가' 걷고 있었다. 여기에는 결코 산책이라는 말이 어울리지 않는다. 그저 걷는다는 모습만으로는 산책에 지나지 않았다. 그러나 걷다가 다시 호텔로 돌아간다는 단순한 일이 아닌, 뭔가 강렬하고도 불가사의한 어떤 모험에 이끌리고 있다고 믿어졌다. 이것을 두고 역사 속에서 삶을 느낀다든지, 혹은 반대로 삶 속에서 역사를 느낀다든지 하는 따위로 설명해서는 진부해진다. 페르시아의 다리우스나 그리스의 알렉산드로스나 로마의 콘스탄티누스나 오스만 투르크의 술레이만이나 그런 위대한 정복자들의 이름을 기억하며 걷는다는 것도 소영웅적인 감상주의자의 허영에 지나지 않았다. 나는 나를 진정시키며, 다만 나 혼자 여기에 있다고 말하려고 애썼다. 하지만 그것도 간단한 노릇이 아니었다. 예배 시간마다 뾰족한 첨탑 위의 마이크에서 억양을 꺾으며 길게 빼는 성직자의 외침이 내 귓속에 남아 웅웅 울리고, 나는 그 소리에 이끌려 누군가를 만나러 가고 있는 것만 같았다. 그게 누구일까. 이 세상에 진정한 만남이란 있는 것일까. 완벽한 사랑이란 있는 것일까…… 나는 성벽을 향해 그렇게 묻고 있었다. 이제 모든 사람들은 각각의 성벽을 쌓아야 하는 게 아니라 참호를 파야 하는 것이었다. 우리는 모두들 개인호를 파고 그 속에 웅크려 들어가 괴멸적인 운명과의 백병전을 속절없이 기다려야 한다. 영웅의 시대가 가고 인간의 시대가 옴으로써 피할 수 없게 된 '만인의, 만인에 대한 투쟁'이었다. 그러나 실상 그건 투쟁도 무엇도 아니었다. 외로움과 그리움이 표독스럽게 두 개의 대가리를 꼿꼿이 쳐든 괴이한 짐승이 마침내는 개인호를 벗어나지 못하고 자멸해가는 과정에 다름아니었다.

그때였다.

나는 허물어진 성벽 사이에 숨어들 듯이 움직이는 사람들을 보았다. 아침에 성벽에서 무슨 일이 일어난 것일까. 내 상상력이 어느새 『아라비안 나이트』에 나옴직한 장면으로 쏠렸음은 물론이다. '열려라, 참깨!'를 외치자 바위문이 열린다. 양탄자를 타고 하늘을 날아가며, 호리병과 반지에서 거인이 나와 명령을 기다린다. 나는 어쩔 수 없이 환상 속으로 빠져들어간다. 나는 성벽 뒤쪽으로 좀더 가까이 다가갔다.

그러나 다음 순간, 멈칫 걸음을 멈추지 않으면 안 되었다. 사람들은 뜻밖에 너무 가까이 모습을 드러냈다. 나는 지금도 그 모습에서 모멸감과 함께 비애를 느낀다. 하기야 그렇게 느끼는 내가 잘못이다. 그렇다. 그들은 아침에 일어나 용변을 보기 위해 성벽의 허물어진 틈바구니로 기어들었던 것이다. 용변 그 자체에 무슨 모멸감을 느낄 까닭이 없다. 똥오줌은 우리네 존재와 함께하는 부산물일 뿐이다. 참고로 하자면, 서정주 시인의 「상가수(上歌手)의 소리」라는 시에는 이런 구절도 보인다. 상가수가 "거, 왜, 있지 않아, 하늘과 별과 달도 언제나 잘 비치는 우리네 똥오줌 항아리, 비가 오나 눈이 오나 지붕도 앗세 작파해버린 우리네 그 참 재미있는 똥오줌 항아리, 거길 명경으로 해 망건 밑에 염발질을 열심히 하고 서 있었"다는 것이다. 게다가 그런 풍경은 불과 얼마 전까지만 해도 우리 주변에서도 없지 않았던 것이었다. 거기서 우리네 삶의 한 단면을 엿본다는 것에는 유쾌한 구석마저 있었다. 전쟁이 짓밟고 지나간 자리에는 많은 난민들이 떠돌이로 하루하루 위태로운 삶을 이어가지 않으면 안 되었다. 똥오줌을 제대로 가릴 만한 곳을 차지한 사람들은 난민이 아니었다. 나 역시 똥오줌을 처리하기 위해 얼마나 비굴해졌었던가. 그러므로 내가 모멸감을 느낀 까닭은 다른 데 있었다. 그것은 순식간에 내 상상력의 양탄자가 노천 변소로 곤두박질침으로써 나름대로의 멋진 『아라비안 나이트』의 책장은 펼치지도 못하게 된 때문이었다. 펼치지도 못한다는 정도가 아니라 아예 똥칠이 되고 만 때문이었다.

그러나, 아니다. 그것이야말로 현대판 『아라비안 나이트』였다. 옛 영화를 간직한 성벽이 오늘에 와서 그와 같이 훌륭한 해우소(解憂所)로 둔갑한 현실은 나를 일깨우기에 충분했다. 자칫 나는 역사의 환상 속으로 스며들어가 현실 속의 나를 잃고 마치 무슨 주인공이라도 된 양 껍죽거릴 뻔했다. 성벽 위에 휘날리는 깃발은 그 어떤 제국의 것이 아니라 지금 이 시간 터키 공화국의 깃발이었다. 붉은 바탕에 흰 초승달과 별. 인상적인 그 깃발에 대해 설명해준 것도 N이었다. 여기 어디 바닷가에서의 일이었대요. 그녀는 마르마라 해를 가리키며 말했다. 독일 쪽에 붙은 터키는 연합군을 맞아 전투를 벌였다. 양쪽에서 수십만이 죽은 치열한 전투였다. 온통 피바다를 이룬 가운데 한 터키 병사가 새벽에 일어나 하늘에 빛나는 초승달과 별을 본다. 크게 보아 전쟁은 패배로 돌아갔지만 그 전투는 승리였다. 병사는 그 광경을 글로 남겼나. 붉은 피바다 가운데 띠 있는 새벽 초승달과 별. 그것이 그대로 국기에 그려져 박힌 것이었다.

"저는 보름달보다 초승달을 더 좋아해요. 터키 말 공부를 하는 건 우연이 아닐 거예요. 세상에 우연이란 없죠. 전 우연을 믿지 않아요. 후후."

단순히 보름달보다 초승달을 좋아한다고 터키에서 공부하게 된 인생에 필연성을 부여한다는 건 지나치다는 생각이 들었다.

"그러기에 옷깃만 스쳐도 인연이란 말이 있었잖소."

"맞아요. 인연, 멋있는 말이에요."

"혹시, 불교도?"

"아뇨. 그냥 코란이며 성경이며 불경을 읽고 있어요."

이로써 나는 코란과 성경과 불경을 함께 읽고 있는 여자를 내 인생에서 처음 만난 것이었다.

"아예 사서삼경도 마저 읽는 게 어떻소?"

"한국에 돌아가면 그럴 생각이에요."

호텔에서 만나자마자 우리는 시내 관광이고 뭐고 일단 뒤로 미루기로 하고 터키에서 세번째로 큰 도시라는 이즈미르를 향해 떠난 것이었다. 한국전쟁 참전 용사들 중에 내 일에 가장 적합한 사람이 거기 어디 살고 있었다. 그는 한국전쟁 참전 용사들에 관한 자료를 일일이 챙겨

가지고 있다고 했고, 그 방면에 꾸준히 연구도 계속하고 있다고 했다. 그와 만나 얘기를 나누는 것도 그러려니와 자료를 복사해 넘겨받는 것이 무엇보다도 필요했다.

그리하여 에게 해를 끼고 있는 쿠샤다스라는 소읍에서 만난 그는 한국전쟁에서 방금 돌아와 마악 한숨을 돌리는 사람 같다는 느낌을 주었다. 이미 늙었고, 세월은 35년이 지나 있었는데도 그는 하나의 전투 장면까지도 상세히 기억하고 있는 눈빛으로 우리를 대했다. 밀고 밀리는 막바지 전투에서 유엔군이 터키군을 최전방에 배치하는 통에 죽을 고비도 많이 넘겼다고, 그는 담담하게 말했다. 그리고 비록 복사 자료 일망정 내게 넘겨주는 그의 손은 긴장하여 떨렸다. 내가 그녀와 쉬쉬케밥을 한 끼 먹었다는 것은 바로 그날 저녁 그와 함께 셋이서의 일이었다. 그런데 그와 만나고부터 내 마음은 알 수 없이 점점 무거워져서, 나중에는 뒷골까지 조금씩 당겨왔다. 이른 저녁에 터키산 붉은 포도주를 곁들이고, 앞바다에 그리스의 사모스 섬을 바라보며, 한국을 얘기하는 식탁은 각자의 마음에 쇳덩어리 추를 달아놓은 듯 무겁기만 했다. 그리고 우리는 서로의 바쁜 일정을 탓했다. 그러나 바쁜 일정 때문에 빨리 헤어지게 된 것이 오히려 다행이다 싶었다. 하룻밤이라도 묵어 가게 되어 있었다면, 나는 한국전쟁의 망령에 사로잡혀 마치 전쟁 포로라도 된 양 괴로워하지 않으면 안 되었을 것이다. 그날 늦게라도 이스탄불로 돌아가야만 하는 것이 얼마나 내게 해방감을 주었는지 모른다.

다시 말해서 나는, 문득 옛 호리병 속에서 연기와 함께 빠져나온 망령, 한국전쟁의 망령을 맞닥뜨렸다는 느낌이었다. 그놈은 호리병 속에 갇혀서 은인자중 기회를 엿보고 있다가 망각의 허점을 노려서 어느덧 빠져나와 피가 뚝뚝 흐르는 실상을 바야흐로 드러내보이는 것이었다. 어이가 없었다. 아마 여기에 대비하려고, 이제야 세상이 보인다느니 어쩌느니 잔뜩 너스레를 떨었나 싶기도 했다. 나는 전쟁 기념관이 내게 맡긴 일을 할 게 아니라 나 스스로 맡아야 할 일을 알고 있었다. 그 전쟁 중에 내게 무슨 일이 일어났던가. 하릴없이 터키에 와서 그 전쟁을 객관적으로 살펴보고 있을 게 아니라 먼저 나의 전쟁을 살펴보는 게 순서였다. 어서 빨리 한국으로 돌아가야 한다. 돌아가야 한다. 그래서 나의 한국전쟁을 직접 끌어안아야 한다. 나는 조바심이 났다. 돌아가서, 전쟁 때 세상을 떠난 내 아버지의 경우부터 먼저 밝혀보아야 한다.

"귈레 귈레."

식사가 끝나고 나는 갓 배운 터키 말로 그에게 작별 인사를 던졌다. 아무리 바빠도 분위기에 따라서는 하루쯤 늦어도 굳이 안 될 것이 없었다. 그러나 갈수록 조바심의 수위가 높아져서 숨이 가쁠 지경이었다. 모든 것은 자료에 들어 있었으며, 나는 예의상 그를 상대하고 있는 것에 지나지 않았다. 그것으로 상황은 끝났다. 그녀가 모는 차를 타고 왔던 길을 서둘러 가는 것이 일이었다. 밤길을 달려 우리는 이스탄불에 닿을 것이었다. 나의 잠깐 동안의 에게 해 방문도 그것으로 끝이었다. 아쉽다고 눈가를 붉히는 그의 전송을 받으며 차에 올라 터키산 에게 담배를 피워문 것으로 에게 해는 '귈레 귈레' 였다.

"이왕 왔는데, 일정이 너무 짧아요. 여긴 볼 것도 많은 나라예요."

건성으로 하는 말은 아닌 듯했다. 그건 맞는 말이었다. 무엇보다도 많은 유적들이 있었다. 하지만 나는 성벽의 현대판 『아라비안 나이트』를 본 것만으로 충분하다는 생각이 들었다. 그렇게도 별러온 여행이었건만, 나는 도무지 다른 곳을 둘러볼 마음의 여유가 없었다. 성 소피아 사원의 모스크와 첨탑도 빛이 바랬다. 폐허가 된 위대한 제국들의 유산이 내게 전하고 있는 것은 허무였다. 그 허무를 반추해 내 인생의 반면 선생으로 섬긴다는 생각조차 나를 피곤하게 만들었다. 무엇 때문일까. 호리병 속에서 나와서 나의 뇌리를 덮치고 있는 그 어떤 거대한 모습을 나는 뿌리칠 수가 없었다. 한국전쟁이 내게 남긴 것은 단순한 폐허의 허무가 아니었다. 그러므로 그것은 그냥 무겁기만 한 쇳덩어리 추 따위가 아니었다. 그것은 미해결의 장으로 묻어둔 비극의 가묘(假墓)였다. 나는 관광객으로서의 내가 용서되지 않았다. 돌아가서, 아버지의 가묘부터 파헤쳐야 한다.

"일은 잘된 건가요?"

"자료가 말해주겠죠. 아무튼 전쟁이란……"

나는 무슨 말을 해야 할지 알 수 없었다. 전쟁이란…… 어처구니없는 후유증을 낳는다, 하고 나는 말하고 싶었던 것일까. 그렇다면 가령 월남전은 우리에게 무엇이었을까, 하고 나는 묻고 싶기도 했다. 골치 아픈 일이었다.

돌아오는 길은 갈 때보다 훨씬 멀었다. 나는 빵을 안주로 해서 터키 포도주를 질금질금 목구멍에 부어넣었다. 사흘 묵은 터키 빵이 갓 구운 그리스 빵보다 맛있다고들 한다는 말 끝에, 이렇게 가다가는 새벽 하늘에 빛나는 초승달과 별을 볼지도 모르겠다고, 그녀는 어둠뿐인 마르마라 해를 내려다보며 말했다. 생각하기에 따라서는 그처럼 낭만적인 여행은 없었다. 포도주 맛에 길들지 않은 내 혀였건만 터키 아나톨리아 지방 포도주는 감미로웠다. 그리고 터키 빵은 몇 달이 묵었더라도 상관없을 것 같았다. 그녀의 희망대로 새벽 하늘에는 어김없이 초승달과 별이 초롱초롱 빛날 듯싶었다.

"이렇게 밤길을 가니 여기가 한국 같아요."

아마도 한국 사람과 함께 가고 있다는 걸 나타내는 말이라고 받아들여졌다. 그것은 나 역시 마찬가지였다.

"나중에 여기서 실크 로드를 거쳐 한국까지 갈 날이 있을 거요."

나는 상념에 섞어 말했다.

"위스큐 다르에서 서울까지……"

"아니, 위스큐 다르에서 영등포까지. 예전에 영등포에선 마누라 없인 살 수 있어도 장화 없인 못 산단 말이 있을 정도로 비만 오면 온통 진창이었다니까요. 우스크 다르처럼 님 찾아갔다가 진창에 빠진 건 예사였겠지요."

"「위스큐 다르」, 다시 틀까요?"

"노래…… 듣고 싶지 않아요."

쓰잘 데 없는 대화를 나누면서 나는 초승달과 별이 뜬 하늘 아래 대지에 붉은 피가 넘쳐흐르고 있는 풍경을 떠올렸다. 나는 노래 대신에 오른쪽 바다에서 들려오는 절규를 듣고 싶다고 말하고 싶었다. 그 절규에 붉은 포도주는 어느새 붉은 피로 변할지도 모른다고 나는 상상했다. 그와 함께 낭만적인 밤길은 또한 괴로운 밤길로 변하고 있었다. 아닌 게 아니라 어둠에 잠긴 마르마라 해가 언뜻 뿌옇게 떠오르며 무언가 절규하고 있었다. 전쟁은 그것에 관한 생각만으로도 포도주 향기에 피냄새를 배게 한다.

밤길은 정말 실크 로드를 거쳐 서울에 이르는 듯싶게 멀었다. 호텔에 도착해서 그녀를 보내고, 나는 강릉의 친구에게 전화를 걸었다.

"여긴 이스탄불이야. 오리엔탈 익스프레스를 타볼까 해."

"어디? 청량리? 웬일이야?"

"응, 청량리. 그럴 일이 있어. 숨이 막히겠어."

나는 우리가 오래 전에 강릉 바닷가를 오락가락하며 내 아버지에 대해 얘기한 걸 기억하느냐고 물었고, 그로부터 그런 것 같다는 대답을 들었다. 나는 그때 건성건성 들려주었던 듯한 이야기를 될 수 있는 대로 상세하게, 하지만 허겁지겁 쏟아부었다.

"그래서? 도대체 무슨 일이야?"

"망령이 살아났어. 호리병 속에 숨어 있던 망령이 살아났어. 여긴 실크 로드의 끝이야."

"우린 항상 길 끝에 살고 있어. 막다른 길."

대화는 뒤죽박죽이었다. 할 수만 있다면, 그 길로 강릉으로 달려가서 아버지의 죽음에 대해 캐고 싶다고 말했다. 전화를 끊고 나서 나는 한동안 머리가 어질거렸다. 그리고 나는 망령이 살아났다는 내 말에 쫓기며 헐떡거렸다. 그것은 오래 전부터의 나의 숙제였다. 그런데도 나는 여태껏 머뭇거린 내가 혐오스러웠다. 아버지가 전쟁 중에 총탄을 맞고 죽었다는 것이 내가 아는 전부였다. 그리고 나는 고향을 떠나 다른 아버지 밑에서 자랐다. 내가 다른 아버지 밑에서 자랐다는 사실을 안 것은 훨씬 나중의 일이었다.

문제는, 나를 낳아준 아버지의 죽음에 대해 알았음에도 불구하고 내가 그 무덤조차 찾아보지 않고 있다는 데 있었다. 내가 왜 그토록 무심했는지 모른다. 과거가 무거운 쇳덩어리 추처럼 나를 얽매이게 할까봐 지레 회피했던 것일까. 아니, 아버지의 묘소를 찾아 넙죽 엎드린다고 해서, 과거가 뭐 그렇게 나를 얽매이게 할 빌미도 없었다. 그렇다고 하면서도 나는 늘 머뭇거렸다. 내가 과거에 무엇이었든 그게 무슨 상관일까. 전쟁 뒤의 요 가까운 세월이 아니라, 아주아주 먼 과거에 베이징 원인이었다 한들, 원숭이였다 한들, 물고기였다 한들, 플랑크톤이었다 한들 그게 무슨 상관일까. 인간이 나이 들어 미래를 향한다는 건 종국엔 과거와 똑같은 상태, 즉 무화에의 회귀의 길이라고 나는 간단히 정의하고자 했었다.

전쟁 중에 세상을 떠난 아버지를 위해서 내가 한 일은 무엇이었을까. 내가 이념을 싫어하는 까닭은 아버지의 죽음이 가져온 결과는 아니었다. 그렇지만 아버지의 무덤을 찾는 일은 어차피 이념을 건드리게 된다고 여겨졌었다. 그럼으로써 나는 원치도 않는 복수심을 북돋워 가지려고 애쓰게 될지도 몰랐다. 이념이란 얼마나 헛된 것인가. 게다가 아버지는 이념이고 뭐고 따지지도 않는 한 사람의 자연인으로서 단지 억울하게 희생되었을 게 틀림없었다. 그런데도 나는 어쩔 수 없이 이념을 들먹일 게 뻔했다. 나는 머뭇거렸다. 그러는 가운데 하루가 1년이 되고 또 10년이 되고 또 몇십 년이 되는 뜻 없는 세월이 흘렀던 것이다.

그런데 그 전쟁을 아직도 생생하게 간직하고 있는 사람들이 있었다. 옛 골동 호리병 속에서 망령이 나와 엄연히 살아 움직이는 곳이 있었다. 그리고 나는 그 망령이 냉큼 갖다 대령한 양탄자를 타고 순식간에 한국으로 돌아오고 말았다.

운장산의 골은 깊다.

차가 반일암의 계곡을 끼고 달릴 무렵에 벌써 해는 산에 가리고 저녁 이내가 깔리고 있었다. 길가 밭에서는 옥수수가 시퍼렇게 자란 잎사귀를 바람에 날리고 있었다. 담배 연기가 빠지라고 차창을 열자 멀리서 쓰르라미 울음 소리가 날아들어왔다.

“언젠가 터키에 도착했다는 그 북한 사람들 잘 있을까요?”

왜 그들이 떠올랐는지 모른다. 그들에게 특별한 관심이 있어서가 아니라는 걸 나는 알고 있었다. 시골 길의 한 모퉁이가 나로 하여금 떠돌아다니며 살아가는 삶을 생각게 했다고 할 수밖에 없었다. 그들과 집시가 함께 어울려 외딴길을 하염없이 유랑하고 있는 모습이 눈에 어른거렸다. 외롭게 버려져 산모퉁이를 돌아가는 길이나 성황당 고갯길이나 산속 오솔길을 만나면 늘 나를 사로잡는 환영의 한 갈래였다. 그것은 내게는 정처 없이, 기약 없이 떠나가는 버림받은 사람들의 길이었다. 그리고 거기에 내 모습도 있었다. 홀로 어디론가 가고 있는 내가 있었다. 그런 나를 본연의 모습으로 설정해놓은 내 삶에 문제가 있을지라도 나는 돌이키고 싶지 않다.

"못 견딘대요. 개를 잡아먹어서 이웃 사람들하고 싸웠대요. 아무 데도 가고 싶지 않대요. 돈이 필요하대요. 추방해달라고 한대요. 아무데나."

나는 당황했다. 공연히 얘기를 꺼냈다 싶었다. 집시가 따로 없었다.

"집시 같군."

"집시요?"

"집시보다도 더 험난한 삶이겠지. 그런 삶이 자기의 삶이라는 생각, 해봤어요?"

그녀는 대답할 말을 찾지 못하고 있는 성싶었다. 그녀는 대답 대신에 가볍게 머리를 가로저어보였다. 어려운 질문이군요, 하고 말하고 있다고 여겨졌다. 버젓이 고국이 있음에도 불구하고 추방과 유랑과 도피 등으로 얼룩진 삶을 어떻게 설명할 것인가.

한국전쟁의 어느 날, 어머니와 함께 시골의 산모퉁이를 돌아 피난을 가고 있었다. 어디로 가고 있었는지는 모른다. 아버지가 없었던 걸 봐서 그때 이미 아버지는 이 세상 사람이 아니었던 모양이다. 그로부터 나는 늘 떠돌이로서 살게 되었다는 의식에 시달렸다. 의식뿐만이 아니라 실제의 삶도 실로 그랬다. 산모퉁이 길이니 고갯길이니 오솔길이니, 그래서 나는 눈길을 멈춘다. 그 산모퉁이가 바로 지금 여기 어디라는 착각에 나는 다시금 현실과 비현실 사이에서 허둥거린다. 운장산의 모퉁이 길은 오랜만에 만난 그런 곳이었다. 내가 차를 다시 돌리자고 한 까닭이 그것이었다고 해도 나는 부인하지 않는다.

"자료 정리를 제가 좀 도와드릴까요?"

그녀가 화제를 돌렸다. 전쟁 기념관에서 일이 좀 늦어지고 있다는 말을 들었다고 그녀는 아침에 말했었다. 그에 대해 내가 아무 말도 하지 않는 게 자못 궁금한 모양이었다. 이번에는 내가 머리를 가로저었다. 자료 정리가 문제가 아니었다. 그 일을 맡긴 사람에게 나는 서두를 것 없다고 일부러 말해주기도 했었다. 먼저 나의 한국전쟁부터 정리해야 했던 것이다.

"그보다, 아버지를 만나러 가야 돼요."

나는 혼잣말처럼 중얼거렸다.

"어디로요?"

그녀가 어리둥절한 표정을 지었다.

"세상의 모든 외로운 산모퉁이 길을 돌아서."

나는 시처럼 말했다. 나는 가장 먼 길, 가장 먼 타향을 헤매다가 비로소 고향에 돌아온 사람이라는 생각이 들었다. 외로운 산모퉁이 길이야말로 내가 떠나온 길이자 내가 돌아갈 길이었다. 사당에서 보았던 광경이 이 세상의 것이 아니라고 느낀 것은 비로소 현실을 되찾는 과정의 명현(瞑眩) 현상 같은 게 아니었을까. 요 근래에 내가 무슨 헛것을 본 듯이 무엇엔가 홀렸다느니 이제야 세상이 보인다느니 어쩌느니 한 것도 다 그런 어지럼증의 현상이 아니었을까.

그런데, 나는 지금 이 여자와 어디로 가고 있는가. 그뿐 아니라 이 여자에 대해서도 아는 게 거의 없지 않은가. 무작정 차를 돌려 캠프장으로 다시 가자고 한 것밖에 아무것도 정해진 것은 없었다. 그런데도 차는 얼마 지나지 않아 목적지에 이를 것이었다. 적어도 나로서는 얼마 전 터키에서처럼 밤길을 달려 되돌아가는 일은 없으리라는 것만은 확실했다. 다시 말하지만, 이제는 내가 찾던 고향 같은 외로운 산모퉁이가 있는 것이었다. 전쟁이 나서 그 산모퉁이를 돌아 고향을 떠난 지 몇십 년, 아직도 헤매는 몸이었다.

"아버지…… 외로운 산모퉁이는 뭐예요?"

그녀가 물었다.

"아버지는 전쟁 때 세상을 떠났소. 동족끼리 서로 죽이는 전쟁 말이오. 많은 사람이 죽었어도 내 아버지는 한 사람이오. 그래서 난 나름대로 그 전쟁의 실상을 늘 확실히 밝히고 싶었던 거요. 다른 자료들도 있고, 책도 있지만, 나 스스로의 것이 필요했소. 아버지가 죽어간 그 전투를 알 수만 있다면 더없이 좋은 일일 텐데…… 터키까지 간 것도 그런 뜻이었소. 산모퉁이는 그렇게 억울하게 죽어간 사람들이 간 길이오."

구름을 감추고 있다는 뜻을 나타내보이려는 듯 운장산에는 구름이 여러 겹으로 휘감기고 있었다. 무거운 얘기에 그녀는 말없이 고개만 끄덕였다. 여기까지 와서 그런 얘기를 해서 미안하다는 내 말에, 그녀는 터키에서부터 계속된 얘기가 아니냐고 반문했다. 그리고 이 여행이 터키 여행의 연장이라고 했잖느냐고 덧붙였다.

여행이라는 말이 피난이라는 말과 겹쳐졌다. 우리, 즉 어머니와 나는 피난을 가지 못하고 교전 중인 읍내 한가운데서 전쟁을 맞았다. 내가 홍역인지 무슨 병인지 죽을병에 걸려 피난을 못 갔다고 했다. 어린 병자에게 들린 그 총소리들은 아직도 내 귀에 쟁쟁거린다. 그리고 어머니 등에 업혀 끌려간 어두운 방에서의 목소리가 컹컹 머릿속을 채운다. 왜 밤에 불을 켰지? 불빛으로 적과 신호를 한 거지? 적이 가까이 온 걸 어떻게 알았지? 방에 두껍게 드리워져 있던 담요가 떠오른다. 유리 등피가 끼워진 등잔이 떠오른다. 담요를 꼭꼭 다시 여미고 등잔에 불을 당긴다. 어린 나는 열에 떠 자지러진다.

그런 뒤 우리 모자는 조심스럽게 산모퉁이 길을 돌아갔다. 그리 멀지 않은 곳에 바다가 내려다보이고, 사람들이 우왕좌왕하고 있는 모습이 눈에 들어왔다. 커다란 검은 배가 아래로 입을 쩍 벌리고 있었다. 고래보다 큰 배였다. 짐 보퉁이를 잔뜩 이고 든 어머니는 자꾸만 뒤에 처진다. 어머니의 손짓이 어서 가, 어서 가, 성화였다. 검은 병사가 나를 번쩍 들어 배에 올린다. 나는 겁에 질려 악을 쓰며 울음을 터뜨린다. 어머니는 여전히 저 뒤에 허둥거리고 있다. 얼마나 울다가 까부라졌을까. 검은 배는 기우뚱거리고 있었고, 어머니는 옆에 눈을 감은 듯만 듯 하고 나를 내려다보고 있었다. 그것이 뒤늦은 피난이었다. 그뒤로 나는 어두운 도색을 한 배만 보면 그 배를 연상했다. 그 배 안에 병들고 어린 내가 타고 있었다. 그 배는 부산으로 가는 배가 아니라 머나먼 어떤 유배지를 향해 가는 배였다. 그래서 나는 지금도 내가 옮겨다닌 이 땅의 여러 곳이 마치 배소(配所)처럼 느껴지는 것이다.

피난지의 어느 날, 먹이를 물러 가는 어미새처럼 어머니가 보퉁이를 옆구리에 끼고 나갈 때 배웅하러 나간 나는 작은 똑딱선에 올라타던 어머니의 한쪽 발에서 벗겨져 바닷물로 떨어지던 흰 고무신을 보았다. 거적때기를 올려 만든 집 아닌 집과, 먹을 물조차 없어 기신거리던 나날의 일들 가운데 그 고무신이 나중까지 가장 깊은 인상으로 남아 있는 까닭은 무엇일까. 바닷물로 떨어지던 그 고무신이 하루하루를 간당거리며 연명하던 생활의 표징처럼 받아들여졌는지 모른다. 그 고무신마저 없으면 어머니는 어미새로서의 구실을 못 할지도 모른다고 나는 믿었음에 틀림없다. 철렁, 하는 소리는 내 마음의 소리였을 것이다. 고무신은 바닷물에 휩쓸려 사라지고, 똑딱선은 떠났다.

그리고 그 다음에는 어떻게 되었는지, 이야기의 전말은 없다. 마치 피난살이의 고달픔이 그 고무신과 함께 바닷물에 떠내려간 것만 같았다. 그러므로, 일견 거창해 보이는 인생살이의 모든 것이 그 고무신에서처럼 작고 하찮은 표징만을 남긴 채 사라져버림을 나는 알게 되는 것이다. 그리고, 그 고무신이 바닷물 속에 휩쓸려버린 게 아니라 지금 이 시간에도 어디론가 떠내려가는 배로서, 중앙아시아의 '하얀 배' 일 수도 있으며, 내가 울음을 터뜨렸던 검은 피난선일 수도 있으며, 누군가가 진도에서 일본까지 타고 간 작은 고무 보트일 수도 있음을 알게 되는 것이다.

전쟁은 그렇게 지나가고 있었는데, 아버지는 어디로 간 것일까. 나는 그것을 알지 못하고 다른 집으로 가서 오랜 떠돌이의 인생살이로 접어들었다. 몇 번인가 고향집을 찾아 낯선 거리를 오르내리기도 했었다. 여기에 관해서는 이미 오래 전에 써놓았던 다음과 같은 글도 있다.

대관령 아래 그 유서 깊은 도시의 중심지, 읍사무소 바로 앞에 자리잡았던 우리집은 흔적조차 더듬을 길이 없었다. 그때마다 집을 전체 생김새로 찾을 수 없음을 깨달은 나는 바깥쪽 길가로 난 변소 푸는 구멍을 찾고자 이리저리 기웃거렸다. 예전에는 집집마다 변소 아래쪽에 네모난 구멍이 길가로 뚫려 있어서 그리로 똥바가지를 집어넣어 오물을 퍼내게 되어 있었다.

나는 지금 무슨 이야기를 하고 있는가. 전쟁으로 인해 그 똥바가지가 우리 재래의 나무 바가지의 그것에서 미제 깡통이나 저 철모 속 파이버로 바뀌었다는 풍속을 이야기하고 있는가. 변소가 화장실로 바뀌었다는 소리를 하고 있는가. 아니다. 나는 우리집 변소의 그 네모난 구멍을 너무도 또렷이 되살리고 있는 것이다. 전쟁 중의 어느 날, 간밤에 시가전이 맹렬히 벌어지고 나서 조용해진 아침에 살그머니 고개를 빼고 대문 밖으로 나간 나는 그 변소 구멍을 보았던 것이다. 거기에 머리를 반쯤 안으로 들이밀고 쓰러져 있는 한 남자를 보았던 것이다. 물론 그 남자의 몸뚱이 대부분은 바깥 길가에 엎어져 있었다. 군복 차림이었다. 누구일까, 하고 나는 그 얼굴을 살피려 했기 때문에 변소 구멍으로 눈길을 쏟을 수밖에 없었다. 하지만 이미 말했다시피 그 얼굴은 반쯤 구멍 속으로 기어들어가 있어서, 누구인지 알 길이 없었다.

누구일까. 왜 그랬을까. 나는 아무것도 알지 못했고, 어리둥절함과 두려움의 호기심으로 서 있었을 뿐이다. 그리하여 내게 남은 것은 그 변소 구멍의 정확한 위치와 모양인 것이다.

전쟁은 이렇게 내게 몇 장의 장면들을 스냅으로 남기고 세월의 저쪽으로 뒷모습을 감추었다. 피와 살을 느낄 수 없는, 책 속의 몇 줄 객관화된 기록만을 남기고. 포격 소리를 들으며 웅크리고 있던 방공호, 역시 우리처럼 피난 못 간 이웃집 귀머거리 할머니와 어린 손녀, 검은 피난선, 수챗구멍에 흘러나오는 술지게미를 끼니로 받고 있는 때꼽재기 양재기, 비행기 소리, 총소리……

그런 가운데 이쪽이고 저쪽이고 따질 것 없이 어이없는 죽음이 있었다. 억울한 죽음이 있었다. 말도 안 되는 죽음이 있었다. 살고 싶어서 남의 집 변소 구멍으로 들어가 숨으려다 죽은 꽃다운 나이의 청년도 하나 있었다.

그런데 내가 몇 번이나 그 변소 구멍조차 찾지 못하고 돌아선 다음에 은연중에 간직하게 된 것은 그때 변소 구멍으로 감춰져 있던 그것이 바로 아버지의 얼굴이 아니었을까 하는 생각이었다. 이모저모로 따져서 그럴 리는 없었다. 적과 내통했다는 혐의로 저녁 무렵에 어디론가 붙잡혀 들어갈 때 그 사람은 벌써 치워져 있었던 것이다. 그럼에도 불구하고 나는 남몰래 그 모습에 아버지의 모습을 덧씌우고 있었다. 그렇게 명확한 변소 구멍조차 찾을 수 없다는 박탈감이 더욱 그쪽으로 몰아갔다고 해도 어쩔 수 없는 노릇이다. 아니, 그 정도로 나의 전쟁을 덮어두기를 내가 원했다고 해도 좋겠다. 어떤 식으로든 환상이 필요한 사람에게 환상은 억지를 부리더라도 찾아오게 마련인 것이다. 그럼으로써 아버지는 바로 우리집 변소 구멍을 통해 집 안으로 들어오려다가 그만 총에 맞아 저 세상 사람이 되고 말았다. 그리고 어느 가묘에 묻혀 있는 것이다.

마지막 산모퉁이만 돌아가면 캠프장이었다. 도대체 왜 다시 돌아가자고 제안했는지 알 길이 없었다. 터키에서의 여행을 계속한다? 여간 어쭙잖은 일이 아니었다. 물론 날은 아직 어둡지도 않았고, 또 어둡다 한들 얼마든지 서울로 되돌아갈 수 있었다. 터키의 그 먼 길도 굳이 되돌아가지 않았던가. 그러나 나는 내가 되돌아가지 않을 것임을 잘 알고 있었다. 그러기에는 전쟁 때 보았던 그와 같은 산모퉁이를 나는 너무 자세히 보았다고 느껴졌다.

"캐러밴사라이로 가는 길 같아요."

그녀가 속삭이듯 말했다.

"캐러밴사라이……"

"네. 터키를 여행하다 보면 종종 허물어진 유적들이 있어요. 대략 십 리마다라든가. 옛날 캐러밴들이 묵어 가는 숙소. 우리말로는 객줏집이라면 되나요?"

"객줏집……"

나는 더듬을 수밖에 없었다. 캐러밴사라이나 객줏집을 몰라서가 아니었다. 어디선가 읽은 기억이 새로웠다. 그렇지만, 캐러밴사라이든 객줏집이든 나는 그 집에 변소 구멍이 하나라도 있기를 바랐다. 그 흔적만이라도 있기를 바랐다. 캠프장이라고 이름을 붙였어도 시골집을 개조한 민박집에 불과했으므로 가능할 터였다. 그것으로 목적은 이루었다는 생각이 들었다. 그 구멍 속에서 나는 한 얼굴을 보리라 했다. 그래야만 그것 때문에 차를 돌렸다는 목적 의식이 뚜렷해질 것만 같았다.

"아버지는 변소 구멍에 얼굴을 박고 돌아가셨지요. 전쟁 때 총을 맞고 말이에요."

갑자기 변소 구멍이 왜 나오는지 모르겠다는 얼굴로 그녀가 나를 돌아보았다.

"캐러밴사라이에 가면 다 들려드릴게. 이제야말로 터키에서의 여행이 마무리되는 거요."

나는 확신에 차서 말했다. 그녀가 머리를 조금 까딱거리기는 했으나, 여전히 한국전쟁에 대해 아는 게 없어서 미안하다는 표정을 지었다고 생각되었다. 변소 구멍의 수수께끼를 모른다 하더라도 아무려나 상관없는 일이었다. 아침부터, 아니, 며칠 전부터, 아니, 오래 전부터 내 마음을 저 운장산의 골안개처럼 휘감아 돌던 환각증도 더 이상 발을 붙일 수 없다는 생각이 들었다. 모든 것은 명확해졌다. 그다지도 서로를 갈망했었다고? 그 따위 터무니없는 망상이 어디에 끼어들 틈이라도 있었더란 말인가. 나는 쓴웃음을 지었다. 적어도 나는 지금 내게 들러붙어 있던 전쟁의 망령을 영원히 떼어버리러 가는 길이었다. 그게 아니라면, 좋게 이름 붙여 천도(薦度)쯤으로 불러도 괜찮을 것이었다.

간밤에 강릉의 친구는 느닷없이 전화를 걸어 오리엔탈 익스프레스를 타고 언제 왔느냐고 운을 뗐었다. 우리는 조금 웃었다. 그러자 그는 들어보라고, 윽박지르듯이, 그러나 소곤거렸다.

그 순간 내가 오싹함을 느낀 건 무슨 까닭일까. 그는 내가 이스탄불에선지 청량리에선지 건 전화를 받고 왠지 목이 메더라고 말했다. 그 얘기를 몇 번인가 듣고서도 그냥 지나쳐서 더했는지 모르겠다고도 덧붙였다. 고향에서부터 그는 내 얘기를 들어왔었다. 하지만 그뿐이었다. 나는 그날 밤 그에게 전화를 걸고 한동안 머리가 어질거리고 헐떡거렸다는 사실을 상기했다. 무서울 정도로 외로웠던 기억도 떠올랐다. 그 전화를 받고 무언가 하지 않으면 안 되겠다고 결심했다고 그는 나직나직 말했다. 술잔을 입에 털어넣는 소리가 들려왔다. 그래서 뭐가 어쨌느냐는 내 물음은 그의 계속되는 말에 묻혀버렸다. 그는 며칠을 온통 그 일에 매달렸다고 했다. 그래서 겨우 연고자를 찾아냈고, 마침내 내 아버지의 무덤까지 찾아냈다고 했다. 그 말을 들을 때쯤은 나는 아무 대꾸도 하지 않고 있었다. 그가 술잔을 기울이는 소리가 들려왔다.

"그리고 그건……"

그녀는 취중에도 말을 멈추었다. 나는 재촉하지 않았다. 그가 밝힌 내용이 무엇이든 나는 그것으로 족했다.

"그건…… 오발 사고로 처리됐더군."

마지막 말을 마치고, 마치 자동 응답 녹음이 끊어지듯이 그의 전화는 끊겼다. 그것이었다. 해결은 그렇게 난 것이었다. 처음에 느꼈던 오싹함도 거짓말처럼 사라지고 나는 이상하리만치 평온해져 있었다. 그 말을 듣자고 나는 그 오랜 세월을 기다려왔었던 듯도 싶었다. 어이없다든가 허망하다든가 하는 감정은 조금치도 일지 않았다. 시가전이고 동족상잔이고를 따지지 않더라도, 전쟁이 가져온 죽음 앞에 나는 얼마든지 겸허할 수 있었다. 그것으로 나의 전쟁은 끝난 것이었다. 나는 한동안 어둠 속에 혼자 서성거렸다.

얼마를 지났을까, 나는 내 뒷골 어디쯤 아득히 떠오르는 잔상을 보았다. 점점 윤곽이 밝아와서 환히 드러난 그것은, 변소 구멍 속의 얼굴이었다. 그것은, 누가 뭐래도 변소 구멍 속의 아버지의 얼굴이었다. 그 얼굴은 그것으로 예전에 나의 전쟁을 마감했음을 보여주려고 애쓰고 있는 얼굴이기도 했다. 그제야 나는 확실히 알 수 있었다. 그것으로 나의 전쟁은 진정 끝난 것이었다. 아버지는 암호를 대라는 말을 듣고도 그대로 있다가 총을 맞은 것이었다. 그리고 피를 흘리면서도 간신히 집 근처까지 와서 변소 구멍으로 기어든 것이었다. 그것이 내가 할 수 있는 가장 정확한 추리였다. 그 변소 구멍 속의 얼굴이 보이며, 나는 모처럼 안온한 고향의 품에 안긴 것만 같았다.

차가 산모퉁이를 돌자 낮에 보았던 집이 모습을 드러냈다. 그 뒤로 운장산의 깊은 골이 겹겹이 포개져 다가왔다. 아래쪽의 그늘에 대비되어 햇살이 훤히 남아 있는 위쪽은 새로 떠오른 초승달 아래 무리지어 나무들이 춤추며 노래라도 부르고 있는 듯싶었다. 우우, 소리가 귀에 쟁쟁하여 나는 그 겹겹의 골들에서 눈을 뗄 수가 없었다. 아닌 게 아니라 때는 음력 초순, 날이 맑아 밤에는 초승달이 뜰 것이었다. 늦어도 새벽에는 초승달과 별이 함께 떠 있는 하늘을 볼 수 있으리라 싶었다. 그것은 붉은 피가 흥건한 대지 위에 떠 있는 초승달과 별이 아니었다. 그것은 평화롭고 아늑한 고향 땅 언덕 위에 다정하게 떠서 하얀 길을 비추고 있는 초승달과 별이었다.

"오늘은 틀림없이 초승달이 뜰 거요. 달빛에 하얀 길이 보일 때까지 내 얘길 들어요. 아버지와 변소 구멍 얘기 말요."

하얀 길에 대한 설명을 굳이 하고 싶지 않았다. 나는 이제야 세상이 보이는 나이가 된 모양이라고 덧붙이려다가 그것도 그만두었다. 반달보다도 초승달을 좋아한다는 말을 되새기듯이 그녀가 머리를 다소곳이 숙여보인 때문이었다.

나는 새벽 하늘을 맑게 우러르는 나 자신을 마음속에 그려보고 있었다.

해설

환각과 울림의 공명관

—협궤열차 윤후명의 헤매기와 그 벗어나기론

김윤식

1. 자기 얘기를 자기 얘기로 쓰는 작가

(객) 작품을 어떻게 하면 잘 이해할 수 있을까, 이런 물음이 소설을 대할 적마다 강박관념으로 다가오는 독자도 있겠는데, 저도 그런 부류에 속합니다. 무슨 묘수가 있을까요. 혹은 이런 물음 자체에 모종의 결함이 잠복해 있는지요.

(주) 어찌 물음 자체에 결함이 있겠습니까. 다만 다른 범주들도 있지 않을까요. 이해의 범주에 앞서 혹은 나란히 느낌의 범주가 있는가 하면 기호의 범주라든가 마주침의 범주도 있을 터입니다.

(객) 어느 범주에 서 있느냐에 따라 작품의 운명이 결정된다는 뜻으로 들리는데요, 맞습니까.

(주) 그쪽에서 먼저 '작품'이라 했고, 방금 또 '작품'의 운명이라 했지 않습니까. '작품'이라 했을 땐, 한 가지 범주, 곧 작가를 전제로 한 것이지요. 따라서 먼저 작가를 알 필요가 있다, 혹은 작가를 전제로 하

여 작품에 접근하게 되겠지요. 저작권법에 명시됐듯 작품이란 작가의 소유이지요. 작품에 대한 해석이란 원리적으로는 단 한 가지. 이렇게도 저렇게도 해석될 성질의 것이 못 됩니다.

(객) 그러니까 작가의 의도를 정확히 파악하기이겠는데, 따지고 보면 그 범주란 일종의 환상이 아닐까요. 작가의 의도라고 하나, 그것은 다분히 '의식'의 범주이겠는데, 이에 견주어 그는 방대한 '무의식'을 동시에 안고 창작에 임했던 것이겠고, 구식으로 말해 영감이라 불렀던 것이지요. 분석 불가능한 이 창작의 영역이기에 '작가=천재=신'의 도식이 성립되기도 했습니다. 대전제로는 작가의 권위를 승인함 이후의 논의이지요.

(주) 이런 신비주의적 성향도 프로이트 일파에 의해, 상당한 수준에서 논리적으로 분석되었으며, 심지어 집단 무의식조차 밝혀진 마당 아닙니까. 많은 인접 학문의 성과로 '작가=작품'의 관계가 상당한 수준에서 정밀도가 확보되었음도 사실입니다. 그렇지만 '작품=작가'의 범주란, 원리적으로는 작가의 해명에로 향하게 될 수밖에 없고, 그것이 이루어지면, 모든 것이 끝나게 될 터. 막다른 골목이랄까, 폐쇄적 상황이 놓여 있습니다.

(객) 작품을 텍스트의 범주, 곧 기호론의 범주에서 해명할 경우도 사정은 마찬가지 아닙니까. 일단 그 기호가 해독되면, 원리적으로는, 모든 것은 끝나게 되니까요. 그렇지만 그 원리적이란, 너무 저급한 단계를 가리킴이 아닐까요. 작품이 작가로 환원되고 기호가 해독된다고는 하나, 잘 따져보면 그렇게 간단하지 않겠지요.

(주) 좋은 지적입니다. 작품이란, 복잡한 공간성, 이질적인 물질성이 함께 뒤엉켜 있는 물건이라서 우리가 만나는 하나의 장소인지도 모

르지요. 작가론으로도 구조론으로도 완전히 환원되지 않는, 유동하는 존재로서의 물건(엄밀히는 모종의 구조물)이란, 그러니까 '나'(독자)가 만나는 장소가 아닐 것인가. 이런 만남이란, 일종의 사건성이 아닐 수 없지요. '나'가 작품을 만났을 때 어떤 변화가 일어날 것이며, 그 변화에 대해 어떤 예측도 불가능하기에 일종의 우연성이 아닐 수 없지요. 사건성이기에 그 다음 장면은, 어떤 것으로도 환원되기 어렵지요. 쉽게 말해 독자가 작품에 접할 때 작가(표현자)가 쓴 언어가 독자의 의식 속에 들어가 의미가 생성되며, 이때 독자의 의식 속에 있는 언어가 작가가 구성한 작품이라는 장소에 마주칩니다. 그때 시공 연속체로서의 그 장소에 한순간 뒤틀림이 일어납니다. 이를 사건성(우연성)이라 부릅니다. 읽는 행위란 작품이든 아니든 모두 이러한 사건성의 일종이 아닐 수 없지요. 작품이란 이 점을 원초적으로 보여주는 한 가지 사례라 하겠지요.

(객) 작품으로서의 문학, 텍스트로서의 문학, 사건성으로서의 문학 등의 범주 설정이 가능하다고 들뢰즈를 비롯한 이론가들이 떠들고 있긴 하나, 선생도 그런 어설픈 흉내를 내고 있지만, 물론 각각 그 나름의 의미가 있겠지만, 이런 식의 논의란 결국은 모든 것의 기원(현존)의 불투명함에 대한 의구심에서 비롯된 것으로 이해됩니다. 이런 점은 좀더 음미해볼 만한데요.

(주) 그 방편의 하나로 윤후명씨의 이번 창작집 『가장 멀리 있는 나』를 검토해볼 수 없을까요. 만일 작가를 (A) 남의 얘기를 자기 얘기처럼 쓰는 작가, (B) 자기 얘기를 남의 얘기처럼 쓰는 작가, (C) 자기 얘기를 자기 얘기처럼 쓰는 작가로 분류할 수 있다면, 대부분의 작가는 (A)거나 (B)에 속하며, 좀 특이한 유형인 (C) 범주에 작가 박완서

씨가 해당될지 모릅니다. 그러나 (D) 자기 얘기를 '자기 얘기로' 쓰는 작가로는, 윤후명씨가 특이하고도 뚜렷합니다. 작가에로 환원될 가능성이 담뿍 담긴 작품 유형의 존재 방식, 이를 음미함이겠는데 그러니까 우리의 이 대화는 잘만 하면, 한편으로는 모종의 작품의 존재 방식에 대한 논의이자, 다른 한편으로는 윤후명론일 수도 있을 법하지 않겠습니까.

(객) 자기 얘기를 자기 얘기'로' 쓴다 함은 그러니까 '처럼' 쓴다의 범주와는 조금 다른 유형이겠는데요, 그렇다면 금방 오해가 생길 법하지 않습니까. '자전소설'과는 어떻게 다른가. 또는 '사소설'과는 어떠할까. 전기와 소설, 자서전과 자전소설 등이 각각 대응되겠는데요. 선생은 그러니까 윤후명을 논함으로써 윤후명론도 얻어내고, 나아가 모종의 소설 유형론도 얻어낼 수 없을까 궁리하고 있습니다그려. 일석이조 말입니다.

(주) 과욕이겠지만, 그런 꿈은 가져볼 법하지 않겠소.

2. 자멸파의 계보

(객) 작품이란 원리적으로는, 작가에로 환원되며 그것으로 끝난다는 명제에 닿기 위해서라면 그 작가에 대한 철저한 탐색에서 출발할 필요가 있겠지요. 윤후명은 1946년 강릉에서 태어났고, 연세대 철학과를 나왔고, 1967년에 시인으로 출발, 시집 『명궁』(1977)을 냈고, 신춘문예를 통해 소설가로 데뷔한 것은 1979년입니다. 시집까지 낸 윤씨가 소설로 전환, 「돈황의 사랑」(1982), 「모든 별들은 음악 소리를 낸

다」(1983), 「누란」(1984), 「투구게」(1984)를 발표했습니다. 곧바로 창작집 『돈황의 사랑』(1983)이 간행됐지요. 그때도 선생은 월평에서 여러 가지 지적을 한 것으로 기억됩니다. 이미지 소설이라든가, 울림의 소설이라든가, 서사 구조의 빈약이라든가, 그럼에도 「돈황의 사랑」과 「모든 별들은 음악 소리를 낸다」를 고평했더군요.

(주) 두 작품의 구성 방식이 80년대 이 나라 문학판에서는 낯선 것으로 회고됩니다. '사람은 벌레가 아니다'의 명제가 직접성으로 감지되는 문학판에서 아득한 땅 돈황이라든가 별들의 음악을 엿듣기란, 누가 보아도 시대착오스럽지 않았던가. 전자는 아득한 환각(이미지)이고, 후자는 울림이었던 것. 허황하기 짝이 없는 환각, 시원을 알 수 없는 '울림'이란 그 자체로는 비산문적이고 따라서 매우 낯설었지만 그것이 닿아 있는 곳은 의외로 확실한 것(현실적)이었지요.

(객) 비유를 하자면 아이들 손에 쥐어진 풍선이 울긋불긋하고 또 공중에 둥둥 떠 있어 실끈을 놓치기만 하면 금세 허공으로 가뭇없이 날아갈 형국인데도 끝내 그 풍선은 아이 손에서 떠나지 않은 형국이겠는데요. 아이 손에 쥐어진 실끈이 의외로 질긴 까닭이 아니었을까요.

(주) 맞습니다. 가뭇없는 이미지나 시원 모를 울림이 허황하고 아득함에 비례하여 증대되는 것은 실끈이 갖고 있는 힘, 곧 끈질김입니다. 이 실끈이 지닌 끈질김이란 누에의 실처럼 가뭇없이 연약하고 아득해 보이긴 하지만 어떤 쇠줄이거나 바위보다 강인한 것이 아니겠는가. 바로 이런 방식의 창작 방법이 작가 윤씨의 고유성이었던 것.

(객) 그러니까 윤후명식 어법(語法)의 발견이라 할 만하겠는데요? 그렇다면 그 실끈의 긴장력을 가져오는 요소, 곧 구체성을 문제삼아 보여주어야 설득력이 있지 않겠습니까.

(주) 잠시 「돈황의 사랑」부터 볼까요. 여기 맞벌이를 하는 신혼부부가 있습니다. 남대문에서 낡은 2인용 침대를 사와 둘이서 자야 하는 셋방살이 신세입니다. 임신. 아기를 낳아야 하는데, 그런 데서 아기를 낳을 수 있겠는가. 없다. 3인용 침대여야 했으니까. 2인용 침대뿐이니까. 유산시킬 수밖에. 아내가 병원에서 수술을 받고 있을 동안, 남편은 하루 종일 서울 시내를 헤맬 수밖에. 서울 시내이되 눈물 아롱아롱 서역 3만리 헤매기였던 것.

(객) 만일 수술당한 그 아이가 아들이었다면 어떠할까. 서라벌 땅에서 맨발로 걸어 당나라 장안으로 가서 공부하고, 실크로드를 건너 다섯 개의 천축국(인도)을 헤매지 않았을까. 혜초 스님이 그것. 만일 딸 아이라면 어떠할까. 서울 세종로, 세종문화회관 동쪽 벽에 새겨진 천녀상(天女像). 그것이 아닐 수 없지요. 저 실크로드에서 출발, 돈황을 거쳐온 사자들, 북청 사자 놀이로, 봉산의 탈춤(사자무)으로 이어졌을 터. 아내는 수술실에서 남편은 종로 바닥 헤매기에서 아들 딸을 꿈꾸지요. 80년대를 살아가는, 소시민의 꿈과 그 현실의 고달픔이 선연합니다.

(주) 소시민이라, 좋은 지적입니다. 대시민, 대서민, 대중, 좌우간 대자 붙은 것들이 많았던 시대, 아주 작은 시민의 어법이라고나 할까요. 「모든 별들은 음악 소리를 낸다」에서도 사정은 마찬가지. 자동차에 밀려 도시로 와서 마지막 당나귀 몰이꾼인 아비에 대한 울림이 그것. 그 '아비가 하늘의 별이 되어 음악 소리를 낸다' 는 것입니다. 그렇다면 그 아들인 '나' 는 어떠해야 할까. 울림에 귀 기울일 수밖에.

(객) 돈황이 부부 관계 곧 '아내'와의 문제라면, 별들이란 그러니까 '아비'와의 문제, 부자 관계상의 실끈이다?

(주) 부부 관계의 실끈과 부자 관계의 실끈으로 윤후명씨의 창작 방법(어법)을 양분했거니와 먼저 이 두 축 중 전자에 주목한다면 어떠할까. 윤씨 자신이 한동안 그러해왔으니까.

(객) 알만 합니다. 선생이 정식으로 쓴 윤후명론인 「자멸파의 계보」(1993)에서 윤후명의 시 「협궤열차에 관한 한 보고서」(1990)를 인용하지 않았던가요. 어째서 소설가로 변신한 윤씨가 잠시 소설을 보류하고, 어쩌자고 시로 되돌아갔던 것일까요. 이 물음을 선생은 썩 의미 깊게 읽고 있더군요.

어느 날 새벽
아니면 저녁
협궤열차에 흔들리는 삶
꼭 유령 같다니까 아니 강시같이
웃긴다니까
저놈의 열차는
금방 무덤에서 나온 듯
도시에 나타나 어 저게 저게 하는 동안
뒤뚱뒤뚱 아마 고대 공룡전(恐龍展)으로 사라진다니까
거뮈튀튀한 몸통뼈 안에 그러나
흔들리는 삶
아직 살아서 뒤척이는 꿈
날품팔이 아낙네의 질긴 사랑
나도 그래야 한다 사랑해야 한다
세상이 무너지도록 사랑해야

살아 있음의 질긴 몸뚱이들을

(「협궤열차에 관한 한 보고서」, 『현대소설』, 1990년 봄호, 1992년 시집에서 소설 「협궤열차」로 개작)

이 시를 두고 선생은 조금 흥분해 있었지요. 그대로 옮겨볼까요.

"『명궁』이란 그의 시집 속에 담긴 종자가 발아하여 서역 3만리, 눈물 아롱아롱하는 그곳의 하얀 꽃으로 피어오른 것이 돈황의 사랑이고 또 누란(樓蘭)의 사랑이었다. 밤이면 모래가 소릴 내어 운다는 명사산, 거기에 10년에 한 번 비가 오고, 비가 오면 돌밭 여기저기에 양파꽃이 핀다. 언제 시들지 모르는 꽃. 호선무를 추는 선녀들이 살고 있다. 막고굴 속엔 화려한 나라가 펼쳐져 있다. 〔……〕 환각이 그에게 실체로 다가온 것은 80년대 그의 삶에서 말미암지 않았을까. 그는 서해안 아득히 뻗어 붉게 피어 있는 나문재 빛깔의 황홀경에 빠져 있지 않았던가. 그것이 그대로 누란이고 돈황이었다"(졸저, 「작가와의 대화」, 『문학동네』, 1996, p. 214).

(주) 저를 탓하지 마십시오. 다만 저는 윤후명씨가 실토해놓은 다음 대목을 음미했을 따름이니까.

"그때의 그 협궤열차만큼 내 인생에 환상으로 달린 열차는 없었다. 가을에 그 작고 낡은 열차는 어차피 노을녘의 시간대를 달리게 되어 있었다. 서해안의 노을은 어두운 보랏빛으로 오래 물들어 있고 나문재의 선홍 빛깔이 황량한 갯가를 뒤덮고 있다. 〔……〕 그것은 이 세상에는 없는 황량한 선경(仙境)이었다"(『현대소설』, 1990년 봄호).

(객) 자멸파의 계보가 김관식, 김종삼, 박용래에서 비롯되고 다만 산문에서는 윤씨에서 비롯된다는 것. 그것을 선생이 그토록 부각시키

고자 한 까닭은 무엇인가. 이제 조금 짐작이 갑니다. 부부 관계, 여자에 관한 모종의 최종적 확인이 아니겠는가. 부부로서의 여자, 그것에서 '이탈할 수 없음'과 '이탈하고자 하는 욕망'의 갈등이 일으키는 긴장의 장소야말로 '협궤열차스런' 환상의 실체가 아니었던가.

(주) ……

(객) 선생은 협궤열차스러움을 지멸피로 규정함으로써 미적(美的) 실체를 이동시키고 있습니다. 작가 윤씨가 그러했으니까. 그는 현실적으로 새로운 여자 관계가 요망되었으니까. '협궤열차스런 여자'란 그러니까 다만 '흔적'으로 출몰하는 정화(淨化)의 대상으로만 존재하게 되었으니까. 자멸파란 그 끝에 '죽음'이 놓이는 법이니까. 미의 극치라고나 할까.

(주) ……

3. 환각과 울림의 공명관(共鳴管)

(객) 발레리풍으로, 바람이 분다, 이제 살아야겠다는 형국인가요? 이 점 심히 궁금합니다만.

(주) '환각'과 '울림'의 두 기둥이 윤후명씨의 출발점에 놓여 있지 않았던가. 이 점에 다시 주목하기로 합시다. '환각'이 협궤열차에 대응된다면, '울림'은 무엇에 대응되겠는가. 바로 이 물음에 작가 윤씨의 제2의 세계가 펼쳐져 있습니다.

(객) 협궤열차란, 서해안 소금실이의 목적으로 창설된 것이니까 염전 폐쇄와 더불어 어차피 끝장난 것. 실제로 수인선(협궤열차)은 1999

넌 사라졌으니까. 작가 윤씨는 PD와 함께 사라지는 이 열차의 마지막 장면을 촬영하지 않았던가.

"'살아진다' 라는 말이 있을 수 있다면…… 그것은 '살아간다' 라는 말의 수동형이 되겠다…… 그렇다면 '사라진다' 라는 말은 '살아진다' 라는 말과 어느 정도 연관을 갖는 걸까…… 나는 문득 상상 속으로 빠져들었다가 헤어나기를 거듭한다. 이건 마치 마른하늘에 자맥질을 하고 있는 꼴이군…… 얼마나 기막힌 삶이면 살아진다고 표현되는 삶이란 말인가…… 그렇다면 차라리 사라진다고 말해버리는 게 낫지 않을까……"(「외뿔 짐승」 3)

이것으로 끝장난 것이니까. 약간의 여운이 남는다 해도 이젠 돌이킬 수 없는 법. 그러니까 다른 기둥인 「모든 별들은 음악 소리를 낸다」의 세계로 나아갈 수밖에. 맞습니까.

(주) 맞소. 이제부터는 작가 윤씨가 도맡아 우리에게 설명할 수밖에. 이 점이 즐거움이고, 이 창작집의 존재 이유가 아닐 수 없지요.

(객) 그렇소. 즐겁군요. 협궤열차에서 벗어난 윤후명, 그러니까 선생(비평가)과 저(독자)는 썩 홀가분하군요.

(주) 잠깐. 홀가분하긴 하나, '아주' 홀가분할 순 없는 법. 협궤열차의 망령(데리다식으로 말하면 '흔적')에서 누구도 쉽사리 벗어날 수 없으니까.

(객) 이번 창작집이 지닌 모종의 정직성, 끈질김이겠는데요.

(주) 맞습니다. 협궤열차(여자)의 망령에 수시로 시달리면서도 안 그런 척 하기.

(A) "그날 나는 예전에 여자와 술을 마셨던 술집에 가서 홀로 술을 마셨다. 그리고 다음날에는 역시 예전에 여자와 함께 눈떴던 여관방에

서 아침을 맞았다. 벽에 걸려 있는 달력을 보니, 때는 음력 초순, 밤에는 초승달이 뜰 날이었다"(「가장 멀리 있는 나」 1).

(B) "한국으로 돌아오자마자 나는 지방의 그 도시로 향했다. 남해 섬에서 가까운 그 도시는 A의 고향이었다. A의 죽음에 대해 들은 것은 스리랑카를 떠난 지 얼마 지나서였다. 나는 마침내 귀국 길에 올랐으나, 상당히 먼 우회로를 택하기로 했었다. 내게는 아직 모든 게 미정의 상태였다. 그러다가 A의 죽음을 듣게 되었고, 그것이 귀국을 재촉하고 말았던 것이다. 그리고 그 지방 도시에서 하룻밤을 보냈다. 새벽 5시, 옆의 여자는 잠에 곯아떨어져 있었다. 퍼뜩 눈을 뜨고서도 옆에 여자가 있다는 생각은 채 못 하다가, 그랬었지, 하고 그 존재를 인식했었다. 모닝콜을 부탁하지 않았는데도 새벽에 시간 맞춰 눈이 떠진 게 신기하기도 했다. 누운 채 손목시계를 집어 희미한 야광침을 들여다보고 나서야 나는 안심이 되었다. 한겨울의 캄캄한 밤시간은 꿈속인 듯 모호하기만 한 것이었다. 옆의 여자와 간밤에 어울렸다는 사실도 그랬다. 술집에서 만났고, 새벽에 선창에 함께 나가자는 약속을 하고 그 여관에 들었었다는 사실이 뒤따라 알려져왔다"(「가장 멀리 있는 나」 5).

(C) "나는 그녀를 만나자마자 빠져나갈 궁리부터 했다. 그러면서 그녀가 용문산에서 나를 불러냈을 때부터 '그것도……' 하고 망설였음을 알았다. 나는 그녀가 원하는 게 무엇인지조차 모호하기 짝이 없었다. 그런 순간 나는 퍼뜩 한 그루의 나무를 기억 속에서 되살려냈던 것이다. 그렇지, 나무가 있었어, 나무가"(「외뿔 짐승」 1).

여기 등장하는 여인들은, 그러니까 'A'로 표기되거니와 그 연장선상에서 만나는 이런저런 여인들, 이는 영락없는 협궤열차스런 흔적에 해당되는 것.

(객) 협궤열차스러움에서 벗어나기가 작가 윤씨에겐 참으로 힘들었던 모양이군요. 그도 그럴 것이 그의 의식(무의식)의 한쪽 기둥이었으니까. 이제 바야흐로, 그 한쪽 기둥과 결별할 시점에 이른 것이렷다. 그 문제의 A가 죽었으니까, 21세기에 접어들었으니까. 한 몸으로 두 세기(世紀) 살기의 곡예이니까.

(주) 협궤열차스런 기둥에서 벗어나기란 새삼 무엇인가. A가 죽고 없는 이 마당에 남은 한쪽 기둥이란 무엇인가. 그것에 전력을 기울일 수밖에.

(객) 음악 소리, 곧 달구지 몰이꾼으로서의 '아비상'에 매달리기의 영역!

(주) 이 대목이 소중합니다. '아비 찾기'가 그것. 아비란 무엇인가. 아비 찾기란 바로 '나 찾기'에 더도 덜도 아닌 것. 협궤열차를 송두리째 포기(희생)하고서야 겨우 엿볼 수 있는 영역이라고나 할까.

(객) 협궤열차가 막바로 시베리아로, 타슈켄트로, 우즈베키스탄으로, 모스크바로 달려갔음이란, 그러니까 아비 찾기의 한 '과정'으로 볼 수 있겠다는 점이 이제야 뚜렷해지기 시작했습니다. 「여우 사냥」(1993)에 이어 「하얀 배」(1995)가 윤씨에게 그해의 이상문학상을 안겨다준 바 있지 않습니까. 선생은 아마도 이 작품의 창작 동기가 '환상'과 '울림'(러시아 말의 울림, 글자의 이미지의 동시적 현상)이라 우기곤 했습니다만, 이미지와 울림의 공명관이 만들어낸 오묘한 증폭 현상이겠는데, 좌우간 협궤열차가 수인선을 떠나, 그러니까 남동, 달월, 군자, 고잔, 야목, 어천 등을 지나, 붉은 융단을 깐 듯한 갯벌의 그 나문재 꽃밭을 지나 바야흐로, 모스크바로, 타슈켄트로, 그 수도인 알마타로 달려간 형국의 더도 덜도 아닌 것.

(주) ……

(객) 그 협궤열차가 최근엔 스리랑카로 달려갔다 해도, 거기서 미당이 여인의 지독한 사랑의 상징으로 떠올린 '눈썹 이미지'를 연상케 하는 '눈썹 같은 초승달'을 보았다 해도 사정은 마찬가지.

(주) 잠깐, 왜 혼자서 흥분하시는지요?

(객) 그렇게 되었습니까?

(주) 초승달이라든가 '하얀 배'라든가, 이런 것들은, 문자로 쓰자면 환상(이미지)이겠고, 돈황, 누란, 천녀, 봉산 탈춤의 '사자무'로 이어지는 것. 그 끝을 따라간다면 어떻게 될까.

이미지(환상)가 그대로 '울림'으로 전환되는 것이 아니었던가. 이른바 공명관이 이루어낸 중독 현상.

(객) '하얀 배'가 실상 '아,버,지,'라는 조선말(모국어)의 울림이 아니었던가. 주인공인 교포 여인이 몽매에도 외어보던 서툰 조선말, '아,버,지,'가 그것.

(주) 시베리아로, 타슈켄트로 달려간 혹은 우즈베키스탄으로 간 협궤열차가 그래도 아직 조선 동포 범주의 수준에 머문 것이라면, 말을 바꾸면, 환상(이미지)의 범주에 머문 것이라면, 여기에서 한 단계 나아감이란 무엇이겠는가. '울림'이지요.

(객) '울림'이란 당나귀 몰이꾼인 아비가 듣던 그 '별들의 음악'이 아니겠는가.

(주) '가장 멀리 있는 나'란 무엇이겠는가.

(객) 알겠소. '아비 찾기' = '자기 자신 찾기'의 등식이 그것.

(주) 「돈황의 사랑」에서 「가장 멀리 있는 나」에로의 전환, 거기까지 이른 과정이란 무엇인가.

(객) 이 물음 속에 이번 창작집의 의의가 있다?

(주) 그것 속에 이 창작집의 의의가 있다 함은, 곧 '아비 찾기'로 향함이다?

(객) 아비 찾기가 그대로 '나' 찾기이다?

(주) 당초 부부 관계의 기둥인 「돈황의 사랑」이 있었다, 동시에 부자 관계인 「모든 별들은 음악 소리를 낸다」가 있었다. 협궤열차가 전자에 비중을 두고 시베리아까지 달려갔고, 그뒤엔 심지어 스리랑카까지 갔다?

(객) 미당 어법으로 하면 초승달이 눈썹이다! 숲이 눈썹이다!

(주) 그렇지만 그것은 A가 죽은 이 마당에서는 장식음으로써의 이미지(환상)이다. 남은 것은 아비 찾기로의 '울림'이 아니겠는가. 이 창작집의 머리에 놓인 '울림'을 좀 보시라.

"스리랑카의 누와라엘리야 산굽이에서 한국의 신갈나무 숲을 생각한 것은 간밤의 월식(月蝕) 때문이라고 헤아려졌다. 누와라엘리야는 분명 스리랑카의 리틀 잉글랜드라고 불리는 산간 마을인데, 내 마음은 아직도 한국의 신갈나무 숲에 머물러 있었다. 그리고 눈썹 같은 초승달 아래 산길을 가는 내 모습을 더듬었다"(「가장 멀리 있는 나」 1).

스리랑카, 누와라엘리야, 잉글랜드란 갈 데 없는 울림인 것. 그것이 그대로 신갈나무(눈썹 같은 초승달)에 막바로 이어집니다. '아비 찾기=나 찾기'의 징조이지요. 조선 동포가 있는 타슈켄트도, 우즈베키스탄도 아니고, 그곳을 훨씬 넘어선 곳. 러시아 영토 중 인구 수십만에 지나지 않는 동부의 작은 불교(밀교) 국가 칼미크 공화국이 아니겠는가. 원초적 나라, 불국토.

(객) 협궤열차가 실로 진짜 낯선 칼미크까지 갔다? 거기서 본 것

이란?

(주) 거기서 본 것은 아비였지요. 아비의 이미지, 자기 자신의 이미지.

"포플러나무 뒤로 멀리 뻗어 있는 칼미크의 길은 내 고향 길과 똑같았어. 아니. 똑같은 게 아니라, 그 길 그 자체였어. 나는 그걸 단순한 착시 현상이라고 옆으로 밀어놓을 수가 없어. 말했다시피 그건 울란골로 가는 길이야. 체첸 땅으로는 러시아 군대가 차츰 압박해 들어간다는 보도가 있었지. 나는 옛날 그때처럼 피난을 가지 못한 채 고향에 뒤처진 것만 같았어. 물론 이제는 어머니도 없이, 나는 새하얀 고향 길을 앞에 하고 홀로 서 있었어.

〔……〕

그런 어느 순간이었어. 나는 내가 꿈을 꾸고 있는 게 아닌가 하고도 여겨졌어. 하지만 그건 아무려나 꿈이 아니었어. 나는 하얀 길로 오고 있는 많은 사람들을 보았지. 한 무리의 양떼가 지나간 다음, 많은 사람들이 오고 있었어. 함지박에 찐 옥수수를 수북이 담아 머리에 인 아줌마도 있었고, 천주교회 신부도 있었고, 소방서 아저씨도 있었어. 개울에서 빨래하는 아줌마들, 바다로 고기잡이를 나가는 아저씨들, 단오장에서 그네를 타는 여자들, 씨름을 하는 남자들…… 그리고 그 가운데는 어머니도 있었고, 이웃집 소녀 세화도 있었어. 나는 눈을 번쩍 떴어. 고향 길로는 여전히 많은 사람들이 오고 있었어. 그리고 그 가운데 어디쯤에는 아버지의 모습도 눈에 띄었어. 내 생전 처음 자세히 보는 아버지의 모습이었어. 나는 소리쳤어.

아버지이!" (「가장 멀리 있는 나」 6).

(객) 아비 찾기=자신 찾기의 도식에서 확실한 것이 있다면 '울림'

쪽이 실눈썹으로서의 환상을 누르고 있었다는 사실!

(주) 요컨대, 협궤열차의 몸부림이 결국 자기 확인(아비 찾기)에로 귀착된다는 사실.

(객) 그러니까 협궤열차의 소임이 이제 바야흐로 끝장나고 있다는 사실. 「투구게」에서 「투구꽃」으로 변모되는 사실.

(주) 갯벌의 저 나문재 자줏빛이 초승달의 눈썹이었다는 사실.

4. 외뿔 짐승의 자기 한계

(객) 여기까지 이르면, 선생도 저도 조금 흥분했던가요?

(주) 그런 것 같소.

(객) 당초 수인선 협궤열차가 있었다. 소금실이 열차가 아니었던가. 그것 때문에 한 인간(작가)이 이런저런 환각에 빠져 괴로워했다. 이 환상에서 벗어나기란 무엇인가. '여자(소시민성)'에서 벗어나기가 아니었던가.

(주) 아비 찾기가 그것. 이 한쪽 기둥에 매달리기. 그리고 이 점이 중요한데, 아비 찾기에서도 마침내 벗어나기가 그것. 그것은 '동포' 개념에서도 벗어나기. 잘만 하면 '나'에서도 벗어나기.

(객) 생물학적 범주. 그런 상상력의 범주. 곧 칼미크 공화국행. 거기에서 비로소 자기 확인=아비 찾기의 가능성이 열렸던 것.

(주) 아비는 6·25 때 똥통칸에서 머리를 처박고 죽었다! '나'는 그 아들이다! 작가 윤씨는 작가임에도 불구하고 맨얼굴스럽게 이처럼 안타까워하고 있습니다.

"그런데 내가 몇 번이나 그 변소 구멍조차 찾지 못하고 돌아선 다음에 은연중에 간직하게 된 것은 그때 변소 구멍으로 감춰져 있던 그것이 바로 아버지의 얼굴이 아니었을까 하는 생각이었다. 이모저모로 따져서 그럴 리는 없었다. 적과 내통했다는 혐의로 저녁 무렵에 어디론가 붙잡혀 들어갈 때 그 사람은 벌써 치워져 있었던 것이다. 그럼에도 불구하고 나는 남몰래 그 모습에 아버지의 모습을 덧씌우고 있었다. 그렇게 명확한 변소 구멍조차 찾을 수 없다는 박탈감이 더욱 그쪽으로 몰아갔다고 해도 어쩔 수 없는 노릇이다. 아니, 그 정도로 나의 전쟁을 덮어두기를 내가 원했다고 해도 좋겠다. 어떤 식으로든 환상이 필요한 사람에게 환상은 억지를 부리더라도 찾아오게 마련인 것이다. 그럼으로써 아버지는 바로 우리집 변소 구멍을 통해 집 안으로 들어오려다가 그만 총에 맞아 저 세상 사람이 되고 말았다: 그리고 어느 가묘에 묻혀 있는 것이다"(「가장 멀리 있는 나」 7).

(객) '아비 찾기=나 찾기'의 도식이 성립되었을 때, 분명해진 것은 협궤열차 콤플렉스(여자 관계, 소시민성, 동포 의식)에서 벗어나고자 하는 욕망의 표현이라 볼 것입니다. 그렇다면 그 다음 장면은 한쪽 기둥, 곧 '나의 정체성' 찾기로 귀결되겠지요. 그 불가능성의 발견!

(주) 그렇소. 그것은 다시 '자멸파의 계보'로 환원되는 것.

(객) '외뿔 짐승'으로 향하기이니까. 그 끝에 신(神)이 놓이고, 끝내는 스스로 신이 되기.

(주) 정답입니다.

(객) 대체 '외뿔 짐승'이란 무엇이겠는가. 서양 신화에 나오는 일각수(Einhorn)가 아니겠는가. 처녀성(순결성)을 상징하는 일각수란, 릴케의 「말테의 수기」(1910)에서 참으로 오묘하게 처리된 바로 그것이

아닐까.

(주) 너무 자책하지 마십시오. '외뿔 짐승'이란, 그러니까 '자기 자신 찾기'로 나아간 중년 작가 윤씨의 내적 불안 의식의 표현에 지나지 않으니까. 그 증거로 다음 대목을 인용해볼까요.

"그녀는 이름만 번지르르한 유령 협회의 홍보일을 보며 실속 없이 바쁘기만 했고, 나는 나대로 서울에서 허섭스레기 원고 일을 맡느라고 허덕였다. 섹스 아래서 사랑 · 행복 · 영원 따위는 상상 속의 동물처럼 모호해지더니 마침내는 섹스마저 그 동물의 눈처럼 빛을 잃어갔다. 상상의 동물은 상상력에 의해서만이 살아 있을 수 있는 것이다. 상상력을 잃자 우리는 상피병(象皮病)을 앓는 것 같은 거친 살갗으로 좁은 방에서 버텼다. 하기야 이렇게 쉽게 이별이라는 결말을 말하고 있는 내가 가증스럽기조차 하다. 그러므로 앞에서 나는 그 만남을 간단히 암시만 하고 넘어가기를 원했던 것이다. 우리는 '돌 속에 뜨는 무지개'라는 카페에 가서 마지막 말들을 나누었다"(「외뿔 짐승」 5).

(객) '나'란 무엇인가. 이 물음이 마지막 울림이라는 것. 일각수란 새삼 무엇인가. '돌 속에 뜨는 무지개'라든가, '공룡의 발자국'이라든가 또 뭐라든가, 좌우간 '고대'에로의 울림에도 치닫고 있음이란 새삼 무엇인가. 고층적(古層的) 세계로 향하기. 혹시 "낭만적 허위"(지라르)가 아닐 것인가.

(주) 잠깐, 일단 여기서 멈추어야 되지 않겠습니까?

(객) 어째서?

(주) 한쪽 기둥인 '나는 무엇인가' 조차 잃을 염려 때문.

(객) 동감입니다.

(주) 염려스러운 것은 그쪽도 저쪽도 아니지요. 작가 윤씨 쪽이 아

니겠는가. 너무 멀리 나아간 형국이니까. 남는 것은 생물학적 상상력이겠는데요. 고층적 세계로 향하기.

(객) 아비 찾기에서 막바로 자기 찾기에로 치달았다? 그렇게 손쉬울까.

(주) 맞습니다. 협궤열차와 그토록 쉽사리 결별할 수 있겠는가. 또한 어째 '아비=자기'의 등식이 완벽하게 성립되겠는가. 나는 나, 아비는 아비일 뿐이 아니겠는가.

5. 비평가와 작가—누가 진짜로 구속되는가

(객) '외뿔 짐승'이란 울림이 조금 고약했나요? 안 그렇습니까? 너무 아득하다고나 할까.

(주) ……

(객) ……

(주) 제가 개인적으로 알고 있는 분 중에 왕년의 승려시인 S씨가 있습니다. 씨가 제게 보내준 책 중엔 씨가 번역한 초기 불경의 하나인 『숫타니파타』가 있습니다. 그 속엔 이런 대목이 있지요.

"소리에 놀라지 않는 사자와 같이 그물에도 걸리지 않는 바람과 같이, 진흙에도 묻지 않는 연꽃과 같이 무소의 뿔처럼 혼자서 가라" (석지현, 『숫타니파타』, 민족사, 1993). 이른바 구도자의 자세를 비유한 시구입니다.

(객) 윤씨의 '외뿔 짐승'이란 무소가 아니라 릴케적 의미의 그것. 곧 '일각수'의 그것이 아니던가요. 그것은 갈 데 없는 또 다른 환각이 아

닐 것인가. 그대로 보일까요.

"아득한 어느 먼 나라에서 나직한 노랫소리가 들려왔다. 하늘과 땅을 잠재우고, 아기 공룡들을 잠재우고, 어지러운 마음을 잠재우는 자장가 소리였다. 나같이 허덕이며 쫓기는 사람들을 위로하는 노랫소리였다. 그것을 나는 그 아이가 부르는 노래라고 믿고 싶었다" (「외뿔 짐승」 5).

(주) '울림'(아비, 나)에로 귀일되는 경지란, 이는 부자 관계, 이른바 또 다른 '부계 문학 계보'의 세움일까요. 그렇다면 도로아미타불이지 않습니까. 뿌리 찾기의 불가능성이 '나'의 본질 닿기의 경지가 아닐 것인가. 영원한 '외뿔 짐승'의 운명이니까. 결국 돌 속에 화석으로 굳은 무지개를 해체해 보이는 작업이 아닐 것인가.

(객) 잠깐, 그렇다면 이제 결론을 내어도 되겠는데요, 계속 도망칠 생각은 마십시오. 이 글이 일변으로는 윤후명론이지만, 다른 한편으로는, 보다 크고 중요한 과제 곧, 서두에서 제시한 명제인 '자기 얘기를 자기 얘기로' 쓰는 글쓰기의 유형이 그것이겠는데요, 맞습니까?

(주) 제 답변은 간단명료합니다. 작가 윤씨가 그 해답의 열쇠를 쥐고 있다는 사실이 그것.

(객) 그게 비평가(독자)의 한계이겠는데, 조금 억울하지 않습니까? 윤후명 만세이니까.

(주) 글쎄요. 이 순간 작가 윤후명씨도 구속되지 않았을까. ▨

작가의 말

4년 만에 책을 묶는다. 이 소설집은 그 동안 '꿈 사냥꾼'이라는 부제를 붙여 이른바 연작소설 형태로 계속 써온 것들이 주축을 이루고 있다. 그런데 막상 '꿈 사냥꾼'이라는 테두리는 사라지고, 두 가지 다른 제목 아래 마무리되기에 이르렀다. 이것이 나름대로의 내적 필연성이라면, 나로서도 거스를 수 없는 일이다.

무엇을 추구한다고 20세기에서 21세기로 세기가 바뀌도록 여기에 매달려 나를 바쳐왔을까. 내가 추구한 '나'는 과연 어디에 있으며, 내가 파악한 진실은 어디에 있을까. 예나제나 간절히 살아야겠다는 생각에는 변함이 없으니, 세태의 부박함에는 그저 속절없이 가슴앓이를 할 뿐이다.

얼마만큼의 느낌으로 살아왔는가.

얼마만큼의 사랑으로 살아왔는가.

그것은 이 글로써 대답할 수밖에 없다. 이것이 그 동안의 나의 전부냐 한들, 달리 둘러댈 깜냥도 내게는 없다. 문학에 대한 모든 논쟁이 공허한 울림으로 들려올 때, 나는 여기에 내 생애를 바침으로써 몸부림쳐왔다. 그러므로 문학으로서의 삶, 삶으로서의 문학의 길을 걷는 것이 나의 정체성이라고, 나는 말한다.

다시 새로운 앞날을 바라보며, 오로지 외길을 가는 믿음으로 이 글 앞에 옷깃을 여민다.

2001년 초여름

윤 후 명